LOBO SOLITÁRIO
FUGA DA ESCURIDÃO

OUTROS LIVROS-JOGOS DA JAMBÔ

Série Fighting Fantasy:
1. O Feiticeiro da Montanha de Fogo
2. A Cidadela do Caos
3. A Masmorra da Morte
4. Criatura Selvagem
5. A Cidade dos Ladrões
6. A Cripta do Feiticeiro
7. A Mansão do Inferno
8. A Floresta da Destruição
9. As Cavernas da Bruxa da Neve
10. Desafio dos Campeões
11. Exércitos da Morte
12. Retorno à Montanha de Fogo
13. A Ilha do Rei Lagarto
14. Encontro Marcado com o M.E.D.O.
15. Nave Espacial *Traveller*
16. A Espada do Samurai
17. Guerreiro das Estradas
18. O Templo do Terror
19. Sangue de Zumbis
20. Ossos Sangrentos
21. Uivo do Lobisomem
22. O Porto do Perigo
23. O Talismã da Morte
24. A Lenda de Zagor

Série Tormenta:
1. Ataque a Khalifor
2. O Senhor das Sombras
3. O Labirinto de Tapista

Série Ace Gamebooks
1. Alice no País dos Pesadelos

Visite www.jamboeditora.com.br para saber
mais sobre nossos títulos e acessar conteúdo extra.

JOE DEVER
FUGA DA ESCURIDÃO

Ilustrado por RICH LONGMORE
Traduzido por GILVAN GOLVÊA

Copyright do texto © 1984 Joe Dever
Copyright das ilustrações © 2007 por Rich Longmore

CRÉDITOS DA EDIÇÃO BRASILEIRA

Título Original: Lone Wolf Vol. 1 — Flight from the dark
Tradução: Gilvan Gouvêa
Revisão: Hermann Schweitzer
Diagramação: Vinicius Mendes
Arte da Capa: Lucas Torquato
Artes Adicionais: Ana Carolina Gonçalves
Editor: Vinicius Mendes
Editor-Chefe: Guilherme Dei Svaldi

EQUIPE DA JAMBÔ: Guilherme Dei Svaldi, Rafael Dei Svaldi, Leonel Caldela, Ana Carolina Gonçalves, Andrew Frank, Cássia Bellman, Dan Ramos, Daniel Boff, Davide Di Benedetto, Elisa Guimarães, Felipe Della Corte, Freddy Mees, Glauco Lessa, J. M. Trevisan, Karen Soarele, Marcel Reis, Marcelo Cassaro, Maurício Feijó, Pietra Nunez, Priscilla Souza, Tatiana Gomes, Tiago Guimarães, Thiago Rosa, Vinicius Mendes.

Rua Coronel Genuíno, 209 • Porto Alegre, RS
CEP 90010-350 • Tel (51) 3391-0289
contato@jamboeditora.com.br • www.jamboeditora.com.br

Todos os direitos desta edição reservados à Jambô Editora. É proibida a reprodução total ou parcial, por quaisquer meios existentes ou que venham a ser criados, sem autorização prévia, por escrito, da editora.

1ª edição: agosto de 2022 | ISBN: 978658863411-0

Dados Internacionais de Catalogação na Publicação

D491f	Dever, Joe.
	    Fuga da escuridão / Joe Dever; ilustrações de Rich Longmore; tradução de Gilvan Gouvêa. — Porto Alegre: Jambô, 2022.
	    410p. il.
	
	    1. Literatura infanto-juvenil. I. Dever, Joe II. Gouvêa, Gilvan. III. Título.
	
	                                                                       CDU I/J 028.5

Para Nadine

SUMÁRIO

A HISTÓRIA ATÉ AGORA...
9

REGRAS
13

MAPA DE MAGNAMUND
26

FICHA DE AÇÃO
28

FUGA DA ESCURIDÃO
31

RESUMO DAS REGRAS
405

TABELAS
407

A HISTÓRIA ATÉ AGORA...

Na terra setentrional de Sommerlund, há séculos é habitual que os pais enviem os seus filhos mais talentosos para o mosteiro de Kai na época do seu sétimo aniversário. Lá, eles aprendem as habilidades e disciplinas marciais de seus ancestrais nobres.

A Ordem guerreira dos Kai são mestres da sua arte e as crianças sob sua responsabilidade os amam e respeitam, apesar das dificuldades de seu treinamento. Pois, um dia, quando finalmente dominarem as disciplinas dos Kai, poderão regressar aos seus lares equipadas na mente e no corpo para defenderem a si e aos seus familiares contra a ameaça constante de guerra dos Lordes Sombrios do ocidente.

Em tempos ancestrais, durante a Era da Lua Negra, os Lordes Sombrios travaram uma guerra em Sommerlund. O conflito foi uma longa e amarga disputa de forças que terminou em vitória para os sommlendeses na grande batalha da Garganta de Maak. O Rei Ulnar I, ele próprio dotado de poderes Kai, auxiliado pelos aliados de Durenor, derrotou os exércitos dos Lordes Sombrios no Passo de Moytura e forçou-os de volta ao abismo sem fundo da Garganta de Maak. Vashna, o mais poderoso dos Lordes Sombrios, foi morto pela espada de Ulnar, chamada "Sommerswerd", a Espada do Sol. Desde essa época, os Lordes Sombrios prometeram vingança contra Sommerlund e a Casa de Ulnar.

Hoje é a véspera do dia da festa de Fehmarn, o primeiro dia da primavera. É uma velha tradição dos Kai se reunirem no seu mosteiro no pé das Montanhas do Penhasco de Durn, em Fehmarn, a fim de reafirmar a sua lealdade ao Deus Kai e à Casa sommlendesa de Ulnar. Muitos Veteranos Kai e enviados viajaram de longe para voltar a tempo das comemorações de amanhã que marcam o início de um novo ano em Sommerlund.

Você é um jovem cadete Kai chamado Lobo Silencioso. Este é o nome que lhe foi dado pelos seus Mestres Kai quando entrou pela primeira vez no mosteiro. Você é um Iniciado nesta ordem nobre e este será o oitavo ano em que participa da cerimônia de Fehmarn. Seus sentimentos de orgulho e excitação agora são os mesmos de quando você chegou aqui vindo do seu lar na vila de Dage, há um pouco mais da metade da sua curta vida.

Os últimos dias foram emocionantes para você e seus colegas cadetes. Os Veteranos recontaram suas histórias de batalhas vencidas e missões realizadas em terras distantes e todos estão repletos de uma sensação de alegria e expectativa de que o Ano Novo trará paz e prosperidade contínuas à sua pátria amada.

O mosteiro está vivo com atividade, uma vez que os preparativos finais estão concluídos para a festa de amanhã, mas, para você e os outros cadetes, a rotina mudou muito pouco. Seu treinamento e educação seguem como de costume, embora você ache mais difícil do que nunca se concentrar enquanto seu tutor atual, o Mestre Kai Fogo Estelar, instrui sua aula sobre a geografia das Terras Derradeiras .

— Lobo Silencioso! — ele berra, acordando-o abruptamente de um devaneio. — Talvez você possa nos esclarecer. Diga-nos, qual o nome da cidade costeira das Terras Selvagens?

Você hesita, atordoado em silêncio de boca aberta pela pergunta inesperada do seu tutor.

— Mmm... como eu pensava, — diz ele, sacudindo a cabeça sábia em desaprovação.

— Não é a primeira vez que eu sofro com sua desatenção. Talvez um castigo pago agora sirva para aumentar sua concentração no futuro.

Fogo Estelar enfia a mão no bolso da sua túnica e retira uma moeda de ouro brilhante. Ele a fita por alguns instantes, enquanto considera qual deve ser o seu castigo. Então, ele diz:

— Vou deixar o destino decidir sua pena.

Ele joga a moeda de ouro no ar e a pega com firmeza na parte de trás da mão esquerda. Olhando para o rosto recém-cunhado do Rei Ulnar, o Quinto, ele profere em voz alta:

— Que assim seja. Treinamento extra com armas. Amanhã de manhã. Uma hora antes do amanhecer. Você se apresentará a mim equipado e pronto no parque de treinamento. Está claro?

— Sim, meu senhor, — você responde humildemente.

Um sino bate três vezes no corredor fora da sala de aula, o que significa o fim das aulas de hoje. Você está colocando seus livros e pergaminhos na sua mochila, preparando-se para partir, quando o Mestre Kai Fogo Estelar o chama mais uma vez.

— Seja pontual, Lobo Silencioso, ou você se passará o Fehmarn coletando lenha para as cozinhas. E eu farei com que você perca seu lugar na mesa de banquetes ao pôr do sol.

A ameaça de perder a festa anual faz você engolir em seco.

— Sim, Senhor, — responde, — Eu... eu serei pontual.

REGRAS

Mantenha o registro de sua aventura na *ficha de ação* encontrada no início deste livro. Para preservar seu livro, você pode fazer uma fotocópia da *ficha de ação* para seu uso pessoal ou baixá-la em www.jamboeditora.com.br.

Durante o seu treinamento como um Iniciado Kai, você desenvolveu sua capacidade de luta (HABILIDADE) e seu vigor físico (RESISTÊNCIA). Antes de começar, você precisará medir a eficácia do seu treinamento. Para isso, pegue um lápis e, com os olhos fechados, aponte com a extremidade sem ponta na *tabela de numeros aleatórios*. Se você escolher 0, ele conta como zero.

Usando este método, o primeiro número que você escolher na *tabela de números aleatórios* representa sua HABILIDADE Adicione 10 ao número escolhido e escreva o total na seção HABILIDADE da sua *ficha de ação* (ou seja, se o seu lápis caiu no número 4 da *tabela de números aleatórios*, sua HABILIDADE será 14). Ao lutar, sua HABILIDADE será comparada com a do seu inimigo. Portanto, é desejável ter um valor alto nesta seção.

O segundo número que você escolher na *tabela de números aleatórios* representa sua RESISTÊNCIA. Adicione 20 ao número escolhido e escreva o total na seção RESISTÊNCIA da sua *ficha de ação* (ou seja, se o seu lápis caiu no número 6 da *tabela de números aleatórios*, seu valor de RESISTÊNCIA será 26).

Se você for ferido em combate, perderá pontos de RESISTÊNCIA. Se, a qualquer momento, seus pontos de RESISTÊNCIA caírem para zero ou abaixo, você está morto e a aventura acabou. Os pontos de RESISTÊNCIA perdidos podem ser recuperados ao longo da aventura, mas seu número de pontos de RESISTÊNCIA nunca pode ultrapassar o valor com o qual você inicia sua aventura.

Regra opcional: Primeiro, escolha três números da tabela de números aleatórios. Então, escolha qual deles representa sua HABILIDADE e qual representa sua RESISTÊNCIA.

Exemplo: Seu lápis caiu nos números 1, 4 e 7 da *tabela de números aleatórios*. Você pode escolher que sua HABILIDADE seja 17 e sua RESISTÊNCIA seja 24. Como alternativa, pode escolher que sua HABILIDADE seja 14 e sua RESISTÊNCIA seja 27, e assim por diante. Dica de Jogo: Pode ser mais conveniente usar um dado de 10 lados no lugar da *tabela de números aleatórios*.

DISCIPLINAS KAI

Ao longo dos séculos, os Kai dominaram muitas habilidades úteis que são transmitidas de geração em geração. Essas habilidades são conhecidas como Disciplinas Kai e são ensinadas a todos os Lordes Kai. Como um Iniciado Kai, você aprendeu apenas cinco das disciplinas listadas abaixo. É preciso escolher suas cinco Disciplinas Kai antes de começar sua aventura. Como todas as Disciplinas Kai serão úteis em algum momento durante sua missão, escolha suas cinco com cuidado. O uso correto de uma Disciplina no momento certo pode salvar sua vida.

Depois de escolher suas cinco Disciplinas, coloque-as na seção *Disciplinas Kai* da sua *ficha de ação*, assim como seus efeitos, quando necessário.

CAMUFLAR

Esta Disciplina permite que um Lorde Kai se misture com os seus arredores. No campo, eles conseguem se esconder entre árvores e rochas em serem vistos ou detectados e passar perto de um inimigo. Numa cidade, isso permite que eles se misturem entre os habitantes e pode ajudá-los a encontrar abrigo ou um esconderijo seguro.

CAÇAR

Esta Disciplina garante que um Lorde Kai nunca morrerá de fome na natureza. Eles sempre poderão caçar para se alimentar, exceto em áreas de terra devastada e deserto. A

Disciplina também permite que um Lorde Kai consiga se mover de forma rápida e furtiva.

Se você escolher esta Disciplina, escreva "Caçar: não precisa de *refeição* quando for instruído a se alimentar"

SEXTO SENTIDO

Esta Disciplina pode alertar um Lorde Kai de um perigo iminente. Pode também revelar o propósito verdadeiro de um estranho ou de um objeto diferente encontrado na aventura.

RASTREAR

Essa Disciplina permite a um Lorde Kai fazer a escolha correta de um caminho na natureza, descobrir a localização de uma pessoa ou objeto em uma cidade e ler os segredos de pegadas ou trilhas.

CURAR

Esta Disciplina pode ser utilizada para restaurar os pontos de RESISTÊNCIA perdidos em combate. Se tiver esta Disciplina, poderá recuperar 1 ponto de RESISTÊNCIA no seu total para cada seção numerada do livro que passar na qual você não se envolva em combate. (Isso só pode ser usado após sua RESISTÊNCIA ser reduzida abaixo do seu nível original.) Lembre-se que seu valor de RESISTÊNCIA não pode ficar acima do seu nível original.

Se você escolher esta Disciplina, escreva "Curar: +1 ponto de RESISTÊNCIA para cada seção sem combate" na sua *ficha de ação*.

ESCUDO MENTAL

Alguns de seus inimigos terão a habilidade de atacá-lo usando força psíquica, ou seja, o poder da mente. A *Disciplina Kai Escudo Mental* pode protegê-lo da perda de pontos de RESISTÊNCIA quando você for alvo desta forma de ataque.

Se escolher esta Disciplina, escreva "Escudo Mental: não perde pontos quando atacado por Rajada Mental" na sua *ficha de ação*.

RAJADA MENTAL

Esta Disciplina permite que um Lorde Kai ataque um inimigo usando a força da sua mente. Pode ser usada junto a uma arma de combate normal e adiciona mais 2 pontos à sua Disciplina. Nem todas as criaturas encontradas nesta aventura serão suscetíveis à Rajada Mental. Você será informado se a criatura é imune.

Se você escolher esta Disciplina, escreva "Rajada Mental: +2 pontos de HABILIDADE" na sua *ficha de ação*.

AFINIDADE COM ANIMAIS

Esta habilidade permite que um Lorde Kai se comunique com alguns animais e preveja o comportamento de outros. Em alguns casos, pode permitir que um Lorde Kai controle os instintos ou ações de um animal.

TELECINESE

O domínio desta Disciplina permite que um Lorde Kai mova objetos pequenos ao focar sua concentração.

PROFICIÊNCIA COM ARMA

Ao entrar no Mosteiro Kai, cada Iniciado aprende a dominar um tipo de arma. Se a *habilidade em arma* for uma das suas *Disciplinas Kai*, escolha um número da maneira habitual na *tabela de números aleatórios* e encontre a arma correspondente na lista abaixo. Esta é a arma na qual você tem uma habilidade comprovada. Ao entrar em combate portando esta arma, adicione 2 pontos ao seu nível de HABILIDADE.

O fato de você ser hábil com uma arma não significa que você começou a aventura carregando aquela arma específica. Contudo, você terá oportunidade de adquirir armas durante suas aventuras.

Você não pode carregar mais de duas armas. Só é possível usar uma arma de cada vez.

Se você escolher esta Disciplina, escreva "Proficiência com Arma (_____) +2 pontos de Habilidade se esta arma for carregada" na sua *ficha de ação*.

DEPOIS DA AVENTURA

Se você completar com sucesso a missão definida no Livro 1 do Lobo Solitário, poderá adicionar outra *Disciplina Kai* à sua escolha na sua *ficha de ação* no início do Livro 2. Esta Disciplina adicional, junto com suas cinco Disciplinas originais e os equipamentos, incluindo os Itens Especiais recolhidos no Livro 1, poderão ser usados na sua próxima aventura na série *Lobo Solitário Vol. 2 — Mar em Chamas*.

EQUIPAMENTOS

Seus pertences básicos incluem uma túnica verde e uma capa de um Iniciado Kai. Você também tem uma mochila, um cinto e uma bolsa de couro na qual guarda seu dinheiro (Coroas de Ouro). Para descobrir quanto dinheiro você tem, escolha um número na *tabela de números aleatórios* (um 0 significa zero). O número escolhido é igual ao número de Coroas de Ouro que você possui no início da aventura. (Anote este número na seção Algibeira da sua Ficha de ação.)

Ao entrar no Mosteiro Kai, cada iniciado recebe um Mapa das Terras Derradeiras. Este mapa mostra a localização do seu país natal, Sommerlund, e a sua capital, Holmgard. Ele também mostra a terra de Durenor, longe ao leste, e as Terras Selvagens que separam os dois reinos.

Qualquer item útil que puder ser recolhido na sua aventura e inserido na sua *ficha de ação* tem letras maiúsculas no texto. A menos que seja dito que é um Item Especial ou uma Arma, carregue-o na sua mochila.

ARMAS

As Armas ajudam-no em combate. Se você tem a *Disciplina Kai* Proficiência com Arma e a Arma correta, ela adiciona 2 pontos à sua HABILIDADE. Se entrar em um combate sem Armas, deve deduzir 4 pontos de sua HABILIDADE e lutar com as próprias mãos. Se encontrar uma Arma durante a aventura, poderá pegá-la e usá-la. Só é possível usar uma arma de cada vez em combate. Você só pode carregar duas Armas a qualquer momento. Você pode trocar ou descartar Armas a qualquer momento quando não estiver em combate. A maioria das armas é transportada na bainha ou presas no seu cinto.

ITENS DA MOCHILA

Durante suas viagens, você descobrirá descobrir vários itens úteis que desejará guardar, mas só poderá transportar oito itens na sua mochila de uma só vez. Se perder a mochila, perderá automaticamente todos os itens que estavam nela. Você não poderá pegar e manter nenhum novo item até adquirir uma mochila nova

ITENS ESPECIAIS

Cada Item Especial tem um objetivo ou efeito específico. Isso pode ser explicado quando o item é descoberto pela primeira vez, ou pode ser revelado à medida que a aventura progride.

COROAS DE OURO

A moeda de Sommerlund é a Coroa, uma pequena moeda de ouro. Coroas de Ouro podem ser usadas na aventura para pagar por transporte, comida ou até como suborno. Algumas das criaturas que você pode encontrar terão Coroas de Ouro ou você pode descobri-las ao procurar. Qualquer Coroa de Ouro adquirida deve ser transportada na sua algibeira. O número máximo que você pode carregar é 50.

ALIMENTAÇÃO

Você precisará comer regularmente durante a aventura. Se não tiver alimentos quando receber instruções para comer uma refeição, você perderá 3 pontos de Resistência. Se você escolheu a Disciplina Kai Caçar como uma de suas cinco habilidades, não precisará fazer uma refeição quando for instruído a comer.

POÇÕES

Se você descobrir Poções durante a aventura, será informado sobre seus efeitos quando ingeridas. Todas as poções devem ser guardadas na mochila.

COMBATE

Há ocasiões em sua aventura em que você terá que lutar contra inimigos. Os pontos de Habilidade e Resistência do inimigo são representados pelos símbolos a seguir:

HABILIDADE   **RESISTÊNCIA**

Seu objetivo como Lobo Solitário é matar o inimigo reduzindo os pontos de Resistência dele a zero, perdendo o menor número possível dos seus pontos de Resistência.

No início de um combate, insira os seus pontos de Resistência e do seu inimigo nas caixas apropriadas na seção Registro de Combate da sua *ficha de ação*.

A sequência de combate é a seguinte.

    1. Adicione os pontos adicionais obtidos através das *Disciplinas Kai*, equipamentos e/ou Itens Especiais ao seu total atual de Habilidade.

2. Subtraia a HABILIDADE do seu inimigo deste total. O resultado será seu *índice de combate*. Insira este número na *ficha de ação*.

Exemplo: Você, como o Lobo Solitário (HABILIDADE 15), é emboscado por um Daemonak (HABILIDADE 20). Você não tem a Oportunidade de escapar do combate e precisa se manter firme e lutar à medida que a criatura avança. Você tem a *Disciplina Kai Rajada Mental*, adicionando 2 pontos à sua HABILIDADE, chegando a uma HABILIDADE total de 17.

Você subtrai a HABILIDADE do Daemonak da sua própria, resultando em um *índice de combate* de –3 (17 – 20 = –3). O –3 é anotado na *ficha de ação* como o *índice de combate*.

3. Quando tiver determinado seu *índice de combate*, escolha um número na *tabela de números aleatórios*.

4. Agora, vá para a *tabela de resultados de combate*. Na parte superior da tabela, estão os números do *índice de combate*. Encontre o número que seja igual ao seu *índice de combate* e cruze com o número aleatório que você escolheu (os números aleatórios aparecem na lateral da tabela). Agora, você tem o número de pontos de RESISTÊNCIA perdidos por você (Lobo Solitário) e pelo seu inimigo nesta rodada de combate. (I significa os pontos perdidos pelo Inimigo; LS significa os pontos perdidos pelo Lobo Solitário.

Exemplo: O *índice de combate* entre você e o Daemonak foi estabelecido como –3. Se o número tirado na *tabela de números aleatórios* for 6, então o resultado da primeira rodada de combate é: Você (Lobo Solitário) perde 3 pontos de RESISTÊNCIA. O Daemonak perde 6 pontos de RESISTÊNCIA.

5. Na sua *ficha de ação*, registre as mudanças nos pontos de RESISTÊNCIA dos participantes do combate.

6. Salvo indicação em contrário ou se você tiver a opção de fugir, comece a próxima rodada de combate.

7. Repita a sequência a partir do número 3.

Este processo de combate continua até os pontos de RESISTÊNCIA seus ou os do inimigo serem reduzidos a zero. Neste momento, tal combatente é declarado como morto. Se o Lobo Solitário morrer, a aventura acaba. Se o inimigo morrer, o Lobo Solitário continua, mas com seus pontos de RESISTÊNCIA provavelmente reduzidos.

Um resumo das *regras de combate* aparece no final deste livro.

FUGA DO COMBATE

Durante sua aventura, você terá a chance de fugir do combate. Se já estiver envolvido em uma rodada de combate e decidir pela fuga, calcule o combate naquela rodada da maneira normal. Todos os pontos perdidos pelo inimigo como resultado daquela rodada são ignorados e você realiza sua fuga. Apenas você (Lobo Solitário) pode perder pontos de RESISTÊNCIA durante uma rodada de fuga, mas

NÍVEIS DE TREINAMENTO KAI

A tabela abaixo é um guia dos postos e títulos dados aos Lordes Kai em cada estágio do seu treinamento. À medida que concluir cada aventura na série Lobo Solitário, você ganhará uma *Disciplina Kai* adicional e avançará gradualmente em direção ao domínio das dez *Disciplinas Kai* básicas.

1. Novato
2. Intuído
3. Doan
4. Acólito
5. Iniciado — Você começa as aventuras de Lobo Solitário neste nível de treinamento Kai
6. Aspirante
7. Guardião
8. Warmane ou Veterano
9. Sábio
10. Mestre

Além das dez habilidades básicas do Mestre Kai estão os segredos das Disciplinas Kai superiores ou a "Magnakai". Ao adquirir a sabedoria do Magnakai, um Lorde Kai pode progredir rumo ao feito supremo e se tornar um Grão-mestre Kai.

SABEDORIA KAI

Os Kai têm muitos inimigos impiedosos, incluindo os Lordes Sombrios de Helgedad e os seus servos malignos, que não concedem nem esperam piedade. Use o mapa para ajudar a traçar um curso em qualquer viagem que realizar e faça anotações enquanto progride através da história, pois elas serão úteis em aventuras futuras.

Muitas coisas que você encontra o ajudarão durante suas viagens. Alguns Itens Especiais serão úteis em aventuras futuras e outros podem ser distrações sem nenhum uso real, então tente ser seletivo com o que você quiser guardar.

Há muitas rotas abertas, mas apenas uma envolve um mínimo de perigo. Com uma sábia escolha das *Disciplinas Kai* e muita coragem, qualquer jogador deve ser capaz de completar a missão, não importa o quanto sua HABILIDADE ou seus pontos de RESISTÊNCIA iniciais sejam fracos.

Boa sorte e cuidado na jornada perigosa que o aguarda.

Por Sommerlund e pelo Kai!

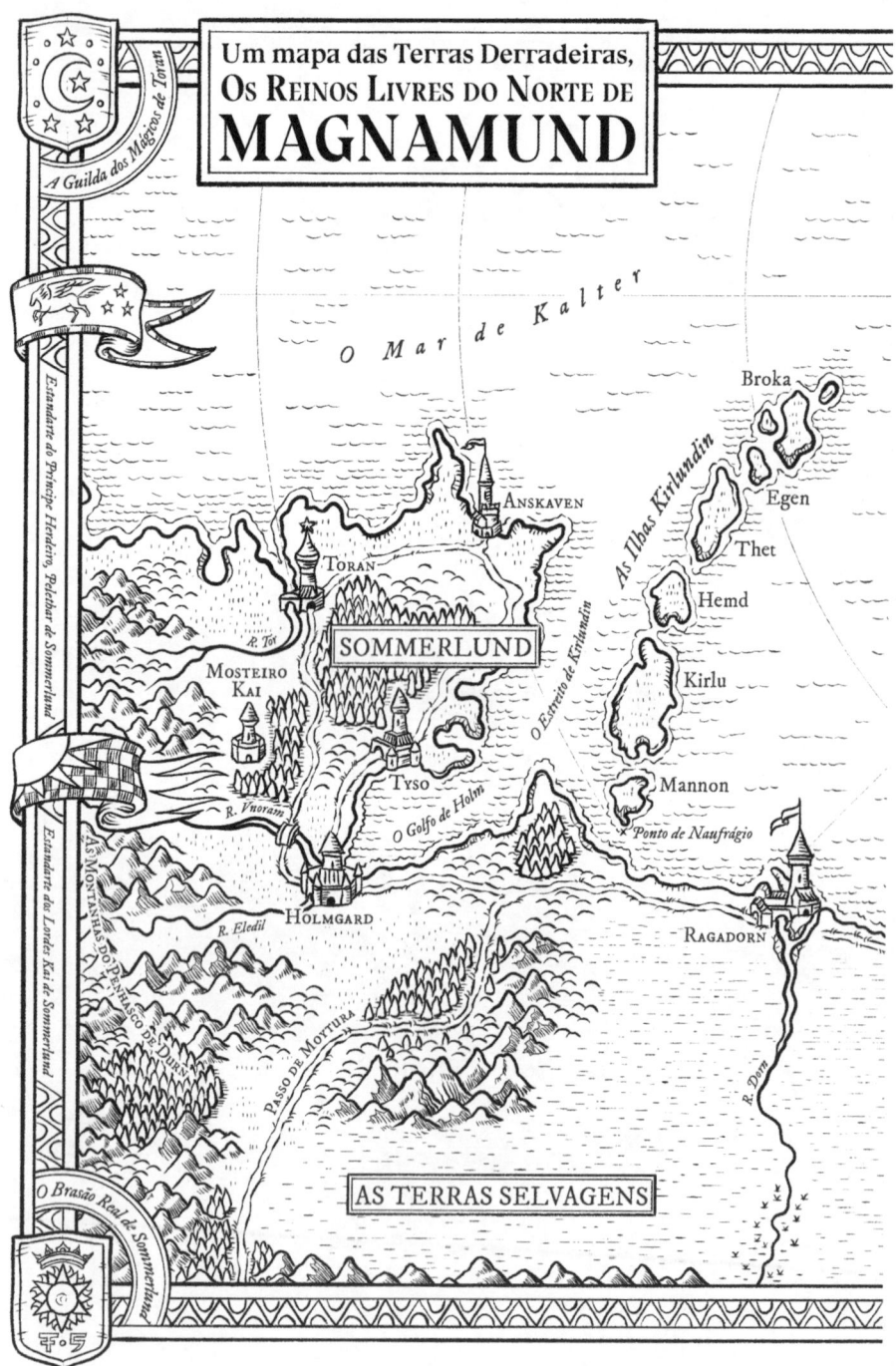

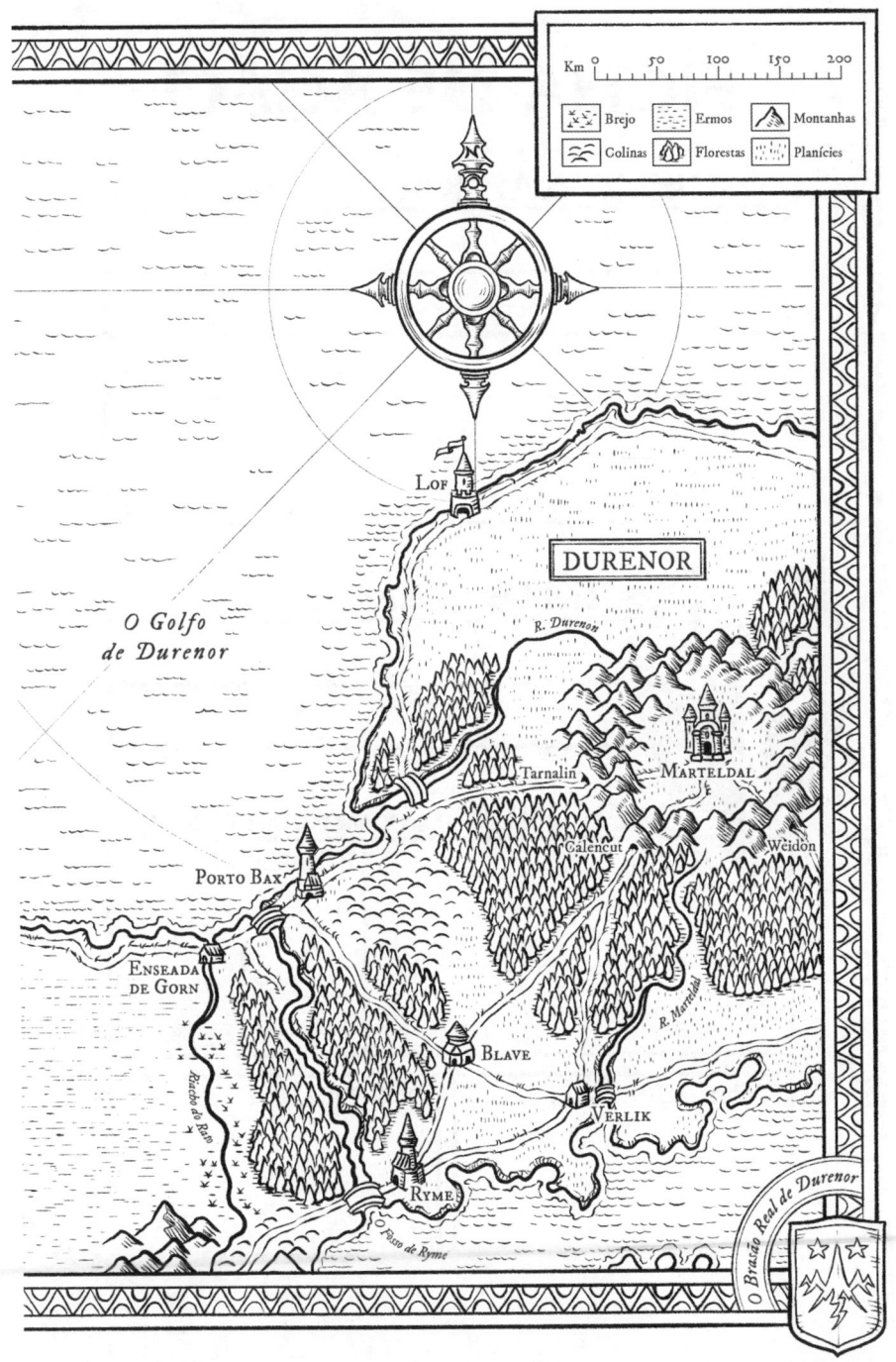

FICHA DE AÇÃO

DISCILINAS KAI   NOTAS

1.
2.
3.
4.

ARMAS (MÁXIMO 2)

1.
2.

MOCHILA (MÁXIMO 8 ARTIGOS)

ITENS	REFEIÇÕES

ITENS ESPECIAIS	DINHEIRO

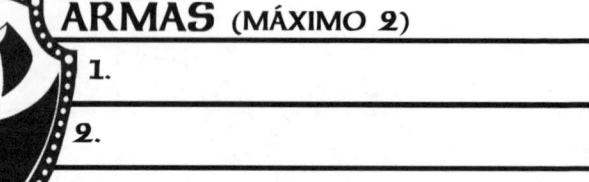

 **HABILIDADE**

 **RESISTÊNCIA**

HISTÓRICO DE COMBATES

LOBO SOLITÁRIO RESISTÊNCIA	I.δ.C	INIMIGO RESISTÊNCIA

LOBO SOLITÁRIO RESISTÊNCIA	I.δ.C	INIMIGO RESISTÊNCIA

LOBO SOLITÁRIO RESISTÊNCIA	I.δ.C	INIMIGO RESISTÊNCIA

LOBO SOLITÁRIO RESISTÊNCIA	I.δ.C	INIMIGO RESISTÊNCIA

LOBO SOLITÁRIO RESISTÊNCIA	I.δ.C	INIMIGO RESISTÊNCIA

LOBO SOLITÁRIO RESISTÊNCIA	I.δ.C	INIMIGO RESISTÊNCIA

1

Você é acordado pelos carrilhões do relógio que colocou ao lado do seu travesseiro na noite anterior. Na luz leve das velas do dormitório dos iniciados, você se levanta do seu beliche e se veste rapidamente na sua túnica verde e capa Kai, pausando brevemente para ajustar seu cinto e mochila antes de deixar seus camaradas dormindo. Você está determinado a não se atrasar para sua sessão de treinamento com Mestre Kai Fogo Estelar, consciente da pena que ele dará se você quebrar sua promessa de ser pontual. Você sai pela porta norte do dormitório, que se abre diretamente no parque de treino no centro do Mosteiro Kai.

Fogo Estelar já está te e sperando ao lado de um suporte de armas perto do centro do pátio. No luar antes amanhecer, seus olhos agudos veem que este guerreiro formidável já está trajando sua túnica cerimonial para as festividades de hoje. Ele o cumprimenta com um aceno de cabeça e lhe diz para escolher uma das armas de madeira de treino no suporte. Você escolhe uma espada, modelada a partir de um carvalho sommlendês, e assume sua posição em frente a ele, em prontidão.

— As batalhas nem sempre são combatidas em plena luz do dia, Lobo Silencioso, — ele fala, pegando um machado de madeira no suporte. — A penumbra dessa manhã servirá para afiar seus sentidos. Pena que o mesmo não possa ser dito sobre sua atenção na aula.

Pacientemente, o seu Mestre Kai mostra seus passos, ensinando-o corretamente como aparar, bloquear e golpear com o efeito máximo. Depois de meia hora de instrução intensa, você está sem fôlego e encharcado de suor, apesar do frio do ar da manhã. Por outro lado, Fogo Estelar não mostra o menor sinal de fadiga após os esforços do treinamento.

— Muito bem, Lobo Silencioso. Pode colocar sua espada no suporte e descansar. Seus problemas na sala de aula parecem ser compensados pela sua habilidade natural com armas. Você parece ser bastante promissor. Agora, se ao menos aplicar o mesmo esforço aos seus estudos, então talvez um dia você também consiga chegar ao posto de Mestre Kai.

Você agradece ao Fogo Estelar pelo elogio e pelo conselho. Ele nunca elogia indevidamente e as suas palavras aprovadoras enchem-no de uma vontade de não ter devaneios em aulas futuras. Você coloca a espada de madeira no suporte e abre um cantil de água. Está tomando o seu primeiro gole quando, de repente, a quietude é quebrada pela batida do sino da portaria. O alarme do mosteiro foi soado.

— Pelo amor de Ishir..., — exclama Fogo Estelar. Ele está olhando intensamente para o oeste, em direção a um céu que está ficando estranhamente mais escuro a cada momento que passa. No começo, você não vê nada na penumbra, mas então seus olhos discernem algo se movendo na escuridão. Centenas e centenas de criaturas aladas estão se aproximando do mosteiro.

— Kraan! — Fogo Estelar suspira. — Kai nos preserve!

A batida dolorosa do sino do alarme acordou todos no mosteiro. Agora, alguns mestres Kai e postos mais baixos estão surgindo dos dormitórios. A maioria está sem a armadura de batalha, mas cada um deles está armado e em prontidão para defender seu reduto do ataque.

A primeira onda de kraan alados desceu do céu escurecido. À medida que se aproximam gritando da portaria do mosteiro, você vê que eles estão carregando giaks em suas costas de couro. Estas criaturas ferozes são a base dos exércitos dos Lordes Sombrios. O que eles podem não ter em tamanho físico e inteligência é mais do que compensado pelos seus grandes números. As portas na portaria estão entreabertas e, à medida que o kraan líder solta seus cavaleiros e gira para longe, esses primeiros giaks se cambaleiam para levantar e vêm correndo em direção à abertura. Estão determinados a entrar antes que as grandes portas do mosteiro possam ser completamente fechadas.

— Lobo Silencioso, venha comigo! — comanda Fogo Estelar, virando-se e correndo rapidamente em direção à entrada da portaria.

Se você obedecer imediatamente a ordem do Mestre Kai Fogo Estelar, vá para 392.

Se quiser pegar uma arma de verdade do suporte antes de segui-lo, vá para 497.

2

O taverneiro embolsa suas moedas de ouro e tira uma pequena caneca de cerveja de um barril abaixo do bar. Ele a coloca sobre o balcão.

— Se tá esperando pra mandar uma mensagem pro Rei Ulnar, é melhor ir ali e pedir pra um daqueles escribas da corte, — ele diz, apontando para a mesa dos escribas perto da lareira. — Eles fazem seus negócios na cidadela.

O taverneiro sai para servir outro cliente e você dá um gole da cerveja. Seu sabor é arenoso e azedo, pouca coisa melhor do que água de trincheira. Ao invés de terminar essa bebida intragável, você empurra a caneca para o lado e, depois, deixa o balcão.

Vá para 434.

3

À medida que você passa pelas árvores mais espessas, os gritos dos giaks perseguidores começam gradualmente a desaparecer atrás de você. Só depois de ter certeza absoluta de que os despistou e de que eles desistiram da perseguição é que você se atreve a parar e a descansar. Agora, você está numa parte da Floresta de Fryelund que nunca explorou antes. Através da cobertura de galhos acima, você consegue vislumbrar o sol da manhã. A posição dele no céu o ajuda a se orientar nesta floresta densa. Você determina que deveria ir para o sudeste, na direção de Holmgard, mas fazer isso agora o levará de volta pela floresta em direção aos giaks. Em vez disso, você decide se virar para o sudoeste. Sua esperança é ir para leste de novo quando você passar pela área onde encontrou o vordak e sua patrulha de giaks.

Logo, você encontra uma velha trilha na floresta. Não parece ter sido utilizada há muitos anos. Você segue esta trilha para o oeste aproximadamente por um quilômetro e meio até chegar a uma sinalização antiga de pedra. Um braço da sinalização aponta diretamente à frente e outro aponta para a direita. As inscrições gravadas nos braços estão bem erodidas e escritas num texto antigo que você não reconhece.

Sua audição aguda detecta um ruído fraco à distância, diretamente à frente. É o som inconfundível dos giaks se comunicando em seu idioma bruto e gutural. Cansado de encontrar grupos de guerra inimigos, você deixa a trilha principal e parte ao longo de uma trilha menor.

Se tiver a *Disciplina Kai* Rastrear, vá para **249**.

Se não tiver esta *disciplina*, vá para **368**.

4

Você segue no rastro do Capitão enquanto ele força o seu cavalo através da multidão, tomando pouco cuidado com aqueles que não saem do seu caminho a tempo de evitarem os cascos do seu cavalo. Você acha impossível ser tão calmo com seu companheiro sommlendês e perde de vista esse oficial insensível antes de chegar ao outro lado da praça. A avenida larga está tão lotada quanto a praça e seu cavalo não é uma grande vantagem aqui. Com relutância, você decide que será melhor desmontar e continuar a pé.

Depois de cinquenta metros ao longo da avenida, você vê outra rua indo para sua direita. Uma placa fixada em uma taverna na esquina desta rua a identifica como o Beco de Fars.

Se quiser entrar no Beco de Fars, vá para **289**.

Se decidir continuar pela avenida principal, vá para **203**.

5

Rapidamente, você tira sua corda da sua mochila e amarra uma extremidade em volta de um livro pequeno que encontra descansando na mesa de mapas do Grão-mestre. Com Habilidade, você lança o livro e a corda para cima para que ele passe pelos corrimãos. Em seguida, puxa a corda e o livro até que ele se aloja firmemente entre dois dos suportes de madeira. Rapidamente, você testa seu peso. Assim que tem certeza de que ele aguentará, você escala e se arrasta sobre a balaustrada acima. Você recupera sua corda, coloca-a na sua mochila e então se aproxima da galeria em direção à escada do telhado.

Para continuar, vá para **186**.

6

Você inspeciona esta canoa de um homem só e descobre que ela está em más condições. A madeira do seu casco está fendida e deformada e a pequena embarcação instável tem vazamentos em vários lugares. Rapidamente, você remenda o pior dos buracos com um pouco de lama e tira a água acumulada no fundo. Seus reparos apressados parecem ter parado os vazamentos, pelo menos por enquanto. Colocando seu equipamento sob o assento, você parte seguindo a correnteza, usando um pedaço de madeira flutuante como um remo improvisado.

Depois de pouco tempo, você ouve o som de cavalos. Eles estão galopando em sua direção ao longo da margem esquerda.

Se tiver e quiser utilizar a *Disciplina Kai* Sexto Sentido, vá para 326.

Se não tiver esta habilidade Kai ou se não quiser usá-la, você pode tomar a precaução de se esconder no fundo da canoa, indo para 107.

Ou você pode se levantar na canoa e tentar atrair a atenção dos cavaleiros que se aproximam, indo para 253.

7

Depois de aproximadamente uma hora de caminhada por esta trilha, você percebe que está lentamente se deslocando para o leste. Por fim, você chega a um vau raso onde um riacho rápido segue em um caminho escarpado e rochoso em direção ao sul. Além deste vau, existe uma junção onde a trilha encontra um caminho mais amplo que vai do norte ao sul. Percebendo que o caminho do norte o levará para longe da capital, você se vira para a direita na junção e se dirige para o sul.

Vá para 155.

8

À distância, é possível ouvir o som de cavalos galopantes se aproximando. Você se abaixa atrás de um tronco de árvore e espera os cavaleiros se aproximarem. Quando aparecem à vista, você os reconhece como a cavalaria da Guarda Real do Rei Ulnar. Eles estão resplandecentes em seus uniformes bordôs.

Se desejar chamá-los, vá para 267.

Se decidir deixá-los passar, você pode continuar o seu caminho pela floresta, indo para 295.

9

Pelo que parece ser uma eternidade, a pressão da multidão o carrega como uma folha em um riacho preguiçoso. Você luta desesperadamente para ficar de pé, mas está se sentindo fraco e tonto depois de sua longa provação e agora suas pernas parecem tão pesadas quanto chumbo. Você está sendo levado para longe da frente de uma hospedaria velha de madeira quando, de repente, consegue vislumbrar uma escada estreita de pedra que leva até o telhado desta taverna antiga.

Juntando suas reservas de força, você abre caminho para longe da multidão e sobe pela escada. Você para a meio do caminho por alguns minutos para recuperar o fôlego e descansar suas pernas doloridas. Depois, lentamente, você completa sua subida até o topo. Deste alto ponto de vista, existe uma visão magnífica dos telhados e dos pináculos de Holmgard, com a rotunda elevada da Cidadela Real brilhando intensamente no sol da primavera. As casas e edifícios neste bairro antigo de Holmgard são construídos muito próximos uns dos outros e não é impossível saltar de um telhado para o outro. Na verdade, muitos cidadãos de Holmgard já usaram as "Telhadovias", como são chamadas, quando as chuvas fortes de outono deixaram as partes não asfaltadas das ruas lamacentas demais para caminhar. Mas, depois de muitas quedas e acidentes fatais, um decreto real no ano PL 5029 proibiu a sua utilização contínua. Depois de pensar bem, você decide usar as Telhadovias. Por causa da pressão e do caos das ruas abaixo, elas podem ser a única chance de chegar à Cidadela Real.

Você atravessa muitos telhados e salta por várias ruas estreitas sem muita dificuldade. Mas, quando se está a apenas uma rua da Cidadela Real, chega ao fim de uma fileira de telhados. O salto para a próxima fileira é muito maior do que qualquer coisa que já tentou antes. Você olha para baixo na borda, sobre as cabeças de várias centenas de pessoas, mais de quinze metros abaixo. Seu estômago dá um nó e você se pergunta se suas pernas ainda têm força suficiente para levá-lo sobre o vão assustador até o telhado final.

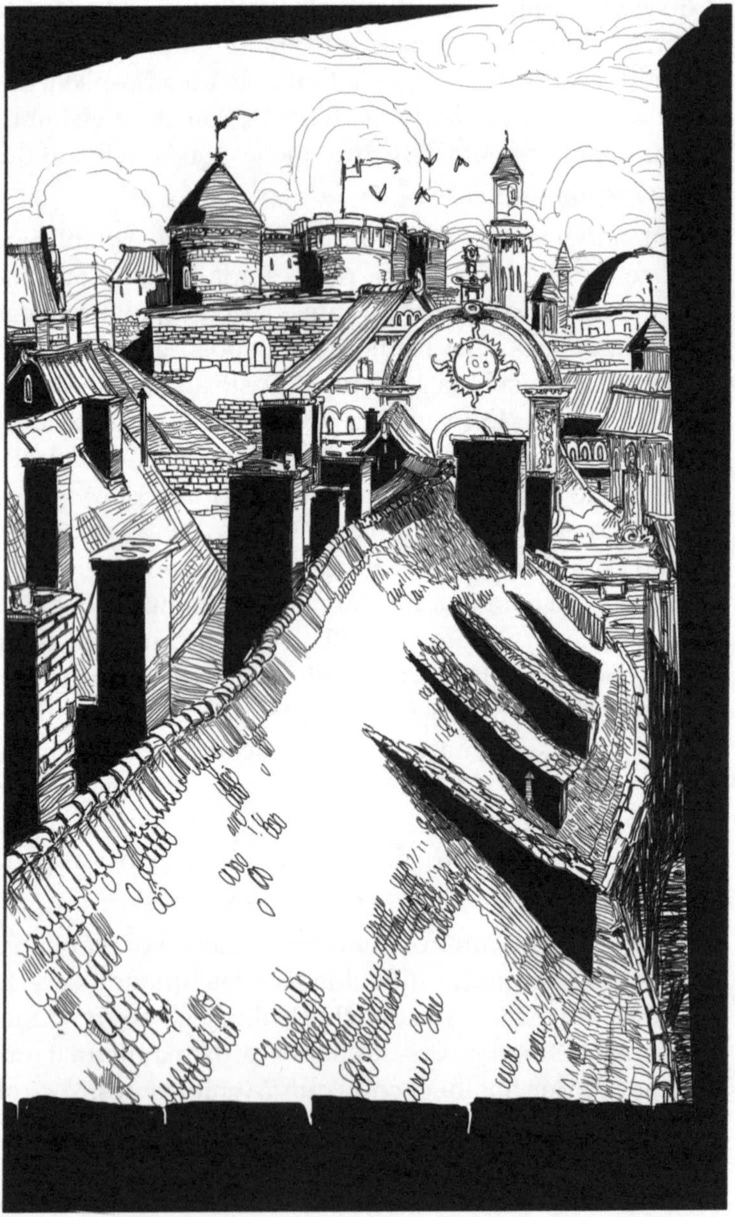

Com uma determinação implacável, você decide saltar. Chegou longe demais para voltar agora. Com o coração batendo na garganta, você pisa na borda do telhado e se joga no espaço, seus olhos fixados no ponto de pouso escolhido, um trecho plano do telhado oposto.

Escolha um número da *tabela de números aleatórios*. Se seu valor atual de RESISTÊNCIA for 10 ou mais, adicione 1 ao número que escolheu. Se o valor atual de RESISTÊNCIA for 5 ou menos, reduza 1.

Se seu total agora for 3 ou menos, vá para 151.

Se o total agora for 4 ou mais, vá para 34.

10

Seu Sexto Sentido Kai o alerta que uma batalha feroz está sendo travada no sul. Esta direção também é a rota mais rápida para a capital.

Agora, decida por qual caminho deseja ir.

Você pode seguir para o leste, indo para 39.

Ou pode se dirigir ao sul, indo para 221.

11

Para seu completo horror, você percebe que não pode mais se mover: está sendo mantido imóvel por uma força poderosa e invisível. Seus olhos são atraídos inexoravelmente para a boca aberta do esqueleto. Do fundo da terra, você pode ouvir agora um zumbido baixo, como o som distante de milhões de abelhas furiosas. Um brilho vermelho fosco aparece nas cavidades oculares vazias do soberano morto e o som do zumbido aumenta até que seus ouvidos são tomados pelo seu rugido ensurdecedor. Você está na presença de um mal imenso e ancestral, muito mais velho e mais forte do que até mesmo o próprio Lorde Sombrio Zagarna.

Se tiver uma Gema Vordak, vá agora para 353.
Se não tiver este item, vá para 446.

12

A trilha o leva em direção a um grupo de casebres a meia distância. Você está começando a sentir cansaço e fome por causa da sua corrida e precisa parar e fazer um descanso curto.

Se quiser entrar em um dos casebres e descansar um pouco, vá para 161.

Se decidir continuar independentemente da sua fadiga e sede, vá então para 118.

13

O helghast se vira para o Rei Ulnar e a Princesa Madelon e faz uma oferta aterrorizante:

— Me entreguem o Kai... e suas vidas serão poupadas!

Se você quiser se entregar ao helghast para salvar as vidas do Rei e da Princesa, vá para 523.

Se quiser denunciar a oferta do helghast como nada mais do que um engodo cruel, acreditando que esta criatura sobrenatural não é capaz de ter misericórdia com nenhum humano, vá para 138.

14

O guarda-costas o observa com desconfiança e depois fecha a porta na sua cara. Você pode ouvir o som das vozes conversando dentro da caravana. De repente, a metade superior da porta se abre e aparece o rosto de um mercador rico. Ele o olha de cima a baixo com os olhos pequenos e juntos e, depois, pede que pague 12 Coroas de Ouro como pagamento pela carona.

Se tiver 12 Coroas de Ouro e quiser pagar o que ele pede, vá para 398.

Se não tiver Coroas de Ouro suficientes ou se não quiser pagar uma quantia tão grande, vá para 372.

15

Você está se aproximando de uma curva para a direita no corredor quando escuta os sons abafados de combate vindos de algum lugar a meia distância. Você saca sua arma e espia pela quina, cauteloso e temeroso com o que o espera além.

Na extremidade oposta da passagem, perto da porta do arsenal, você vê um colega iniciado, um amigo chamado Falcão de Neve. Todas as tochas da parede foram apagadas e a passagem está escura, mas você sabe que é o seu amigo, sem dúvidas. O seu cabelo branco e a sua pele albina nevada brilham vertiginosamente nos raios de luz fracos que atravessam a janela despedaçada desta passagem.

Falcão de Neve está lutando contra um soldado de assalto giak. Os corpos de outros dois giaks estão perto, mortos pelo seu amigo jovem e corajoso. O giak desfere um golpe de raspão na cabeça de Falcão da Neve com o punho da espada e, quando ele cai para trás, você vê sangue escorrendo pela testa e caindo nos olhos. Falcão de Neve está subitamente cego. Ele se afasta e, quando suas costas batem na porta do arsenal, o giak dá uma risada maligna. Ele levanta a espada e se prepara para dar o golpe letal em seu amigo.

Se você tiver um Machado, vá para **166**.

Se não tiver um Machado, vá para **477**.

16

O caminho termina numa grande clareira. No centro desta clareira, há uma árvore solitária que é muito mais alta e mais larga do que qualquer outra que você tenha visto na floresta até agora. Olhando pelos seus galhos enormes, você vê uma grande casa de árvore localizada de sete a nove metros acima do chão. Não há escada para esta cabana alta, mas a casca nodosa da árvore oferece muitos apoios bons.

Se quiser escalar a árvore e investigar a casa, vá para **470**.

Se decidir continuar sua jornada pela floresta, vá para **317**.

17

Você chega ao topo de uma pequena colina arborizada, na qual vários pedregulhos grandes foram organizados para formar um círculo rústico. De repente, você ouve um rosnado alto atrás de uma das rochas grandes à sua esquerda.

Se quiser sacar sua arma e se preparar para a luta, vá para **60**.

Se decidir realizar uma ação evasiva, você pode correr pela colina até as árvores além, indo para **148**.

18

Quando você chega ao final dos degraus que levam para esta câmara, a figura encapuzada olha sobre seu ombro. Você vislumbra seu rosto magro e macilento e percebe o tom doentio da sua pele manchada. Os olhos do homem subitamente ardem de surpresa e fúria, mas ele não para o seu recital sombrio. Em vez disso, ele retira uma das tampas que são montadas numa linha acima das teclas e, subitamente, o volume do seu órgão de tubos aumenta dez vezes.

O som violento do órgão atinge-o como o golpe repentino de um martelo. O ruído terrível enche sua cabeça de dor e faz a sua visão entrar e sair de foco. Você sente que está exposto a mais do que um simples barulho ensurdecedor. Você também está sendo atacado por uma força psíquica poderosa que tenta deixá-lo inconsciente. Perca 3 pontos de Resistência.

Se tiver a *Disciplina Ka*i Escudo Mental, vá para 514.

Se não tiver esta habilidade, vá então para 226.

19

Você passa por um túnel longo e escuro de galhos suspensos que termina em uma grande clareira na floresta. Em uma base de pedra no centro deste terreno aberto, há uma Espada (Arma) em uma bainha de couro preto. Uma nota manuscrita foi amarrada ao punho, mas está escrita em um idioma que você não conhece.

Você pode pegar a Espada, se desejar, e anotá-la na sua *ficha de ação*.

Olhando em volta, você percebe que há duas saídas desta clareira.

Se escolher o caminho para o leste, vá para 307.

Se desejar o caminho para o sul, vá para 49.

20

Você consegue soltar um dos cavalos do seu arnês e montá-lo antes que ele possa se libertar do seu controle e fugir. Ele está muito assustado pelo cheiro dos lobos letais que se aproximam e pelos gritos malévolos dos seus terríveis cavaleiros giaks. Você saca sua arma e incita seu cavalo relutante em direção à linha de atacantes que se aproxima. Agora, eles estão a menos de cinquenta metros de distância, erguendo suas lanças em prontidão para uma carga.

Decididamente, você crava seus calcanhares nos flancos do seu cavalo e o instiga para a galope. Os giaks soltam um grito de guerra arrepiante e os lobos letais avançam a toda a velocidade. Vocês estão correndo um na direção do outro e a colisão é iminente.

Vá para 281.

21

Você ergue a arma para atacar a fera enquanto a bocarra com dentes de navalha se fecha a poucos centímetros da sua cabeça. Empurrado pelo bater das suas asas, é difícil ficar de pé. Reduza 1 ponto da sua HABILIDADE ao lutar contra este horror aéreo.

KRAAN

16   24

Se você matar a criatura, você rapidamente desce do lado mais distante da colina para evitar os giaks.

Escolha um número da *tabela de números aleatórios*.

Se o número escolhido for 0, vá para 75.

Se for 1 ou 2, vá para 418.

Se for 3 – 9, vá para 486.

22

Você acerta seu golpe fatal e o sargento drakkar se afasta de você, deixando respingos de sangue de sua boca aberta. Consciente do estopim queimando, você olha para a direção do barril e, no próximo instante, ele explode em uma bola de uma chama amarela impressionante. A onda de choque o derruba e o faz deslizar de lado pela estrada. Há mais duas explosões em rápida sucessão à medida que as chamas se espalham pelos outros barris e os tocam. Instintivamente, você cobre sua cabeça com seu braço enquanto pedaços de pedra destruída e madeira queimada caem ao seu redor. As explosões abriram um buraco enorme no caminho e no parapeito adjacente, deixando o inimigo nesta parte da ponte em um estado de pânico.

Você se levanta cambaleando e corre em direção à arcada, na esperança de fugir na cobertura do caos causado pela explosão dos barris de pólvora. Mas o ruído das explosões alertou as tropas no terceiro vão da ponte, e várias estão correndo agora para a arcada do outro lado. Outro sargento drakkar, com dois dos seus soldados de assalto, vê você correndo pela fumaça cinzenta cáustica. Ele ordena que seus homens interceptem-no e eles vêm correndo pela arcada com suas espadas em punho.

Vê-los se aproximando o obriga a se afastar da arcada e procurar outra maneira de entrar no terceiro vão da ponte. Através da fumaça, consegue ver uma pilha de fardos de algodão e caixas de madeira amontoados na beira da estrada. Usando este entulho como uma escada improvisada, você tenta subir para a passarela acima. Você está se aproximando do topo dessa pilha instável quando seus sentidos Kai o alertam sobre um perigo iminente. Na sombra da arcada, o segundo sargento drakkar parou para sacar uma besta carregada da sua mochila. Agora, ele está mirando enquanto você tenta saltar da caixa mais alta até a passarela.

Escolha um número da *tabela de números aleatórios*. Se você tiver a *Disciplina Kai* Caçar, adicione 1 ao número que escolheu. Se você tiver a *Disciplina Kai* Camuflar, adicione 1.

Se seu total agora for 1 ou menos, vá para **479**.

Se for 2 – 6, vá para **180**.

Se for 7 ou mais, vá para **311**.

23

Você é despertado pelo som de marcha das tropas. Você se levanta e começa a voltar para o lago ao longe. Focando seus olhos aguçados na linha costeira, você consegue discernir uma coluna de figuras de manto escuro. Eles são os drakkarim e com eles, como escolta, está um bando de lobos letais com cavaleiros giaks.

Um kraan aparece subitamente acima das árvores distantes e desce para pousar no telhado do estaleiro de balsas. Está sendo cavalgado por uma figura vestida com um manto vermelho com capuz. O cavaleiro encapuzado do kraan parece estar conversando com o líder da coluna dos drakkarim. Depois de alguns minutos, a coluna volta a marchar ao redor da margem e o kraan volta a subir ao ar. Ele vem voando através do lago numa direção que o aproximará do seu esconderijo.

Se tiver a *Disciplina Kai* Camuflar, vá para **160**.

Se quiser montar e cavalgar mais para dentro da floresta, vá para **360**.

Se decidir sacar sua arma e se preparar para se defender caso o kraan e seu cavaleiro estejam vindo atacá-lo, vá para **41**.

24

Você não avançou mais de cinquenta metros quando vê montes de folhagem vermelha escura à frente. Você reconhece que isto é uma moita-morte, um arbusto espinhoso com ferrões escarlates afiados. O nome comum para este arbusto de floresta é "Dente do Sono", pois os seus espinhos são muito afiados e o efeito rápido da sua toxina pode deixá-lo sentir fraco e sonolento se os espinhos arranharem sua pele.

Se tiver a *Disciplina Ka*i Rastrear, vá agora para **98**.

Se não tiver esta disciplina, você pode evitar o Dente do Sono ao voltar para a trilha. Vá para **413**.

Ou você pode continuar através dos arbustos espinhentos e entrar ainda mais na floresta, indo para **167**.

25

Eles veem-no sacando sua arma e o ladrão líder ordena imediatamente que seus capangas ataquem. Se decidir lutar contra esses ladrões, deve enfrentá-los um de cada vez.

LADRÃO LÍDER

⚔ 15   🛡 20

LADRÃO 1

⚔ 13   🛡 16

LADRÃO 2

⚔ 12   🛡 15

Se você matar os três, vá para **88**.

Se, a qualquer momento, você quiser fugir do combate, você pode fazê-lo, indo para **29**.

26

Parece que quem estava aqui se abrigando foi embora com muita pressa e muito recentemente. Uma refeição meio comida ainda está sobre a mesa e uma caneca de jala marrom-escura ainda está quente ao toque.

Sua busca descobre um baú e um pequeno estojo. Dentro dele, você encontra uma mochila, comida (suficiente para duas *refeições*) e uma Adaga (Arma).

Se quiser pegar estes itens, lembre-se de marcá-los na sua *ficha de ação*. Depois, você continua sua missão para chegar a Holmgard indo para 415.

27

Você abre a porta destrancada do arsenal e entra. A maioria das armas normalmente armazenadas nos suportes do arsenal de Kai já foi tirada pelos seus irmãos e agora sobraram apenas algumas:

Adaga

Martelo de Guerra

Espada

Lança

Cajado

Escudo Kai (+2 na HABILIDADE quando usado em combate, com qualquer Arma. Item Especial, decorado com a Face do Sol Kai vermelha e dourada)

Se quiser utilizar uma ou mais das armas mencionadas acima, faça o ajuste necessário na sua *ficha de ação*. Você só pode carregar duas armas de cada vez.

Para continuar, vá para 93.

28

Você cavalgou por quase três quilômetros através do emaranhado de árvores quando o terreno à frente fica mais suave e pantanoso.

Escolha um número da *tabela de números aleatórios*.

Se o número for 5 ou mais, você vê o perigo a tempo de evitá-lo. Você consegue se livrar do lamaçal e pode continuar, indo para 277.

Se for abaixo de 5, seu cavalo subitamente afunda na lama espessa até sua barriga. Escolha outro número da *tabela de números aleatórios*. Se desta vez o valor for acima de 7, você conseguirá arrastar a si próprio e ao seu cavalo até um solo mais firme (**277**).

Se o número for 7 ou menos, a lama sobe rapidamente até chegar às suas axilas. Seu cavalo dá um último relincho de desespero enquanto seu focinho desaparece no lodo borbulhante. Esta é a sua última chance de sobrevivência! Escolha outro número da *tabela de números aleatórios*.

Se o número for menor do que 3, o pântano fétido o suga e reivindica outra vítima. Infelizmente, a sua vida e a sua tentativa de chegar a Holmgard acabam aqui. Mas, se o número for 3 ou mais, você pode ir para **480**.

29

Você joga o soldado de lado e corre através da ponte vacilante. Você está na metade do caminho quando o clique abominável de uma besta sendo armada faz um arrepio subir pela sua coluna.

Escolha um número da *tabela de números aleatórios*.

Se o número escolhido for 0 – 4, vá para **264**.

Se o número for 5 – 9, vá para **204**.

30

Instintivamente, você se joga para longe do topo das escadas e rola enquanto cai no chão de pedra da câmara abaixo. A velocidade de suas reações e sua agilidade natural salvaram sua vida neste caso. Um bloco imenso granito se desalojou do teto e esmagou os degraus sobre os quais você estava, há momentos atrás.

Abalado por escapar desta por pouco, você se esforça pra se levantar e avança para inspecionar o dano. Agora, um feixe de luz cinzenta e fosca entra na câmara a partir de cima, através do espaço onde o bloco caído de pedra estava posicionado. No topo desta abertura semelhante a um poço, você pode ver um emaranhado de ervas-de-túmulo e o céu nublado cinza acima. A luz fosca renova suas esperanças de escapar deste submundo dos pesadelos.

Você consegue subir o poço sem muitos problemas, mas, à medida que se aproxima da superfície, você é forçado a usar sua arma para cortar uma saída através do emaranhado de uma folhagem brutal. Ao fazê-lo, você sofre vários cortes pequenos no rosto e nas costas da sua mão (perca 1 ponto de Resistência).

Por fim, você emerge novamente na necrópole, num lugar próximo de um caminho estreito espremido entre dois mausoléus de pedra preta. Olhando para baixo, pelo buraco do qual acabou de escapar, você vê uma luz verde pulsante cuja intensidade aumenta continuamente. Então, uma risada cruel e inumana parece sair do próprio chão em que você está. Ela reverbera pelo cemitério nebuloso, fazendo uma onda de pânico correr pelas suas veias. Tremendo com um medo repentino, você se afasta do buraco e corre o mais rápido que pode em direção ao portão sul desta necrópole maligna.

Vá para **87**.

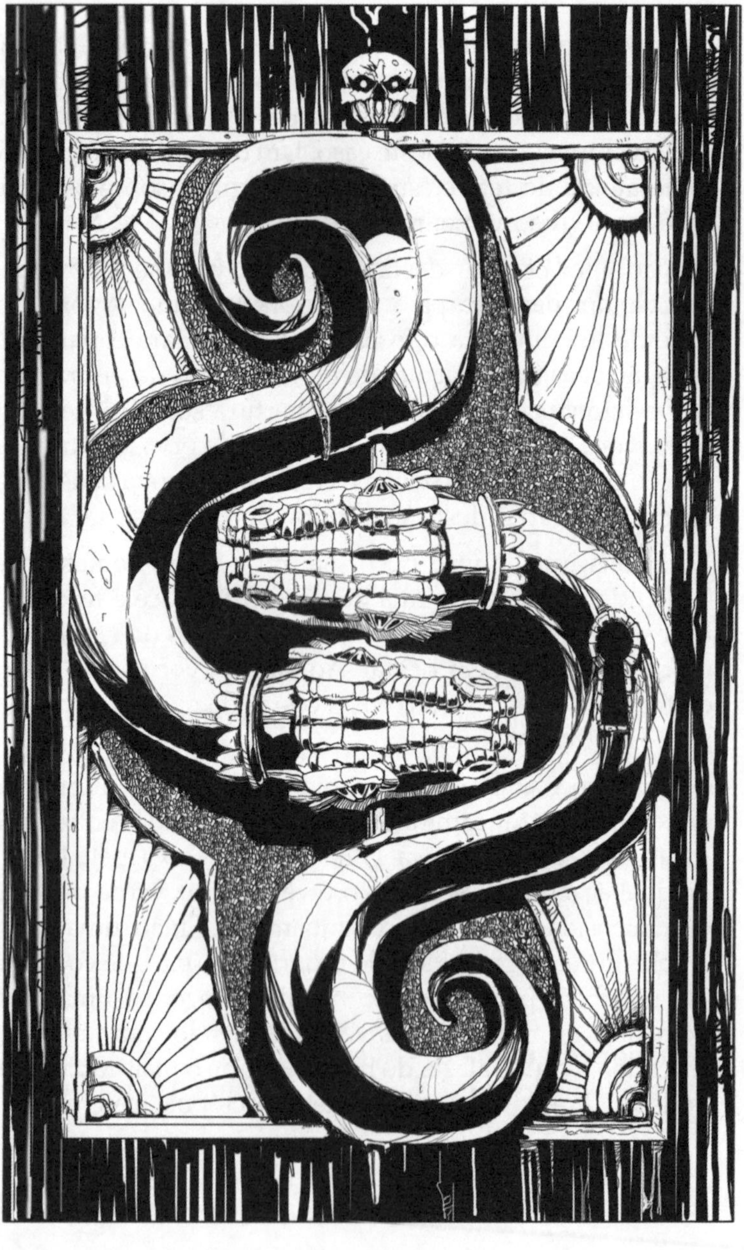

31

O corredor logo se alarga em um grande salão. Na extremidade oposta, há uma escada de pedra que leva a uma porta enorme. Duas velas pretas de cada lado dos degraus iluminam suavemente a câmara com uma luz anormal. Você percebe que nenhuma cera derreteu e, quando se aproxima mais, você pode sentir que as velas não emitem calor. Gravuras antigas cobrem o chão, as paredes e até o teto desta câmara.

Ansioso por deixar este túmulo maligno tão rápido quanto puder, você examina a porta, esperando encontrar um trinco. Um pino ornado parece manter a porta segura, mas também há um buraco no centro da sua placa de fechadura antiga.

Se tiver a *Disciplina Ka*i Telecinese e quiser usá-la, vá para **212**.

Se tiver uma Chave Dourada e quiser experimentá-la na fechadura, vá para **505**.

Se decidir remover o pino da trava da porta, vá para **524**.

32

Você deu alguns passos para dentro da sala quando um movimento súbito em algum lugar na galeria acima te faz travar no lugar. É possível ver sombras em movimento e ouvir as vozes inconfundíveis dos giaks. Rapidamente, você se esconde atrás de um dos vários pilares que circundam o perímetro desta câmara.

Se tiver a *Disciplina Ka*i Camuflar, vá para **135**.

Se não tiver esta habilidade, vá para **531**.

33

Quando seu guarda-costas cai morto aos seus pés, o mercador é tomado por um pânico repentino. Ele grita para o condutor e seu ajudante.

— Estou sendo atacado! — ele berra histericamente. — Abandonem a carruagem! Abandonem a carruagem!

O comerciante vai rapidamente para a frente da cabine espaçosa da carruagem, onde mexe na fechadura de um pequeno portal colocado no interior do painel lateral do veículo, perto do chão. É uma saída de emergência. Ele abre esta escotilha e, com um grito assustado, mergulha através da abertura estreita e desaparece de cabeça na escuridão. O condutor e seu ajudante também saltaram e agora a caravana está começando a sair do controle.

Se decidir mergulhar atrás do mercador através da escotilha aberta, vá para **350**.

Se quiser sair pela porta de trás, subir e atravessar o teto e tentar tomar as rédeas dos cavalos desenfreados, vá para **268**.

34

Você salta o espaço, aterrissa com um impacto tão grande no telhado oposto que o ar sai dos seus pulmões e fica deitado de costas, com a cabeça girando. Leva mais ou menos um minuto para você perceber completamente que saltou com sucesso e aterrizou em segurança do outro lado da rua. Quando seus sentidos retornam, você se levanta e dá um soco no ar com alegria, animado com sua habilidade e ousadia.

Rapidamente, você consegue encontrar uma maneira de atravessar o último telhado e descer por um longo cano de calha até a rua abaixo. Diretamente ao lado deste edifício, você pode ver as grandes portas blindadas da Cidadela Real. Elas estão se abrindo para permitir que uma carroça coberta saia. Ela é puxada por um grupo de seis cavalos grandes. Os cavalos estão assustados com a multidão barulhenta e o par da frente recua, fazendo com que a carroça quebre uma das rodas contra a porta de ferro. Na confusão resultante, você vê uma oportunidade de entrar. Você corre para frente com coragem, passa pela multidão e, depois, passa pela carroça enquanto os guardas do portão estão distraídos.

Vá para **195**.

35

Outro esquadrão de giaks está atacando a brecha nas portas do mosteiro. Fogo Estelar derruba o par da frente com um golpe cortante do seu machado, mas outro par consegue passar antes que ele possa derrubá-los. Um desses giaks está armado com um mangual. Ele corre em sua direção e gira a arma ao redor da própria cabeça antes de golpear contra a sua cara. Você bloqueia o ataque, mas sua arma fica enrolada na corrente do mangual e é puxada da sua mão. Com um movimento fluido e gracioso, Fogo Estelar desembainha sua espada com a mão esquerda e a joga para você, com o punho para frente. Você pega a arma pelo cabo e a segura diante de si, bem a tempo para bloquear o ataque de machado do segundo giak. Os dois giaks berram de raiva e frustração e então se jogam sobre você em um ataque frenético.

SOLDADOS DE ASSALTO GIAK

⚔ 16   🛡 14

Você precisa lutar contra esses dois inimigos ao mesmo tempo. Lembre-se de substituir sua Arma original com a Espada de Fogo Estelar na sua *ficha de ação*.

Se vencer este combate, vá para **535**.

36

Cuidadosamente, você avança pelo corredor escuro até chegar a um local onde ele vira abruptamente para o leste. De algum lugar além da esquina, é possível ver uma luz esverdeada e pálida. Ela brilha no chão de pedra molhado, iluminando um fungo cinza e grudento que cobre sua superfície.

Se quiser continuar explorando esta passagem, vá para **375**.

Se não quiser mais seguir nessa direção, você pode voltar para a junção. De lá, você pode explorar o túnel ao sul (vá para **141**) ou o túnel a oeste (vá para **458**).

37

Você corre pelo caminho da floresta por mais de uma hora observando atentamente os céus em busca de kraan. Então você chega a um tronco enorme que caiu atravessado na trilha. Ao se aproximar, é possível ouvir vozes. Elas vêm do outro lado do tronco caído.

Se quiser sacar sua arma e atacar de surpresa, vá para **376**.

Se quiser parar e escutar o que as vozes dizem, vá para **73**.

38

Em uma caixa, você descobre uma Adaga e uma Espada. Você também encontra 7 Coroas de Ouro. (Se quiser manter qualquer das armas mencionadas acima, ou o dinheiro, lembre-se de fazer o ajuste necessário na sua *ficha de ação*.) Escondida na parede desta câmara, você descobre a entrada de uma passagem secreta. Ao pressionar um dos azulejos de parede, um painel de entrada abre deslizando. Com um pouco de hesitação, você entra numa passagem estreita para o que está além. Ao caminhar por esta passagem, você se depara com uma prateleira esculpida da parede. Ela contém vários documentos secretos que pertenciam ao Sumo Sacerdote, todos escritos em um código que você não consegue decifrar. À medida que você está destruindo esses documentos, você encontra uma Poção de Laumspur enrolada em um dos pergaminhos. (Esta poção restaura 4 pontos de RESISTÊNCIA ao seu total quando ingerida após o combate. Há o suficiente para uma dose.)

A passagem secreta termina numa parede de pedra aparentemente sólida, mas em um exame cuidadoso, você encontra outro gatilho escondido. Ativando esse gatilho, a parede de pedra desliza para revelar uma câmara pequena e pouco iluminada. Existem três saídas desta sala parecida com uma caverna. Aquela diretamente à sua frente está bloqueada por uma chapa de ferro preto sólido, mas as saídas para a esquerda e para a direita são abertas e desprotegidas.

Se quiser explorar a saída da esquerda da câmara, vá para 422.

Se decidir explorar a saída da direita, vá para 330.

39
Depois algumas centenas de metros, o caminho da floresta se junta a outra trilha que vai de norte a sul. Um banco esculpido de um tronco caído está colocado ao longo do caminho. Se esta é a sua primeira visita aqui, você está com fome e deve parar para comer uma *refeição* ou perder 3 pontos de RESISTÊNCIA.

Depois, se quiser ir em direção ao norte, vá para 181.

Se decidir partir para o sul, vá para 207.

40
Você pega o frasco da sua mochila. Então, você o joga para cima, através do buraco diretamente acima de sua cabeça, em direção onde a entidade está presa no poço. Você ouve a cerâmica ser esmagada em pedaços pequenos, seguido de perto pelo som das chamas acendendo. Os gemidos ficam mais altos agora. Eles se transformam em gritos arrepiantes de dor e medo quando as chamas se espalham e acendem a teia danificada de tendões que saem do tronco da criatura.

Para continuar, vá para 498.

41

Você tem certeza de que o kraan e seu cavaleiro sabem exatamente onde você está. Aceitando o fato de que o combate é agora inevitável, você se prepara à medida que a criatura alada se aproxima.

O kraan desce e seu cavaleiro solta um grito que gela o seu sangue. Esta criatura é um vordak, um tenente feroz dos Lordes Sombrios. Ele faz o kraan pairar diretamente sobre sua cabeça, então ele se inclina em sua sela e tenta esmagar seu crânio com uma enorme maça escura.

VORDAK E KRAAN

19   27

Reduza 2 pontos da sua HABILIDADE nesta luta, a menos que tenha a *Disciplina Kai* Escudo Mental, pois esta criatura maligna está te atacando com sua Força Mental e com sua maça formidável.

Se vencer esta luta, vá para **410**.

42

As pessoas estão famintas e exaustas. Elas viajaram muitos quilômetros durante a noite, desesperadas para se afastarem da cidade em chamas. De repente, você ouve a batida de asas enormes vindas do norte.

— Kraan, Kraan! Escondam-se! — O grito segue por toda a estrada.

Logo à sua frente, uma carroça que transporta crianças pequenas se quebra, sua roda direita está emperrada em um sulco profundo. As crianças berram, aterrorizadas pelo kraan que se aproxima.

Se quiser ajudar as crianças, vá para **285**.

Se decidir ignorar seu apelo e correr até a cobertura das árvores, vá para **396**.

43

Você tenta confortar o homem machucado da melhor forma possível, mas ele está ferido gravemente e perdeu muito sangue. Logo, ele perde a consciência novamente. Há pouco que você pode fazer por ele aqui. Cobrindo-o com a própria capa, você se vira e adentra na floresta.

Vá para **400**.

44

Você cavalga quase quatro quilômetros e meio ao longo desta trilha de madeiral quando, à distância, vê a silhueta inconfundível dos giaks. Eles estão em um grupo no meio da trilha e não parecem ter visto você. Bem acima das árvores, você ouve o grito dos kraan indo rumo ao oeste. Eles acabaram de pousar esses giaks na estrada da floresta e agora estão retornando às montanhas para pegar outro esquadrão de batedores inimigos.

Se quiser galopar direto em direção ao grupo distante de giaks, esperando pegá-los de surpresa e espalhá-los, vá para **530**.

Se decidir deixar a estrada e entrar na floresta para evitar esses batedores giaks, vá então para **255**.

45

O chão da galeria treme e gesso quebrado cai do seu teto enquanto você corre por esta passagem surrada e cheia de poeira em direção à segunda torre de vigia. Você rapidamente empurra a porta da torre e testemunha uma cena que o faz gritar de choque e raiva. Um buraco imenso foi feito na parede da torre. O impacto da explosão que destruiu o muro também matou os três sentinelas Kai que estavam a postos aqui e permitiram que o inimigo entrasse sem oposição. Dois giaks estão agachados sobre os cadáveres dos seus camaradas mortos, mutilando animadamente seus corpos com facas serrilhadas. Consumido pela raiva e repugnância súbitas, você saca sua arma e ataca esses giaks carniceiros antes que possam virar suas lâminas cruéis contra você.

SOLDADOS DE ASSALTO GIAK — 14 / 15

Devido à rapidez e ferocidade do seu ataque, você pode aumentar sua HABILIDADE em 2 pontos pela duração desta luta.

Se vencer este combate em 3 rodadas ou menos, vá para **182**.

Se vencer este combate em 4 rodadas ou mais, vá para **546**.

46

O chão da caverna está seco e empoeirado. Enquanto explora mais fundo na meia-luz sombria, você detecta o odor rançoso de carne podre. A fenda está tomada por vários ossos, pedaços de pele e os dentes de muitos animais pequenos. Entre esses restos, você percebe um saco pequeno de tecido que abre e, para sua surpresa, encontra 3 Coroas de Ouro. Você pode colocar estas moedas na Algibeira antes de deixar o que parece ser a toca de um gato selvagem da montanha. Mais uma vez de fora, você desce cuidadosamente a colina e entra novamente na floresta.

Vá para 373.

47

Enquanto você está se aproximando do portão das carroças, um vigia atento o percebe e informa seu sargento. Um trio de soldados de rostos sombrios é enviado para interceptá-lo, temendo que você possa ser um batedor inimigo tentando sabotar o ponto fraco da sua muralha defensiva. Os soldados estão armados com bestas carregadas e miradas enquanto você se aproxima. Ao invés de correr o risco de ser atingido pelo seu próprio lado por engano, você levanta as mãos em um gesto de rendição.

Apesar de não tentarem desarmá-lo ou confiscar seus equipamentos, os soldados sommlendeses desconfiados nunca abaixam as bestas ou tiram os olhos de você enquanto escoltam-no de volta ao portão de carroça. Apenas quando você está dentro do perímetro, entregue nas mãos do sargento, é que sua identidade verdadeira é reconhecida. O sargento calejado ordena imediatamente que seus homens abaixem suas armas.

— Meu Lorde, — ele diz com respeito, — onde estão os Kai? Precisamos desesperadamente das suas habilidades de batalha e liderança. O inimigo nos pressiona de forma mais cruel na muralha externa do norte e nossas baixas estão aumentando.

Com tristeza, você informa o bravo soldado sobre o destino de seus companheiros e o seu desejo urgente de ver o Rei e reportar a calamidade. Ele ficou visivelmente abalado a notícia. Chocado, ele sinaliza aos seus homens que voltem aos seus postos de batalha na muralha externa e então pede que você o siga enquanto tenta localizar seu comandante.

Por fim, ele encontra o oficial, um tenente jovem, supervisionando o reforço das barcaças dos rios. Quando você

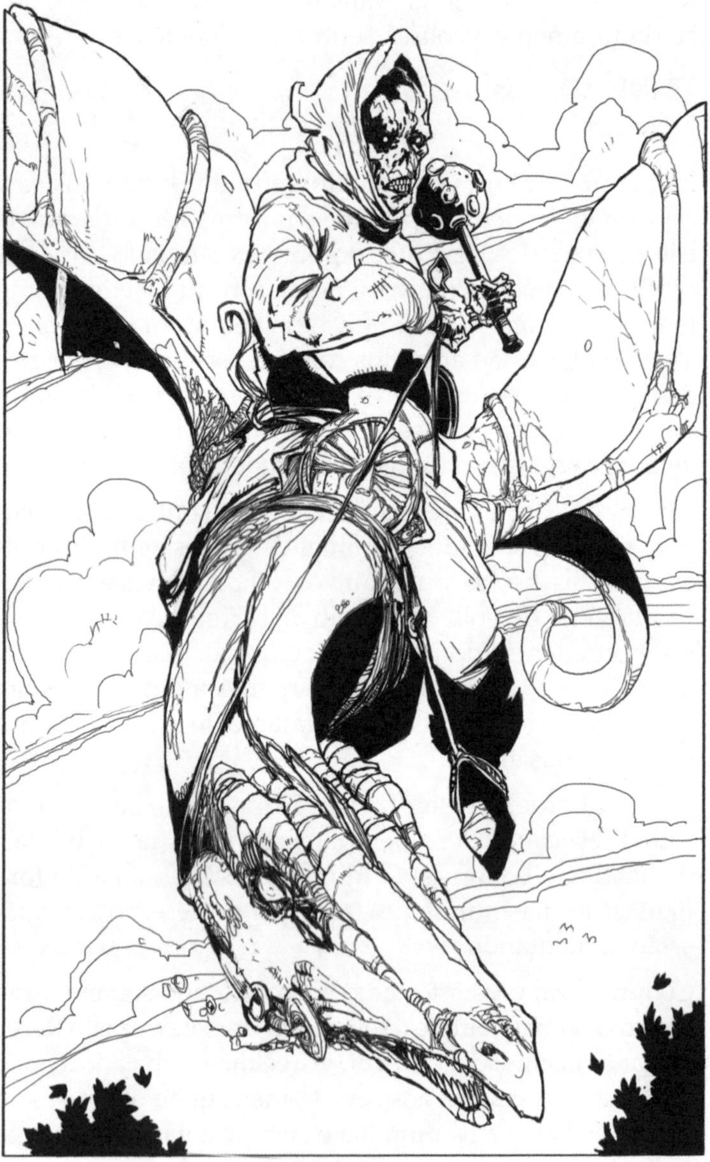

conta o que aconteceu e como chegou aqui sozinho, ele fica, também, visivelmente chocado com as notícias terríveis. Com uma mão trêmula, ele sinaliza para seu sargento buscar dois cavalos. Enquanto você espera que a ordem dele seja executada, o tenente oferece um pouco de comida e vinho da sua mochila (recupere 3 pontos de RESISTÊNCIA).

Você está terminando sua refeição quando o sargento retorna com dois cavalos selados. O tenente jovem de cabelo claro faz um sinal para você se aproximar e, juntos, vocês montam e cavalgam pelo acampamento em direção ao portão principal de Holmgard.

Vá para **179**.

48

Sem avisar, uma aparição terrível, vestida de um manto de capuz vermelho, desce do céu da manhã nas costas de um kraan. Seu grito infernal gela seu sangue. Esta criatura é um vordak, um tenente feroz dos Lordes Sombrios. Ele e sua montaria alada alcançam-no em um instante e você deve combatê-los até a morte.

VORDAK E KRAAN

🗡 19   🛡 27

Reduza 2 pontos da sua HABILIDADE durante esta luta, a menos que tenha a *Disciplina Ka*i Escudo Mental, pois a criatura maligna está atacando com o poder da sua Força Mental e com sua maça escura enorme.

Se vencer esta luta repentina e desesperada, vá para **508**.

49

A floresta fica mais densa e o caminho sendo seguido se torna cada vez mais emaranhado com arbustos espinhosos.

Quase completamente escondido pela vegetação rasteira, você percebe outro caminho que se ramifica em direção ao leste. Como sua rota atual parece estar chegando a um final rápido, você decide sair essa trilha e seguir o novo caminho para leste.

Vá para 307.

50

Com cautela, você percorre a vila, seguindo as placas até a Loja do Ferreiro, onde você usa a Chave de Ferro para abrir a porta trancada. Dentro, você descobre que esta forja também serve como a oficina da vila. Suas prateleiras são cheias com ferramentas de mineração e agricultura. Há uma pequena forja e um pouco de óleo inflamável para as lâmpadas da aldeia, armazenada em jarros de cerâmica. Sobre uma bigorna ao lado da fogueira está o objeto que você esperava encontrar: a Engrenagem de Ferro (registre isto na sua ficha de ação como um Item de mochila. Se já tiver uma mochila cheia, você precisa descartar outro item à sua escolha para abrir espaço). Você também descobre dois outros itens que podem ser úteis, ou não: Pederneira e Espeto de Ferro.

Sua animação de ter encontrado a engrenagem é logo atenuada ao ouvir o som dos pés em marcha. São pés giaks em botas e estão se aproximando da Loja do Ferreiro. Através de um buraco pequeno na parede de madeira da forja, você pode ver uma dúzia de giaks formando duas fileiras na porta da frente. Estão de costas para a porta e parecem estar se preparando para uma inspeção. Apesar de não manifestarem qualquer intenção de entrar na loja, a sua posição lá fora impede que você saia agora.

À medida que os minutos passam, você fica cada vez mais ansioso para deixar este lugar e cumprir a promessa feita. Os giaks não se mexeram desde que se formaram as fileiras pela primeira vez do lado de fora e então você decide que deve tentar escapar através da parede de madeira traseira.

Há aqui muitas ferramentas que podem ser usadas para fazer um buraco, mas nenhuma delas pode fazer o trabalho em silêncio. Receoso de que o menor ruído alerte os giaks sobre sua presença, você decide que é necessário algum tipo de distração. Um plano ousado começa a tomar forma em sua mente. É um que certamente distrairá os giaks, mas também poderá dar muito errado.

Você pega um dos jarros de cerâmica com óleo e joga seu conteúdo no chão ao redor da porta da frente. Em seguida, você escolhe um machado grande na prateleira de ferramentas e o coloca contra a parede de trás. Usando um carvão quente da forja, você inflama o óleo derramado. O chão da madeira e a armação da porta de frente pegam fogo rapidamente e, em breve, começam a estalar com força. A fumaça e o estalo alto do incêndio logo são percebidos pelos giaks, que aumentam o barulho com seus gritos de alarme. Em menos de dois minutos, a Loja do Ferreiro está em chamas e, aparentemente, todos os giaks da vila estão correndo para investigar, embora ninguém tente apagar o incêndio. Sob a cobertura de todo o barulho e fumaça, você abre rapidamente um buraco na parede traseira, através da qual consegue escapar da loja de chamas.

Escolha um número da *tabela de números aleatórios*.

Se o número for 0 – 4, vá para **91**.

Se for 5 – 9, vá para **435**.

51

A escada velha da torre de vigia está podre e vários degraus se quebram enquanto você sobe. Escolha um número da *tabela de números aleatórios*.

Se o número for 4 ou menos, você cai. Perca 2 pontos de RESISTÊNCIA e vá para **197**.

Se o número for 5 ou mais, você não cai. Vá para **500**.

52

O helghast se concentra em você com seus olhos brilhantes e desfere um ataque psíquico poderoso contra sua mente. De repente, sua cabeça é tomada por uma dor excruciante que o faz chorar e cair de joelhos: perca 2 pontos de RESISTÊNCIA. Depois do que parece ser uma eternidade de agonia, o ataque enfraquece e se dissipa, deixando-o tremendo pelo choque psíquico. O helghast dá outra risada horrível, confiante agora que você não é páreo para seus poderes sobrenaturais.

Vá para 382.

53

Por quase uma hora, você percorre a floresta através de sua vegetação densa e das samambaias. Em seguida, você encontra um córrego pequeno e límpido onde para durante alguns minutos para lavar o rosto e beber água fria e fresca (recupere 1 ponto de RESISTÊNCIA).

Sentindo-se revitalizado, você atravessa o córrego gelado e continua para dentro da floresta. Logo, você detecta o cheiro de fumaça de madeira que está vindo do norte.

Para investigar o cheiro da fumaça de madeira, vá para **178**.

Se preferir evitar a fonte dessa fumaça, vá para **542**.

54

As vozes param. Então, após alguns momentos, dois rostos peludos aparecem sobre o topo do tronco caído. Os pares de olhos encaram-no, depois a sua arma em punho e, em uníssono, os dois seres soltam gritos de medo. Pulando para longe do tronco, eles desaparecem rapidamente na floresta.

Se quiser segui-los, vá para **272**.

Se decidir deixá-los ir embora, você pode continuar, indo para **341**.

55

Quando o oficial giak vê que você derrotou as tropas com tanta habilidade em um combate corpo-a-corpo, ele grita "Ogot! Ogot!" Imediatamente, seus soldados restantes respondem ao seu comando para recuar. Como um grupo, eles fogem das ruínas e correm para a segurança da floresta nos arredores.

O líder giak vestido de preto os segue e para por alguns instantes quando chega à linha das árvores. Virando para encará-lo, ele balança o punho de armadura e grita: — Raneg rogag ok! Orgadaka okak rogag gaj! — Então, ele dá as costas para as ruínas e some entre as árvores.

Avaliando a cena da batalha recente, você conta quinze giaks mortos entre os pilares ancestrais e ruínas despedaçadas de Raumas. O jovem mago surge do santuário. Ele limpa as sobrancelhas e caminha em sua direção com um sorriso no rosto, sua mão estendida de forma amistosa.

Vá para **547**.

56

Você deixa a cabine pela mesma porta que entrou e circula por atrás das moradias do perímetro rumo ao leste. Você tenta chegar tão perto de Rhedwen e do seu captor giak quanto possível, mas há uma área de terra aberta em volta da base da colina, sem cobertura para esconder sua aproximação final. Depois de refletir sobre a sua situação por alguns momentos, você decide que terá de criar uma distração se quiser ter alguma chance de emboscar o giak antes dele vê-lo e soar o alarme

Se tiver a *Disciplina Kai* Telecinese e quiser usá-la, vá para **543**.

Se tiver a *Disciplina Kai* Afinidade com Animais e quiser usá-la, vá para **366**.

Se tiver a *Disciplina Kai* Rajada Mental e quiser usá-la, vá para **238**.

Se não tiver nenhuma das *Disciplinas Kai* acima ou decidir não usá-las, vá então para **339**.

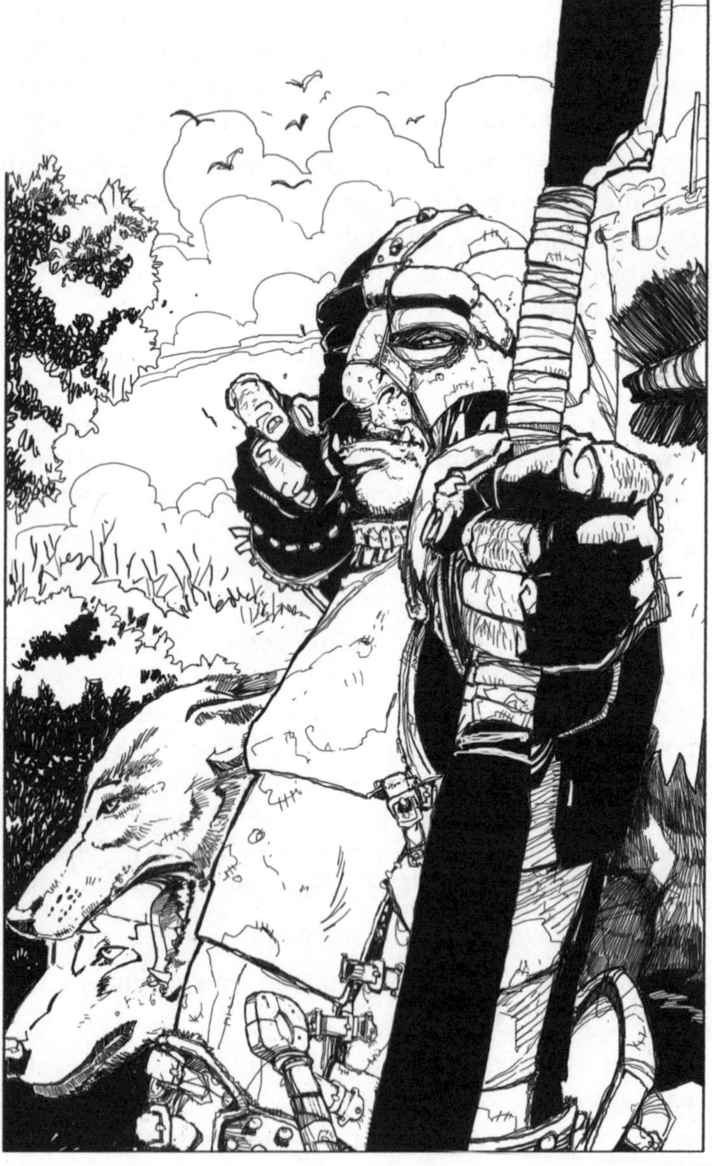

57

Três patrulheiros galopam ao longo da margem do rio, seguidos de perto pelos giaks em seus lobos letais.

A margem aqui é íngreme e você é visto pelo líder do grupo de giaks, que ordena que cinco de seus batedores se afastem e atirem contra você com seus arcos. As flechas pretas vêm sibilando em sua direção.

Se quiser fugir delas ao remar correnteza abaixo o mais rápido possível, vá para 252.

Se decidir seguir até a cobertura das árvores na margem oposta, vá para 162.

58

Você corre o mais rápido consegue para alcançar Fogo Estelar enquanto ele corre em direção ao portão principal do mosteiro. Simultaneamente, e sem atrasar seu ritmo, ele saca sua espada com a mão esquerda e solta um machado de lâmina dupla do cinto com a direita. Então ele se lança bravamente contra os giaks enquanto passam correndo pela brecha na portaria. Em um borrão de movimentos letais, ele atinge o inimigo líder com seu machado como um gancho, dividindo sua face feia do queixo até o topo da cabeça. O corpo do giak tomba para trás, lançando um arco de sangue escuro vil. Fogo Estelar solta um brado de batalha empolgante: — Por Sommerlund e pelo Kai! — e realiza seu ataque com uma rajada de espadadas que decapitam três giaks que vieram no rastro do soldado caído. O descanso do combate é breve. Momentos depois, mais uma dúzia de giaks avança, ansiosos por subjugar seu Mestre Kai com seus números superiores.

Um dos giaks, armado com uma lança, se afasta deste grupo e vem correndo em sua direção. Ele deseja evitar que você chegue ao seu mestre engajado. Você mira na cabeça, mas seu golpe não é rápido o suficiente para atingir na criatura. O giak se abaixa e golpeia com a haste da lança em um arco que acerta seu joelho esquerdo e o derruba (perca 1 ponto de RESISTÊNCIA). Você consegue segurar sua arma, mas, antes que consiga se levantar, o Giak avança e levanta sua lança, preparando para prendê-lo no chão.

Escolha um número da *tabela de números aleatórios*.

Se o número escolhido for 0 – 4, vá para 279.

Se for 5 – 9, vá para 117.

59

Você segue o caminho da floresta por quase uma hora antes de chegar a uma encruzilhada. Ela está sombreada por uma cobertura de ramos.

Se quiser seguir para leste, vá para 122.

Se escolher seguir em direção ao norte, vá para 357.

Se decidir seguir para o sul, vá para 221.

Ou, se decidir seguir para o oeste, vá para 207.

60

Por trás da rocha sai um enorme urso negro. Ele avança lentamente em sua direção, sua boca aberta e seu rosto contorcido de raiva e dor. Você percebe que ele está ferido gravemente e sangrando através de vários cortes de espada no seu pescoço e costas. Ele está determinado a atacar e você deve combatê-lo para sobreviver.

URSO NEGRO

⚔ 16   🛡 10

Se vencer este combate, vá para 286.

Depois de três rodadas de combate, você consegue se posicionar de forma a evitar o combate com esta criatura, correndo pela colina e descendo pelo outro lado. Se quiser fugir neste momento, você pode ir para **148**, mas existe a chance de se ferir ao se virar e correr.

61

Sem aviso prévio, a velha trilha acaba abruptamente na borda de uma encosta íngreme e arborizada. O solo aqui é muito solto e instável. Você está seguindo com cuidado ao longo da borda quando, de repente, perde o equilíbrio e cai de cabeça encosta abaixo.

Escolha um número da *tabela de números aleatórios*.

Se o número escolhido for 0 – 4, vá para **423**.

Se o número for 5 – 9, vá para **527**.

62

Você chega ao topo da escada de ferro e abre a escotilha de madeira. Ela dá acesso a uma câmara de pedra exposta localizada abaixo do nível da ponte da torre. Há um lance pequeno de escadas que leva a uma porta fechada e, na base deste lance, é possível ver os corpos emaranhados de quatro guardas da ponte sommlendeses. Você examina os corpos sem vida e determina que já estão mortos há horas. Eliminados durante a luta inicial pela portaria quando as primeiras tropas inimigas desembarcaram na Mitra de Alema, seus corpos foram tirados da estrada da ponte e jogados nesta câmara de carga, juntamente com suas armas e equipamentos. Você encontra uma Espada, uma Espada Larga, uma Adaga e duas Lanças (Armas). Também descobre uma mochila contendo Comida suficiente para 2 refeições e uma Poção de Laumspur. (Esta poção de cura restaura 4 pontos de Resistência ao seu total quando ingerida após o combate. Há o suficiente para uma dose.)

Depois de fazer uma pequena oração à Deusa Ishir para levar e preservar as almas desses soldados mortos, você desembainha sua arma e sobe os degraus até a porta da câmara de carga. Você gira cuidadosamente a alça de ferro e abre facilmente o portal pesado apenas em alguns centímetros. Através do fosso, você pode ver um fluxo constante de tropas inimigas passando perto pela torre de vigia. Eles estão a caminho de reforçar a luta na linha de frente em Pedra de Durn. Diretamente em frente à porta existe outro lance de degraus de pedra estreitos que vai até o topo do arco da portaria. Assim que percebe uma pausa na torrente de reforços, você sai da porta e corre escada acima.

Vá para 242.

63

Estes homens não são o que parecem. A túnica do líder é genuína, mas está muito manchada de sangue perto da gola, como se seu dono verdadeiro tivesse o azar de ter sua garganta cortada. Além disso, suas armas não eram do padrão do pelotão, mas caras e ricamente decoradas. O punho da espada do líder está incrustado com o símbolo do pico de uma montanha e três estrelas. Isso a identifica como uma arma feita em Marteldal pelos armeiros de Durenor, uns dos melhores fabricantes de armas das Terras Derradeiras. Um soldado comum não poderia bancar uma espada tão boa quanto esta.

Para o seu desalento, você percebe que cada um desses homens também carrega uma besta em suas mochilas e estojos cheios de virotes presos em seus cintos. Julgando pelas boas condições de manutenção dessas armas, você não tem dúvidas que esses ladrões são atiradores hábeis. Qualquer tentativa de fugir deles em campo aberto provavelmente seria um suicídio. Relutante, você decide que deve lutar contra eles ou certamente será morto assim que entregar suas armas e equipamentos.

Vá para 263.

64

Você conseguiu colocar suas mãos na frente segundos antes do projétil flamejante explodir. Isso evitou que seu rosto fosse queimado pela explosão ardente, mas deixou as palmas da sua mão bem machucadas (perca 1 ponto de RESISTÊNCIA).

Os livros e manuscritos nas prateleiras mais próximas da janela pegam fogo imediatamente por causa do calor. Eles ardem em chamas, liberando nuvens densas de fumaça preta que rapidamente encherão esta câmara. Amaldiçoando seus inimigos pela morte e destruição que causaram, você se levanta e foge apressadamente através da escadaria da câmara.

Vá para 453.

65

Você cobriu cerca de três quilômetros quando as árvores à frente começam a rarear. É possível ver um lago à frente e uma cabana pequena de madeira empoleirada na sua margem. Um homem de manto e capuz sai da cabana e se aproxima. Ao se aproximar, ele se oferece para levar você e seu cavalo com o barco através do lago por uma taxa de 2 Coroas de Ouro.

Se tiver a *Disciplina Kai* Sexto Sentido, vá para 452.

Se quiser aceitar a oferta deste homem, vá para 370.

Se recusar sua oferta, você pode tentar cavalgar ao redor da beira do lago, indo para 127.

66

Acima da grande lareira de mármore, há uma tapeçaria imensa de seda, tecida com fio de prata e ouro e decorada com pedras preciosas. Ela representa um acontecimento famoso na história de Sommerlund, a vitória do Rei Ulnar I sobre o Lorde Sombrio Vashna à beira da Garganta de Maak. Pendurados nas paredes, de ambos os lados da grande tapeçaria estão dois pares de armas muito bem feitas. Elas já pertenceram a famosos Mestres Kai do passado.

Adaga

Espada

Maça

Cajado

Essas armas foram feitas belíssimas e são perfeitamente balanceadas. Você pode pegar e usar um máximo de duas. Cada arma adicionará +1 à sua HABILIDADE quando utilizada em combate. Anote este bônus especial na sua *ficha de ação* e lembre-se de apagar as Armas que já esteja carregando se decidir trocá-las agora.

Na parede norte do salão, há um gaveteiro grande, entalhado com adornos, feito de mogno e ouro. Este foi um presente para a Ordem Kai da Rainha Evaine de Talestria após sua visita há três anos. Você procura nas gavetas e descobre os seguintes itens:

Laumspur (Ela restaura 4 pontos de RESISTÊNCIA quando ingerida após o combate. Há o suficiente para uma dose; Item da mochila.)

Cristal de Batalha Kai (É uma granada explosiva; Item da mochila)

Cristal do Sono Kai (Também é uma granada, mas que contém um poderoso gás sonífero; Item da mochila)

Chave de Ouro Kai (Item Especial)

Se quiser manter algum ou todos esses itens, lembre-se de fazer os ajustes necessários na sua ficha de ação.

Assim que tiver concluído sua busca no Grande Salão, você pode continuar sua missão, subindo a grande escadaria de mármore até o andar superior. Vá para **518**.

67

Sem fôlego e suando, você escala até o topo da colina. De repente, uma grande sombra alada passa pela encosta. Você olha para cima e vê um kraan circulando o pico acima. Atrás, os giaks estão ganhando terreno rapidamente.

Se decidir ficar e lutar contra os giaks onde você está, usando sua posição mais alta como vantagem, vá para 191.

Se decidir ranger os dentes e continuar em direção ao pico desta colina, vá para 499.

68

Seu Sexto Sentido Kai o avisa que esses soldados não são exatamente o que parece. É possível sentir uma aura de maldade neles. Quanto mais você se concentra nesses homens, mais tem certeza de que eles estão a serviço do Lorde Sombrio Zagarna.

Você decide que deve sair dessa área antes de ser detectado. Quando a oportunidade aparece, você foge e corre pela floresta circundante, ansioso por aumentar a distância entre você e os homens, caso eles encontrem seu rastro.

Vá para 367.

69

Com um rugido retumbante de raiva e frustração, a entidade puxa com força com seu pulso algemado restante. Outra rachadura aterrorizante aparece na pedra acima e a segunda corrente cai do teto gravemente enfraquecido. Em um frenesi selvagem, a criatura agora usa ambas as correntes como dois chicotes grandes de metal, batendo e esmagando os pilares e pisos da galeria aleatoriamente numa tentativa desesperada de matá-lo. Tremendo de medo, você se força contra o chão de pedra da galeria e reza para Kai em busca de salvação.

Em meio aos sons ensurdecedores de correntes rangendo e pedras explodindo, você ouve, de repente, um barulho mais profundo. Então, o piso começa a tremer violentamente. Por alguns instantes, você ouve a entidade emitindo gritos de horror então todo som é consumido por uma cacofonia tremenda de ruídos quando o teto danificado desaba. Centenas de toneladas de rocha e terra úmida caem sobre a cabeça e os ombros da criatura. Embora grande parte do desabamento desapareça completamente quando passa pela superfície do poço circundante, um número suficiente de detritos atingiu a entidade para deixá-la aparentemente em um estado de inconsciência.

Depois do que parece uma eternidade, o chão para de tremer e os ruídos terríveis da destruição finalmente acabam. Eles são seguidos por um silêncio sobrenatural. Lentamente, você se levanta e espia pelo ar cheio de poeira. Na quietude e devastação do salão abaixo, você pode ver que a entidade ainda está presa no centro do Portão Sombrio O elmo e a armadura foram amassados e entortados pelas rochas que caíram, mas seu crânio e corpo ainda parecem completamente intactos. Agora, ele está dobrado para a frente, sua mandíbula no peito, seus braços ósseos abertos e mantidos quase horizontalmente pelas correntes enterradas nos detritos amontoados ao redor do poço. A maior parte dos tendões que ligam o seu tronco ao chão da câmara e às paredes inferiores foram cortados pelas pedras cadentes e há filetes de fluido verde borbulhando e escorrendo das suas extremidades partidas. Um buraco enorme apareceu na extremidade do poço, onde um pedregulho imenso de granito atravessou até a outra câmara diretamente abaixo. O vislumbre da luz do dia nesta câmara baixa te oferece uma esperança renovada de escapar do salão destroçado.

Cuidadosamente, você desce da beirada do balcão quebrado e corre pelo chão cheio de detritos do salão em direção ao buraco. O topo do pedregulho de granito que perfurou o chão pode ser visto claramente na câmara abaixo. Sua superfície está a menos de quatro metros e meio abaixo de onde você está agora. Se preparando para o impacto, você salta sobre este pedregulho e consegue pousar sem perder o equilíbrio ou se machucar. Você para por alguns instantes para recuperar o fôlego e avaliar seus novos arredores, quando percebe ruídos no salão acima. É o som do rangido e do atrito das correntes pesadas. A entidade está revivendo.

Se tiver o Frasco de Fogo, vá para 40.

Se não tiver este item, então vá para 498.

70

Você se inclina sobre o balcão até onde consegue e começa a ler as inscrições. Então, de canto do olho, você percebe algo se movendo em sua direção por trás da tela.

Escolha um número da *tabela de números aleatórios*. Se você tiver a *Disciplina Ka*i Sexto Sentido, reduza 5 do número que escolheu.

Se seu total agora for 4 ou menos, vá para 529.

Se seu total for 5 ou mais, vá para 85.

71

Você está vagando pela floresta por mais de duas horas quando ouve os sons distantes de luta. O barulho da batalha é fraco e vem de algum lugar além das árvores à frente.

Se quiser continuar indo em direção aos sons de batalha, vá para 183.

Se decidir evitar a luta, você pode mudar de direção, indo para 367.

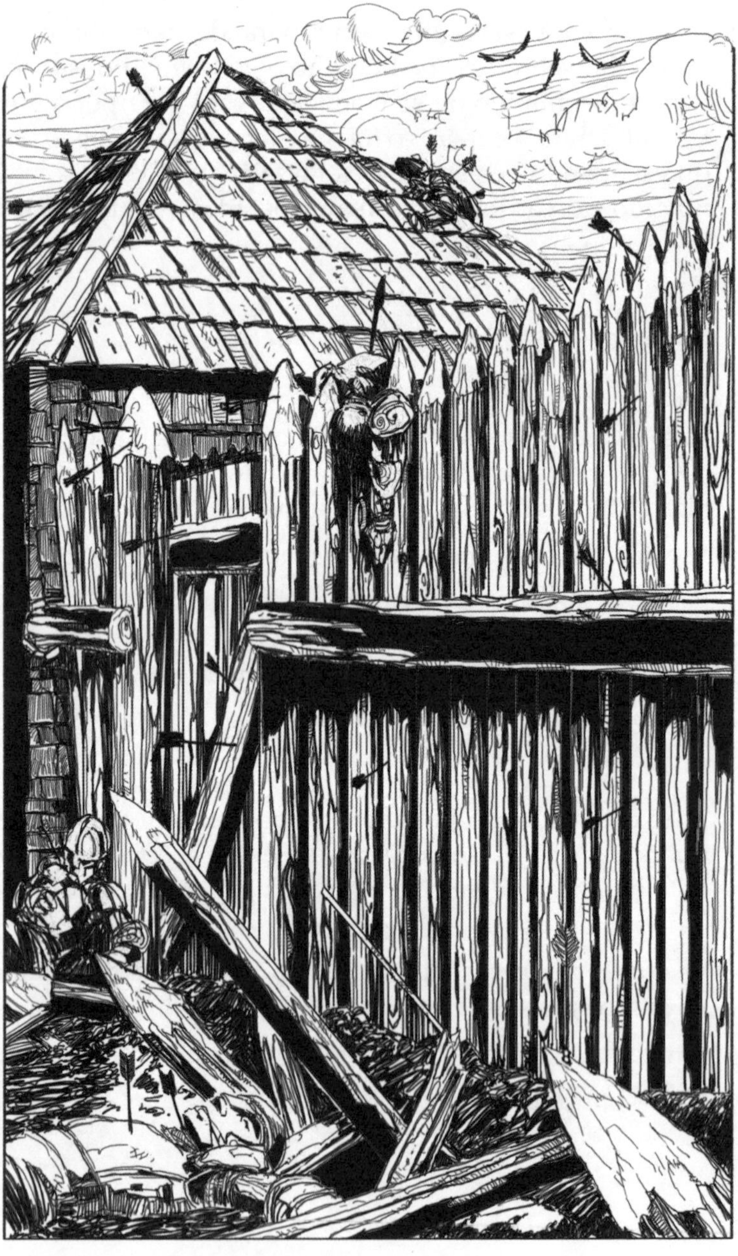

72

Da sua posição, você pode ver que a paliçada das fortificações temporárias fora de Holmgard se estende até o longe. Uma batalha está acontecendo a cerca de três quilômetros de distância, em um lugar no perímetro norte onde a paliçada caiu. Uma guarda avançada do exército do Lorde Sombrio Zagarna está a atacando aqui, na esperança de abrir caminho através das defesas externas e criar uma brecha através da qual a parte principal do seu exército possa passar quando chegar. A maior parte das fortificações próxima a você não está guarnecida, os soldados partiram para reforçar a batalha desesperada que está ocorrendo mais distante.

Você está olhando ao longo do perímetro da paliçada quando percebe que há uma abertura. Está ocupada por uma carroça reforçada com pranchas grossas de madeira nas suas laterais. Esta carroça serve como um portão na parede de madeira. Os defensores podem empurrá-la para o lado quando precisam sair e encontrar o inimigo na planície circundante.

Se você quiser se aproximar do portão de carroça, vá para 47.

Em vez disso, se decidir obter acesso à paliçada em outro ponto mais adiante ao longo do seu perímetro, na direção das barcaças do rio, vá para 331.

73

Você detecta que as vozes não são humanas. Os sons que ouve são uma série de rosnados agudos e chiados.

Se tiver a *Disciplina Ka*i Afinidade com Animais, vá para 337.

Caso contrário, você não tem escolha a não ser subir na árvore e encarar o que o espera do outro lado. Vá para 376.

74

No final do corredor, você passa por uma série de antecâmaras antes de chegar à entrada das cozinhas dos Mestres Kai. Os cozinheiros prepararam um banquete para o Fehmarn e as mesas e superfícies de trabalho são amontoadas com pratos de comida e jarras de vinho. As chamas abertas da cozinha estão ardendo e, depois do frio congelante do parque de treinamento, o calor aqui dentro parece um forno.

Você mal deu uma dúzia de passos nesta cozinha ressecada quando ocorre uma explosão súbita e um dilúvio de vidro estilhaçado desaba do teto. Os cozinheiros mergulham sob as mesas enquanto os fragmentos do vitral caem como uma chuva mortal sobre suas cabeças. O inimigo pousou sobre o telhado e agora os giaks estão esmagando as claraboias em uma tentativa de entrar nas Câmaras dos Mestres Kai.

Você pega uma bandeja de prata e cobre a cabeça enquanto corre pela chuva de estilhaços de vidro em direção a uma porta pesada de carvalho no lado oposto da cozinha. A bandeja evita ferimentos graves, mas um fragmento fica preso nos nós dos dedos da sua mão esquerda, fazendo com que você grite com a dor súbita (perca 1 ponto de RESISTÊNCIA).

Você chega apressado à porta, abre-a e corre pelo corredor além. Você para brevemente para tirar o caco da sua mão. Depois, rasga uma tira estreita de tecido da barra da sua capa Kai e enfaixa sua mão sangrando antes de continuar. Você conhece bem este corredor, ele leva para o seu dormitório. No final, há duas portas. Uma leva a um corredor que se conecta ao dormitório e a outra sai para o parque de treinamento.

Se quiser entrar na porta do corredor do seu dormitório, vá para 333.

Se decidir abrir a porta que leva até o parque de treinamento, vá para 374.

75

Uma dor lancinante atravessa sua perna direita enquanto ela é torcida e esmagada pelo peso do rolamento do seu próprio corpo. Você tomba cada vez mais para baixo, até que finalmente aterrissa em uma vala na base da colina com tanta força que você fica inconsciente.

Você recupera à consciência pela dor aguda de algo espetando repetidamente o seu peito. É a ponta de uma lança giak. Abrindo os olhos, você tem a visão repugnante de um giak sorrindo com malícia. Quando a criatura prende seu braço esquerdo no chão, você instintivamente tenta sacar sua arma... Mas ela não está mais lá.

Sem defesa agora contra os giaks cruéis e impiedosos, a última coisa que você vê antes de toda a luz desaparecer é a ponta farpada de uma lança giak quando é empurrada em direção à sua garganta.

Infelizmente, a sua nobre vida e a sua missão valente de chegar a Holmgard acabam aqui.

76

Infelizmente, as suas orações não são respondidas. Uma lança passa sibilando por sua cabeça e afunda no pescoço do seu cavalo galopante. Com um relincho terrível de dor, ele se contorce e cai para a frente, fazendo-o voar sobre sua cabeça e cair com força na superfície dura da estrada. Seu cavalo ferido te acerta e, juntos, vocês rolam até uma vala lamacenta ao lado da estrada.

Contundido e preso pelo peso do cavalo morto, a última coisa que você se lembra são as pontas penetrantes e afiadas das lanças giaks golpeando sua garganta desprotegida.

Tragicamente, a sua vida e a sua missão de chegar a Holmgard terminaram aqui na Estrada do Rei.

77

No final do Beco de Fars, você chega a um lugar chamado Praça do Brasão. No meio desta praça, há uma estátua de um orgulhoso guerreiro sommlendês em um cavalo de guerra empinado. Gravado sobre sua base de pedra, está o nome deste rei guerreiro e as datas de seu nascimento e morte:

Rei Tor III

PL 4892 – PL 4937

Tor III era o bisavô do Rei Ulnar. Embora tenha sido um guerreiro valente e corajoso, ele é lembrado de forma mais famosa por ter salvado Holmgard da destruição durante o Grande Incêndio de PL 4935.

Você empurra seu caminho pela multidão que enche esta praça e entra numa avenida chamada Via da Guilda. Na esquina desta rua movimentada, você vê uma loja que ainda está aberta para negócios. A placa fixada no toldo acima de sua porta de ferro diz:

RENDAR BROQUELAR

Armeiro

Se quiser entrar nesta loja de armas, vá para **414**.

Se escolher passar pela loja, você pode continuar rumo ao Salão da Guilda, indo para **145**.

78

Assim que o Giak salta, você avança e ataca com sua arma. Você acerta o Giak em pleno ar, afastando-o das costas do jovem mago. Quando ele atinge o chão, você pula sobre corpo dele e ataca novamente.

EMBOSCADOR GIAK (FERIDO)

9 9

Devido à surpresa do seu ataque e ao ferimento já causado, você pode adicionar 4 pontos à sua HABILIDADE pela duração desta luta. (Retire esse bônus assim que a luta acabar.)

Se vencer este combate, vá para **504**.

79

Um segundo golpe do machado derruba a porta e, em meio a uma nuvem de lascas de madeira, entram correndo três giaks muito zangados. O líder giak o vê e gira o machado em um grande círculo acima da cabeça. — Gaj Orgadak Gaj! — ele berra, movendo a lâmina do machado pesado em um arco baixo em direção ao seu estômago. Você salta para trás para não ser estripado por este ataque feroz, então desfere seu próprio grito de batalha — Por Sommerlund e pelo Kai! — e ataca o giak portador do machado. Você deve lutar com eles como um só inimigo.

ESQUADRÃO DE ASSALTO GIAK

🗡️ 16   🛡️ 16

Se vencer este combate, vá para 202.

80

Você ouve o som agudo súbito de um kraan acima das árvores. O barulho apavorante faz um arrepio subir pela sua coluna. Rapidamente, você se esconde entre as folhagens espessas das samambaias ao lado da estrada até que os guinchados terríveis da criatura desapareçam.

Para continuar, vá para 332.

81

A cabine tem apenas uma sala e não leva muito tempo a fazer uma busca completa. Há uma mesa de madeira rudimentar e dois bancos, uma cama rústica feita de fardos de palha amarrados com corda, várias garrafas de líquidos coloridos em uma linha sobre uma prateleira solitária e um tapete bordado no meio do piso.

Se quiser olhar as garrafas mais de perto, vá para 236.

Se quiser puxar o tapete e olhar embaixo dele, vá para 152.

Se decidir que não há nada de útil aqui, você pode deixar a cabana e investigar os estábulos, indo para 472.

82

Você olha para os céus e vê pares de kraans vasculhando as planícies e fazendas em busca de alvos. Temendo ser vítima desses saqueadores cruéis, você aumenta o ritmo e desce da crista em uma corrida constante, usando uma trilha estreita que sai da estrada principal rumo ao sudoeste. A oeste, o grande exército invasor do Lorde Sombrio Zagarna pode ser visto andando através das passagens distantes dos Penhascos de Durn, como uma torrente escura e doentia de lava.

Você correu pela trilha durante vinte minutos quando seus sentidos Kai o alertam sobre um perigo. Uma alcateia de lobos letais acabou de aparecer, formando uma linha na crista de uma cumeeira suave à sua direita.

Se quiser se esconder atrás de um dos pedregulhos imensos alinhados do lado da trilha à frente e esperar escondido até que os batedores inimigos tenham passado, vá para 378.

Se escolher continuar correndo, mas sacando sua arma caso eles o vejam e decidam atacar, vá para 228.

83

Espiando na escuridão, você percebe que uma escada rústica foi cavada na terra. A abertura desta caverna é, na verdade, a entrada de um túnel. Descendo cuidadosamente a escada escorregadia, você percebe uma pequena caixa prateada colocada sobre uma prateleira perto do final da escadaria.

Se quiser abrir a caixa de prata, vá para 172.

Para ignorar a caixa e investigar mais o túnel, vá para 315.

Se decidir voltar para a superfície e continuar o seu caminho pela floresta, vá para 148.

84

O virote o atinge acima do olho direito e a força do impacto o faz cair das costas do seu cavalo, caindo com força entre o emaranhado de corpos de giaks e Kai que cobre esta área do mosteiro. A escuridão o envolve e você não sente dor. Você lutou com bravura e muita habilidade neste dia, como um verdadeiro Lorde Kai, mas, infelizmente, se juntou aos caídos nesta fatídica manhã de Fehmarn.

Tragicamente, sua vida e sua missão nobre terminam aqui.

85

Você olha na direção do movimento que acabou de detectar, mas sua reação é muito lenta para salvá-lo desta vez. Há um brilho de aço seguido de uma dor terrível na lateral do seu pescoço. Você tenta gritar, mas nada acontece. A última coisa que vê antes da escuridão é um sorriso malévolo que se abriu no rosto do herborista.

Tragicamente, você se tornou mais uma vítima de Mordral, o Matador, e Vort: seu filho psicopata. O verdadeiro dono desta loja está morto no porão. Agora, era a vez de Vort cometer um assassinato. À pedido do seu pai, ele corta com alegria sua garganta, de uma ponta a outra.

Tragicamente, a sua vida e a sua missão de chegar à Cidadela Real terminam aqui, no infame Beco das Sombras de Holmgard.

86

Rapidamente, você segue por entre as árvores, ansioso por criar a maior distância entre si próprio e os giaks na cabana do pescador. Depois de pouco tempo, você percebe que o chão da floresta está começando a descer gradualmente. Correndo pelo madeiral, através das árvores à frente, você tem vislumbres tentadores do rio Unoram. No ponto onde você se aproxima, o rio tem quase um quilômetro e meio de largura.

Esse grande curso d'água é um dos três grandes rios de Sommerlund, sendo os outros dois o Tor e o Eledil. O Unoram desce das Montanhas centrais do Penhasco de Durn e se junta ao Eledil antes de fluir para os mares do Holmgulf. Há muitos séculos, foi construída uma grande ponte para atravessar o rio e, à medida que você segue através das árvores, vislumbra as torres gêmeas de pedra que guardam a rampa de aproximação e a porta de entrada para a extensão monumental desta ponte. Na sombra das torres, há uma área de terra nivelada, pavimentada com placas de granito antigas, alisadas pela passagem dos anos. Esta área pavimentada é conhecida como a Mitra de Alema. Ela era frequentemente usada como um ponto de encontro e de negócios para mercadores, mas agora está sendo usada para um propósito bem mais sinistro.

A Mitra de Alema está tomada por soldados de assalto giaks e drakkarim. Desembarcadas pelo ar em redes de carga presas sob as barrigas da feras zlan, essas tropas estão se reunindo em prontidão para dar suporte à batalha feroz que está sendo travada no centro da ponte. Você julga que seria suicídio tentar atravessar a Mitra de Alema, pois ela está tomada por tropas inimigas. Mas também está consciente de que qualquer tentativa de atravessar o rio neste momento também falharia. A água está gelada e você ficaria vulnerável a um ataque de kraan durante a maior parte da travessia.

Decidindo que é impossível seguir nesta direção, você volta para floresta e faz um grande desvio ao redor da Mitra de Alema. A não ser que tenha a *Disciplina Ka*i Caçar, você deve comer agora uma *refeição* ou perder 3 pontos de Resistência.

Para continuar, vá para **469**.

87

Ao passar pelo portão sul do cemitério, você sente como se um grande peso fosse tirado das suas costas. O ar mais limpo purifica seus pulmões e sua cabeça e a sensação de medo e pavor que o assombravam desde que chegou na necrópole agora se derrete como a neve no sol da primavera.

Revitalizado por sua fuga bem-sucedida, você acelera e parte em uma corrida fácil para as fortificações de perímetro distantes. Esta alta paliçada se estende por toda a cidade e fornece a Holmgard uma linha defensiva paralela aos muros principais da cidade. Ao seguir em direção a uma entrada, você começa a ouvir os gritos animados dos guardas estacionados ao longo da parede de madeira. Eles estão te aplaudindo. Você dá graças ao Kai e a Ishir por eles o reconhecem-no, pois você deve estar parecendo uma figura esfarrapada e suspeita. Seu manto está rasgado e em trapos, seu rosto está arranhado e manchado de sangue e a poeira cinzenta do Cemitério dos Ancestrais te cobre da cabeça aos pés.

Só ao atravessar por um riacho raso, a menos de cem metros do portão para o posto de entrada, é que finamente você se dá conta do horror total do seu encontro no Cemitério. Seu coração começa a palpitar desesperadamente e toda a cor some do seu rosto, deixando-o enjoado e com uma palidez fantasmagórica. A última coisa que consegue se lembrar antes que o choque e a exaustão tirem sua consciência é de cair nos braços estendidos de dois soldados sommlendeses que correram do posto para ajudá-lo. (Você pode anotar na sua ficha de ação que sobreviveu aos perigos do Cemitério dos Ancestrais para referência futura.)

Vá para 406.

88

Os soldados falsos estão mortos aos seus pés. Eram bandoleiros. Ontem, estavam caçando os refugiados indefesos fugindo de Toran e, hoje, tinham se dedicado a pilhar as casas e fazendas abandonadas desta área.

Ao vasculhar os corpos, você descobre 28 Coroas de Ouro e duas mochilas contendo comida suficiente para 3 *refeições*. Cada um deles estava armado com uma besta e uma espada. Todas as bestas foram danificadas durante o combate, sejam por terem sido atingidas por um golpe ou quebradas quando seu adversário morreu. Mas suas espadas são bem feitas e estão em condições muito boas. Se quiser ficar com uma destas Espadas, anote na sua *ficha de ação* como Espada Durenense (Arma). Ela adicionará +1 à sua HABILIDADE quando usada em combate.

Você deixa os ladrões mortos onde caíram e lança seu olhar em direção ao oeste. As linhas de defesa externas de

Holmgard não estão muito longe agora e você espera alcançá-las dentro de uma hora. Com firmeza, você atravessa a ponte de madeira e segue em direção aos pináculos brilhantes da capital.

Vá para 440.

89

Você tenta tirar o cutelo da mão do velho, mas isso serve apenas para enfurecê-lo ainda mais. Ele grita, amaldiçoando o Rei Ulnar, os Kai e os cidadãos de Holmgard, os acusando de estarem todos em conluio com o Lorde Sombrio Zagarna. Não importa o que você diga, ele se recusa a ouvir.

AÇOUGUEIRO LOUCO

⚔ 11   🛡 10

Se vencer esta luta, vá para 408.

90

Você é acordado do seu sono pelos guinchados horríveis de um kraan. Ela está circulando acima da caravana, observando e esperando por uma chance de descer e atacar. Está de manhã cedo e o céu está claro e brilhante. Você esfrega os olhos e, enquanto procura pela paisagem ao redor, você vê uma alcateia de lobos letais. Eles estão reunidos na estrada à frente, a menos de quatrocentos metros do seu local atual. Quando a carruagem reduz a velocidade até parar, os lobos letais avançam em linha ao longo da estrada. Estão avançando e prontos para atacar.

Se quiser deixar o teto do vagão e correr para a cobertura nas árvores próximas, vá para 275.

Se decidir soltar um dos cavalos principais de carga, você pode montá-lo e tentar atravessar o ataque dos lobos letais até a estrada livre. Vá para 20.

91

Você consegue deixar a loja do ferreiro sem ser visto e, rapidamente, avança pelos arredores da Floresta da Bruma até a prefeitura. Os giaks que antes protegiam esta construção correram para ver as chamas consumirem a loja do Ferreiro. Usando sua arma, você destrói o cadeado que tranca a porta principal e liberta vários aldeões que estavam sendo mantidos em cativeiro. Um deles é Uldor, o ferreiro. Ele está consternado e furioso quando vê que a sua loja está em chamas e, nestas circunstâncias, você sente que é melhor não mencionar exatamente como o incêndio começou! No entanto, você decide lhe mostrar a Engrenagem de Ferro na esperança de que ele, sendo o homem que a fez, seja capaz de ensinar como usá-la.

Uldor sente um grande alívio no fato de que a engrenagem foi salva. Ele aponta para o moinho de água da vila e diz que a engrenagem deve ser colocada no centro do mecanismo da roda de pás. Ele diz que se será mais evidente assim que você ver o mecanismo, pois foi a única engrenagem que foi removida. Você agradece pelo conselho e então se despede dele e dos aldeões livres. À medida que se dirige ao moinho de água no lado oeste de Floresta da Bruma, Uldor e os outros vão em busca de algumas armas, que usam para atacar os giaks que estão agora observando alegremente enquanto a loja do Ferreiro queima até o chão.

Vá para 305.

92

O seu sentido Kai especial está gritando um aviso de que agora esta câmara foi ocupada por uma entidade invisível e totalmente má. Alertado para o perigo, você se vira para o túnel e deixa esta tumba amaldiçoada o mais rápido possível.

Vá para **146**.

93

Você deixa o arsenal por uma porta que leva ao nível térreo de uma das torres da portaria do mosteiro. Sua esperança é que o antemuro e a galeria fortificada, que protegem o portão principal, ainda estejam seguras. Se estiverem, você poderá usar a galeria para chegar à segunda torre de vigia. Sua intenção é entrar nos estábulos ao lado da segunda torre e, assim, ter acesso à Torre do Sol dessa forma. Você sabe que há um portal de pedra no muro norte dos estábulos. Ele é usado por seus Mestres Kai e também pelo próprio Grão-Mestre Lâmina Audaz, quando eles precisam de um cavalo para as suas viagens.

Uma escada ampla de pedra sobe em espiral para o topo da primeira torre. À medida que você sobe, o barulho concussivo das explosões fica cada vez mais alto e os degraus tremem de forma preocupante debaixo dos seus pés. Quando você finalmente chega ao topo da escada em espiral, descobre que a câmara do vigia da torre está cheia de fumaça. O corpo sem vida de um guarda do antemuro está jogado no chão de pedra, com uma flecha de haste escura perfurando o topo do crânio. Ele caiu ao lado de uma escada que dá acesso a um alçapão no telhado da torre. Através da fumaça ácida, você pode ver uma forma escura se movendo no topo da escada. A fumaça arde seus olhos, tornando difícil ver claramente, mas seus sentidos dizem imediatamente que é um soldado de assalto giak. Este inimigo mortal foi deixado no telhado e conseguiu chegar à torre através do alçapão estreito. À medida que ele desce, você sente que ele não está sozinho, mas sendo incitado na escada por vários outros.

À sua direita, há uma arcada que leva à galeria fortificada que atravessa o portão principal. No final desta passagem suspensa, está a porta para a segunda torre.

Se quiser chutar a base da escada e fazê-la cair, vá para **409**.

Se optar por não chutar a escada, você pode escapar da fumaça e dos giaks se aproximando ao entrar rapidamente na galeria fortificada. Vá para **45**.

94

Você sente a adaga escarlate quente na sua mão enquanto se abaixa do primeiro golpe de espada do helghast. A agilidade é sua única vantagem de combate contra esse inimigo assustador e você corre e se esquiva para mantê-la à medida que a criatura golpeia e corta o ar ao seu redor de sua forma fugaz.

HELGHAST

22   30

A Adaga de Helghast é uma arma sobrenatural que permite que você acrescente 2 pontos à sua HABILIDADE contra inimigos mortos-vivos. Esta criatura é imune à *Rajada Mental*.

Se vencer esta luta desesperada até a morte, vá para **550**.

95

As vibrações do chão ficam cada vez mais violentas e você não consegue manter o equilíbrio à medida que corre. Você escorrega e cai; mas, antes que possa se levantar, o portal pesado se fecha. Com uma finalidade terrível, as travas escondidas deslizam até sua posição, trancando e selando esta porta de ferro grossa com uma série de batidas metálicas ocas.

Com um pavor crescente, você observa atônito enquanto as aberturas circulares nas paredes começam a se abrir. Há um som de gargarejo, seguido do silvo do ar comprimido. Em seguida, uma torrente de líquido verde-claro inunda a câmara, bombeado sob alta pressão através dos buracos nas paredes. Você é atingido por vários desses jatos e seu corpo inteiro é tomado por uma dor súbita e forte. O fluido é um ácido poderoso e altamente corrosivo. Em questão de segundos, a sua carne é removida do seu esqueleto. Menos de um minuto depois, não sobram nem mesmo seus dentes e ossos.

Tragicamente, você foi vítima dos malignos druidas cenereses que recuperaram secretamente o controle desse templo subterrâneo antigo. Eles estão em conluio com o Lorde Sombrio Zagarna. Com sua ajuda, e sua bênção profana, sua intenção vil é cultivar e desencadear uma praga poderosa sobre sua terra natal. Ninguém será imune ao seu efeito mortal, exceto eles próprios e os lacaios de Zagarna.

Infelizmente, sua vida e sua missão de chegar à Holmgard chegaram a um fim terrível aqui, no templo secreto cenerês no Monte de Malis.

96

Sua *Disciplina Ka*i Rastrear revela pegadas novas de patas ao longo do caminho sul. São as pegadas de um urso negro, uma criatura nativa das florestas de Sommerlund, famosa pela sua ferocidade. Você decide não arriscar um encontro com o urso e continuar pelo caminho leste.

Vá para **380**.

97

Depois de uma caminhada curta pela trilha da floresta, você chega a uma junção onde outro caminho atravessa sua rota atual. Um caminho vai para oeste e o outro para leste.

Se quiser virar para o oeste e continuar, vá para **181**.

Se decidir partir para a outra direção, rumo ao leste, vá então para **19**.

98
Vocês reconhece esta parte da floresta e sente que está perto de uma vila amigável. Ciente dos efeitos dos arranhões, você decide evitar o risco de se aproximar da moita-morte. Ao invés disso, você se vira e vai na direção da vila.

Vá para **413**.

99
Você chega a uma ponte pequena. A água que passa por baixo desta ponte é profunda e límpida. Uma trilha de pedras corre ao longo da margem do córrego e desaparece nos pinheiros ao leste, enquanto um caminho de terra mais estreito segue para um bosque denso ao sul.

Se quiser utilizar a *Disciplina Ka*i Sexto Sentido, vá para **10**.

Se não tiver essa habilidade ou não quiser usá-la, você pode seguir para o leste indo para **39**.

Ou pode se dirigir ao sul, indo para **221**.

100
Você está na metade da sala quando o helghast liberta mão dele. A criatura solta uma risada arrepiante enquanto

segura o virote e o retira da porta de carvalho. Então, ela gira em seus calcanhares e joga o virote de volta em você com uma força tremenda.

Instintivamente, você levanta sua arma e tenta desviar esse projétil mortal que vem zunindo rumo à sua face.

Se a Arma que estiver usando for um Cajado ou uma Adaga, vá para 476.

Se for qualquer outro tipo de arma, vá para 325.

101
Você fica sem ar por causa da queda, mas não está muito ferido (perca 1 ponto de RESISTÊNCIA). Você caiu quatro metros e meio através do teto quebrado de um túmulo subterrâneo. À medida que a poeira abaixa, você vê que as paredes desta câmara funerária são feitas a partir de um mármore preto liso, uniforme e escorregadio com umidade. Você não consegue voltar para a superfície por este caminho. Amaldiçoando o seu infortúnio, você olha ao redor da câmara sombria na esperança de encontrar outra forma de sair.

À medida que seus olhos se acostumam à meia-luz cinzenta, você percebe um túnel arqueado na parede leste da câmara do túmulo. Perto desse túnel há um sarcófago, sua tampa convexa esculpida com o nome e a aparência de algum nobre ancestral.

Se tiver e quiser utilizar a *Disciplina Ka*i Sexto Sentido, vá para 92.

Se quiser abrir o sarcófago para ver o que ele contém, vá para 365.

Se decidir deixar a câmara pelo túnel arqueado na parede ao leste, vá para 146.

102

De repente, você é confrontado por um giak desprezível sentado em sua montaria feroz e de dentes afiados. Ele tenta espetá-lo com sua lança, mas você é muito rápido para ser atingido com facilidade e rola para longe antes que a ponta serrilhada possa rasgar sua garganta. Você saca sua arma quando se levanta. O giak solta um insulto e incita sua montaria para frente para atacar novamente. Você deve lutar com eles como um só inimigo.

GIAK + LOBO LETAL

15   24

Se vencer este combate, vá para 402.

103

Puxando sua capa verde sobre seus ombros, você se mistura facilmente na folhagem e nas rochas. Você se concentra na trilha que se segue e fica chocado quando vê que estes não são homens do Rei Ulnar. Eles são drakkarim. Devem ter pegado esses uniformes como disfarce, para se passarem como soldados de Sommerlund e chegar até aqui na floresta sem levantar suspeitas.

Você agradece aos seus mestres por terem-no ajudado a desenvolver suas habilidades de camuflagem. Nesta ocasião, eles provavelmente salvaram sua vida. Você pacientemente espera até que os drakkarim partam antes de se afastar dessa área e adentrar mais no bosque denso.

Vá para 367.

104

Você retira a pequena chave dourada da sua mochila e a insere no buraco de fechadura localizado logo abaixo da maçaneta.

Uma volta para a direita e a fechadura abre com um clique. Rapidamente, você abre a porta e vê uma escada estreita de pedra para baixo. Você entra, fecha e tranca a porta atrás de si e então corre pelos degraus para a escuridão abaixo.

Vá para **381**.

105

O kraan desce e seu par de cavaleiros giak salta das selas para pousar perto de onde você está se escondendo. — Orgadak Taag! — eles gritam, avançando em sua direção com suas lanças erguidas, prontas para atacar. Você foi visto e o inimigo está se aproximando para matar.

Se decidir lutar contra eles, vá para **194**.

Se quiser tentar fugir deles, você pode correr mais para dentro da floresta, indo para **428**.

106

O virote prende a mão esquelética do helghast na porta da câmara. Ele grita de raiva e frustração enquanto tenta se libertar.

Se quiser soltar sua arma e atacar o helghast enquanto ele está preso à porta da câmara, vá para **100**.

Se decidir recarregar a besta e atirar novamente, vá para **445**.

107

Espiando na amurada da canoa, você enxerga os cavaleiros que se aproximam. Vestem uniformes verdes e correm pela trilha estreita paralela ao rio. Você os reconhece como Patrulheiros da Divisa, membros de um regimento do exército do Rei Ulnar que policia as florestas e as fronteiras do reino. Um deles está ferido e caído sobre o pescoço do seu cavalo.

Logo atrás deles está um grupo de lobos letais, perseguindo-os. Seus cavaleiros giak vestidos de laranja disparam flechas nos patrulheiros fugitivos e os projéteis passam zunindo enquanto os patrulheiros lutam desesperadamente para fugir dos seus perseguidores. Um patrulheiro cai do seu cavalo e rola de cabeça pela margem do rio. Uma flecha de haste escura está afundada na parte de trás da sua coxa direita.

Se quiser ajudar este patrulheiro ferido, vá para **395**.

Se decidir ficar escondido na parte inferior da canoa e permitir que ela se desloque seguindo a correnteza, vá para **233**.

108

Você enrola a mão com a ponta da capa para tirar a joia do líquido sujo, mas a pedra está muito quente e queima a mão apesar das suas precauções (perca 2 pontos de Resistência). Você deixa a pedra brilhante no chão e espera alguns minutos para ela esfriar. Quando é seguro fazê-lo, você pega a Gema Vordak resfriada e a coloca em sua mochila. Você julga que uma joia deste tamanho deve valer muitas centenas de Coroas! Sorrindo para sua sorte, você monta em seu cavalo e parte em direção à trilha do sul.

Vá para **165**.

109

Os giaks não estão acostumados a perseguir suas presas através de florestas densas e logo você os deixa para trás até o som de seus insultos desaparecer na distância.

Ao se convencer de que desistiram da perseguição, você para por alguns minutos para recuperar o fôlego e verificar seu equipamento. Com a memória dos seus irmãos assassinados e do monastério arruinado ainda ardendo em sua mente, você junta seus poucos pertences e continua através da floresta.

Vá para 24.

110

À medida que a caravana passava, você salta para a parte de trás e consegue se segurar. Subindo, você descobre que está parado no patamar inferior de uma escada plana que conduz à porta traseira da carroça. De repente, a metade superior da porta se abre e você é confrontado com a cara raivosa de um guarda-costas.

Se quiser dizer a ele que você é um Lorde Kai com uma mensagem urgente para o Rei Ulnar, vá para 185.

Se escolher oferecer algumas Coroas de Ouro em troca de uma passagem segura até a capital, vá para 14.

Se decidir atacar o guarda-costas, vá para 329.

111

Você chega a um pontilhão pequeno sobre um córrego rápido. Do outro lado, o caminho segue ao sul. Você faz uma pausa para beber no córrego (recupere 1 ponto de RESISTÊNCIA) antes de atravessar a ponte e seguir o caminho do sul.

Vá para 301.

112

No início, o túnel é escuro como breu, mas, à medida que os seus olhos se acostumam à escuridão, você consegue perceber uma luz púrpura e fraca irradiando à distância. Guiado por esta luz fraca, você segue o túnel e chega a um enorme salão subterrâneo. Esta câmara vasta parece o salão de congregação de uma catedral grandiosa e ancestral. O teto enorme e arqueado chega a um ponto alto acima e todas as superfícies de granito estão esculpidas com runas e símbolos arcanos.

Seus passos ecoam na vastidão deste salão. Com apreensão, você atravessa o piso envelhecido e avança em direção a um portal arqueado na parede do outro lado. Várias das colunas grossas de pedra do salão estão gravadas com representações terríveis de peste, doença e decadência. De repente, você reconhece uma dessas cenas e a compreensão do que isso significa faz sua espinha gelar. Trata-se de uma representação da morte dos drodarin, uma raça de gigantes e anões que ocupavam esta terra há mais de sete mil anos. Eles foram dizimados na época da Grande Praga, uma peste terrível que foi cultivada e disseminada deliberadamente entre eles por uma raça maligna de druidas conhecida como cêneres. A gravura parece estar celebrando a queda dos drodarin e é esse aspecto que mais o assusta. Seus sentidos dizem que você, sem saber, perambulou para um templo cenerês ancestral, um lugar onde o mal era celebrado e reverenciado.

Se quiser fazer uma busca neste salão de oração cenerês vasto, vá para 536.

Se decidir não procurar no salão, você pode sair por meio do portal arqueado na parede do outro lado. Vá para 420.

113

A Princesa Madelon se aproxima do príncipe brilhante.

— Bem-vindo ao lar, querido, — ela diz. — Tive medo de você ter morrido em Alema. Você não tem um beijo de conforto para oferecer à sua amável esposa?

A Princesa fita os olhos de Pelethar com seu olhar sem piscar enquanto o oferece sua mão delgada, com a palma para baixo, convidando-o a beijá-la.

O Príncipe abaixa os olhos e tenta pegar a mão da Princesa Madelon. Imediatamente, ela a afasta.

— Aqui está o verdadeiro impostor, pai! — ela grita. — Meu irmão nunca tentaria beijar minha mão, nem mesmo pensaria que era meu marido!

Vá para 288.

114

Depois de terminarem o ataque, os kraan e seus cavaleiros cruéis sobem ao céu e desaparecem em direção ao oeste. À medida que os refugiados chocados começam a emergir da floresta, você ouve o som de cavalos galopando à distância. Eles estão se aproximando. Você fica escondido e espera os cavaleiros entram em cena. Eles são a cavalaria da Guarda Real do Rei Ulnar, resplandescente em seus uniformes bordôs.

Se desejar chamá-los, vá para 267.

Se decidir não chamá-los, você pode continuar sua jornada pela borda da floresta, indo para 295.

115

Usando sua capa para proteger suas mãos, você segura a corda de carga firmemente e então salta da borda da plataforma de carga. Rapidamente, você cai em direção à praça abaixo, mas o ritmo da sua descida é muito mais rápido do que o esperado, pois não há contrapeso na linha para retardar sua queda. Na base da linha, várias caixas e barris estão empilhados. Com medo de bater neles, você balança na corda e depois solta-a, na esperança de evitá-los.

Escolha um número da *tabela de números aleatórios*. Se você tiver a *Disciplina Kai* Caçar, adicione 1 ao número escolhido.

Se seu total agora for 3 ou menos, vá para **232**.

Se for 4 ou mais, vá para **424**.

116

Você abre a porta de dentro desta cabana e entra em uma sala adjacente. Suportes de filés de salmão estão pendurados acima de fornos rasos cheios de lascas de castanheira e carvalho sommlendês. O ar aqui tem um cheiro doce e defumado. Em uma mesa ao lado de um dos suportes, você encontra uma Adaga (Arma) que foi usada para filetar esses peixes. (Se quiser pegar um dos filés de salmão defumado, anote na sua *ficha de ação* como 1 *refeição*)

Há outra porta na extremidade oposta da sala de defumação, com uma janela pequena de rede em sua superfície áspera. Ao atravessar e espiar pelo vidro sujo, você três giaks se aproximando da entrada principal da cabana. Você espera até que eles entrem na cabana, então sai pela porta da sala de defumação e corre para a segurança das árvores próximas.

Vá para **86**.

117

O giak ataca e você rapidamente se vira de lado para evitar o golpe da lança. Sua Arma se solta da sua mão enquanto você rola para longe e, embora suas reações rápidas evitem um ferimento letal, você não escapa totalmente das lesões. A ponta da lança pega de raspão no seu ombro: perca 1 ponto de RESISTÊNCIA.

Fogo Estelar sente que você está em apuros. Enquanto você se levanta, Fogo Estelar desembainha sua espada com a mão esquerda e joga-a para você, com o punho para frente. Você pega a arma pelo cabo e a levanta diante de si, bem a tempo para desviar o segundo golpe da lança do giak. A criatura berra de raiva e frustração e então se joga sobre você em um ataque frenético.

SOLDADO DE ASSALTO GIAK

12   12

Lembre-se de substituir sua Arma original com a Espada d e Fogo Estelar na sua *ficha de ação*.

Se vencer este combate, vá para **535**.

118

Você continua sua jornada por aproximadamente um quilômetro e meio quando vê uma ponte estreita através de um canal amplo de irrigação. Três soldados estão parados em um grupo deste lado da ponte. Você acena para eles enquanto se aproxima e eles respondem de uma forma aparentemente amigável, mas, à medida que chega mais perto, eles sacam suas espadas e exigem que você largue suas armas e equipamentos. Estes soldados estão manchados de sangue e com barba por fazer. O líder deles, o mais alto do trio, está usando a túnica de um soldado da Guarda da Cidade de Toran.

Se tiver a *Disciplina Ka*i Sexto Sentido e quiser usá-la, vá para **63**.

Se quiser fazer o que os soldados exigem, vá para **303**.

Para sacar sua arma, caso eles tentem atacá-lo, vá para **263**.

Se exigir saber o que eles querem, vá para **348**.

119

Você sobe até o topo da escada de ferro e abre a escotilha de madeira. Ela dá acesso a uma câmara de pedra simples localizada abaixo do nível da ponte da torre. Um pequeno lance de degraus de madeira sobe para uma porta fechada. Caídos em um monte na parte inferior destes passos estão os corpos de três guardas sommlendeses da ponte. Você examina os corpos sem vida e determina que já estão mortos há horas. Eliminados durante a luta inicial pela portaria quando as primeiras tropas inimigas desembarcaram na Mitra de Alema, eles foram carregados da estrada da ponte e jogados nesta câmara de armazenamento, juntamente com suas armas e equipamentos. Você encontra uma Maça, um Machado, uma Adaga e duas Lanças (Armas). Também descobre uma mochila contendo Comida suficiente para 1 refeição e 2 Poções de Laumspur. (Cada uma dessas poções de cura restaura 4 pontos de Resistência ao seu total quando ingerida após o combate. Há o suficiente para duas doses.)

Depois de fazer uma pequena oração à Deusa Ishir para levar e preservar as almas desses soldados mortos, você desembainha sua arma e sobe os degraus de madeira até a porta da câmara. Você gira cuidadosamente a alça de ferro e abre facilmente o portal pesado apenas em alguns centímetros. Através do fosso, você pode ver um fluxo constante de tropas inimigas passando perto pela torre de vigia. Elas estão a caminho de reforçar a luta na linha de frente em Pedra de Durn. Diretamente em frente à porta há um lance de escada de pedra estreita que vai até o topo do arco da portaria. Assim que percebe uma pausa na torrente de reforços, você sai da porta e corre escada acima.

Vá para 242.

120

Quando sente o ar, deslocado pelas asas da criatura, batendo nas suas costas, você se liberta do seu cavalo e salta para o lado da estrada. Você pousa sem ferimentos em um pedaço macio do chão e rapidamente se levanta. O kraan deu um rasante sobre o cavalo e agora voa quase verticalmente para o céu. Você se vira e corre até a cobertura das árvores. Faltando trinta metros, você olha para cima e vê o kraan circulando, fazendo outro mergulho de ataque. Você é o alvo!

Vá para 275.

121

A trilha segue por um trecho de mato espesso e depois se abre à medida que passa pelas árvores. Gradualmente o som arrepiante do fogo e da destruição que está ocorrendo no mosteiro desaparece atrás até que você seja engolido no silêncio não natural da floresta. Você avança mais de uma um quilômetro e meio da trilha antes de ouvir outro som, mas um que faz seu pulso acelerar mais uma vez. A batida inconfundível de asas grandes se aproxima rapidamente do oeste. Olhando através da cobertura fina do galhos, você fica chocado ao ver o contorno escuro sinistro de um kraan. Ele o viu e está mergulhando para atacar.

Se quiser sacar sua arma e se preparar para lutar contra esta criatura, vá para 343.

Se decidir fugir do seu ataque ao correr para a cobertura entre as árvores mais juntas ao sul, vá então para 174.

122

Você continua pela floresta até chegar a outra junção.

Se quiser ir para o leste, vá para 8.

Se escolher seguir para o norte, vá para 49.

Se decidir seguir para o sul, vá para 241.

Se quiser seguir para o oeste, vá para 59.

123

Focando seu poder psíquico na fechadura, você tenta visualizar o mecanismo interno. Aos poucos, a imagem aparece no olho da sua mente. É muito antiga, mas você sente que ainda funciona. Após um grande esforço mental (perca 1 ponto de RESISTÊNCIA), está quase perdendo sua concentração quando um clique sutil confirma que seu empenho não foi em vão.

O pino é uma tarefa muito mais fácil. Após seu movimento silencioso, ele sobe lentamente do seu suporte e cai no chão. Por alguns instantes, você ouve o girar silencioso de engrenagens pequenas de pedra girando e então a grande porta de granito se move lentamente em suas dobradiças ocultas.

A meia-luz cinza do cemitério inunda a tumba. Fora da porta, um pequeno lance de degraus sobe até a superfície. Está coberto de mato e ervas-de-túmulo. Você abre caminho através da folhagem terrível com sua arma, sofrendo muitos pequenos cortes nas pernas e na parte de trás da mão enquanto golpeia para abrir uma saída (perca outro ponto de RESISTÊNCIA).

Por fim, você emerge na necrópole, próximo de um caminho estreito entre dois mausoléus de pedra preta. Olhando para baixo, pelo buraco do qual acabou de escapar, você vê que a porta da tumba está fechando lentamente. Uma risada cruel e inumana parece sair do próprio chão em que você está. Ela reverbera pelo cemitério nebuloso, fazendo uma onda de pânico correr pelas suas veias. Tremendo com um medo repentino, você se afasta do buraco e corre o mais rápido que pode em direção ao portão sul desta necrópole sinistra.

Vá para **87**.

124

Com cautela, você se aproxima e se espia pela rocha, vendo um soldado deitado de costas. Ao lado dele estão uma lança e um escudo gravado com um cavalo branco alado e três estrelas. É o emblema do Príncipe de Sommerlund. Este homem é soldado do Príncipe e ele mal está consciente. Seu uniforme está muito rasgado e é possível ver que ele tem uma ferida profunda em seu braço esquerdo. Ele perdeu muito sangue. Quando você se aproxima, os olhos dele se abrem.

— Me cure, meu Lorde, — ele implora. — Mal... Mal consigo sentir meu braço.

Se tiver e quiser utilizar a *Disciplina Ka*i Curar neste homem, vá para **323**.

Se não tiver esta habilidade ou não quiser usá-la, vá para **43**.

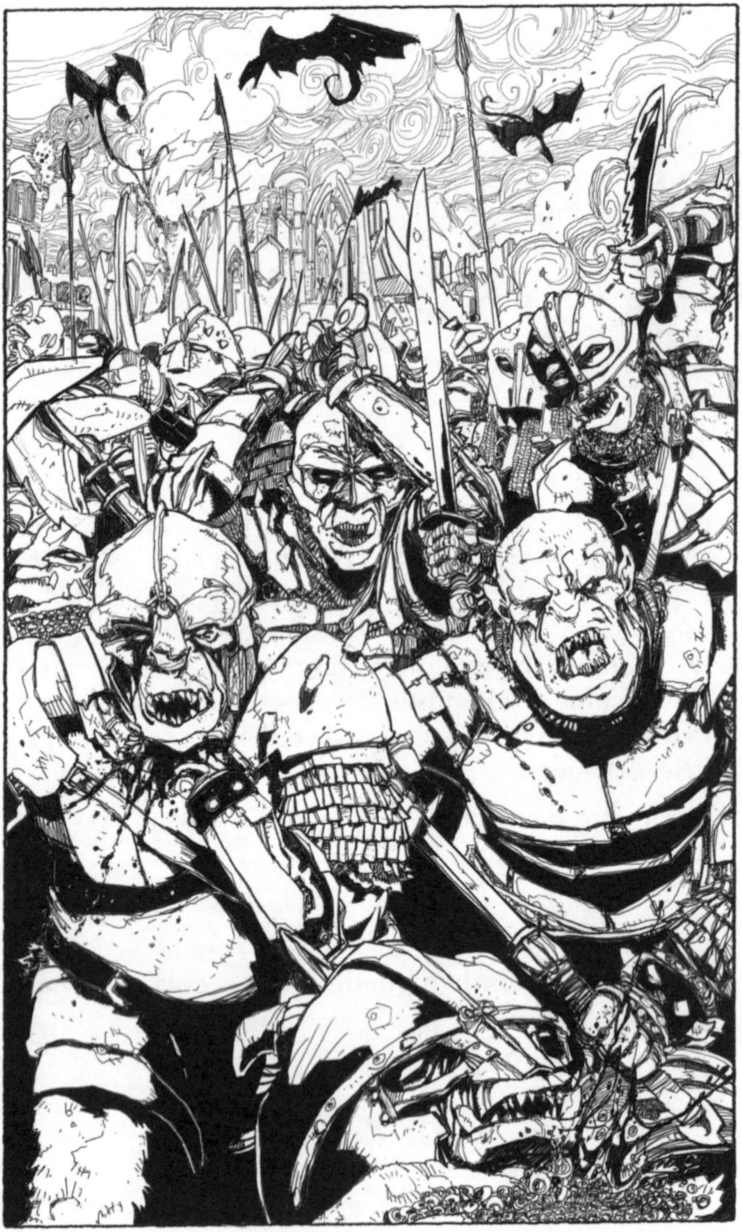

125

Você corre pela estrada e mergulha para se proteger entre os arbustos. Assim que tem certeza de que não foi visto, rasteja para longe da estrada e desce até a margem da água. Aqui, você descansa um pouco na grama alta que cobre a margem do rio e se maravilha com a magnificência da Ponte de Alema.

Este antigo viaduto do rio tem pouco mais de um quilômetro e meio de comprimento. É composto por uma série de arcos elegantes de pedra por compressão, interrompidos em intervalos regulares por torres grandes e píeres de granito imensos. No seu centro, está a Pedra de Durn. Por muitos séculos, este píer central amplo da Ponte de Alema foi usado como uma área de mercado. Os mercadores de Holmgard e Toran vêm para cá para comprar peixe, madeira e minério dos fryelundeses, os robustos sommlendeses do oeste que ganham a vida nas florestas e contrapés das Montanhas do Penhasco de Durn.

Agora uma batalha feroz está sendo travada na Pedra de Durn. Em meio à fumaça e às chamas, você pode ver os estandartes dos cavalos alados do Príncipe Pelethar e as bandeiras de batalha de crânio quebrado da vanguarda do Lorde Sombrio Zagarna. Alertado pelo sinal do farol de cristal, o Príncipe reuniu rapidamente suas tropas de elite e cavalgou até aqui vindo da Cidadela Real, em Holmgard. Alema tem grande importância estratégia pois, se o Príncipe Pelethar conseguir evitar que a vanguarda das forças de Zagarna capture esta ponte, o Lorde Sombrio perderá uma das rotas terrestres mais curtas entre os Penhascos de Durn e Holmgard. Isto dará ao Rei Ulnar mais um dia, talvez dois, para reunir o exército sommlendês em defesa do reino.

Você determina que sua melhor chance de sobrevivência está agora com o Príncipe e a Guarda da Corte, seus guarda-costas de elite. Se você ao menos pudesse chegar até a linha de batalha, tem certeza de que ele o ajudará a completar sua missão. Ele e suas tropas corajosas estão a menos de oitocentos metros de distância, mas, se quiser alcançar, você precisa primeiro encontrar o caminho ou lutar através do inimigo que ocupa esta metade da grande ponte. Não há barcos ancorados ao longo da margem do rio e a água está muito fria para nadar o quilômetro e meio até à margem oposta. Sem nenhuma outra opção aberta, você decide encontrar uma maneira de atravessar a ponte o mais rápido possível.

Sob a cobertura da grama alta, você segue rio acima até a mais próxima das duas torres de vigia da ponte. Na base de cada torre, uma escada de metal sobe até uma escotilha de carga localizada logo abaixo do amplo vão central da estrada da ponte. Se você conseguir subir uma dessas escadas e obter acesso à sua torre por meio da escotilha, você evitará a rampa movimentada de aproximação onde a concentração de tropas inimigas é maior.

Para subir pela escada mais próxima em uma tentativa de entrar na torre do seu lado da ponte pela escotilha de carga, vá para **62**.

Se decidir abrir caminho sob a ponte e, depois, escalar a escada presa na base da torre do outro lado da ponte, então vá para **119**.

126

Você desce pela encosta íngreme em meio a uma nuvem de poeira e rochas soltas. O kraan ainda está circulando acima, como se estivesse esperando para levar os giaks até você.

Escolha um número da *tabela de números aleatórios*.

Se escolheu 0 – 1, vá para **75**.

Se for 2 – 4, vá para **418**.

Se for 5 – 9, vá para **486**.

127

A noite cai e logo você é envolvido por uma escuridão total. Continuar agora seria inútil e perigoso, pois você poderia facilmente se perder ou entrar em conflito com algum inimigo oculto. Você decide dormir algumas horas e continuar ao amanhecer.

Amarrando o cavalo a uma árvore, você encontra um lugar confortável para descansar por perto e se acomoda para dormir. Puxando sua capa Kai quente ao redor do seu corpo, você facilmente cai em um sono profundo.

Você pode recuperar 3 pontos de RESISTÊNCIA.

Para continuar, vá para 23.

128

Você desferiu seu golpe mortal e o sargento drakkar cambaleia para trás, xingando com seus lábios cheios de sangue enquanto desaba no chão. Quando a cabeça dele bate na estrada da ponte, há uma tremenda explosão atrás de você.

Escolha um número da *tabela de números aleatórios*.

Se o número for 0 – 5, vá para 484.

Se for 6 – 9, vá para 265.

129

Você abre a porta com um rangido e descobre uma pequena loja. O interior está escuro e empoeirado. Livros e garrafas de todas as dimensões e cores enchem as muitas prateleiras que cobrem as paredes do chão ao teto. Ao fechar a porta, um pequeno cachorro preto começa a latir para você. Um homem careca aparece por trás de uma grande tela e lhe dá boas vindas. Ele pergunta educadamente sobre a natureza da sua visita e oferece sua variedade de itens no balcão de vidro.

Se tiver a *Disciplina Kai* Sexto Sentido, vá para **292**.

Se quiser aceitar o convite para olhar os itens, vá para **213**.

Se decidir recusar a oferta, você pode voltar para a avenida principal e tentar mais uma vez abrir caminho através da multidão. Vá para **9**.

130

Você salta e começa a correr bem na hora, pois uma saraivada de flechas com haste escura assobia pela floresta e atinge a área onde, momentos antes, você estava agachado. À medida que se afasta, você puxa sua capa ao seu redor para ajudá-lo a se misturar na folhagem densa. Toda esta área está infestada com giaks e você sabe que deve fugir o mais rápido possível.

Você corre por mais de uma hora até que encontra um caminho da floresta que vai para o leste. Você segue por ele, mantendo um olho atento aberto em busca de sinais do inimigo.

Vá para **16**.

131

Você descobre que a roupa é de origem sommlendesa Há túnicas e calças curtas, camisas e vestidos de vários estilos e tamanhos. Também há roupas infantis aqui. Você encontra um velho Colete de Couro Acolchoado Surrado. (Você pode anotá-lo como um Item Especial. Quando usado, adiciona 1 ponto de RESISTÊNCIA ao seu total.) Em alguns bolsos, você descobre itens pessoais, como pentes e lenços, mas nada de grande valor, exceto por um item. Numa pequena bolsa de couro, você descobre uma Poção de Laumspur. (Ela restaura 4 pontos de RESISTÊNCIA ao seu total quando ingerida após o combate. Há o suficiente para uma dose.)

Pendurado num pino ao lado da entrada da passagem para fora desta câmara, você descobre uma peça de roupa muito diferente das outras. É um manto roxo com capuz. A minúscula insígnia dourada bordada nas barras desta roupa significa que é o manto de orações de um Sumo Sacerdote Cener. Se decidir usar este Manto Roxo, você pode colocá-lo sem ter que remover sua capa Kai. (Registre este Manto Roxo na sua *ficha de ação* como um Item Especial. Como está sendo vestido, ele não ocupa nenhum lugar na sua mochila.)

Quando estiver pronto, você pode continuar sua exploração deste templo subterrâneo através da passagem ampla na parede oposta. Vá para 393.

O capitão giak solta um grito de morte gorgolejante quando você desfere seu golpe letal. Enquanto o corpo pesado bate contra o parapeito da torre e fica inerte, você embainha sua arma cheia de sangue e volta sua atenção para a base do pináculo de cristal. Você se abaixa rapidamente, abre o painel secreto e pressiona o interruptor de controle. Com um estalo ensurdecedor, o farol de cristal ganha vida de forma explosiva. Sua superfície multifacetada emite um feixe de luz laranja focado que penetra nos céus sombrios do sudeste e logo atinge todo o caminho até a cidade distante de Holmgard.

Um rugido coletivo de raiva se destaca no barulho da batalha travada abaixo. O inimigo não conseguiu impedir que este farol de alarme fosse ativado e eles sabem que o seu mestre vingativo, o Lorde Sombrio Zagarna, cobrará um preço terrível pelo fracasso. Os gritos deles o animam. Mas a conclusão da sua tarefa traz um perigo renovado. Os kraan nos arredores estão se reunindo e preparando para atacá-lo e obter sua vingança. Você deve deixar o telhado da torre rapidamente se quiser evitar o ataque iminente.

Se quiser ir embora imediatamente pelo alçapão no telhado, vá para 503.

Se decidir parar por alguns instantes para revistar o corpo do capitão giak morto, vá para 309.

133
Ao ver que você matou o filho dele, o herborista se vira e desaparece da loja por uma porta dos fundos. Você tenta perseguir, mas rapidamente descobre que a porta foi travada pelo outro lado. Amaldiçoando o cúmplice covarde, você volta ao corpo do seu pretenso assassino e procura em suas roupas. Escondido em seu colete, você encontra um cartaz de procurado. Os dois mostrados no cartaz se parecem com o jovem morto e o homem mais velho que acabou de escapar. O texto impresso os identifica como Mordral, o Matador, e Vort: seu filho psicopata. Agora, era a vez de Vort cometer um assassinato. À pedido do seu pai, ele concordou com felicidade em cortar a garganta do próximo visitante incauto desta loja.

Ao procurar pela loja, você descobre uma Adaga (Arma), 12 Coroas de Ouro em uma bolsa que Mordral derrubou em sua fuga apressada e 4 Coroas de Ouro em uma caixa de madeira atrás da tela. Também faz outra descoberta, muito mais sombria, ao procurar no porão úmido. O verdadeiro dono desta loja está lá caído, morto. Foi assassinado por Mordral quando ele e seu filho maligno chegaram, dois dias atrás. Estavam desesperados por algum lugar para se esconderem dos Sentinelas de Holmgard, a força armada que policia as ruas da capital. Pretendiam deixar Holmgard ontem à noite e fugir para o porto de Ragadorn, nas Terras Selvagens, mas a invasão frustrou seus planos.

Ao examinar as poções e a varinha, você logo percebe serem todas falsificações baratas. De fato, a loja está cheia de artefatos falsos e remédios de charlatão. Triste e irritado com sua experiência aqui, você a deixa e bate a porta atrás de si com um chiado.

Você volta à avenida principal e, enquanto espera por uma oportunidade de abrir caminho pela multidão, percebe uma placa de rua desbotada na parede acima da sua cabeça, que diz *Beco das Sombras*. Você acabou de fazer a primeira, e provavelmente a última, visita à mais notória área de Holmgard.

Vá para 9.

134
Você continua através da floresta e logo tropeça numa trilha estreita que vai do norte ao sul.

Se quiser seguir a trilha para o norte, vá para 362.

Se, em vez disso, decidir partir para o sul, vá para 7.

135
Você invoca as suas habilidades Kai de Camuflar para ajudá-lo a se misturar com os arredores sombrios da câmara. Porém, logo percebe que os giaks vigiam a galeria e passar por eles sem ser detectado não será uma tarefa muito fácil.

Se tiver um Manto Roxo, vá para 209.

Se não possuir este Item Especial, vá para 467.

136
Prendendo o fôlego, você aperta sua arma e se prepara para atacar. A tensão é quase insuportável. Os giaks estão tão perto que o fedor dos corpos imundos toma as suas narinas. Você os ouve praguejando em seu idioma estranho: — Orgadak ozon! Ok, dok... dok sheg! — e então eles deixam a margem e começam a subir o terreno rumo ao topo da colina.

Quando já não é mais possível ouvi-los, e quando tem certeza de que eles se foram, você consegue finalmente respirar de novo e limpar o suor frio da sua testa.

Se quiser explorar a caverna mais adiante, vá para 46.

Se decidir deixar a caverna e descer a colina, caso os giaks decidam voltar, vá para 373.

137

Você sobe na montaria e cavalga com os homens do Príncipe Pelethar pelo caminho da floresta. Depois de pouco tempo, essa trilha começa a estreitar à medida que se aproxima da crista de um monte pouco arborizado. Além do monte, a trilha desce bruscamente até uma cabana de lenhador parcialmente escondida entre o madeiral mais denso. O oficial ordena que sua tropa mude a formação para fila única. Com habilidade, os cavaleiros executam o comando e seguem atrás de seu líder enquanto ele faz sua descida cuidadosa em direção à cabana distante. Você coloca seu cavalo na fila atrás do último soldado e segue seu rastro. Um pouco depois da cabana, você pode ver que a trilha vira acentuadamente para o oeste. O oficial acabou de desaparecer de sua vista quando, de repente, seu cavalo empina, relinchando de dor. Uma flecha escura está profundamente enfiada no seu pescoço.

— Emboscada! — berra o soldado na sua frente.

Desesperadamente, você luta para manter o controle do seu cavalo ferido, mas ele sofreu uma ferida fatal e suas pernas da frente se dobram. Você é jogado da sela e bate com força no mato ao lado da pista, batendo sua cabeça em uma rocha coberta de musgo, o que o faz parar. Por alguns minutos, você perde a consciência. Quando seus sentidos voltam, as primeiras coisas que você ouve são várias vozes de giak próximas. Por instinto, você fica perfeitamente parado. Abrindo seus olhos muito levemente, você vê alguns giaks vestindo uniformes vermelhos opacos e armados com lanças. Eles estão revistando os corpos dos soldados e cavalos mortos que estão agora espalhados por toda a trilha. Seu coração bate mais forte quando você vê que os giaks estão sistematicamente golpeando os soldados caídos com suas lanças para garantir que nenhum sobreviva.

Um movimento súbito ao seu lado o alerta sobre uma ameaça mortal. Um giak se aproximou do seu corpo e agora está sobre você com sua lança pronta para golpeá-lo no peito.

— Dok narg shok! — ele rosna. — Ok taag dok!

O giak empurra sua lança para baixo e, rapidamente, você se inclina para o lado para não ser empalhado pela ponta de ferro mortal.

— Ok hoki tag okak sheg! — ele exclama de forma ameaçadora, liberando sua lança do chão e a levantando para atacar novamente.

Se quiser tentar escapar correndo para a floresta, vá para 517.

Se decidir sacar sua arma e lutar contra esse inimigo, vá para 190.

138

O Rei Ulnar concorda plenamente com o seu sentimento.

— Você deve pensar que somos tolos covardes! — ele retruca, com desprezo. — Achar que nós acreditaríamos na palavra de um dos lacaios nefastos de Zagarna.

Ele toca no braço esquerdo do seu trono e abre um painel escondido. Isso revela uma alavanca pequena, que ele puxa rapidamente. Fora, na antecâmara, um sino de alarme começa a tocar, chamando mais da sua guarda pessoal para a

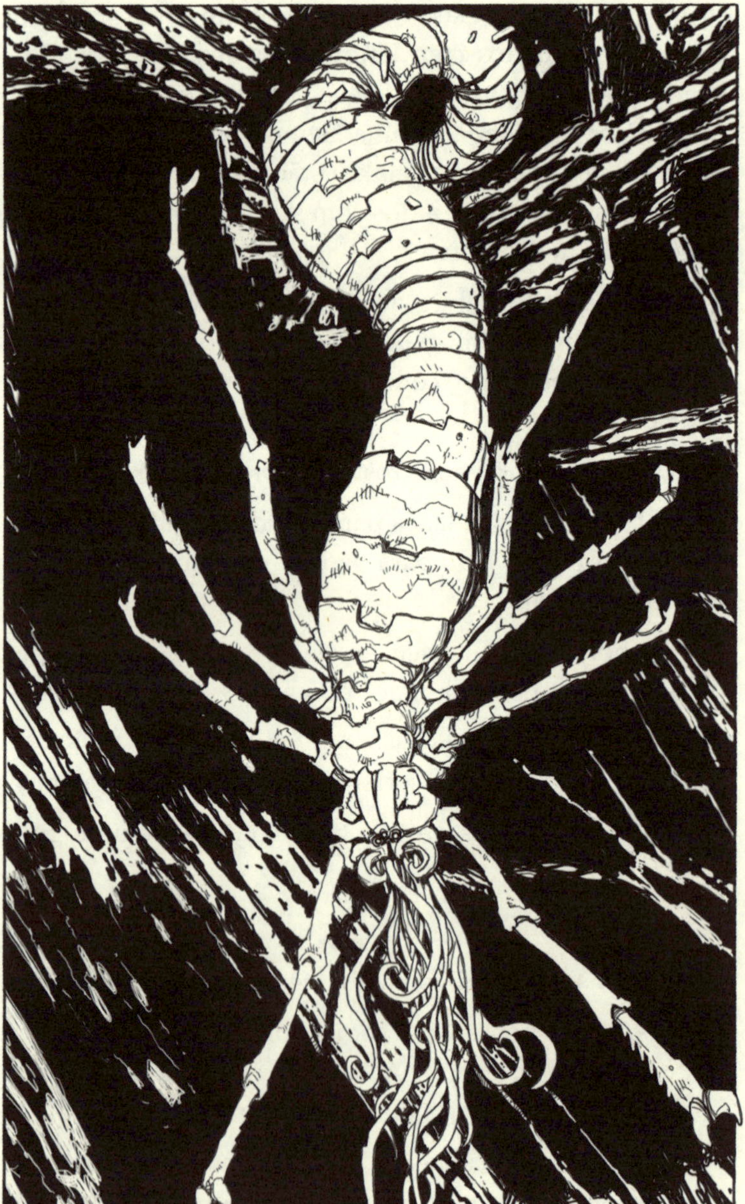

Câmara de Governo. O helghast reage andando em direção à porta fechada e fechando com a trava pesada.

A criatura está de costas e, instintivamente, você aproveita a oportunidade para atacá-la. Há duas bestas de caça e um estojo cheio de virotes presos em uma parede próxima da câmara. Você pega uma das bestas e puxa seu cordão de aço. Então, carrega o virote e faz a mira com pressa.

Escolha um número da *tabela de números aleatórios*. Se você tiver a *Disciplina Kai* habilidade em *arma* (com qualquer arma), adicione 1 ao número que escolheu.

Se seu total agora for 2 ou menos, vá para **313**.

Se for 3 – 5, vá para **549**.

Se for 6 ou mais, vá para **106**.

139

Você cambaleia bêbado na direção da arcada, mas sente as pernas tão pesadas quanto chumbo e mal consegue ver para onde está indo. Você tropeça na borda de um dos poços do chão e cai em direção ao seu líquido viscoso verde. O fluido grudento se fecha sobre sua cabeça, mantendo-no suspenso na sua aderência traiçoeira. Você luta para se libertar, mas o veneno de antar está atacando seu coração e pulmões com consequências terrivelmente rápidas e fatais.

Tragicamente, sua vida e sua missão terminam aqui no proibido Cemitério dos Ancestrais.

140

Você ficou na escuridão total por três minutos antes de detectar o odor fétido da decomposição. É o fedor inconfundível de carne podre. De repente, algo pesado cai do teto do túnel e bate nas suas costas. O golpe o deixa de joelhos. Você se levanta e sente os tentáculos gosmentos de um cavarrastejante batendo com fome no seu torso. Esta criatura está tentando enrolá-los ao redor do seu corpo para que possa esmagá-lo até a morte.

CAVARRASTEJANTE

⚔ 17   🛡 7

Devido à quase escuridão deste túnel, você deve deduzir 3 pontos de sua de HABILIDADE durante toda esta luta. O cavarrastejante é imune à Rajada Mental e Afinidade com Animais.

Se vencer este combate subterrâneo mortal, vá para **493**.

141

Este corredor extremamente frio desce gradualmente antes de fazer uma curva abrupta para o leste. Cautelosamente, você olha pela esquina e vê um brilho esverdeado que ilumina o túnel a distância. Com a ajuda desta luz estranha, é possível avançar mais rapidamente e, em breve, chegar a um lugar onde a passagem se abre para uma grande câmara. A estranha luz verde emana de um grande vaso de pedra que repousa sobre um trono de granito. Em uma base em frente ao trono está uma estátua. Ela tem a aparência de uma serpente alada, erguida sobre uma cauda sulcada e curvada na forma delgada de um "S" grande.

Se quiser examinar a estátua mais de perto, vá para **187**.

Se quiser descansar aqui um pouco, você pode sentar no trono, indo para **229**.

Se quiser procurar uma saída desta câmara estranha, vá para **390**.

142

O oficial giak fica chocado em ver que você derrotou suas tropas com tanta habilidade em um combate corpo-a-corpo. Ele grita: — Ogot! Ogot! — e imediatamente seus soldados restantes respondem o seu comando para recuar. Como um grupo, eles abandonam as ruínas e correm para a segurança da floresta nos arredores.

O líder giak vestido de preto os segue. Ele para por alguns instantes quando chega à linha das árvores e se vira para olhar em sua direção. Agitando o punho de armadura, ele grita: — Raneg rogag ok! Orgadaka okak rogag gaj! — Então, ele vira as costas para você e corre pelas árvores.

Avaliando a cena da batalha recente, você conta quinze giak mortos entre os pilares ancestrais e ruínas despedaçadas de Raumas. O jovem mago surge do santuário. Ele limpa as sobrancelhas e caminha em sua direção com um sorriso no rosto, sua mão estendida de forma amistosa.

Vá para 547.

143

Enquanto desce o declive rochoso em direção ao Cemitério dos Ancestrais, você percebe uma nuvem estranha de neblina se movimentando por todo esse lugar cinza e ameaçador, bloqueando o sol e cobrindo o Cemitério em uma sombra perpétua. Um frio avança para cumprimentar sua aproximação.

Com uma sensação de medo profundo, você entra na necrópole estranha.

Vá para 432.

144

Este caminho coberto de folhagem leva a uma junção onde outra trilha se ramifica rumo ao leste.

Se quiser seguir este novo caminho para o leste, vá para 16.

Se decidir continuar seguindo rumo ao nordeste, vá então para 438.

145

Esta avenida leva ao Bairro da Guilda de Holmgard, a área mais rica da capital. Ele é separado do resto da cidade por um muro alto, coberto com espetos de ferro. Há um portal arqueado no Bairro da Guilda, que fica no final da Via da Guilda. Esta entrada é guardada por seis soldados. Eles estão armados com alabardas e vestidos em peças longas de cota de malha polida. Seus tabardos púrpuras carregam os emblemas gêmeos de um sol e de uma roda de carroça. São Guardiões da Guilda, parte de um pequeno exército privado mantido pelos membros prósperos das guildas de Holmgard.

Se tiver um Passe da Guilda, vá para 364.

Se não possuir este Item Especial, vá para 356.

146

As paredes deste túnel são úmidas e esbranquiçadas e teias soltas batem no seu rosto enquanto você explora as profundezas turvas. O pânico começando a dar um nó no seu estômago enquanto esta passagem fétida fica cada vez mais escura. Por fim, você chega a uma junção onde o túnel encontra um corredor mais estreito, indo do norte ao sul.

Se quiser ir para o norte, vá para 36.

Se escolher o sul, vá para 141.

Se decidir continuar explorando o túnel a frente, vá para 458.

147

Você saca sua arma e extermina a maior das duas criaturas com um único golpe na sua coluna. Depois, vira-se contra o outro e levanta sua arma, pronto para atingi-lo na cabeça, mas as reações do giak são rápidas e ele arremessa uma perna de carneiro, acertando a sua arma e desviando o golpe. Rapidamente, o giak tenta correr até a porta da frente. Você precisa detê-lo antes que ele possa fugir da cabana e soar o alarme.

SAQUEADOR GIAK

🗡️ 12   🛡️ 14

Se vencer este combate, vá para 520.

148
Você corre rapidamente pelas árvores até chegar à beira de um córrego rápido. A água gelada cai sobre as rochas cheias de musgo e desaparece na floresta em direção ao leste.
Se quiser seguir este córrego para o leste, vá para 399.
Em vez disso, se decidir explorar mais rio acima, vá para 519.

149
Atravessando a sala, você atinge os crânios de cada lado, esmagando-os. Dentro de cada crânio estilhaçado, há uma geleia cinzenta borbulhante que se dobra e muda de forma, brotando asas semelhantes a morcegos e sugadores dentro de seu núcleo gelatinoso. A visão e o odor bruto dessas formas retorcidas enchem-no de nojo enquanto você esmaga o último crânio e corre em direção ao corredor de saída. Você foge desta sala sinistra sem pausar por um instante. Segundos depois de passar pela arcada e pela passagem além, um portão de grades pesado cai do teto com uma batida, isolando completamente a câmara atrás.

Vá para 31.

150

Do outro lado da arcada, você encontra um pequeno lance de degraus de pedra bruta. Rapidamente, você sobe essa escada e chega a uma câmara pequena e mal iluminada. Existem três saídas desta sala parecida com uma caverna. Aquela diretamente à sua frente está bloqueada por uma chapa de ferro preto sólido, mas as saídas para a esquerda e para a direita são abertas e desprotegidas.

Se quiser explorar a saída à esquerda da câmara, vá para 422.

Se decidir explorar a saída da direita, vá para 330.

151

Você corre até a beirada e se joga em um arco alto em direção ao telhado oposto. De repente, tudo parece estar acontecendo em câmera lenta. Você vê as multidões em polvorosa na avenida abaixo e um ninho de calipardais famintos nas calhas de um telhado à sua direita. Você ouve seus gritos assustados enquanto pousa com uma batida do outro lado. Tragicamente, este é o último som que você escutará.

Você erra a seção plana do telhado na qual estava mirando seu salto e aterrissa apenas alguns metros para a esquerda. As telhas inclinadas deste trecho do teto têm pouca sustentação. Elas se partem e desmoronam quando você bate nelas. Em alguns segundos aterrorizantes, você bate com os pés através de vários andares e tetos da "Hospedaria do Chinelo Verde", quebrando sua coluna e seu crânio em pedaços à medida que passa.

Infelizmente, a sua vida e a sua missão de chegar ao Rei Ulnar terminam aqui em Holmgard, a menos de cem metros do portão principal da Cidadela Real.

152

O tapete já foi um item caro que o dono desta cabana comprou na cidade distante de Casiorn. Mas agora está velho e esfarrapado, valendo muito pouco. Ao enrolá-lo de novo, você descobre que um pequeno quadrado foi cortado na tábua do assoalho. Um olhar mais próximo revela que esse quadrado tem dobradiças em um dos lados. Você abre este alçapão pequeno e descobre um tipo de cofre abaixo. Ele contém uma Lupa (Item da mochila), uma Tesoura de Latão (Item da mochila) e uma pequena bolsa de veludo. Dentro da bolsa, você descobre 3 Coroas de Ouro.

Se quiser guardar qualquer um dos itens encontrados, lembre-se de anotá-los na sua *ficha de ação*.

Agora, você pode dar uma olhada mais de perto nas garrafas na prateleira, indo para **236**.

Ou pode sair da cabana e investigar o estábulo ao lado. Vá para **472**.

153

Você joga a pedra na cabeça do giak o mais forte que consegue, mas, para o seu horror, a criatura se abaixa e o pedaço de mármore passa inofensivamente sobre suas costas. O giak olha para a sua direção e sorri com desdém pela sua tentativa fracassada. Então, ele pega a adaga entre seus lábios cinzentos e se prepara para atacar o mago desprevenido. Instintivamente, você corre em uma tentativa desesperada de salvar o jovem feiticeiro do ataque surpresa deste giak.

Vá para **78**.

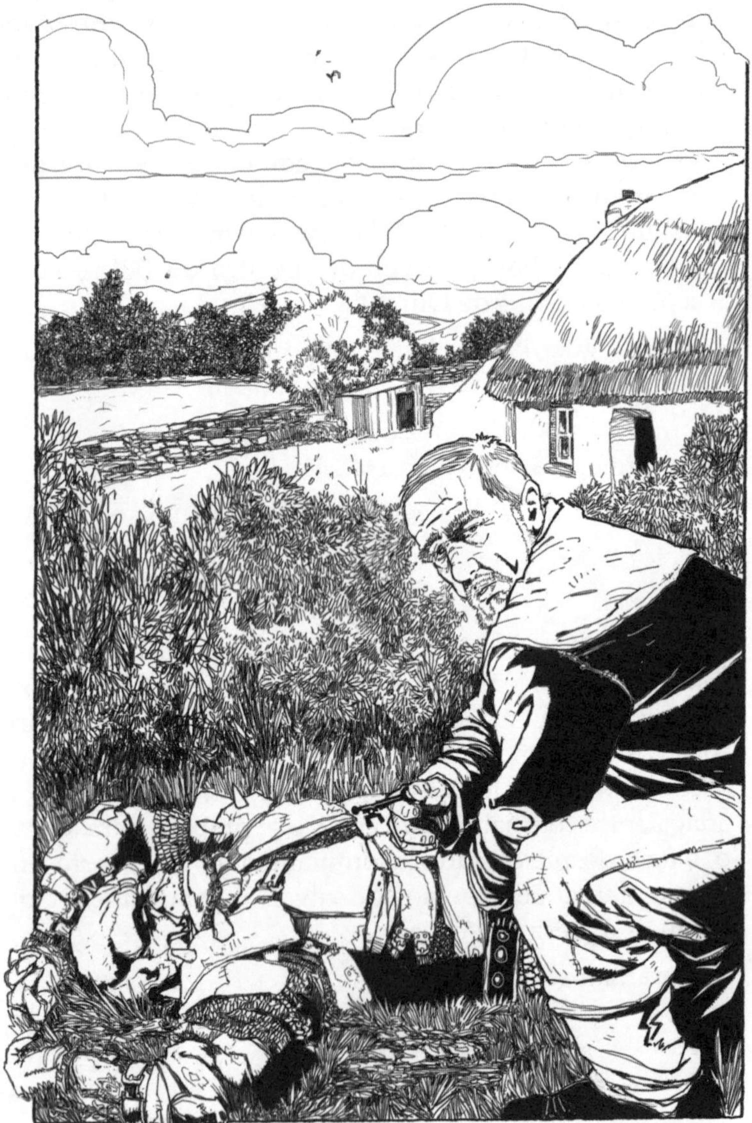

Você corta os laços nos pulsos de Rhedwen e, juntos, vocês arrastam o corpo do sargento giak para dentro do mato alto. Rhedwen te agradece e elogia a sua ação corajosa.

Você conheceu este ancião em outra ocasião, há vários meses, quando acompanhou um Kai Veterano chamado Corcel Distante daqui para Floresta da Bruma. Ele veio negociar carne e ferro com os aldeões e você foi enviado para acompanhá-lo pelo Mestre Falcão Tempestuoso, seu velho Tutor Kai, para observar e aprender.

Rhedwen pergunta quando os Kai atacarão. Ele está esperando a Ordem chegar e libertar sua vila dos giaks mais tarde, nesta manhã. Com o coração aflito, você dá a terrível notícia que o mosteiro está em ruínas e que você é o único sobrevivente. O velho fica muito triste com as suas palavras. E ele também tem notícias terríveis para compartilhar.

Floresta da Bruma foi atacada pelo ar pouco depois do amanhecer. Invasores giaks capturaram a vila enquanto a maioria dos aldeões ainda estava dormindo. Mais de metade deles já foi levada pelos kraan para um destino desconhecido e os poucos que ainda restam estão sendo mantidos sob vigilância na prefeitura. Rhedwen era o próximo a ser levado pelos ares para longe da vila. O sargento giak estava vigiando-o enquanto aguardava outro kraan vir buscá-lo. Então, ele seria carregado no kraan e enviado como os outros, provavelmente para o quartel-general do inimigo para interrogatório.

— Não apenas eles querem nos sequestrar, — diz o ancião, — mas também pretendem destruir nossa vila.

Ele tira uma Chave de Ferro do cinturão do giak morto e a entrega para você. (Marque isso na sua ficha de ação como um Item Especial guardado no bolso. Você não precisa usar um dos espaços de Item da mochila neste caso.) Ele diz que a chave abrirá a porta à Loja do Ferreiro. Lá dentro, você encontrará uma engrenagem de ferro. Ele diz que é quase do tamanho de um prato de comida. Rhedwen pede que você encontre a engrenagem e leve-a para o moinho no lado oeste da vila. Os giaks sabotaram a roda de pás do moinho d'água. Eles também bloquearam o canal estreito através do qual o Córrego da Floresta da Bruma, a única fonte de água doce da aldeia, flui através do moinho. Devido a estas ações, a água forte do degelo da primavera no córrego não tem para onde ir e agora está subindo rapidamente. Se o moinho não for consertado e a barragem giak não for destruída, toda a Floresta da Bruma ficará submersa sob a inundação dentro de poucas horas.

Você promete a Rhedwen que fará o seu melhor para evitar que Floresta da Bruma seja inundada e destruída. O velho fica muito animado com a sua promessa e, por sua vez, você se sente orgulhoso de que esse ancião respeitável da vila confie em sua pessoa. Você insiste que ele fique escondido aqui no mato enquanto você volta para a vila em busca da Loja do Ferreiro.

Vá para 50.

155

Apenas alguns minutos depois de deixar a junção, você vê de longe uma cabana pequena de madeira com um estábulo. Ao chegar aqui, você verifica se ela está ocupada, espiando através de uma janela lateral. A cabana parece estar deserta.

Se quiser entrar e vasculhar a cabana, vá para 81.

Se decidir procurar no estábulo ao lado, vá para 472.

156

Seus sentidos psíquicos foram aumentados e aguçados pelos vários perigos ao seu redor. Instintivamente, seus olhos são atraídos para o drakkar distante que está prestes a disparar com sua besta. Você sente que ele é a maior ameaça à sua vida neste momento. Com rapidez, você se concentra no elmo escuro dele e envia um pulso de energia psíquica. O pulso lançado é fraco e instável, mas suficiente para atrapalhar a mira dele o suficiente para poupar sua vida. Ele atira e o virote de aço vem zunindo em sua direção... passando a um palmo de distância da sua cabeça.

Vá para 291.

157
De repente, a rocha grande atrás da qual você se esconde rola de lado e você fica diante de dois giaks risonhos que pretendem matá-lo. A boca da caverna é uma entrada estreita e você pode lutar contra um giak de cada vez.

LANCEIRO ORGADAK-TAAGIM GIAK KRAAN 1

⚔ 13   🛡 10

LANCEIRO ORGADAK-TAAGIM GIAK KRAAN 2

⚔ 12   🛡 10

Se vencer este combate:

Você pode explorar mais a caverna, indo para 46.

Ou você pode deixar a caverna, descer a colina e continuar o caminho através da floresta. Vá para 373.

158

Você está andando há mais de meia hora quando seu olho nota algumas flores vermelhas brilhantes crescendo perto de uma margem cheia de musgo. Você reconhece as plantas como laumspur, uma erva bela e preciosa, muito apreciada por suas propriedades cicatrizantes. Ajoelhando-se, você colhe um punhado de laumspur e o coloca em sua mochila. Você pode comer esta erva para recuperar pontos de RESISTÊNCIA. Cada *refeição* de Laumspur recupera três pontos de RESISTÊNCIA e você coletou o suficiente para duas dessas *refeições*.

Fechando sua mochila, você coloca-a sobre os ombros mais uma vez e então continua sua jornada.

Se quiser seguir para o nordeste, vá para **542**.

Se escolher o leste, vá para **450**.

159

Você encontra um lugar no balcão da taverna e tenta ser notado pelo taverneiro. Após acabar de servir aos outros clientes, ele vem até você.

— O que vai querer? — ele diz bruscamente.

— Pode me dizer como eu entro na Cidadela Real? — você pergunta. — Tenho uma mensagem urgente para o Rei.

O taverneiro vira os olhos em descrença. Depois, ele bate no balcão com a palma aberta e diz:

— Talvez eu possa, mas o que eu ganho nisso? Primeiro, compre uma cerveja... Então eu digo.

A bebida mais barata disponível é meia caneca de cerveja maltada fraca. Custa 2 Coroas de Ouro.

Se quiser pagar este preço, vá para 2.

Se decidir não pagar esse valor exorbitante por uma caneca pequena de cerveja aguada, vá então para 300.

160

Você convence o seu cavalo a se deitar e então, apressadamente, cobre-o com galhos folhas soltas. Após concluir esta precaução sensata você se deita debaixo de um arbusto e ouve as batidas das asas do kraan que se aproxima.

A criatura e seu cavaleiro sinistro passam diretamente por cima. Você olha através do arbusto e observa enquanto voam em um arco largo. Estão fazendo uma busca nessa área. Após vários minutos circulando, eles finalmente recuam sobre o lago para se juntarem novamente aos drakkarim em marcha.

Você teme que tenha sido visto e decide partir rapidamente. Você desfaz a cobertura que usou para esconder seu cavalo, monta-o e incita-o para longe, através das árvores, o mais rápido que puder.

Vá para 360.

161

Você entra pela porta da primeira cabana e desaba de cansaço em um banco ao lado de uma grande mesa de carvalho. O ar nesta moradia empoeirada está quente e cheira a carne cozida e queijo pronto. Você percebe um pequeno caldeirão pendurado sobre as brasas de um fogo apagando e, na outra ponta da mesa, um lugar foi preparado para uma refeição. Mas, apesar dos sinais em contrário, você sente que a cabana está vazia. Quem quer que morasse aqui deve ter saído com muita pressa hoje de manhã. Ao lado do assento, há um jarro de água de nascente e uma fatia de pão assado recentemente.

Se decidir beber a água e comer o pão, vá para 211.

Para fazer uma busca mais completa da cabana, vá para 257.

Se preferir partir agora e continuar ao longo da trilha estreita, vá para 118.

162

Ao chegar à margem e sair da água lamacenta, flechas escuras afundam no chão ao seu redor. Rapidamente, você corre até a cobertura das árvores e espera lá que os giaks deixem a margem oposta. Você fica fora do alcance dos arcos e logo eles perdem interesse. Eles se viram e se galopam para longe, juntando-se ao seu grupo. Depois de ter certeza de que a ameaça passou, você continua a pé na direção da capital distante.

Vá para 496.

163

O patrulheiro está ferido gravemente e perto da morte. Se tiver a Disciplina Kai Curar, você pode aliviar a dor de suas feridas, mas ele está ferido e queimado tão gravemente que está além do alcance das suas habilidades. Ele revive o tempo suficiente para agradecê-lo e então fica inconsciente novamente. Você tenta deixá-lo o mais confortável possível sob os ramos de um grande carvalho antes de deixá-lo e continuar através do bosque denso que fica a nordeste deste lugar.

Vá para 512.

164

A figura encapuzada tira os olhos do livro. Você vislumbra seu rosto inchado e recua ao ver as úlceras e feridas abertas que desfiguram seu nariz, lábios e bochechas. Os olhos amarelos e doentios do homem se abrem com choque e uma fúria súbita quando ele o vê na entrada da sua biblioteca particular. Ele o amaldiçoa com ódio e puxa um punhado de pó prateado de um bolso do seu manto. Você saca sua arma e avança em direção a ele, determinado a derrubá-lo antes que ele possa jogar o pó. Mas, em vez de lançar o pó na sua direção, como estava esperando, ele o joga no poço fumegante. Instantaneamente, a superfície se transforma em uma espuma escura, efervescente e borbulhante. O homem encapuzado se afasta do poço, recitando as palavras de um feitiço de invocação cenerês enquanto anda devagar para trás.

Três criaturas esqueléticas surgem da massa espumante de bolhas negras. Seu coração acelera quando você vê as cavidades escuras e vazias dos olhos em seus crânios se acenderem de repente com chamas escarlates brilhantes. A figura encapuzada profere um comando arcano e as criaturas-esqueleto saem do poço. Eles estendem suas mãos ossudas em sua direção e, das pontas dos dedos sem carne, surgem lascas curvas de cristal afiadas como facas.

ESQUELETOS CENERESES

17   12

Estas criaturas são imunes à Rajada Mental.

Se vencer este combate, vá para **196**.

165

Você entra na trilha e incita o seu cavalo a galopar. Seguindo por este caminho longo e reto na floresta, você chega ao topo de um monte suave, vislumbrando Holmgard no horizonte distante. Suas paredes enormes e pináculos altos estão brilhando no sol da manhã.

Este caminho da floresta chega a uma junção com uma estrada larga. Você reconhece esta via: é a estrada principal que liga o porto norte de Toran à capital, Holmgard. Confiante agora que está seguindo na direção certa, você parte para o sul. Enquanto cavalga na estrada, você mantém os olhos abertos em busca de sinais de kraans no céu limpo da manhã.

Vá para 335.

166

Você pega o Machado em seu cinto e o arremessa pelo corredor escuro. Sua mira é boa e a arma voa direito. A lâmina giratória penetra na parte de trás da cabeça da criatura com um "tuc" oco, rachando seu elmo de ferro no meio e ficando presa no seu cérebro. O giak morre antes que seu corpo caia frouxo sobre os cadáveres de seus camaradas repugnantes.

Você corre pela passagem, pensando que seu amigo possa estar ferido gravemente. Felizmente, a ferida parece pior do que realmente é, e Falcão de Neve logo consegue conter a hemorragia com a sua própria habilidade Kai de Curar.

— Você sempre foi o melhor arremessador de Greel, — ele fala com um sorriso, enquanto você limpa o sangue dos olhos dele com a ponta da sua capa Kai. Quando ele consegue enxergar novamente, você se abaixa e tira seu machado da cabeça do giak morto. Então, limpa a lâmina na túnica dele antes de colocá-lo de volta em seu cinto.

— Sorte sua que eu pratico todo dia, — você responde.

— Obrigado, meu amigo, — ele fala. — Você salvou minha vida. Espero um dia ser capaz de retribuir o favor. Mas agora, tenho de me juntar à luta. Os giaks estão em todos os lugares. Temo que o monastério será tomado. Venha, junte-se a mim. Lutaremos lado a lado, como verdadeiros irmãos Kai!

Você diz ao Falcão da Neve que tem uma ordem importante para executar para o Mestre Fogo Estelar, mas vai procurá-lo assim que terminar a tarefa.

— Kai esteja com você, Lobo Silencioso, — ele grita enquanto corre para longe, para se juntar à batalha.

— Que o Kai esteja com todos nós hoje! — você responde. Então, você faz uma saudação e observa seu amigo corajoso até ele desaparecer da vista, em canto distante.

Com uma sensação cada vez maior de pavor, você se volta para a porta do arsenal, abre-a e entra.

Vá para 447.

167

A moita-morte rasga sua capa e arranha seus braços e pernas à medida que você força lentamente seu caminho através do espinheiro. Quinze minutos depois, você sai dos arbustos e cambaleia até as árvores. Reduza 2 pontos de RESISTÊNCIA do seu valor atual por causa os arranhões que sofreu.

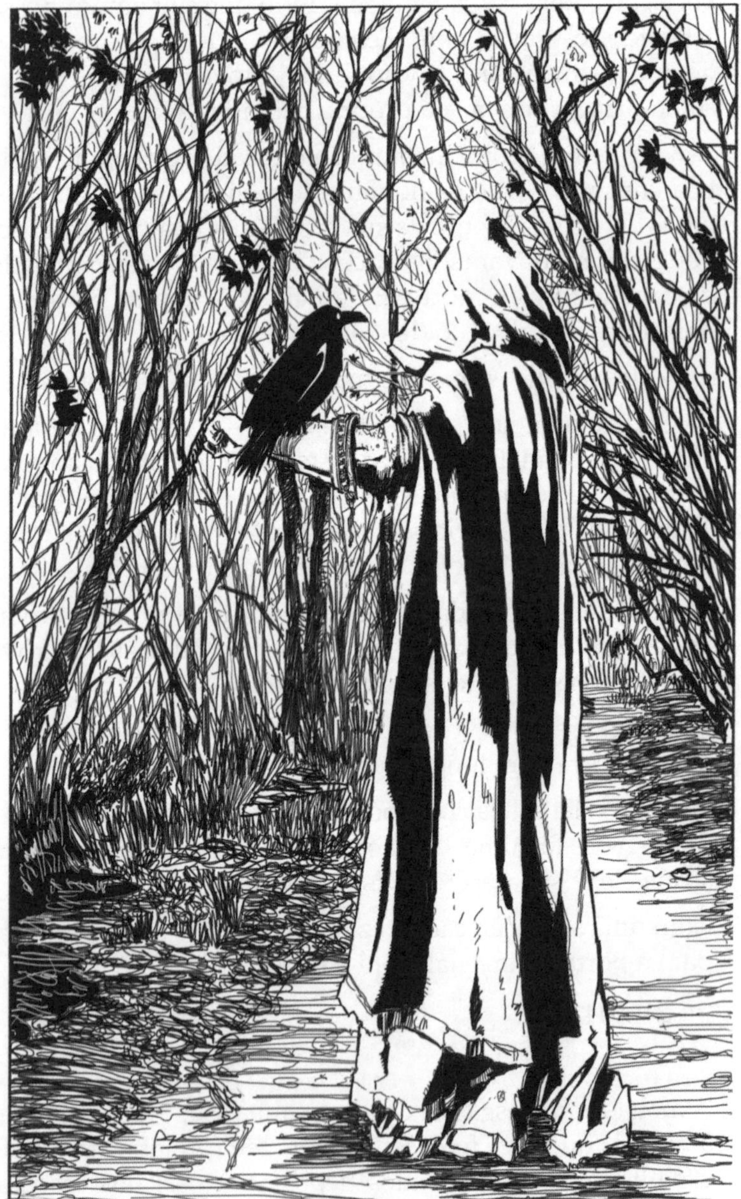

Você se sente um pouco atordoado à medida que continua para a frente, suas pálpebras parecendo excepcionalmente pesadas. É uma surpresa se encontrar subitamente perambulando na beira de uma encosta íngreme e arborizada.

Se quiser descer com o maior cuidado possível, vá para 338.

Se sentir que não está alerta o suficiente para enfrentar esta descida difícil no seu estado de sono atual, você pode dar a volta pela borda desta encosta, indo para 53.

168

Atrás, você ouve que os cavaleiros giak sanguinários matando o resto dos cavalos de caravana. Você arrisca um olhar rápido sobre seu ombro e vê o kraan subindo alto no ar. Ele vai atacá-lo ou está interessado em outra coisa? Não é preciso esperar muito tempo por uma resposta à sua pergunta silenciosa. Uma sombra escura está crescendo ao seu redor. O kraan está dando um rasante sobre sua próxima vítima... Você!

Se escolher esperar até ele estar prestes a atacar e então saltar do seu cavalo para fugir do ataque, vá para 120.

Se decidir cravar os calcanhares na montaria e cavalgar o mais rápido possível até a cobertura das árvores, vá para 247.

Se quiser apenas abaixar a cabeça, rezar a Kai pedindo sorte e galopar pela estrada apesar do perigo iminente, vá para 76.

169

Você deixa a clareira e segue. Mas, após alguns minutos caminhando pela trilha, vê um estranho vestido de vermelho, parado no meio do caminho à frente. Está de costas para você, a cabeça coberta pelo capuz de seu manto. Empoleirado em seu braço estendido, o corvo preto que você viu antes.

Se quiser chamar o estranho, vá para 475.

Se quiser se aproximar do estranho com cautela, vá para 534.

Se decidir sacar sua arma e atacar esse estranho encapuzado, vá para 431.

170

O cavalo fugitivo sente sua comunicação mental e reage imediatamente. Ele reduz a velocidade até parar e observa--o com expectativa. Você caminha em direção ao belo potro e acaricia sua cabeça, tranquilizando-o de que não deseja fazer mal. Quando ele se acalma, você sobe nas suas costas e incita-o a seguir o caminho. Ele responde facilmente às suas ordens. Você vira-o para o sul e então parte ao longo do caminho.

Vá para 306.

171

À medida que a criatura cai aos seus pés, seu corpo se dissolve lentamente em um líquido verde e nojento. A grama e as plantas em torno dessa poça de fluido fumegante e borbulhante estão começando a murchar e morrer. No meio dessa poça suja, você vê uma grande joia escarlate. Parece muito valiosa.

Ao longo da trilha, você pode ver um grande grupo de guerra de giaks, com mais de uma dúzia. Alertados e convocados pelos últimos gritos do vordak, eles estão agora correndo na sua direção, com a intenção de obter a sua vingança pela destruição do seu mestre profano.

Se quiser pegar a Gema Vordak, vá para 465.

Se decidir deixar a Gema e fugir apressadamente para as árvores ao redor, vá para 3.

172

A caixa está aberta e, ao levantar a tampa, você descobre que ela contém 15 Coroas de Ouro e uma Chave de Prata. Se quiser ficar com o dinheiro, anote na sua Algibeira. Se decidir ficar com a chave, lembre-se de marcá-la na sua *ficha de ação*.

Você pode continuar investigando este túnel, indo para 315.

Ou você pode sair pelas escadas e então entrar novamente na floresta, indo para 148.

173

Você consegue manter uma boa distância do sargento drakkar e corre em direção à arcada. Vociferando insultos, o guerreiro inimigo levanta e tenta persegui-lo, mas é atrasado por sua armadura pesada de batalha e pelos seus joelhos bem feridos. Vendo que você está fugindo, ele grita um comando para dois soldados calejados que estão descansando perto do buraco no parapeito da ponte, ordenando que eles o interceptem. Eles se levantam e vêm correndo na sua direção com suas espadas em punho, forçando-o a se afastar do arco aberto.

Há uma pilha de fardos de algodão e caixas de madeira amontoadas na lateral da estrada e você os usa como uma escada improvisada para ajudá-lo a subir de volta para a passarela acima. Você está se aproximando do topo da pilha quando sente um perigo novo e iminente. O sargento drakkar pode ter desistido da perseguição, mas ainda é uma ameaça mortal. Ele tirou uma besta carregada das suas costas e agora está mirando enquanto você se prepara saltar da caixa mais alta até a passarela.

Escolha um número da *tabela de números aleatórios*. Se você tiver a *Disciplina Ka*i Caçar, adicione 1 ao número que escolheu. Se você tiver a *Disciplina Ka*i Camuflar, adicione 1.

Se seu total agora for 2 ou menos, vá para **479**.

Se for 3 – 7, vá para **180**.

Se for 8 ou mais, vá para **311**.

174

Depois de várias centenas de metros, a trilha da floresta se abre em uma grande clareira. Você nota que a terra está coberta por marcas recentes de garras e, pelo formato, detecta que o kraan usou esta clareira como um local de pouso. Pelo número de pegadas e pelo tamanho da área perturbada, você estima que pelo menos cinco das criaturas imundas pousaram aqui nas últimas doze horas.

Você vê que há apenas duas formas de entrar na floresta a partir dessa clareira. Uma via vai para o oeste e a outra para o sul.

Se tiver a *Disciplina Kai* Rastrear e quiser usá-la, vá para 460.

Se decidir deixar a clareira pela pista sul, vá para 37.

Se quiser seguir a rota oeste, vá para 319.

175

Os três primeiros armários que você abre contêm apenas cadeiras, mesas e pratos antigos de peltre. Mas, no quarto, você descobre um Rolo de Corda e uma Adaga.

Se quiser pegar o Item da mochila, a Arma ou ambos, faça as alterações necessárias na sua *ficha de ação* e então continue para 74.

176

Você atiça o cavalo do Príncipe a galopar e corre mais para dentro da floresta. É um belo cavalo de guerra, ágil e forte, de longe o melhor cavalo que já montou. Embora o chão seja um emaranhado de arbustos e raízes, ele nunca vacila. Os giaks logo ficam para trás. Quando julga ser seguro fazê-lo, você reduz o ritmo e então faz sua montaria parar, permitindo que ela descanse alguns minutos. A luz se esvaiu rapidamente e a está quase de noite.

Se quiser continuar a viagem na mesma direção, vá para 65.

Se quiser mudar de direção e levar seu cavalo para a esquerda (para seguir o rumo da trilha que deixou para trás), vá para 201.

177

Depois de uma hora sendo arrastado pela trilha de pedras, os drakkarim finalmente param para descansar. Surrado e machucado pela provação, você não tem forças para resistir enquanto eles o amarram a uma árvore para evitar que escape. Alguns minutos depois, uma criatura grande, reptiliana e cinza se aproxima pela trilha. Ele fica ereto sobre suas poderosas pernas traseiras, com sua cabeça a mais de três metros do chão. Os drakkarim saúdam esta criatura e apontam para onde o prenderam. À medida que ela se aproxima, você sente o cheiro da respiração fétida deste réptil gigante, o que faz seu estômago revirar. É como entranhas podres de peixe. Ele o encara com olhos famintos. Então, ele solta um rugido e agarra sua cabeça com suas poderosas mãos com membranas. A dor irradia por sua cabeça à medida que a criatura começa a apertá-lo com força. A última coisa que você ouve é o estalo agudo do seu crânio.

Infelizmente, sua vida termina aqui, no agarrão esmagador de um gourgaz.

178

Com cuidado, você corre pelas árvores até chegar à beira de uma clareira, ficando horrorizado com a visão do local. Três giaks vestidos de cinza amarraram um homem a uma estaca de madeira e estão ateando fogo a uma massa de gravetos amontoada em seus pés. Você reconhece a túnica do homem. É o uniforme de um Patrulheiro da Divisa, um dos homens do Rei Ulnar que policia as florestas e as fronteiras do reino. Ele foi espancado e está semiconsciente.

Se tiver a *Disciplina Kai* Caçar, vá para **454**.

Se não possuir esta *Disciplina Kai*, você precisará agir rapidamente para salvar a vida do pobre patrulheiro. Vá para **521**.

179

Entre as defesas do perímetro e os muros altos de pedra da capital, há uma grande área de terra aberta conhecida como Velha Holmgard. As barracas e as palhoças dilapidadas que cobrem esta periferia são normalmente ocupadas por criminosos menores e outros indesejáveis. Normalmente, esses salafrários acabam aqui depois de serem jogados fora da cidade como punição para seus crimes e delitos. A Velha Holmgard nunca foi considerada um bairro desejável, mas agora está cheia com pessoas que estão muito felizes em ficar aqui. A maioria é composta por fazendeiros e aldeões. Eles fugiram de suas casas nas regiões periféricas e vieram a Holmgard, buscando refúgio dentro dos muros da cidade. Mas a capital está quase cheia de refugiados e aqueles que não puderam entrar não têm mais para onde ir.

A estrada ampla que leva à entrada principal da cidade está lotada pelo tráfego de pessoas e, a cada hora que passa, a multidão aumenta e o caos piora. Os primeiros refugiados de Toran chegam agora em suas carruagens, a cavalo e a pé. No meio deste emaranhado crescente de pessoas e veículos, os sargentos da guarnição de Holmgard estão tentando desesperadamente manter a estrada aberta, pois é o único meio através do qual tropas podem sair da cidade para reforçar a batalha feroz agora sendo travada ao longo da muralha do perímetro norte.

Leva quase uma hora para você e o jovem oficial atravessarem a Velha Holmgard e chegarem à entrada da cidade, uma viagem de menos de três quilômetros. Quando finalmente se aproxima do grande arco do antemuro da portaria, você olha com admiração as paredes magníficas e as torres de Holmgard que resistiram, durante muitos séculos, às devastações do tempo e da guerra. Saudado pelos guardas do portão, você passa pela arcada e pelo túnel além, com cem metros de comprimento, e então emerge na Praça de Vinas. Esta praça grandiosa, famosa pelas suas calçadas de mármore rosa de palmyrion, normalmente funciona como um mercado. Mas hoje, está tomada por tantas pessoas desesperadas que mal se pode ver as suas famosas calçadas debaixo dos pés.

Você está perto do meio da praça quando o tenente recebe de um oficial montado a ordem de parar. As dragonas escarlates e douradas significam que ele é um Capitão da Cavalaria da Guarda do Rei. Rabugento, ele ordena que o tenente volte imediatamente à muralha do perímetro. O oficial mais jovem tenta explicar por que deixou seu posto, mas o Capitão o interrompe. — Volte para seu posto agora, tenente, — vocifera, — ou farei com que seja enforcado por deserção e covardia!

O tenente faz uma saudação rápida e vira o cavalo. — Boa sorte, jovem Kai, — ele diz e então incita seu cavalo a voltar pela portaria o mais rápido que as multidões abundantes permitem. Impacientemente, o Capitão berra para a massa assustada de pessoas sair do seu caminho enquanto se dirige na direção oposta, rumo a uma avenida larga do outro lado da praça. Além desta avenida, através dos telhados distantes, você pode ver a torre da Cidadela Real.

Se quiser seguir o Capitão, vá para 4.

Se decidir que você terá uma chance melhor de chegar à Cidadela Real sozinho por outra rota, vá então para 203.

180
Você está pulando da caixa quando é atingido no meio do ar pelo virote da besta. Ele acerta a parte inferior da sua perna direita e atravessa sua panturrilha com tanta força que você gira e cai para o lado do chão da passarela. Perca 4 pontos de RESISTÊNCIA.

Se você sobreviveu a esta lesão dolorosa, vá agora para 352.

181
Logo, você chega a uma pequena clareira vazia na floresta da qual é possível sair por dois caminhos.

Se escolher seguir pela trilha do sul, vá para 39.

Se decidir seguir a trilha mais estreita que leva para longe, em direção ao leste, vá então para 296.

182
Quando o segundo giak grita e cai, segurando desesperado a ferida mortal que você causou em sua garganta, você sente um movimento súbito atrás de suas costas. Girando, vê um soldado de assalto giak na porta aberta da torre. É o giak que você viu antes, que estava descendo a escada do telhado da

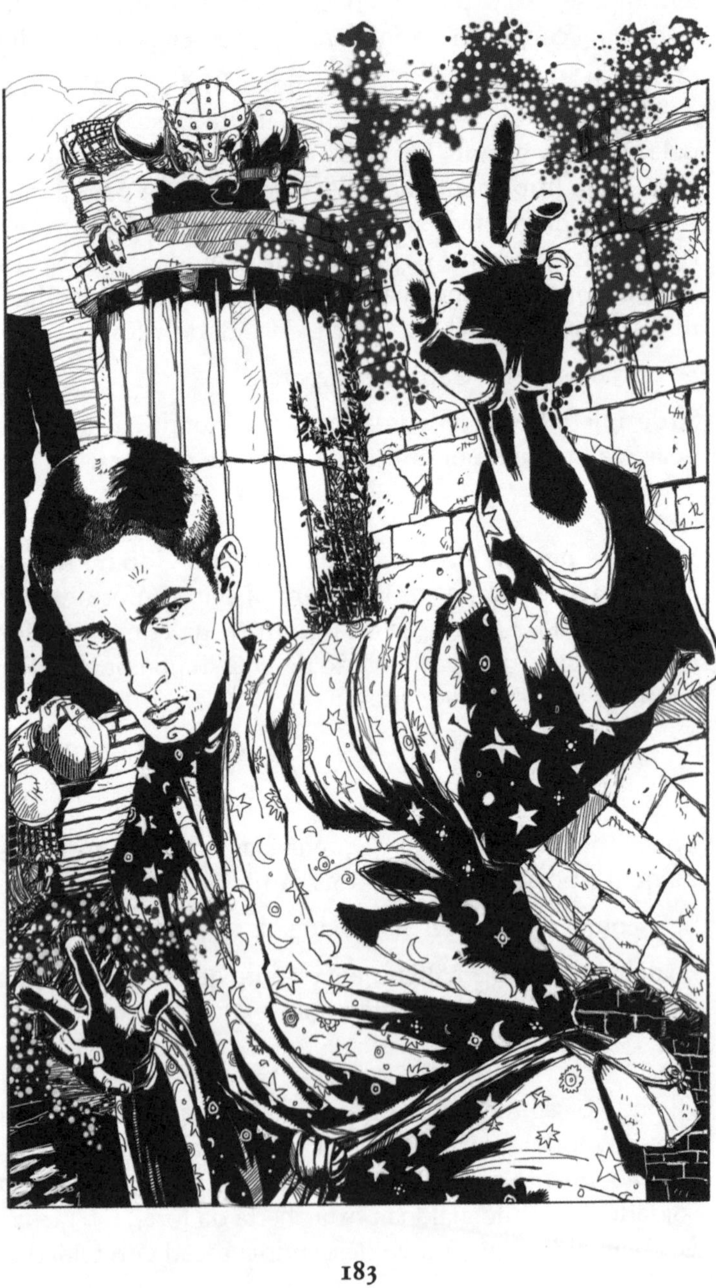

torre de vigia do sul. Enquanto ele levanta uma maça com espinhos e avança correndo, você se afasta e prepara sua arma para aparar o ataque. A maça atinge com uma força de abalar os ossos, mas sua ação rápida afasta essa extremidade fatal e você escapa ileso. Gritando de frustração, o giak ataca de novo. Desta vez, pretende esmagar a sua testa desprotegida.

SARGENTO DO ESQUADRÃO DE ASSALTO GIAK

13   14

Se vencer este combate, vá para 258.

183
Você cobriu quase um quilômetro e meio de bosque denso quando ouve um ruído curioso vindo de algum lugar além das árvores à frente. É um estalo agudo, como o som de uma trovoada distante. Há uma pausa por alguns instantes antes de ouvir novamente. Você pausa para ouvir e sua audição aguçada detecta outros sons: os sons de armadura e os gritos raivosos dos giaks. Alerta para um perigo possível, você agora avança pelas árvores com cautela até chegar à beira de uma grande clareira. O terreno além está cheio de restos de construções antigas que foram destruídas e corroídas pela passagem de muitos séculos. Você visitou este lugar em outra ocasião e o reconheceu como as ruínas de Raumas, um antigo povoado e templo da floresta que foi construído durante a Era dos Reinos Antigos.

Um grupo de guerra de giaks, com vinte e cinco a trinta membros, está atacando o santuário do templo, a única estrutura de toda a Raumas que permanece parcialmente intacta. Um número semelhante de giaks está morto ou morrendo entre os pilares quebrados do mármore ancestral que rodeia este templo interno, mas, apesar de suas pesadas perdas, o inimigo mantém seu ataque contra o que estiver escondido lá dentro. De repente, um relâmpago azul atravessa a fileira da frente de giaks, fazendo as criaturas de armadura caírem em todas as direções. Um giak mais alto do que os outros e vestido da cabeça aos pés em uma cota de malha preta, xinga suas tropas vacilantes e as chicoteia novamente para a frente com um mangual farpado.

Com a arma pronta, você deixa a linha das árvores e entra nas ruínas. As colunas caídas e paredes quebradas e cobertas de musgo dão bastante cobertura para se esconder dos giaks. Você consegue andar sem ser visto até um anel de pilares quebrados ao redor do santuário e, daqui, tenta ver os defensores. Para sua surpresa, o templo interior está sendo defendido por um homem que deve ter a sua idade. Você reconhece seu manto azul-celeste, bordado com luas e estrelas. Ele é um jovem membro da Guilda dos Magos de Toran: um aprendiz da magia.

Chicoteados pelo líder, cinco giaks trajando uniformes vermelhos opacos fazem um ataque frontal desesperado contra o santuário com suas lanças em prontidão para golpear o mago aprendiz. Você observa de relance seu manto azul enquanto ele recua rapidamente para trás das ruínas internas do templo. Então, você o vê virar e levantar a mão esquerda momentos antes de um raio de chamas azuis ser disparado das pontas dos dedos contra os soldados giak, espalhando-os pelo chão. Perto de onde está escondido, você vê um giak vestido de roxo passar e subir um dos pilares atrás do santuário. Ele tem uma adaga longa e curvada na boca e está se preparando para saltar sobre o jovem mago abaixo.

Se quiser gritar para avisar o jovem mago, vá para 363.

Se quiser correr para frente e tentar interceptar o giak quando ele pular, vá para 78.

Se quiser pegar um pedaço de mármore do templo e jogá-lo na cabeça do giak, vá para **461**.

184

O veneno das picadas do antar está começando a fazer efeito. À medida que circula na sua corrente sanguínea, a sua visão começa a ficar borrada e os seus membros ficam rígidos.

Se tiver a *Disciplina Kai* Curar, vá para **388**.

Se não tiver esta habilidade, vá então para **466**.

185

O guarda-costas observa-o com desconfiança e desdém e então fecha a porta na sua cara. Por alguns momentos, você pode ouvir vozes conversando dentro da caravana. Então, a metade superior da porta se abre lentamente e aparece o rosto de um mercador rico, espiando para fora com nervosismo. Ele reconhece imediatamente a sua capa e fecho Kai e rapidamente pede desculpas pela grosseria do seu servo.

Ele destrava a metade inferior da porta e convida-o a entrar. Falando rapidamente em uma voz anasalada e alta, ele diz que foram atacados várias vezes desde que deixaram Toran: por kraans, por cavaleiros de lobos letais e por bandoleiros. Seu guarda-costas o confundiu com um ladrão.

No interior, a caravana luxuosa está cheia de sedas opulentas e especiarias raras, as mercadorias do comércio lucrativo deste mercador. O homem nervoso oferece uma comida deliciosamente aromática que você aceita com prazer. Depois desta refeição inesperada e suntuosa, a fadiga da sua provação finalmente o domina e, enquanto o comerciante fornece a cada minuto detalhes da sua fuga conturbada de Toran, você fecha os olhos e cai em um sono profundo.

Vá para **492**.

186

No final da escada está o cadáver de uma Dama Kai. Ela sofreu muitas lesões profundas na cabeça, pescoço, ombros e mal é possível reconhecê-la. No entanto, apesar dos ferimentos terríveis, você consegue identificá-la a partir do desenho único do fecho da sua capa Kai. Aqui está o corpo da Dama Via Verdadeira, uma das melhores batedoras da Ordem Kai.

Você segura sua mão sem vida que ainda está quente. Ela morreu há menos de uma hora. Você encontra a marca da sua mão manchada na alça de uma alavanca na base da escada e, lentamente, consegue imaginar o que deve ter acontecido durante os últimos minutos da vida desta mulher corajosa.

A Dama Via Verdadeira foi enviada pelo Grão-mestre Lâmina Audaz para cumprir a mesma tarefa que você realiza agora... ativar o farol de cristal. Pela natureza de suas feridas, você julga que ela deve ter sido atacada por vários inimigos no instante em que ela tentou subir no telhado da torre. Seu tornozelo esquerdo também está quebrado, indicando que ela caiu da escada e pousou aqui. Durante os últimos minutos de sua vida, ela deve ter sofrido uma dor terrível, mas ainda conseguiu puxar a alavanca e selar o alçapão, impedindo que seus assassinos entrassem nesta câmara. Além disso, ela conseguiu destruir a escada da galeria para que, se o inimigo conseguisse abrir o alçapão, ainda seriam atrasados ao chegar a este ponto.

Sua garganta fica apertada quando percebe que os inimigos que mataram a Dama Via Verdadeira provavelmente estarão esperando no telhado pelo próximo Kai tentando chegar ao farol. Todos os seus instintos de sobrevivência gritam para que você não suba no telhado, mas você tem um dever para cumprir e, quanto mais tempo demorar, é mais provável que o inimigo encontre uma forma de destruir o farol antes que ele possa ser ativado. Temendo o destino que o aguarda acima, você tenta pensar em uma maneira de aumentar suas chances de sobreviver a esta parte derradeira, e mais perigosa, da sua missão ousada.

Se tiver um Cristal de Batalha Kai e quiser usá-lo, vá para 416.

Se tiver um Cristal do Sono Kai e quiser usá-lo, vá para 312.

Se não possuir nenhum desses itens ou não quiser usá-los, vá para 471.

187

Ao se aproximar da estátua, várias fissuras aparecem na sua superfície de pedra. Sentindo que algo está muito errado, você procura sua arma. À medida que sua mão se fecha, há um ruído alto de estalo e uma serpente alada verdadeira se liberta da sua cobertura de pedra. A criatura sobe para o ar e vem em sua direção, suas presas ósseas brilhando na luz verde estranha. Você não pode fugir deste ataque e deve lutar contra a criatura até à morte se quiser sobreviver.

SERPENTE ALADA (GUARDIÃ DO TRONO) 16 18

Esta criatura é imune à Rajada Mental.

Se vencer este combate, vá para 403.

188

Você entra na cabana pela porta traseira. Ela tem apenas dois cômodos. Aquele que você entra primeiro serve como cozinha. Está vazia, mas é possível ouvir o som de um ronco vindo da sala ao lado. Cuidadosamente, você se aproxima do seu interior escuro e vê um giak. Ele está sentado no chão com o queixo no peito, com uma garrafa de vinho vazia em uma das suas mãos com garras.

Pegando um tronco de uma pilha na cozinha, você entra no segundo cômodo e bate com força na parte de trás do pescoço de couro cinza do giak adormecido. Você quer ter certeza de que ele não despertará e soará o alarme. Através de uma pequena janela frontal da cabana, você pode ver a área aberta no centro da aldeia e uma pequena colina arborizada com vista para o lado sul. Parados na colina estão um sargento giak e um idoso. Você reconhece este homem imediatamente. Seu nome é Rhedwen e ele é o ancião da vila. Seus pulsos estão amarrados com corda e sua cabeça está curvada e sangrando.

Se quiser salvar Rhedwen do seu captor giak, vá para 56.

Em vez disso, se decidir deixar a cabana e explorar a casa de palha ao lado, vá para 468.

189

Você corre até a beira do rio e espia sobre a parte íngreme da margem. Abaixo, é possível ver um emaranhado de madeiras flutuantes que se acumulou ao longo da margem. Um tronco grande de árvore encalhou no banco de argila e, ao lado dele, há uma pequena canoa.

Se quiser usar o tronco como meio de flutuar correnteza abaixo em direção às defesas externas da cidade, vá para 334.

Em vez disso, se decidir usar a canoa abandonada, vá para 6.

190

O giak horrendo range sua mandíbula com presas enquanto avança em sua direção, sua lança preparada para uma estocada rápida na sua garganta desprotegida.

EMBOSCADOR GIAK

12   14

Se vencer este combate em 3 rodadas ou menos, vá para 509.

Se vencer em 4 rodadas ou mais, vá para 287.

191

Os giaks se aproximam e se agacham, preparando-se para atacar. Você pode ver as pontas afiadas e serrilhadas de suas lanças e ouve sua fala baixa gutural. A maior das duas criaturas grita — Orgadak taag! Nogjat aga ok! — e te ataca com uma velocidade surpreendente.

Você deve combater cada um desses giaks de cada vez. Adicione 1 à sua Habilidade durante esta luta, pois está com a vantagem do terreno mais alto a seu favor.

LANCEIRO ORGADAK-TAAGIM GIAK KRAAN 1

13   10

LANCEIRO ORGADAK-TAAGIM GIAK KRAAN 2

⚔ 12   🛡 10

Se vencer esta luta, vá para 481.

Agora, o dormitório está vazio. Os cadetes Kai que passaram por você no corredor são os últimos dos iniciados que assumiram suas posições de batalha. Você vai ao seu beliche e retira a mala pequena de couro armazenada embaixo dele. Ela contém os seus bens pessoais, que são poucos.

Você decide não pegar nenhum de seus livros, porque eles são pesados e provavelmente seriam um fardo. Contudo, você pega as 10 Coroas de Ouro que economizou durante o tempo passado no mosteiro e as coloca na sua Algibeira. (Anote na sua *ficha de ação*.)

Outro item seu que pode ser útil é seu Machado. Você só o usou ao jogar greel ou quando era chamado para cortar lenha. Agora, ele pode ser útil para o seu propósito original: a batalha! (Se quiser pegar o seu Machado, marque na sua *ficha de ação*. Se já estiver carregando duas Armas, você precisa descartar uma para pegá-lo.)

Você fecha sua mala e a desliza de volta debaixo do beliche. Então, dá uma última olhada ao redor do dormitório pelo que, você imagina, pode ser a última vez. O barulho da batalha está ficando cada vez mais alto e isso o leva a deixar o dormitório e correr pelo corredor que leva ao Arsenal Kai.

Para continuar, vá para **15**.

193
Quando a última das criaturas imundas morre, a luz esverdeada que ilumina esta câmara começa a desaparecer. Na iluminação fraca, você percebe que, dentro de cada crânio quebrado, há agora uma pequena gema verde. Se quiser reunir e guardar estas gemas, marque na sua *ficha de ação* como "20 Gemas de Guardião da Tumba" (juntas, elas ocupam apenas 1 espaço na sua mochila).

Você faz uma pausa para limpar a secreção verde e grudenta das Crias da Cripta da sua arma antes guardá-la. Então, você sai desta câmara escurecida através da passagem.

Para continuar, vá para **31**.

194
Você desembainha sua arma e se prepara para combater esses inimigos que usam lanças. Eles se aproximam, um de cada vez, e você deve lutar contra cada um individualmente.

LANCEIRO ORGADAK-TAAGIM GIAK KRAAN 1

13   10

LANCEIRO ORGADAK-TAAGIM GIAK KRAAN 2

12 **10**

Se vencer estes combates, vá para **444**.

195

Sua euforia por ter finalmente chegado à Cidadela Real é curta. Você deu apenas uma dúzia de passos além do portão principal da fortaleza quando uma voz zangada ressoa:

— Parem aquele jovem!

Imediatamente, você é atacado por três dos Guardas da Cidadela e jogado contra o chão (perca 1 ponto de Resistência). Você tenta explicar quem você é e por que veio aqui, mas os guardas ignoram suas súplicas.

— Prendam-no na sala de guarda, — ordena o sargento da portaria e imediatamente você é arrastado e jogado sem cerimônia em uma cela vazia. Suas armas e equipamentos são confiscados, assim como sua capa e cinto. Então a porta da cela é fechada e trancada com uma chave.

Por quase uma hora, você fica no confinamento frio e escuro desta cela, remoendo sobre sua situação difícil Após ter sobrevivido aos muitos perigos da sua jornada longa do mosteiro até a Cidadela Real, parece especialmente cruel e injusto ter sido preso desta forma imediatamente após a sua chegada. Você começa a pensar que foi esquecido quando ouve uma chave virar na fechadura. A porta abre e o sargento da portaria entra. Ele está carregando seus pertences, bem dobrados e empilhados em uma cesta de vime.

— Fui instruído a repassar nossas desculpas, jovem Kai, — ele diz, o entregando a cesta. — Por favor, quando estiver pronto, me acompanhe até o castelo. O médico Real quer vê-lo.

Você coloca o manto e ajusta seus equipamentos. Depois, você segue o sargento enquanto ele o escolta pelos corredores inferiores e câmaras luxuosas da moradia do Rei. Enfim, você chega a uma porta robusta de carvalho, cravejada de pregos grandes de latão. O sargento bate na porta com os nós dos dedos e uma voz de dentro diz: — Entre!

Vá para 316.

196

A figura encapuzada é um Sumo Sacerdote Cener e, quando vê que você derrotou seus guardiões esqueletos, ele entra em pânico e tenta fugir desta câmara. Ele empurra a lombada de um dos livros encadernados com couro que preenchem as prateleiras da sua biblioteca e instantaneamente um painel secreto se abre, revelando uma passagem anteriormente escondida. Infelizmente para o druida, o mecanismo da porta não foi bem cuidado e range até parar depois de abrir pela metade. Em seu desespero para fugir, ele fica totalmente preso na abertura estreita. Antes que consiga se soltar, você avança e golpeia-o mortalmente na nuca.

Com alguma dificuldade, você retira o corpo da entrada estreita e limpa o sangue da sua arma com a barra do manto dele. Então, você a embainha e faz uma busca rápida nesta câmara. Em uma caixa em uma das prateleiras, você descobre uma Adaga e uma Espada. Você também encontra 7 Coroas de Ouro. (Se quiser manter uma das Armas mencionadas acima, ou o dinheiro, lembre-se de fazer os ajustes necessários na sua ficha de ação.)

Você libera o mecanismo da porta e entra na passagem secreta. Explorando o corredor escuro, você encontra uma estante esculpida da parede. Ela contém vários documentos secretos que pertenciam ao Sumo Sacerdote. Todos eles estão escritos em um código que você não consegue decifrar. Você está destruindo esses documentos quando encontra uma Poção de Laumspur enrolada em um dos pergaminhos. (Esta poção restaura 4 pontos de RESISTÊNCIA ao seu total quando ingerida após o combate. Há o suficiente para uma dose.)

A passagem secreta termina em uma parede de pedra aparentemente sólida, mas em um exame cuidadoso, você encontra uma alavanca oculta. Ativando essa alavanca, a parede de pedra desliza para revelar uma câmara pequena e pouco iluminada. Existem três saídas desta sala parecida com uma caverna. Aquela diretamente à sua frente está bloqueada por uma chapa de ferro preto sólido, mas as saídas para a esquerda e para a direita estão abertas e desprotegidas.

Se quiser explorar a saída da esquerda desta câmara, vá para 422.

Se decidir explorar a saída da direita, vá para 330.

197

Logo, você se encontra em uma clareira artificial, onde várias árvores foram cortadas e usadas para fazer uma torre de vigia vacilante. Abaixo desta torre improvisada, há três trilhas estreitas, cada uma saindo em direções diferentes.

Se quiser subir a torre de vigia, vá para 51.

Se decidir deixar esta clareira pela trilha do sul, vá para 17.

Se escolher seguir pela trilha do leste, vá para 380.

Ou se preferir sair pela terceira trilha, que vai para o sudoeste, pode ir para 321.

198

Seu Sexto Sentido Kai alerta que alguns dos kraan e giaks que atacaram o mosteiro estão vasculhando os dois caminhos da floresta, procurando sobreviventes do ataque. Agora que está ciente do perigo, decida por qual caminho deseja ir.

Se quiser seguir pela bifurcação à esquerda da trilha na floresta sob a cobertura das árvores, vá para **80**.

Se preferir caminhar pelo mato ao lado da bifurcação à direita da trilha, vá para **24**.

199

Você consegue ver as altas paredes branco-acinzentadas e os pináculos brilhantes de Holmgard, as bandeiras tremulando nas muralhas na brisa fresca da manhã. Estendendo em direção ao leste, o Rio Eledil traça seu curso desde as Montanhas da Cordilheira do Penhasco de Durn até o Golfo de Holm. Mas, vindo de baixo dos picos da montanha, você vê um exército escuro vasto, marchando incansavelmente rumo à cidade.

À sua esquerda, você pode ver a estrada indo sobre a planície em direção a Holmgard. Em uma corrida, você poderia alcançar as fortificações externas das defesas da cidade em uma hora, mas estaria ao ar livre durante a maior parte do tempo e vulnerável ao ataque dos kraan. No entanto, à sua direita, um rio largo e turvo flui lentamente em direção ao Eledil. Você poderia usar a cobertura das margens do rio e nadar em direção à capital. Ou, à sua frente, está o Cemitério dos Ancestrais. Estas tumbas e monumentos desmoronados de uma era esquecida esconderiam a sua abordagem, mas é uma área proibida. Muitos são os horrores inomináveis que lá estão em um sono inquieto, esperando para consumir um invasor desavisado.

Se você tentar a sorte na estrada, vá para **82**.

Se sentir que tem uma chance melhor de chegar à capital pelo rio, vá então para **189**.

Ou, se for corajoso o suficiente para se arriscar nos perigos desconhecidos do Cemitério dos Ancestrais, vá para **143**.

200

O médico o escolta até a Câmara de Governo, um salão magnífico decorado generosamente com obras de arte e os estandartes de batalha da Casa de Ulnar. Os guardas à porta permitem que a sua escolta entre neste salão, mas dizem que você deve esperar na antecâmara. O médico anuncia sua chegada ao Rei e você recebe a permissão para entrar. Quando ele sai da câmara para contar, ele diz que o Rei o incumbiu de uma tarefa e que você deve entrar sozinho. Ele deseja boa sorte e faz um sinal em direção à grande porta.

Com apreensão, você entra na Câmara de Governo e ouve a grande porta fechar atrás de si. O Rei e o seu conselheiro, o Chanceler Galden, estão estudando um mapa enorme espalhado sobre uma base de mármore no centro da câmara. Ao seu lado também está a Princesa Madelon, a linda filha mais nova do Rei. Seus rostos estão repletos de preocupação e concentração.

O Rei faz uma saudação formal e pede que conte sua notícia sobre o Mosteiro Kai. Um silêncio sombrio toma conta do salão quando você informa a morte de seus companheiros e relata todos os detalhes de sua jornada perigosa até Holmgard. Ao terminar de contar a sua história, o Rei olha para seu Chanceler e para sua filha e balança a cabeça com tristeza. — Devemos nos preparar para o pior, — ele diz. — Vamos rezar para Ishir e Kai nos proteger do mal do Lorde Sombrio Zagarna.

Neste momento, a grande porta para a câmara se abre e um cavaleiro entra com o seu elmo. Ele está vestido da cabeça aos pés em uma armadura prateada e, sobre sua superfície rasgada e manchada de sangue, está bordado o emblema de um cavalo alado cercado por três estrelas.

Vá para 487.

201

Você logo sai da floresta para um caminho principal. Reconhece esta via. É a estrada principal que liga o porto norte de Toran à capital, Holmgard, no sul. Levando seu cavalo para a estrada, você o vira para o sul. Esta via é larga e limpa e a sua superfície está em boas condições. Agora, você se sente confiante que deve conseguir chegar a Holmgard pela manhã.

Vá para 210.

202

Você limpa a arma manchada de sangue com um pedaço de saco de lona e depois segue em direção à porta destruída. Sua intenção é voltar a se juntar aos aldeões para ajudá-los na sua luta para recuperar Floresta da Bruma dos invasores giaks, mas, ao olhar para fora, você vê mais seis giaks correndo em direção à porta quebrada do moinho. Tentar sair por aqui agora seria um suicídio.

Você se afasta da porta e procura outras formas para conseguir fugir deste lugar. Na parte de trás do moinho, você descobre algo que dá esperança: um alçapão. Você rapidamente o abre e desce uns poucos degraus de pedra empoeirados, parando por instantes para puxar o alçapão sobre sua cabeça. Quando ele bate no chão, você ouve os giaks zangados entrando no moinho.

Você desce os degraus até o fundo e então se apressa pelo túnel longo e escuro. As paredes logo estão vazando com umidade e o chão está até o tornozelo com água gelada. Felizmente, esta água não fica mais funda e, depois de algumas centenas de metros, você chega a outro lance de escadas de pedra que conduzem a um segundo alçapão. Este portal é diferente daquele que você fechou quando fugiu do moinho. É feito inteiramente de bronze e tem muitos séculos de idade.

Você precisa colocar seu ombro contra este portal pesado e empurrá-lo com toda sua força para levantá-lo. Mas, assim que a vedação da terra úmida, que o mantém fechado, é partida, você consegue abrir esse alçapão antigo com facilidade. Ela se mexe para trás, revelando o céu do início da manhã. Você escala pela abertura e sai no meio de um campo cheio de água, perto das margens do Córrego da Floresta da Bruma. Há menos de quinze minutos, este terreno estava submerso debaixo de trinta centímetros de água, mas, agora que a pá do moinho está girando novamente, a inundação está regredindo rapidamente. À sua direita, você pode ver que o monte desajeitado de pedras que os giaks colocaram na cabeceira do canal do córrego desabou para dentro. Agora que as águas recuaram, não restou nada para apoiá-lo.

Na sua frente, do outro lado do riacho, é possível ver que os aldeões restantes que você libertou da prefeitura se armaram com forcados e outros instrumentos agrícolas e agora estão lutando contra os giaks. Liderados por Uldor, o ferreiro, eles estão expulsando-os das suas cabanas e lutando para recuperar o moinho de água, com sucesso. Ver estes simples fazendeiros sommlendeses lutarem tão corajosamente para proteger seus lares das forças invasoras do Lorde Sombrio Zagarna levanta o seu ânimo. Confiante de que eles prevalecerão, você saúda sua coragem e então atravessa os pedregulhos da represa derrubada até a trilha da floresta que está além.

Para continuar, vá para 528.

203

Você abre caminho pela massa de corpos na avenida principal e se dirige para a cidadela ao longe. Os moradores da cidade e os refugiados estão indo e voltando em pânico, à medida que os primeiros gritos dos kraan a circular acima são ouvidos.

Na pressão, um item é roubado da sua mochila (escolha qual item está faltando). Se não tiver mais uma mochila ou se não tiver mais Itens da mochila, você perderá uma Arma (lembre--se de fazer o ajuste necessário na sua *ficha de ação*).

Por fim, você chega a uma junção onde outra avenida larga, chamada Via de Haigh, cruza da esquerda para a direita. Você está tentando atravessar para o outro lado quando um cavalo desgovernado e sua carroça passam pelas suas costas. O cubo da roda bate na sua lateral e o derruba de cabeça em uma porta. Você bate com força contra a porta trancada de uma loja cai de joelhos, atordoado e ferido pelo impacto súbito (perca 2 pontos de Resistência).

Enquanto você se levanta, a porta se abre e um velho decrépito aparece. Ele está empunhando um cutelo enferrujado.

— Ahhhh! — ele vocifera. — Eu avisei para sair da minha loja... Eu avisei... Não diga que eu não avisei!

Ele dá um golpe selvagem contra sua cabeça e você se afasta a tempo de não perder a ponta do nariz para a lâmina pesada do cutelo. O homem ficou enlouquecido de medo e agora está para além de qualquer razão. O olhar maníaco em seus olhos diz que ele está determinado a matá-lo.

Se escolher lutar contra este louco, vá para **89**.

Se quiser tentar fugir dessa luta, vá para **324**.

204

Você escuta o sibilo do virote de besta em direção às suas costas e, depois, é jogado de cara no chão pela força tremenda do impacto do projétil. Uma dor cegante envolve a parte superior do seu corpo, irradiando da ferida na parte de trás do pescoço, onde o virote de aço atingiu e penetrou profundamente. Então, a dor terrível desaparece e uma escuridão eterna engole sua visão. Felizmente, você foi poupado da agonia tortuosa de uma morte longa e prolongada.

Infelizmente, a sua vida e a sua missão de chegar à capital terminam aqui, na Planície de Holmgard.

205

O virote acerta e arranca um naco de pele e carne do seu pescoço (perca 3 pontos de Resistência), mas sua ação evasiva e desesperada o salvou de uma morte certa. Rangendo os dentes com a dor súbita e ardente da sua ferida, você agarra seu pescoço ferido com a mão esquerda para parar a hemorragia.

Vá para **291**.

206

Você cavalgou por aproximadamente um quilômetro e meio ao longo da estrada da floresta quando chega a uma ponte através de um afluente rápido do Unoram. O centro da ponte foi destruído por uma explosão e rastros de fumaça cinzenta sobem pelo céu a partir das madeiras partidas e escurecidas. O cheiro ácido de pó explosivo pendura no ar, dizendo que esta ponte foi demolida pelas tropas do Príncipe Pelethar há algumas horas.

Incapaz de continuar nesta direção, você é forçado a se virar e voltar para a junção.

Vá para 216.

207

Depois de alguns minutos, você chega a uma cabana vazia, coberta de musgo, afastada do caminho em alguns metros. Lá, a trilha da floresta faz uma curva para o leste.

Se quiser continuar seguindo o caminho para leste, vá para 59.

Se decidir voltar para o norte, vá para 39.

208

Você dispara pela estrada e continua correndo pelo campo aberto. Ao chegar na fazenda, você chuta a porta e mergulha de cabeça na moradia. Um kraan sobe, gritando vitoriosamente, com uma vítima pendurada nas garras. Depois de se levantar, você se encontra sozinho nesta casa de fazenda abandonada. Toda a comida foi retirada da cozinha, mas, encostado na lareira, você descobre um Martelo de Guerra. Você pode pegar esta Arma, se quiser.

Se quiser ficar na fazenda, vá para 114.

Se decidir que seria melhor voltar para a floresta, você pode correr para a mata próxima, indo para 494.

209

Você puxa o capuz do manto roxo e respira fundo. Então, você sai das sombras e caminha com confiança através da câmara em direção à saída do outro lado. Os giaks observam sua passagem, mas não suspeitam que você seja outra coisa além do que parece ser: um sumo sacerdote cenerês.

Você chega ao lado mais distante da câmara sem ser desafiado pelos vigias atentos e entra no túnel arqueado na parede.

Vá para 537.

210

Enquanto caminha ao longo da estrada, você percebe que a luz está desaparecendo rapidamente. Em breve, estará completamente escuro, o que dificultará muito a percepção de quaisquer perigos que possam estar à espreita. Você decide que é melhor procurar um abrigo e descansar por algumas horas no limite das árvores ao redor da estrada.

Quando está convencido de que seu lugar de repouso é seguro, você puxa sua capa verde quente sobre si e apaga em um sono difícil.

Vá para 389.

211

O pão está delicioso e a água aplaca sua sede (recupere 1 ponto de RESISTÊNCIA). Sentindo-se muito refrescado depois de consumir esta comida simples e comum, você verifica seu equipamento antes de sair para continuar sua viagem ao longo da trilha.

Vá para 118.

212

Após examinar a trava, você está confiante de que poderá abri-la sem tocar no buraco da fechadura ou no pino de fixação. Ao concentrar sua *Disciplina Kai* no buraco, você tem certeza de que pode fazer o mecanismo da fechadura se soltar e, provavelmente, abrir. Então, você fará com que

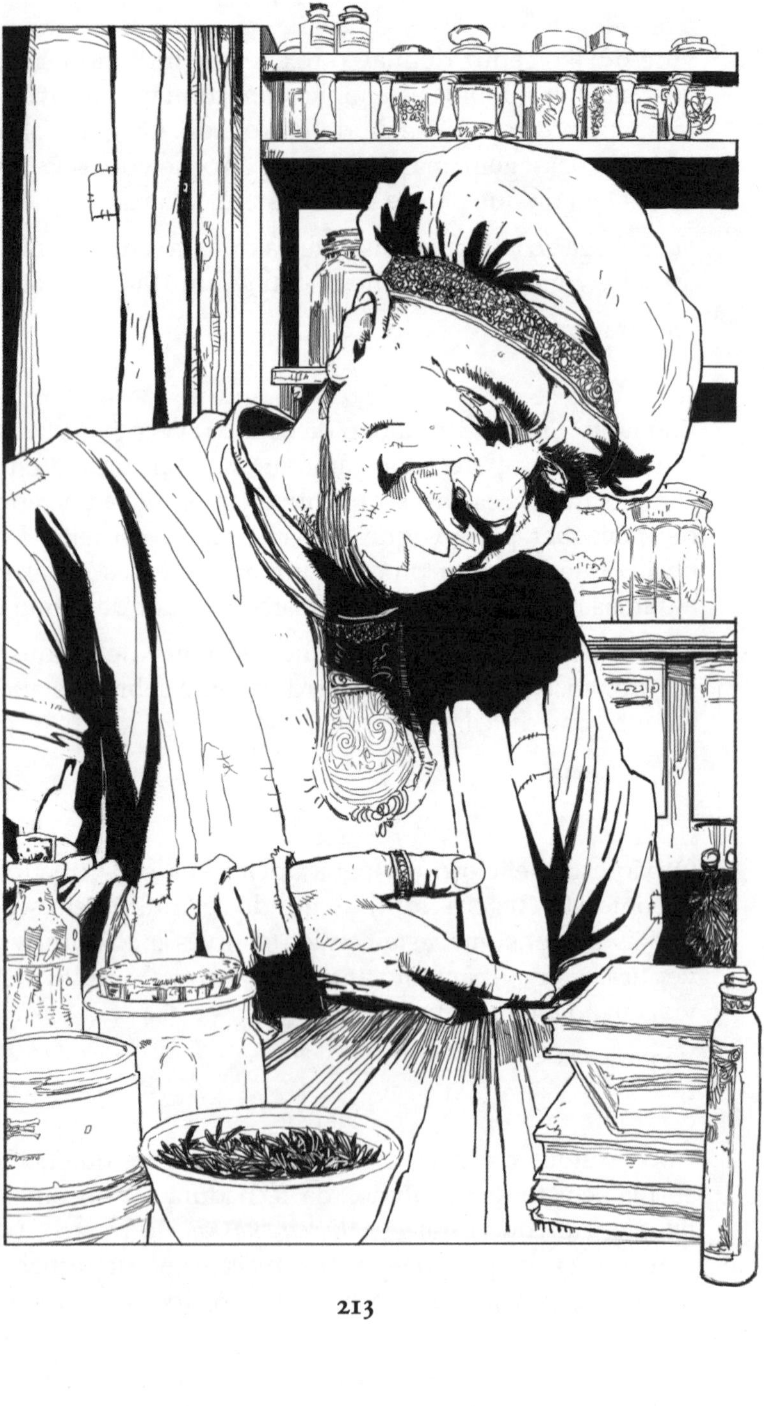

o pino levite para fora dos suportes que o mantêm preso no cadeado. Fazendo isso, você espera evitar qualquer armadilha que possa ser ativada se a porta for tocada fisicamente.

Se decidir usar sua *Disciplina Kai* Telecinese para abrir esta fechadura e então levitar o pino, vá agora para 123.

Se decidir não usar sua *Disciplina Kai* dessa forma, você pode tentar remover o pino simplesmente segurando o topo e o puxando para fora dos suportes de segurança. Vá para 524.

213
O homem se apresenta como Kolanis, herborista e dono desta loja. Ele oferece uma variedade das suas poções especiais. Algumas aumentarão sua força, algumas induzirão invisibilidade, algumas darão grandes poderes de furtividade e outras concederão o poder de se transformarem em uma forma gasosa. Então, o homem abre a gaveta inferior do balcão para revelar uma varinha magnífica. Sua haste preta e turquesa está repleta de pequenas pepitas de ouro. Ele diz que é uma arma mágica poderosa que derrotará todas as criaturas malignas e o deixará invulnerável às flechas e às lâminas em batalha. Murmurando algo que você não pode ouvir claramente, ele aponta para as inscrições místicas que adornam sua cabeça de ébano.

Se quiser se inclinar sobre o balcão e tentar ler as inscrições curiosas, vá para 70.

Se quiser perguntar mais sobre as poções, vá para 346.

214
A porta desta torre está destrancada e você pode entrar sem ser visto. Você passa pela torre e corre pela passagem do terceiro vão em direção ao próximo conjunto de torres e arcos que protegem a entrada de Pedra de Durn. Em um túnel estreito sem portões que atravessa a torre mais próxima, você faz uma pausa para observar a batalha sendo travada na praça pavimentada abaixo. No centro desta praça

magnífica, os Guardas da Corte do Príncipe Pelethar estão engajados num combate mortal com as tropas de assalto do Senhor Sombrio Zagarna. O inimigo está em um número maior e tenta abrir caminho através da linha de Pelethar, mas os homens do Príncipe estão lutando como leões e o impedindo. Através da fumaça e da confusão desta batalha feroz, você vê o Príncipe engajado em combate com uma criatura reptiliana enorme. É um gourgaz, um nativo feroz do Atoleiro Maaken. Zagarna usou esta fera assassina para liderar seu ataque à Ponte de Alema por dois motivos. Ele não apenas é destemido e formidável em combate corpo a corpo, como também exala uma fragrância que incita um frenesi de batalha nos giaks. Sob a influência desta fragrância inodora, eles lutarão sem fadiga ou consideração pela sua própria segurança.

O gourgaz luta em pé, sobre as suas poderosas pernas traseiras. Ele se avulta acima das outras tropas e golpeia seu enorme machado de batalha preto, com um efeito terrível. O Príncipe Pelethar está envolto em uma armadura prateada que brilha como um espelho ao sol. Seu tabardo branco está adornado com um cavalo alado, o seu emblema pessoal, e a lâmina afiada da sua espada larga está enfeitada com os símbolos orgulhosos de Sommerlund e da Casa de Ulnar. Pelethar parece estar ganhando seu duelo mortal com o monstruoso gourgaz até ele ser repentinamente atingido por uma flecha nefasta. A haste giak penetra na cota de malha sob sua axila direita e seu coração bate mais forte quando você o vê gritar e vacilar. Sentindo que a vitória é iminente, o gourgaz levanta o seu machado grande e desfere um golpe poderoso contra o elmo do Príncipe. Um dos Guardas da Corte de Pelethar empurra o príncipe para o lado enquanto o machado negro passa silvando o ar. Sua ação rápida evita que o senhor ferido seja decapitado, mas, ao fazê-lo, ele sacrifica sua mão e antebraço direitos para a lâmina do machado.

Com Pelethar ferido, a maré desta batalha sangrenta vira rapidamente a favor do inimigo. Você precisa se mover rapidamente para se juntar as tropas do Príncipe antes que ele seja obrigado a recuar para Pedra de Durn. Da sua posição no túnel inferior, você pode ver dois caminhos para chegar à praça abaixo. O primeiro é através de uma escada larga de mármore. O segundo é por uma corda de carga que está presa por uma roldana na parede da torre.

Se quiser descer pelas escadas de mármore, vá para 256.

Se, por outro lado, escolher usar a corda de carga, vá para 115.

215

De longe, você vê as altas paredes branco-acinzentadas e os pináculos brilhantes de Holmgard. As bandeiras coloridas das guildas da cidade estão tremulando nas muralhas na brisa fresca da manhã. Se estendendo até o leste, o poderoso rio Eledil se afasta de sua nascente nas Montanhas do Penhasco de Durn através da capital e em direção ao amplo estuário do Golfo de Holm. A beleza natural desta grande vista faz você se sentir orgulhoso e afortunado por ter nascido sommlendês. Mas, ao voltar seu olhar em direção aos picos ocidentais distantes dos Penhascos de Durn, você tem uma visão que estraga esta paisagem magnífica. Pairando entre os topos das montanhas, como nuvens de tempestade escuras e malévolas, há enxames de feras zlan e kraan. Eles estão se reunindo em preparação para um ataque à capital. No passo estreio da montanha abaixo desses enxames, você vê colunas imensas de tropas inimigas marchando. Claramente, a sua intenção é atacar e fazer um cerco a Holmgard. Você estima que a parte principal do enorme exército não está a mais de dois dias de marcha dos muros da cidade.

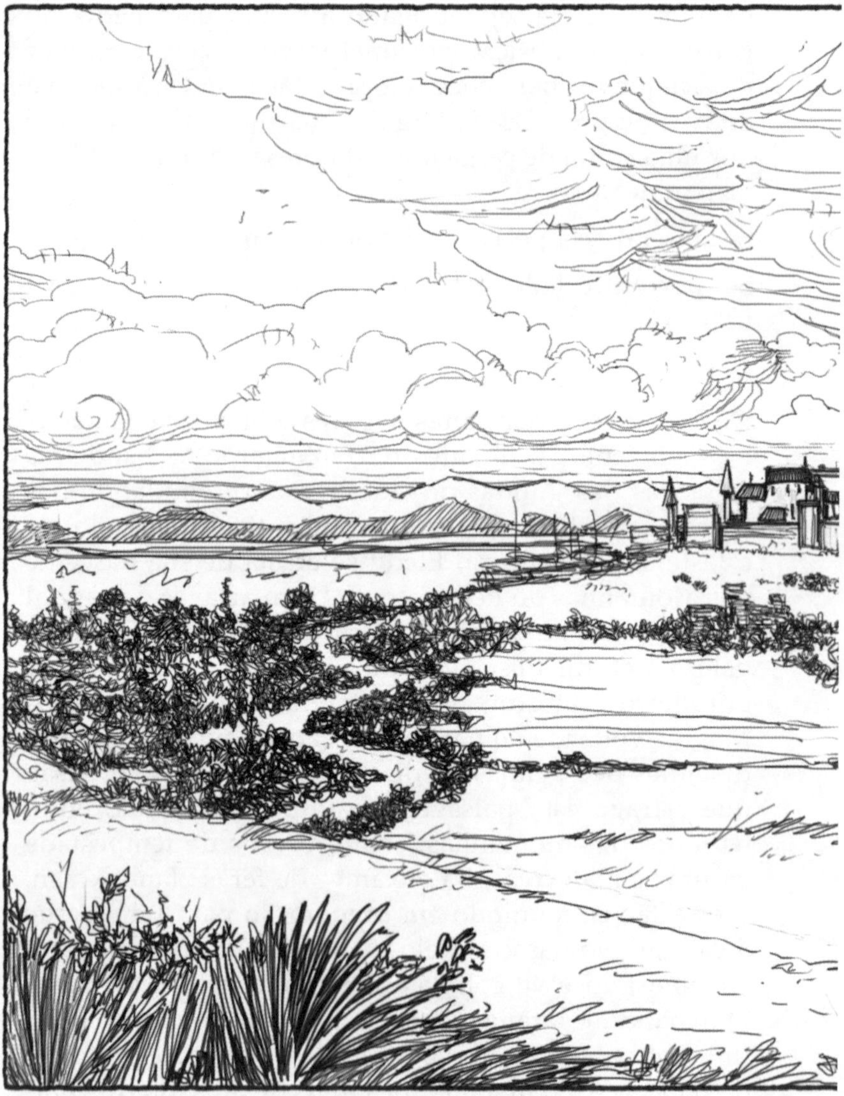

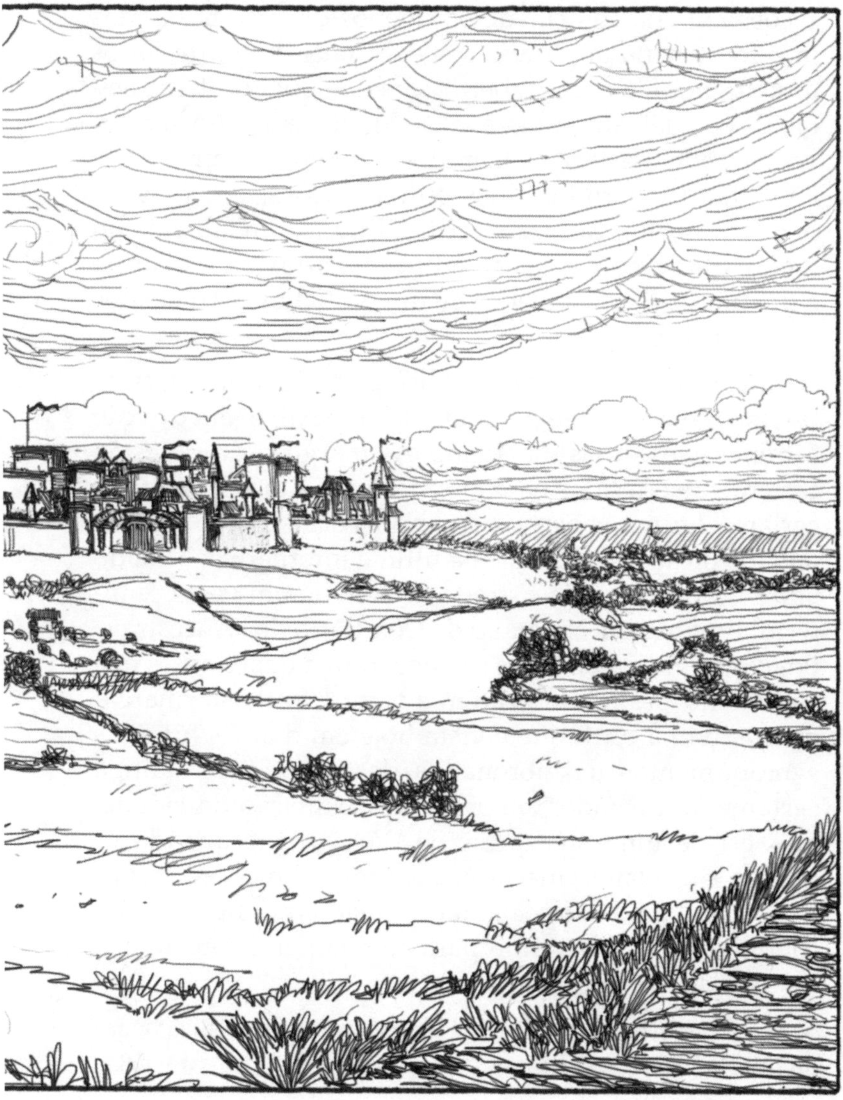

A Estrada do Rei, de Holmgard a Toran, atravessa a planície fértil e suave e as fazendas que circundam a capital. A galope, você imagina que conseguirá chegar às fortificações externas da cidade em menos de uma hora. Mas fazê-lo a cavalo implicaria a necessidade de cobrir vários quilômetros em campo aberto, sem qualquer proteção acima. Isso o deixará vulnerável ao ataque aéreo dos kraan. Você pondera as rotas alternativas que poderiam levá-lo à capital e determina duas outras opções. Por perto, é possível ver um rio pequeno. É o Daune, um afluente do Eledil. Ele percorre seu caminho lento através da planície e flui para o Eledil a menos de um quilômetro e meio dos muros da capital.

Se abandonasse seu cavalo, você poderia usar a correnteza suave do Daune para levá-lo rio abaixo, em direção às defesas externas da cidade. As margens do rio estão fortemente erodidas na maior parte do caminho e ofereceriam alguma cobertura quando você se aproximasse das fortificações. Ou existe a última alternativa. Situado entre o rio Daune e a Estrada do Rei, há um vasto cemitério. Este lugar é chamado de Cemitério dos Ancestrais. Foi construído há muitos séculos, numa época antes dos sommlendeses reivindicarem a terra e a transformarem na maravilha fértil que é vista hoje em dia. Os túmulos e monumentos desmoronados desta necrópole antiga certamente esconderiam a sua aproximação da cidade, mas esta é uma área proibida. Você treme quando se lembra de relatos que ouviu sobre os horrores inomináveis que ainda supostamente estão aqui, num eterno sono inquieto, esperando para corromper e consumir o invasor desatento.

Se quiser se arriscar na planície aberta, pode fazer sua chegada final a Holmgard através da Estrada do Rei. Vá para **298**.

Se decidir que você terá uma chance melhor de chegar em segurança à capital através do Rio Daune, você pode deixar seu cavalo pastando nesta planície vasta antes de ir para **189**.

Ou, se for corajoso o suficiente para se arriscar nos perigos desconhecidos do Cemitério dos Ancestrais, você pode se aproximar da cidade por esta rota proibida. Vá para **510**.

216

Você volta à junção e continua ao longo da estrada sem reduzir o ritmo. Você cavalga quase cinco quilômetros ao longo desta trilha de madeiral quando, à distância, vê a silhueta inconfundível dos giaks. Eles estão em um grupo no meio da trilha e não parecem ter visto você. Bem acima das árvores, você ouve o grito dos kraan indo rumo ao oeste. Eles acabaram de pousar esses giaks na estrada da floresta e agora estão retornando às montanhas para pegar outro esquadrão de batedores inimigos.

Se quiser galopar direto em direção ao grupo distante de giaks, esperando pegá-los de surpresa e espalhá-los, vá para **530**.

Se decidir deixar a estrada e entrar na floresta para evitar esses batedores inimigos, vá então para **255**.

217

Você utiliza sua habilidade psíquica e foca o poder de sua mente na alavanca, desejando que ela suba. Potencializada pelo aumento da energia da batalha que agora percorre suas veias, sua habilidade mental modesta é bem amplificada. A alavanca treme então lentamente, começa a se mover. O rangido repentino das portas pesadas de ferro do mosteiro distrai o giak. Nervosamente, ele olha para os grandes portões quando eles começam a fechar. Por um breve momento, você tem uma vantagem sobre este inimigo e aproveita-a sem hesitação. Correndo para a frente, você levanta sua espada e enfia sua ponta afiada rumo à garganta da criatura.

SOLDADO DE ASSALTO GIAK

12 **12**

Seu inimigo está distraído. Você pode ignorar qualquer perda de de RESISTÊNCIA sofridos na primeira rodada desta luta.

Se vencer este combate, vá para 511.

218

Ao se aproximar, o grupo de pessoas para de falar. Você pode ver pelas expressões que eles reconhecem sua capa verde Kai. Lentamente, um dos homens estende a mão em amizade e diz, — Meu Lorde, vimos a fumaça nos sopés dos Penhascos de Durn e tememos pela segurança do seu mosteiro. Ouvimos rumores de que uma grande horda do inimigo do Ocidente desceu sobre os Kai e que ninguém da sua Ordem teve como escapar. Mas é evidente que não foi bem assim. Que Ishir e Kai sejam louvados! Temíamos que tudo estivesse perdido.

Você não conta a eles sobre a destruição do mosteiro e o massacre dos seus companheiros. Estas pessoas são refugiados de Toran e perderam tudo o que tinham. A única esperança deles agora é que o Kai possa levar o exército sommlendês à vitória sobre os invasores. Com eles, você descobre que o porto norte de Toran foi atacado tanto pelo ar quanto pelo mar e que as forças dos Lordes Sombrios ultrapassaram em muito a corajosa guarnição do Rei. Até mesmo a Guilda dos Magos de Toran foi incapaz de repelir o inimigo, que foi liderado por um feiticeiro corcunda que possuía um poder imenso. Você os tranquiliza, dizendo que Sommerlund não cairá para o Lorde Sombrio Zagarna e os seus lacaios terríveis e deseja-lhes sorte na sua jornada difícil pela frente.

Para continuar pela floresta, vá para 148.

219

Uma saraivada de flechas pretas sibila em sua direção e atinge a lama em volta de seus pés. Vários outros giaks apareceram no topo do barranco íngreme na margem do rio e começam a atirar em você com seus arcos. Você amaldiçoa sua situação, pois não há cobertura neste lado do rio para protegê-lo contra esses projéteis letais.

Se quiser mergulhar de volta no rio e nadar descendo com a corrente, vá para **449**.

Se decidir nadar até o outro lado e buscar cobertura entre as árvores na margem oposta, vá para **369**.

220

Você ouve um estalo abafado ao girar o terceiro eixo para a posição. Em seguida, silenciosamente, o portal pesado se abre, revelando uma passagem iluminada por tochas. Columba Chuvosa o deseja boa sorte. Você faz uma pausa para cumprimentá-la e retribuir os votos antes de sair pela passagem.

Este corredor estreito de pedra termina numa porta de madeira robusta. Ela possui tiras de latão polido e está revestida com pregos de cabeça prateada que brilham na luz tremeluzente da tocha. Você gira sua alça pesada e solta um suspiro de alívio quando descobre que está destrancada.

Além desta porta, está o Grande Salão dos Kai. Aqui é onde ocorrem as ocasiões formais mais importantes, o salão onde os escalões mais altos dos Kai jantam e entretêm visitantes estrangeiros nobres ou da realeza. É a mais decorada de todas as salas do mosteiro. A câmara vasta está assustadoramente vazia e silenciosa, exceto pelos ruídos fracos de batalha vindos de fora da sua formidável porta principal e do estalar brando de um grande fogo que está a arder na lareira de mármore magnífica do salão. Você explora o salão e se certifica de que não há Lordes Kai de alta patente presentes aqui. Aqueles que ainda estão vivos estão lá fora, combatendo os invasores giaks. Todas as grandes portas exteriores para este salão foram trancadas e depois pregadas por dentro. Há uma porta menor localizada debaixo da escada de pedra larga, mas, ao girar sua maçaneta de ouro polida, você descobre que ela está trancada. A única forma de sair do Grande Salão é pela passagem que o levará de volta à Capela Kai ou subindo uma escada de pedra que ocupa seu canto nordeste. Esta escada de mármore branco e brilhante dá acesso ao piso superior.

Se quiser procurar no Grande Salão itens que possam ser úteis, vá para **66**.

Se optar por não fazer uma busca, pode continuar sua missão subindo a escada de mármore. Vá para **518**.

221

A floresta começa a ficar mais esparsa até que finalmente você encontra uma grande estrada através do limite das árvores. É uma estrada ampla, e está tomada por pessoas indo para o sul. Muitas destas pessoas estão em carroças puxadas por cavalos e bois, enquanto outras empurram seus pertences em carrinhos de mão. Elas parecem temerosas e você as vê frequentemente erguendo suas cabeças cansadas, vasculhando os céus dos arredores. A julgar pelas suas roupas e pela natureza das suas posses, você tem certeza que estas pessoas devem ser refugiados da cidade de Toran.

Se quiser se juntar a esta procissão e, talvez, descobrir sobre o que aconteceu no norte de Sommerlund, vá para **42**.

Se preferir ficar dentro da cobertura da floresta, você pode continuar sua jornada para o sul, indo para **241**.

222

Você saca a sua Adaga e insere a ponta de aço afiado no buraco da fechadura. Cuidadosamente, você manipula a arma até sentir o parafuso da trava começar a se mover. Você gira rapidamente a Adaga para a direita e a fechadura se abre com um clique. A porta está aberta, a ponta da sua Adaga quebrou no processo (agora, você precisa apagar esta arma quebrada da sua *ficha de ação*).

A grande porta está finalmente desabando sob os repetidos golpes de martelo do inimigo lá fora. Rapidamente, você abre a porta e passa por um pequeno patamar de granito. Uma escadaria pequena de pedra à sua esquerda desce para a escuridão. Parando por um instante para fechar a porta e trancá-la com a trava, você respira fundo e então começa a descer em direção à câmara abaixo.

Vá para **381**.

223

Seu Sexto Sentido Kai revela o verdadeiro propósito dessa câmara sinistra e, pela primeira vez desde que entrou nesse templo subterrâneo ancestral, você percebe o verdadeiro horror do que está acontecendo. O salão anterior continha as roupas e os pertences dos aldeões sommlendeses que foram raptados durante as primeiras horas da invasão e trazidos para cá contra a sua vontade. Com suas roupas e pertences removidos, eles foram trancados nesta sala e assassinados de uma forma muito pavorosa. O cheiro que você detecta é o vapor residual de um ácido forte. Ele foi bombeado para dentro da câmara através das aberturas circulares nas paredes. As pobres vítimas infelizes que estavam presas aqui foram dissolvidas vivas pelo ácido e, depois, seus restos liquidificados foram sugados pelas mesmas aberturas. O som fraco dos fluidos borbulhantes e do ar pressurizado e sibilante o faz suspeitar que os ceners devem ter um laboratório localizado em algum lugar próximo a esta câmara terrível. Os restos humanos liquefeitos extraídos deste salão estão sendo utilizados no cultivo de um vírus pestilento. E, pelo pouco que consegue se lembrar dos ensinamentos sobre os ceners malignos, suspeita que eles devem em conluio com o Lorde Sombrio Zagarna.

Seus sentimentos de raiva e repulsa em relação ao que aconteceu aqui se transformam em medo e temor quando, de repente, a passagem pela qual você entrou é vedada por uma chapa de ferro pesada que cai do teto com uma batida forte. No outro extremo da câmara, a porta escarlate está começando a fechar. Aterrorizado com a ideia de sofrer o mesmo destino que os inocentes mortos aqui hoje, você corre impetuosamente para a porta que se fecha, numa tentativa desesperada de fugir desta câmara antes que seja tarde demais. Enquanto corre pelo piso escorregadio, você pode senti-lo começando a vibrar e ondular. Isso dificulta cada vez mais que você mantenha seu equilíbrio.

Escolha um número da *tabela de números aleatórios*. Se você tiver a *Disciplina Ka*i Caçar, adicione 2 ao número que escolheu. Se você tiver Telecinese, adicione 1. Se seus pontos de Resistência forem 20 ou mais, adicione mais 1. Se seus pontos de Resistência forem 10 ou menos, subtraia 1.

Se seu total agora for 3 ou menos, vá para **95**.

Se for 4 ou mais, vá para **522**.

224

Com uma batida seca, o pedaço de mármore abre a parte de trás da cabeça do giak. A criatura balança e tomba lentamente, caindo nas ruínas abaixo. Feliz pela eficácia da sua habilidade, você dá um soco no ar de alegria. Mas seu gesto é visto pelo comandante giak, que grita, irritado: — Ogot! Ogot! — para seus soldados restantes. Eles fogem imediatamente das ruínas para a segurança da floresta nos arredores.

O líder giak vestido de preto segue-os e para quando ele chega à linha das árvores. Virando para encará-lo, ele balança o punho de armadura e grita: — Raneg rogag ok! Orgadaka okak rogag gaj! — Então, ele guarda seu mangual farpado e corre até as árvores.

Avaliando a cena da batalha recente, você conta quinze giaks mortos entre os pilares ancestrais e ruínas despedaçadas de Raumas. O jovem mago surge do santuário. Ele limpa as sobrancelhas e caminha em sua direção com um sorriso no rosto, sua mão estendida de forma amistosa.

Vá para **547**.

225

— Ora! — retruca o mercador. — O que um jovem salafrário como você poderia ter de interessante para um homem rico como eu? — Com um gesto de dispensa do seu punho ossudo, ele sinaliza para o guarda-costas se livrar de você. O homem corpulento pega no cabo da sua espada curvada e começa a sacar a lâmina afiada.

Você agora precisa se defender do ataque iminente do guarda-costas, indo para 280.

Ou, para evitar o combate, você tem que pular para fora da caravana em alta velocidade. Vá para 350.

226

A dor na sua cabeça está quase insuportável. Sua visão fica turva e você tem dificuldade em manter seu equilíbrio. Perca mais 3 pontos de Resistência.

Em desespero para pôr fim a este ataque mental, você corre com a arma levantada para golpear a cabeça velha e enrugada do homem. Você está convencido de que ele é um druida cener de alto escalão, um praticante maligno das artes sombrias, e você e stá determinado a matá-lo antes que a cacofonia perfurante do órgão de tubos dele te deixe inconsciente.

SUMO SACERDOTE CENER

⚔ 15   🛡 13

Ignore os pontos de Resistência perdidos pelo seu inimigo apenas na primeira rodada de combate. Isto se deve à mira ruim do seu primeiro golpe por causa da sua visão turva. Seu oponente é imune à Rajada Mental.

Se vencer este combate, vá para 407.

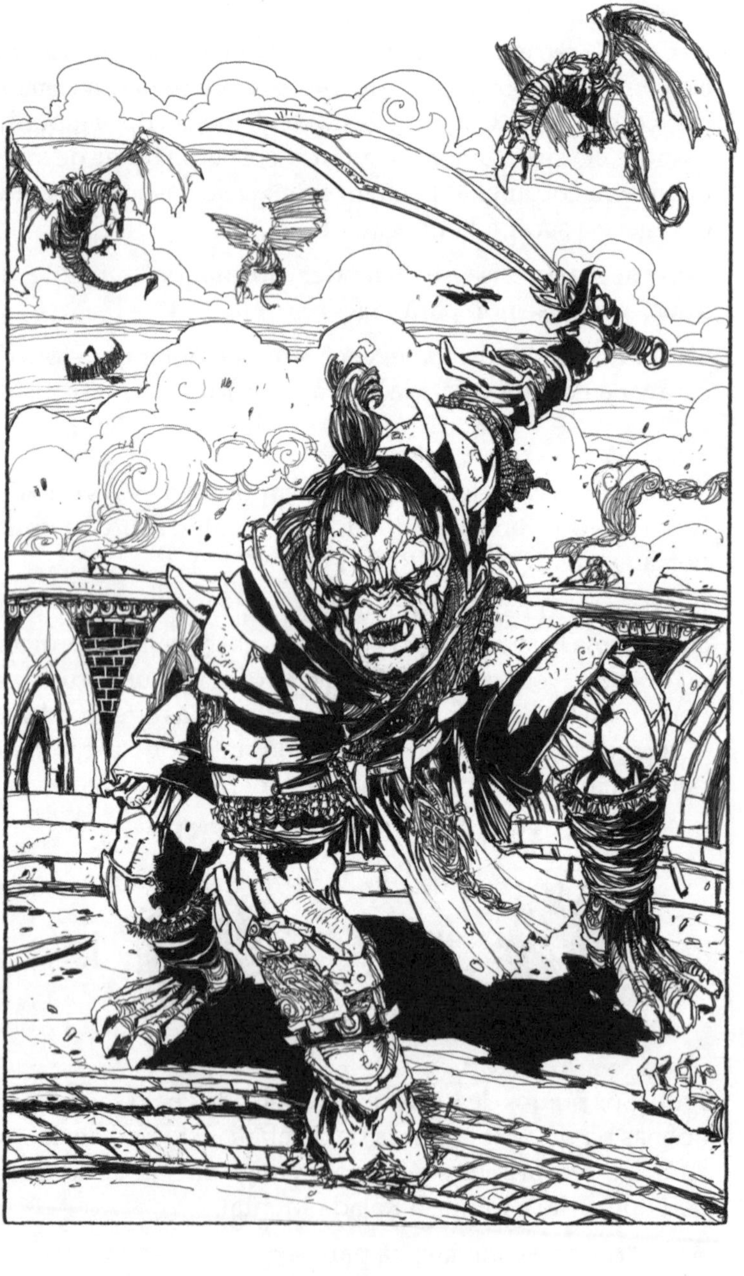

227

Ferido e sangrando após a luta, você se liberta dos corpos dos inimigos e cambaleia rumo ao parapeito da torre. Um vento gelado assobia através das crenulações da torre mais alta do mosteiro, o som sombrio se misturando aos gritos infernais dos kraans que circulam acima. Enquanto luta para recuperar o fôlego, você percebe uma mochila caída no chão, derrubada pelo drakkar durante o combate. Em meio ao seu conteúdo espalhado pelos ladrilhos, vê um frasco de Laumspur. Pode usar essa poção agora para recuperar 4 pontos de RESISTÊNCIA ou pode guardá-la em sua mochila para outro momento.

Quando se recupera o suficiente para continuar, você vai lentamente até a base do pináculo de cristal. O tronco esculpido, forjado de aço endurecido, tem muitas marcas e entalhes novos. Felizmente, são danos superficiais causados pelas muitas tentativas infrutíferas do inimigo de inutilizar o farol. Sem que eles saibam, um pequeno painel perto da base pode ser deslizado para o lado, revelando um interruptor metálico que acenderá o farol. Você se inclina para alcançar o painel quando, de repente, uma forma escura surge acima. Um capitão giak, mais alto e feroz do que qualquer giak que já viu salta da sela do seu kraan, pousando com força no telhado da torre. Ele tropeça na própria armadura, mas logo se recupera. Com um grito de batalha, ele corre em sua direção com a cimitarra erguida, com objetivo de partir o seu crânio em dois.

O capitão giak é protegido por um feitiço de batalha nadzinarimo e está imune a ataque psíquico. Se você tiver a *Disciplina Ka*i Rajada Mental, não poderá usá-la neste inimigo.

CAPITÃO GIAK (COM PROTEÇÃO PSÍQUICA)

16 **15**

Se vencer este combate, vá para **132**.

228

Escolha um número da *tabela de números aleatórios*.

Se o número for 0 – 4, você foi visto pelo inimigo. Vá para **436**.

Se o número for 5 – 9, eles não o detectam. Lentamente, eles se afastam e desaparecem de vista no outro lado do monte. Assim que tem certeza de que eles deixaram a área, você continua seguindo pelo caminho. Vá para **12**.

229

Quando você se senta no trono e descansa suas pernas cansadas, a serpente de pedra lentamente se move para frente em sua base. Um suor frio escorre da sua testa e, nervosamente, você pega sua arma com dedos trêmulos, caso a serpente fique animada e ataque de repente. Uma língua vermelha bifurcada aparece da cabeça de pedra desta estátua estranha. Ele faz um arco sobre sua cabeça, além do seu alcance, e então cai no vaso da luz verde colocado na parte de cima e atrás do trono. Lentamente, esta língua reaparece, segurando uma Chave Dourada. Para sua surpresa e espanto, ela solta a chave, que cai no seu colo. Um momento depois, um painel de pedra na parede leste abre com um clique, revelando uma saída até então oculta.

Você pega a Chave Dourada (registre como um Item Especial na sua *ficha de ação*) e deixa esta câmara por meio da passagem secreta.

Vá para **310**.

230

Você espera até o caminho ficar livre de giaks; depois, você atravessa a estrada que separa a cabana da prefeitura. Esta construção grande contém os poucos habitantes que não fugiram quando os giaks atacaram suas casas pouco depois do amanhecer. Há uma porta principal maior, bloqueada e trancada por cadeado no exterior, e a área ao redor da prefeitura está sendo patrulhada por giaks armados com lanças. Você é forçado a se proteger nas árvores na parte de trás da prefeitura para não ser visto e, daqui, vê os giaks enquanto eles marcham.

Quando a oportunidade aparece, você sobe em uma das árvores cujos ramos superiores alcançam o telhado da prefeitura. Desta forma, é possível chegar ao andar superior do prédio e se abaixar em uma sacada estreita de uma das suas janelas fechadas. Você bate de leve o dedo na janela fechada e, após instantes, a persiana abre alguns centímetros

Através da fenda estreita, você vê o rosto barbudo de um homem musculoso de meia-idade. Ele fica muito aliviado quando reconhece sua capa e fecho Kai e, com um sussurro entusiasmado, pergunta quando os Kai atacarão. Ele está esperando a Ordem chegar e libertar sua vila dos giaks mais tarde, nesta manhã. Com o coração aflito, você dá a terrível notícia, que o mosteiro está em ruínas e que você é o único sobrevivente. O homem fica triste com suas palavras. E ele também tem notícias terríveis para compartilhar.

Diz que o nome dele é Uldor e que ele é o ferreiro de Floresta da Bruma. A vila foi atacada pelo ar pouco depois do amanhecer. Invasores giaks capturaram a vila enquanto a maioria dos aldeões ainda estava dormindo. Mais de metade deles já foi levada pelos kraan para um destino desconhecido e os poucos que ainda restam estão sendo mantidos presos aqui na prefeitura.

— Eles vieram aqui nos sequestrar, — diz Ulnar, — e também pretendem destruir nossa vila.

Ele tira uma Chave de Ferro do bolso e a entrega através da fenda na persiana. (Marque isso na sua ficha de ação como um Item Especial guardado no bolso. Você não precisa usar um dos espaços de Item da mochila neste caso.) Ele diz que a chave abrirá a porta da sua loja. Em uma bigorna dentro da loja, você encontrará uma engrenagem de ferro. Ele diz que é quase do tamanho de um prato de comida. Uldor pede que você encontre a engrenagem e a leve para o moinho no lado oeste da vila. Os giaks sabotaram a roda de pás do moinho d'água. Eles também bloquearam o canal estreito através do qual o Córrego da Floresta da Bruma, a única fonte de água doce da aldeia, flui através do moinho. Devido a estas ações, a água forte do degelo da primavera no córrego não tem para onde ir e agora está subindo rapidamente. Se o moinho não for consertado e a barragem giak não for destruída, toda a Floresta da Bruma ficará submersa sob a inundação dentro de poucas horas.

Você promete a Uldor que fará o seu melhor para evitar que sua vila seja inundada e destruída. O homem fica muito animado com sua promessa e o encara com um olhar de profundo respeito.

Vá para 50.

231

Aproximando-se dos soldados, você os chama. Eles se viram para encará-lo e, de repente, seu sangue gela. Estes não são soldados sommlendeses. São drakkarim disfarçados. Seus rostos brutais se contorcem de raiva quando reconhecem que você está usando o uniforme de um Iniciado Kai. De repente, eles sacam suas espadas e vêm correndo para cercá-lo. Desembainhando sua arma, você se prepara para combatê-los. O líder dá um sinal e todos atacam de uma só vez. Antes de poder atacar, você é sobrepujado e jogado ao chão. Você é desarmado e amarrado com cordas. Depois, eles o arrastam pelos pés atados enquanto caminham pela trilha.

Os drakkarim pegaram sua mochila e Armas, mas se esqueceram de procurar sua capa (você ainda tem seus Itens Especiais) ou confiscar sua Algibeira contendo suas Coroas de Ouro. (Lembre-se de apagar todas as Armas e Itens da mochila da sua *ficha de ação*. Você não poderá carregar Itens da mochila ou *refeições* até obter outra mochila.)

Enquanto você é arrastado, esses guerreiros malignos gargalham ameaçadoramente entre si. Falam bastante sobre as torturas que farão quando o interrogarem no acampamento.

Se tiver a *Disciplina Ka*i Telecinese, vá para **391**.

Se não tiver essa habilidade Kai, vá para **177**.

232

O calcanhar da sua bota esquerda bate na parte superior de um barril e o faz bater com força na superfície dura da Pedra de Durn. O impacto com o barril torce seu tornozelo esquerdo e a queda forte no chão o deixa com os joelhos, cotovelos e queixo raspados: perca 3 pontos de Resistência.

Se sobreviver a essa aterrissagem ruim, você pode continuar, indo para **387**.

233

Logo, você sente que a correnteza do rio está ficando cada vez mais forte. Você olha correnteza abaixo e seu pulso acelera ao ver que você está chegando perto de um redemoinho localizado no meio de uma grande curva de rio. Temendo ser arrastado para baixo e se afogar caso entre neste vórtice traiçoeiro, você rapidamente nada em direção à margem à sua direita e se arrasta para fora d'água. Você para na margem por alguns instantes para colocar sua mochila e ajustar seus equipamentos e, depois, segue a pé para as fortificações de Holmgard distante.

Vá para **496**.

234

O brilho ardente da explosão flamejante do projétil queima a carne exposta do seu rosto e das suas mãos (perca 3 pontos de RESISTÊNCIA).

Os livros e manuscritos nas prateleiras mais próximas da janela pegam fogo imediatamente por causa do calor. Eles ardem em chamas, liberando nuvens densas de fumaça preta que rapidamente encherão esta câmara. Você se levanta e foge apressadamente através das escadas.

Vá para 453.

235

Você conseguiu forçar com sucesso uma abertura nas barras, grande o suficiente para poder escapar. Mas, ao fazê-lo, você sofre cortes profundos em ambas as mãos. As lascas de ferrugem penetram as suas palmas e as feridas estão rapidamente ficando infeccionadas. Se tiver uma Poção de Laumspur, você deve usá-la agora para combater essa infecção dolorosa antes que ela cause mais lesões.

Se não tiver uma Poção de Laumspur, você deve deduzir mais dois pontos de RESISTÊNCIA do seu valor atual.

Para rastejar através do vão do portão e seguir pelo corredor que está à frente, vá agora para 31.

236

Cuidadosamente, você examina as garrafas. Elas estão fechadas com rolhas e seladas com cera. Nenhuma delas foi aberta anteriormente. Uma por uma, você quebra os selos e tira as rolhas. Uma cheirada do conteúdo mostra que são todas contêm tipos diferentes de vinho. Uma garrafa menor, escondida discretamente atrás das duas últimas, desperta sua curiosidade. Ao retirar a tampa e cheirar líquido cor de laranja, imediatamente reconhece que esta é uma aléter, uma Poção de Força.

Você pode ficar com esta Poção e ingeri-la antes de uma luta. Há o suficiente para uma dose. Ela aumentará sua HABILIDADE em 2 pontos pela duração de apenas um combate. Certifique-se de marcá-la na sua *ficha de ação* e apagá-la depois que ela for usada.

Tendo certificado de que não há mais nada de útil nesta cabana, você decide investigar o estábulo ao lado.

Vá para 472.

237

Você se aproxima da lateral da barraca e espia por uma pequena lacuna nas toras. O interior é escuro, mas seus sentidos dizem que está vazia. Com cuidado, você abre a porta com um rangido e entra. O interior é pouco mobiliado, com uma cama, uma cadeira e uma mesa muito velha. O ar cheira muito a fumaça de madeira e peixe. Na parede ao lado de um retrato do Rei Ulnar, há uma Vara de Pescar e um Rolo de Corda (Itens da mochila). Você também descobre uma Poção de Laumspur escondida sob o colchão de palha da cama. (Esta poção de cura restaura 4 pontos de RESISTÊNCIA ao seu total quando ingerida após o combate. Há o suficiente para uma dose.)

A julgar pela construção robusta da vara de pescar, você determina que esta cabana deve pertencer a um pescador que ganha a vida no rio Unoram. O rio é famoso pelo tamanho e pela qualidade do seu salmão e os cidadãos de Holmgard e de Toran podem pagar um bom preço por este peixe, especialmente se tiver sido cortado e defumado.

Você está prestes a investigar uma porta interior da cabana quando escuta um movimento lá fora. Você detecta o som dos pés com botas se aproximando e as vozes falando baixinho. São vozes de giaks.

Se tentar se esconder dos giaks que se aproximam, vá para 116.

Se decidir sair rapidamente da cabana e procurar abrigo na floresta, vá para 86.

238

Você foca sua energia psíquica na cabeça do sargento giak. Embora o poder de sua *Disciplina Kai* seja reduzido pela distância, é o suficiente para causar algum desconforto ao giak. Você vê que ele agarra o capacete com as duas mãos e sacode sua cabeça feia. Então, ele retira o capacete e olha para dentro, como se esperasse encontrar a fonte de sua dor ali. Aproveitando sua chance, você sai da cobertura e corre em direção ao giak distraído, sacando sua arma enquanto cobre a distância entre vocês.

Vá para 322.

239

Seus sentidos informam que você está na presença de um grande mal. Sua mente está sendo sondada por uma entidade poderosa e atemporal que está testando sua armadura mental, buscando fraquezas que possa explorar. Você precisa se proteger desta invasão psíquica, e rapidamente, pois agora você foi arrastado para um desafio mental de força e a sua sanidade está em jogo.

É uma provação longa e tortuosa durante a qual você experimenta muitas aparições fantásticas e terríveis que o seduzem e o amedrontam. A luta desesperada persiste por quase uma hora antes de você finalmente repelir este ataque insidioso. A experiência te deixa se sentindo fisicamente chocado e drenado de energia mental: perca 4 pontos de Resistência. Se sobreviver a essa provação psíquica, você pode se afastar do sarcófago e deixar a câmara por meio do túnel adjacente.

Vá para 146.

240

Você mergulha e rola atrás de um pilar adjacente enquanto a entidade puxa a grande corrente para trás e chicoteia uma segunda vez. Esta criatura malévola antecipou que você tentaria procurar uma nova cobertura e mira seu ataque no pilar à sua esquerda. Felizmente, você optou por procurar abrigo atrás do pilar à sua direita.

A corrente pesada oscila em torno da câmara tomada pelo pó e o pitão bate com efeito devastador, esmagando o suporte de pedra bem na metade. Com um rugido retumbante de raiva e frustração, a entidade puxa com força com seu pulso algemado restante. Outra rachadura aterrorizante aparece na pedra acima e a segunda corrente cai do teto gravemente enfraquecido. Em um frenesi selvagem, o ser agora usa ambas correntes como dois chicotes grandes de metal, batendo e esmagando os pilares e pisos da galeria aleatoriamente numa tentativa desesperada de matá-lo. Tremendo de medo, você se força contra o chão de pedra da galeria e reza para Kai em busca de salvação.

Em meio aos sons ensurdecedores de correntes rangendo e pedras explodindo, você ouve, de repente, um barulho mais profundo. Então, o piso começa a tremer violentamente. Por alguns instantes, você ouve a entidade emitindo gritos de horror, e então, todo som é consumido por uma imensa cacofonia de ruídos quando o teto danificado desaba. Centenas de toneladas de rocha e terra úmida caem sobre a cabeça e os ombros da criatura. Embora grande parte do desabamento desapareça completamente quando passa pela superfície do poço circundante, detritos suficientes atingiram a entidade para deixá-la aparentemente em um estado de inconsciência.

Depois do que parece uma eternidade, o chão para de tremer e os ruídos terríveis da destruição finalmente acabam. Eles são seguidos por um silêncio sobrenatural. Lentamente, você se levanta e espia pelo ar cheio de poeira. Na quietude e devastação do salão abaixo, você pode ver que a entidade ainda está presa no centro do Portão Sombrio O elmo e a armadura foram amassados e entortados pelas rochas que caíram, mas seu crânio e corpo ainda parecem completamente intactos. Agora, ele está dobrado para a frente, sua mandíbula no peito, seus braços ósseos abertos e mantidos quase horizontalmente pelas correntes enterradas nos detritos amontoados ao redor do poço. A maior parte dos tendões que ligam o seu tronco ao chão da câmara e às paredes inferiores foram cortados pela pedras cadentes e os filetes de fluido verde estão agora borbulhando e escorrendo das suas extremidades partidas. Um buraco enorme apareceu na extremidade do poço, onde um pedregulho imenso de granito atravessou até a outra câmara diretamente abaixo. O vislumbre da luz do dia nesta câmara baixa oferece uma esperança renovada de escapar do salão destroçado.

Cuidadosamente, você desce da beirada do balcão quebrado e corre pelo chão cheio de detritos do salão em direção ao buraco. O topo do pedregulho de granito que perfurou o chão pode ser visto claramente na câmara abaixo. Sua superfície está a menos de quatro metros e meio abaixo de onde você está agora. Preparando-se para o impacto, você salta sobre este pedregulho e consegue pousar sem perder o equilíbrio ou se machucar. Você parou por alguns instantes para recuperar o fôlego e avaliar seus novos arredores, quando percebe ruídos no salão acima. É o som do rangido e do atrito das correntes pesadas. A entidade está revivendo.

Se tiver o Frasco de Fogo, vá para **40**.

Se não tiver este item, então vá para **498**.

241

Você percorreu a floresta por quase um quilômetro e meio quando, de repente, percebe duas pernas saindo atrás de um pedregulho imenso à frente.

Se tiver e quiser utilizar a *Disciplina Ka*i Sexto Sentido, vá para **259**.

Se quiser dar uma olhada mais de perto nessas pernas, vá para **124**.

Se decidir que seria melhor evitar esta área, você pode rodeá-la e continuar mais para dentro da floresta, indo para **400**.

242

Ao chegar ao topo das escadas, você se agacha abaixo do nível do parapeito reforçado e observa a atividade na estrada da ponte embaixo. As proximidades do portão e a estrada até Pedra de Durn estão repletas de destroços de uma batalha que ocorreu pouco depois do amanhecer, quando o inimigo lançou o seu ataque surpresa à Ponte de Alema. Os guardiães da ponte, embora pegos de surpresa, travaram uma luta valente e detiveram os atacantes por várias horas antes de serem superados. A estrada está cheia de carroças quebradas, cargas derrubadas e do sangue daqueles mortos em batalha. Um fluxo constante de reforços inimigos está atravessando esta confusão até ao meio da ponte, onde está sendo travada uma luta amarga no topo da Pedra de Durn.

Você corre os olhos na estrada e nota duas passarelas erguidas, paralelas em ambos os lados da ponte. Os soldados inimigos dominam a estrada, mas muito poucos estão usando esses caminhos elevados. Você atravessa o arco da portaria e vira em uma passarela, usando sua velocidade e furtividade para evitar a detecção. Você consegue atravessar a primeira extensão da ponte e chegar a uma torre fechada com relativa facilidade. Mas o portão da torre está trancado e, por isso, você é forçado a descer ao nível da estrada para passar pelo seu arco e continuar na segunda extensão. Usando as carroças derrubadas e suas cargas espalhadas como cobertura, você evita ser visto enquanto avança constantemente em direção às torres arqueadas no final deste trecho. Você acabou de parar para se esconder atrás de um carrinho de mão virado e sua carga derrubada de barris, quando percebe dois giaks surgindo das sombras da segunda arcada. Eles estão rolando um barril em direção a um grande buraco no parapeito de pedra da ponte. Depois de jogar este barril no rio, eles voltam para a estrada para buscar outro. Estes barris são como estes onde você está se escondendo agora. Uma inspeção mais rigorosa revela quadrados de velino amarelo colados nas laterais de madeira. Nessas etiquetas de couro, estão impressas as seguintes palavras em vermelho vivo:

```
PÓ EXPLOSIVO ♛ CLASSE II
FABRICADO À PEDIDO DO REINO DE BOR.
ARSENAL REAL DE HOLMGARD. MS5050.
MANUSEIE COM RESPEITO
NENHUM GANCHO    NENHUMA CHAMA
```

Você percebe imediatamente o significado desses barris: eles contêm pó explosivo. Não se trata de carga normal destinada ao mercado dos comerciantes. Ela foi transportada aqui pelos homens de Pelethar com o objetivo expresso de demolir uma parte da ponte, a fim de evitar que o inimigo atravessasse. Mas, antes que todos os barris pudessem ser colocados e detonados, o inimigo deve ter dominado os soldados do Príncipe, forçado-os a voltar para Pedra de Durn. Um dos barris de pólvora tem um fio cinza pendurado em um buraco conectado ao lado. É um estopim: medido, aparado e pronto para ser aceso.

Se possuir uma pederneira ou um isqueiro (com pederneira) e quiser usá-lo para acender o estopim, vá para **544**.

Se não possuir uma Pederneira ou decidir não usá-la para acender o estopim, vá para **359**.

243

Você agarra um dos suportes e consegue subir para o topo dessa caravana opulenta. Você encontra um espaço entre as malas e sacolas dos viajantes que estão amarradas ao teto e ali se aninha, cobrindo-se com sua capa Kai quente. A noite está se aproximando rapidamente e a escuridão logo cobrirá a estrada. Com a cabeça descansando no seu braço, você escuta as vozes na carruagem abaixo. Você pode cheirar o aroma apetitoso de vegetais cozidos e carne temperada. Isso o faz lembrar o quanto está com fome depois da provação do seu longo dia. Você deve comer agora uma refeição ou perder 3 pontos de Resistência. (Por causa do seu local, você não poderá usar a Disciplina Kai Caçar neste momento.)

Os esforços de sua fuga do mosteiro finalmente o vencem. Antes que perceba, você cai em um sono profundo.

Vá para 90.

244

À medida que você passa por cada crânio, eles giram lentamente, como se estivessem assistindo a cada movimento. Você está na metade da sala quando escuta o estalo agudo de um osso partindo. Temeroso, você olha para trás e vê que formas horríveis e cerebrais estão eclodindo dos crânios. Enquanto saem das suas conchas ósseas, elas abrem grandes asas de morcego e tentáculos pegajosos. Dez dessas criaturas aladas temíveis emergem e sobem ao ar. Elas se formam em uma nuvem aglomerada horrorosa e vêm voando em direção às suas costas. Você deve lutar com eles como um só inimigo.

CRIA DA CRIPTA

⚔ 16   🛡 16

Você pode fugir deste combate depois da primeira rodada, correndo para a arcada distante. Vá para **31**.

Se ficar na sala e vencer o combate, vá para **193**.

245

O túnel está escuro e o ar está muito mais úmido e nauseante do que lá fora. Com cautela, você avança com uma mão estendida, seus dedos sentindo a superfície da parede do túnel para ajudar seu equilíbrio e seu senso de direção.

Se tiver uma Tocha e um Isqueiro, vá para **490**.

Se não tiver estes itens, vá para **140**.

246

Você salta sobre o corpo do giak morto e corre em direção ao topo da rampa. Vários dos seus colegas iniciados estão ocupados montando uma barricada na entrada das Câmaras dos Mestres Kai e você escuta a animação ao correr em direção a eles. Vários testemunharam sua luta e estão ansiosos para felicitá-lo por ter eliminado a cria sombria. Consciente da sua missão, você lhes grita para que continuem seu trabalho e, em seguida, corre para dentro do abrigo acolhedor do salão de entrada das Câmaras.

Esta parte maior do mosteiro abriga apartamentos e bibliotecas pessoais dos Mestres Kai, os professores da Ordem Kai. O salão de entrada é normalmente desprovido de grandes decorações, mas hoje é Fehmarn e ele está enfeitado com todas as bandeiras de batalha e insígnias dos Kai. Você fica distraído pelas várias bandeiras gloriosas penduradas no teto reforçado e tromba em um Mestre Kai que está correndo na direção oposta, em direção à barricada. É Coruja Ligeira, um mestre especialmente talentoso nas disciplinas da mente.

— Tenha coragem, Lobo Silencioso, — ele fala. — O dever o espera além deste dia. Conquiste seu medo e tenha orgulho do que você é.

Por engano, ele presumiu que você está fugindo da batalha sendo travada nas dependências do mosteiro.

— Me perdoe, Mestre Coruja Ligeira, — você responde, — mas não estou com medo de fazer meu dever. Estou sob ordens do Mestre Fogo Estelar. Estou a caminho do topo da Torre do Sol e devo acender o farol de cristal.

Coruja Ligeira fecha a cara. Então, você sente uma onda súbita de calor passando por sua cabeça e, ao mesmo tempo, sente que ele está usando suas habilidades psíquicas para dizer se você está falando a verdade. Um sorriso aparece por alguns instantes em seu rosto bronzeado e rude.

— Por ali, rapaz, — ele diz, apontando para a porta distante. — Depressa. Acenda o farol. Não falhe.

Você corre em direção ao portal arqueado no outro lado do salão. Além dele, há uma passagem ampla revestida com armários de carvalho que se estendem do teto ao chão. Você reconhece este lugar; é onde estão guardados os móveis e equipamentos sobressalentes do salão de entrada.

Se quiser parar e procurar nos armários, vá para **175**.

Se decidir correr ao longo da passagem sem parar, vá para **74**.

247

Você está perto da beira da floresta quando, de repente, seu cavalo se torce e empina em agonia. O kraan atacou, afundando as garras na parte traseira do cavalo. O mórbido cavaleiro giak grita de prazer e espeta suas costas com sua lança. Um dos seus golpes pega de raspão no seu ombro esquerdo (perca 1 ponto de RESISTÊNCIA) enquanto você salta para o chão e rola para longe. Rapidamente, você se levanta e corre até as árvores, deixando seu pobre cavalo nas garras do kraan e seu mestre maligno.

Vá para **463**.

248

A noite cai e logo você é envolvido pela escuridão. Continuar a avançar seria inútil, pois você poderia facilmente se perder no bosque nos arredores. Amarrando seu cavalo a uma árvore, você se acomoda em um leito de plantas macias e puxa sua capa Kai sobre os ombros. Você está muito cansado e cai facilmente em um sono profundo. (Você pode recuperar 3 pontos de Resistência.)

Você é desperto pelo som de marcha das tropas. Levantando-se, olha de volta na direção do lago. Do lado oposto, é possível ver uma coluna de figuras escuras marchando ao longo da margem em direção ao estaleiro de balsas. Eles são drakkarim e estão com uma escolta de lobos letais e giaks. Um kraan aparece subitamente por cima das árvores distantes e desce para pousar no telhado do estaleiro. Está sendo cavalgado por uma figura trajando com um manto vermelho com capuz. Por alguns minutos, a figura encapuzada parece conversar com um líder drakkar. Então, o kraan sobe ao céu mais uma vez e voa através do lago. Ele está se aproximando da seção da floresta onde você e seu cavalo estão parados.

Se tiver a *Disciplina Ka*i Camuflar, vá para **160**.

Se não tiver esta habilidade Kai, você pode montar e cavalgar mais para dentro da floresta na esperança de fugir do kraan, indo para **360**.

Ou você pode sacar sua arma e se preparar para se defender caso o kraan e seu cavaleiro estejam se preparando para atacá-lo. Vá para **41**.

Suas habilidades de rastrear dizem que esta é uma trilha muito antiga, mas que foi utilizada recentemente. Algumas das folhagens invasoras foram cortadas e há muitas pegadas na sua superfície empoeirada. Algumas são pegadas de botas giaks; as outras são incertas. Avisado, você explora o caminho com cautela.

Vá para 368.

250

O helghast avança para você com fúria assassina em seus olhos sobrenaturais. A porta para a câmara está tremendo violentamente agora e lascas de madeira voam da sua superfície danificada, à medida que os guardas do Rei martelam e golpeiam implacavelmente. A criatura levanta sua espada e o brilho azul arrepiante ao redor da sua lâmina mágica fica cada vez mais intenso.

A Princesa Madelon sai do lado do pai e corre desesperadamente para a porta da câmara. Você presume que tentará abri-la, mas ela para quando chega ao corpo do Chanceler Galden. Ajoelhando-se ao lado do estadista morto, ela retira a adaga escarlate do pescoço dele.

— A fera só pode ser destruída por uma arma mágica, — ela grita. — Você precisa usar esta adaga, Kai. Então, ela coloca a adaga no chão de mármore e a desliza em sua direção.

O helghast tenta interceptar a adaga usando a lâmina de sua espada. Desesperadamente, tenta bloqueá-la, mas falha. Por um instante breve, você vê uma centelha de medo em seus olhos vermelhos brilhantes.

Você se abaixa e pega o cabo da adaga quando ela para perto dos seus pés. (Registre isto na sua *ficha de ação* como uma Adaga de Helghast. Você deve descartar sua Arma atual para pegá-la.)

Temendo de que finalmente você tenha uma arma que possa feri-lo, o Helghast solta um grito arrepiante e vem correndo em sua direção com sua lâmina azul balançando selvagemente ao redor da sua cabeça apavorante e esquelética.

Se tiver a *Disciplina Ka*i Escudo Mental, vá para **94**.

Se não tiver esta habilidade, vá então para **474**.

251

Quando você chega na base dos degraus que levam para esta câmara circular, a figura encapuzada levanta o olhar sobre o livro. Você vislumbra seu rosto inchado e recua ao ver as úlceras e feridas abertas que desfiguram seu nariz, lábios e bochechas. O homem não lança um segundo olhar. Ele apenas volta seu olhar fraco ao seu livro e continua com suas recitações calmas.

Silenciosamente, você desembainha sua arma por baixo do seu manto e a mantém pronta desferir um golpe letal contra este homem. Você está convencido de que ele é um druida cener de alto escalão, um praticante maligno das artes sombrias, e está determinado a matá-lo antes que ele perceba que você não é um dos seus colegas asquerosos.

SUMO SACERDOTE CENER

15   14

Não apague nenhum ponto de RESISTÊNCIA perdido na primeira rodada deste combate, devido à velocidade e à surpresa do seu ataque inicial. Seu oponente é imune à Rajada Mental.

Se vencer o combate, você faz uma busca rápida nesta câmara, indo para 38.

252

Após vários minutos à deriva rio abaixo, você sente que a correnteza do rio está ficando cada vez mais forte. Você olha correnteza abaixo e seu pulso acelera ao ver que você está chegando perto de um redemoinho localizado no meio de uma grande curva de rio. Temendo ser arrastado para baixo e se afogar caso entre neste vórtice traiçoeiro, você rapidamente nada em direção à margem à sua direita e salta no solo lamacento perto da margem da água.

Você para aqui por alguns instantes para colocar sua mochila e ajustar seus equipamentos e, depois, segue a pé para distantes fortificações de Holmgard .

Vá para **496**.

253

Balançando os braços para a cavalaria que se aproxima, você os reconhece como os Patrulheiros da Divisa do exército do Rei Ulnar, mateiros vigorosos que policiam as florestas e a fronteira ocidental problemática do reino. Mas seu alívio em vê-los logo desaparece quando você percebe que eles estão fugindo de uma alcateia de lobos letais com cavaleiros giak vestidos em uniformes laranja. As flechas pretas passam zunindo por todos os guardas enquanto os lobos letais cruéis diminuem a distância entre eles.

Se tiver a *Disciplina Ka*i Camuflar e quiser usá-la, vá para **266**.

Se escolher se proteger e esconder, vá para **57**.

Se decidir seguir até a margem oposta, vá para **162**.

254

Você joga para o lado o último dos quatro giaks mortos com a ponta da sua bota e corre pelo chão do moinho até onde o mecanismo da roda de pás está localizado. Tirando a Engrenagem de Ferro da sua mochila, você a coloca cuidadosamente no centro das engrenagens maiores. À medida que os dentes se engatam, a roda de pás ganha vida e começa a girar lentamente. Você está prestes a olhar pela janela do moinho, para verificar se a água da inundação começou a regredir, quando, subitamente, começam a bater com força na porta principal.

— Tok Tog! Tok Tog! — grita uma voz giak irritada.

— Koga Nen Ogot! — vocifera outro.

Um instante depois, uma lâmina de machado pesado atravessa a porta de madeira e arranca uma das suas duas dobradiças de ferro. Mais um golpe desses e a porta será quebrada em pedaços.

Se quiser se preparar para lutar contra os giaks que estão abrindo caminho pela porta, vá para 79.

Se decidir procurar outra maneira de escapar do moinho antes que seja tarde demais, vá para 439.

255

Você empurra seu cavalo para fora da trilha e o leva para as árvores. O madeiral aqui está fortemente encoberto por matos altos e arbustos espinhosos que dificultam o avanço, mas você persevera e logo chega a uma parte menos difícil dessa floresta escura. Infelizmente, essa parte mais limpa da floresta também foi escolhida pelo inimigo para ser usada como um acampamento secreto.

Um vigia giak soa o alarme assim que vê eu cavalo branco se aproximando através das árvores. O inimigo está alerta e pronto para reagir. Momentos depois do alarme ser soado, uma saraivada de flechas escuras vem na sua direção.

Escolha um número da *tabela de números aleatórios*. Se você tiver a *Disciplina Ka*i Camuflar, adicione 2 ao número que escolheu.

Se seu total agora for 4 ou menos, vá para 383.

Se for 5 ou mais, vá para 425.

256

A maioria dos atacantes inimigos se concentra no centro da linha de batalha de Pelethar, por isso, você decide tentar chegar à linha no final do seu flanco esquerdo onde se encontra a muralha com parapeito de Pedra de Durn. Há menos combatentes inimigos aqui e a luta está menos feroz. Você coloca o capuz da sua capa, desembainha sua arma e então, desce correndo os degraus do mármore, rezando por todo o tempo que sua velocidade e destreza o levarão através das fileiras do inimigo antes que eles percebam quem você realmente é. Infelizmente, sua esperança se desfaz cedo demais.

Você está perto do final da escada larga quando é percebido por dois drakkarim de olhos atentos. Imediatamente, eles reconhecem que você não é um deles e correm das filciras trasciras para interceptá-lo. Eles bloqueiam sua saída das escadas e atacam-no com suas espadas manchadas de sangue.

SOLDADOS DE ASSALTO DRAKKARIM

15   19

Se vencer este combate, vá para 387.

257

Você procura em todos os armários nesta cabana pequena e encontra os seguintes itens simples: um Pente de Osso, uma Taça de Estanho, uma Fivela de Cinto e uma Bola de Barbante. Se quiser ficar com qualquer um destes Itens da mochila, não se esqueça de anotar na sua *ficha de ação*.

Tendo concluído sua busca, você faz uma pausa para dar duas goladas do jarro de água antes de sair da cabana e continuar sua jornada pela trilha.

Vá para 118.

258

Através do buraco na parede da torre, você observa outra onda de kraan e feras zlan se aproximando do oeste. Só é possível ter vislumbres fugazes desta terceira onda através das nuvens de fumaça que estão muito mais espessas do que antes. Todos os pequenos incêndios nas muralhas estão agora conectados e a parte noroeste do mosteiro está ardendo em chamas. Seu estômago se revira ao ver essa destruição terrível, mas sua determinação em completar a tarefa que Fogo Estelar lhe passou não o deixa fraquejar. Com uma sensação crescente de pavor, você desce a escada da torre e segue por uma passagem que conecta a torre aos estábulos Kai.

A porta de carvalho reforçada para os estábulos está trancada. A superfície está soltando filetes de fumaça e a trava de ferro está quente ao toque enquanto você a puxa para trás. Rapidamente, você levanta o capuz da sua capa e se cobre bem e então respira fundo e abre a porta. O fogo está devorando o meio do telhado do estábulo e as telhas e madeiras em chamas estão caindo. Esta construção está dividida em várias baias para os cavalos, mas, felizmente, eles parecem ter escapado das labaredas. Você vê que as portas principais que levam ao parque de treinamento estão escancaradas.

De repente, você ouve o relincho de dois cavalos assustados que ainda estão presos nas suas baias na outra ponta dos estábulos. Com bravura, você se aproxima dos escombros e liberta o primeiro cavalo. Ao ser aproximar da baia ocupada pelo segundo, seu coração aperta quando você vê que o portal que leva à Torre do Sol está bloqueado por um emaranhado de madeiras e telhas despedaçadas. Agora, a entrada por este caminho é impossível.

Através do buraco no telhado do estábulo, é possível ver o topo da torre acima da fumaça das chamas. Uma luta desesperada está ocorrendo por lá, ao redor da base do seu pináculo de cristal. O último sentinela Kai que resta está defendendo bravamente o farol do ataque de um esquadrão de assalto giak que um kraan trouxe pelo ar. Temendo que este Lorde Kai solitário e corajoso não possa deter o inimigo por muito mais tempo, você decide encontrar outra rota até a torre. Com a porta principal agora fechada e bloqueada, só há uma outra forma de entrar na torre a partir do interior do mosteiro: através da Capela Kai na parte nordeste. No entanto, para chegar à capela, você terá de atravessar o campo de batalha em chamas que se tornou o parque de treinamento e o terreno do mosteiro.

Você abre a baia e salta para as costas do cavalo assustado assim que ele dispara pelas portas abertas. Com uma determinação implacável, você segura o cavalo pela crina e tenta conduzi-lo em segurança através do combate e da carnificina que o espera lá fora. O inimigo está em uma quantidade muito maior do que antes e agora apenas alguns Kai estão lutando contra eles ao ar livre. A aparição inesperada de um único cavaleiro confunde os giaks que você encontra enquanto corre pelo terreno coberto de corpos em direção à capela distante. Aqueles que tentam bloqueá-lo são atropelados rapidamente pelos cascos do cavalo antes que possam atacar. A velocidade e a audácia da sua ação levam-no em segurança através do parque de treinamento, até algumas dezenas de metros da porta da capela, onde um grupo determinado de Kai está defendendo a entrada. Você está se preparando para desmontar e correr os últimos metros até a porta quando um soldado inimigo, completamente coberto em uma armadura de aço negro, percebe suas ações e levanta sua besta. É um drakkar, uma das espécies brutais de guerreiros humanoides a serviço do exército do Lorde Sombrio Zagarna que chegaram com a terceira onda. Com uma eficiência calma e impiedosa, este soldado experiente segue seus movimentos, mira com cuidado e então aperta lentamente o gatilho de sua besta pesada.

Se tiver a *Disciplina Kai* Rajada Mental e quiser usá-la, vá para **156**.

Se tiver a *Disciplina Kai* Telecinese e quiser usá-la, vá para **344**.

Se não possuir nenhuma dessas *Disciplinas Kai* ou não quiser usá-las, vá então para **464**.

259

Sua habilidade Kai permite que reconheça as botas e perneiras de um soldado sommlendês. Você consegue sentir que o homem está ferido gravemente e precisa de ajuda urgente.

Se quiser ajudá-lo, vá para **124**.

Se decidir deixá-lo aqui e continuar, vá então para **400**.

260

Quando você chega na base dos degraus que levam para esta câmara, a figura encapuzada olha sobre seu ombro. Você vislumbra seu rosto magro e macilento e percebe o tom doentio da sua pele manchada. O homem não lança um segundo olhar. Ele apenas retorna seu olhar ao seu teclado e continua tocando.

Você desembainha sua arma por baixo do seu manto e a mantém pronta desferir um golpe letal contra este homem, enquanto se esgueira por trás dele. Você está convencido de que ele é um druida cener de alto escalão, um praticante maligno das artes sombrias, e está determinado a matá-lo antes que ele detecte que você não é um dos seus colegas asquerosos.

SUMO SACERDOTE CENER

⚔ 15   🛡 13

Não apague nenhum ponto de RESISTÊNCIA perdido na primeira rodada deste combate, devido à velocidade e à surpresa do seu ataque inicial. Seu oponente é imune à Rajada Mental.

Se vencer este combate, vá para **407**.

261

Enquanto você está se aproximando das barricadas flutuantes, um vigia atento na muralha de troncos o percebe e informa seu sargento. Um trio de soldados de rostos sombrios é enviado para interceptá-lo, temendo que você possa ser um batedor inimigo tentando sabotar as balsas. Os soldados estão armados com bestas carregadas e miradas enquanto você se aproxima. Ao invés de correr o risco de ser atingido pelo seu próprio lado por engano, você levanta as mãos em um gesto de rendição.

Apesar de não tentarem desarmá-lo ou confiscar seus equipamentos, estes soldados sommlendeses desconfiados nunca abaixam as suas bestas ou tiram os olhos de você por um segundo enquanto o escoltam de volta à muralha do perímetro. Apenas quando você está dentro do perímetro, entregue nas mãos do sargento, é que sua identidade verdadeira é reconhecida. O sargento veterano ordena imediatamente que seus homens abaixem suas armas.

— Meu Lorde, — ele diz com respeito, — onde estão os Kai? Precisamos desesperadamente das suas habilidades de batalha e liderança. O inimigo nos pressiona de forma mais cruel na muralha externa do norte e nossas baixas estão aumentando.

Com tristeza, você informa o bravo soldado do destino que aconteceu aos seus companheiros e do seu desejo urgente de ver o Rei e reportar a calamidade. Ele ficou visivelmente abalado com suas novidades. Abismado pelo choque, ele sinaliza aos seus homens que voltem aos seus postos de batalha na muralha externa e então pede que você o siga enquanto tenta localizar seu comandante.

Por fim, ele encontra o oficial, um tenente jovem, supervisionando o reforço das barcaças dos rios. Quando você conta o que aconteceu e como chegou aqui sozinho, ele fica também visivelmente chocado com as notícias terríveis. Com uma mão trêmula, ele sinaliza para seu sargento buscar dois cavalos. Enquanto você espera que a ordem dele seja executada, o tenente oferece um pouco de comida e vinho da mochila dele (recupere 3 pontos de Resistência).

Você está terminando sua refeição quando o sargento retorna com dois cavalos selados. O tenente jovem de cabelo claro faz um sinal para você se aproximar e, juntos, vocês montam e cavalgam pelo acampamento em direção ao portão principal de Holmgard.

Vá para 179.

262

Sem uma corda, sua única opção é descer a parede até a passagem localizada diretamente abaixo. A argamassa da parede gasta pelo tempo dá algum suporte para os dedos da mão e do pé, mas a descida é difícil e cansativa. No meio do caminho, seu pé escorrega e você cai de costas no chão.

Você bate nas pedras com uma pancada terrível que tira todo o ar dos seus pulmões e o deixa lutando para respirar: perca 2 pontos de Resistência.

Você leva alguns minutos para se recuperar totalmente da queda. Quando consegue, você percebe que aterrissou num beco estreito espremido entre as partes de trás de dois grandes edifícios municipais. Esta passagem vazia parece muito estranha, depois de todo o caos e empurra-empurra das ruas principais da cidade. É como se você tivesse caído em um mundo diferente.

Depois de uma rápida verificação dos seus equipamentos, você segue este beco até chegar a uma praça abastada e arborizada.

Vá para 533.

263

Eles o veem sacando sua arma e o líder ordena imediatamente que seus homens ataquem. Se decidir lutar contra esses soldados, deve enfrentá-los um de cada vez.

LÍDER

⚔ 15   🛡 20

SOLDADO 1

⚔ 13   🛡 16

SOLDADO 2

⚔ 12   🛡 15

Se você matar os três, vá para **88**.

Se, a qualquer momento, você quiser fugir do combate, você pode fazê-lo, indo para **29**.

264

Instintivamente, você se abaixa e esquiva de um lado para outro para não ser atingido pelo virote, mas a passarela é estreita e seus movimentos são limitados. O bandido dispara e você sente a manga da sua camisa sendo puxada enquanto o virote raspa o seu cotovelo esquerdo sem tirar sangue. Você agradece ao Kai pela sua sorte e corre.

Assim que sai da passarela, você consegue se esquivar e evadir de forma mais eficaz. Outro virote vem zunindo em sua direção, mas este passa inofensivamente, a mais de um metro de distância da sua cabeça.

Logo, você colocou distância suficiente entre você e seu inimigo para fazê-lo desistir de atacar sua figura ágil.

Vá para 440.

265

A enorme onda de choque da explosão do barril o derruba e faz voar pelos ares. Você cai de cabeça na parede do parapeito no lado oposto da ponte, com tanta força que seu crânio é esmagado e seu pescoço quebrado em dois. À medida que cai nas lajes ao lado da estrada da ponte, você não sente dor. As últimas sensações que você tem antes de ser consumido pela escuridão eterna são um sentimento momentâneo de leveza e uma imagem fugaz do sorriso beatificante da Deusa Ishir.

Tragicamente, sua vida e sua missão terminam aqui, na Ponte de Alema.

266

Três patrulheiros galopam ao longo da margem do rio, perseguidos de perto pelos giaks em seus lobos letais de montaria. Sua habilidade Kai de Camuflar evita que você seja visto pelo inimigo enquanto passam. O bando de giaks malignos continua a perseguição, ignorando sua presença no rio.

Vá para 252.

267

O oficial ordena que os seus homens parem e depois pede para saber o que você quer. Você diz a ele que é um Iniciado Kai. Também conta que o Mosteiro Kai foi atacado e destruído. Ele e seus homens ficam profundamente tristes em ouvir suas notícias. Ele oferece um cavalo extra e pergunta se deseja acompanhá-lo com seus homens. Eles estão voltando para se reagrupar com o resto de seu regimento. Também informa que seu comandante é o Príncipe Pelethar, filho do Rei Ulnar.

Se aceitar a oferta, vá para **137**.

Se recusar a oferta, você pode continuar seu caminho, indo para **295**.

268

A caravana rapidamente sai de controle e começa a sacolejar pelo terreno difícil em volta da estrada principal. Com alguma dificuldade, você atravessa o telhado da carruagem desgovernada e pega as rédeas soltas. Então, você consegue trazer os cavalos assustados de volta para a estrada, onde é capaz de reduzir gradualmente sua velocidade até pararem.

Esta parte da Estrada Real está a vários quilômetros da frente da coluna de refugiados de Toran, silenciosa e sem tráfego. Você está exausto após a provação do seu longo dia e decide voltar à cabine da caravana para ver se consegue encontrar algo para comer. Uma busca rápida do interior revela 40 Coroas de Ouro, uma Espada (Arma) e Comida suficiente para 4 *refeições*. Você deve comer uma das *refeições* que encontrou. (Se quiser guardar qualquer um dos outros itens, lembre-se de anotá-los na sua *ficha de ação*.)

Tendo enchido seu estômago com um pouco da comida refinada do mercador, os esforços do dia começam a cobrar seu preço. Você acha impossível manter os olhos abertos, então decide dormir algumas horas antes de continuar sua jornada. Só consegue descansar algumas horas, mas é suficiente para reavivar suas energias debilitadas.

É uma hora antes do amanhecer quando você pega as rédeas da caravana novamente e incita os cavalos inquietos ao longo da estrada em direção a Holmgard. À medida que o sol se levanta em um céu sem nuvens, você consegue ouvir os sons dos kraan ao longe. Gradualmente, esses sons se aproximam até uma dúzia de kraan aparecer no horizonte ao oeste. Dois deles se afastam desse grupo distante e vêm voando em direção à caravana. Em muito pouco tempo, eles estão circulando diretamente acima, observando e esperando por uma chance de descer e atacar. Então, os seus sentidos Kai alertam-no para outro perigo. Atravessada na estrada à frente, a menos de quatrocentos metros do seu local atual, você pode ver uma linha de giaks em trajes laranja montados em lobos letais. Eles são de um grupo de batedores que o viram. Lentamente, eles começam a se mexer; estão avançando e prontos para atacar.

Se quiser parar a caravana e correr para a cobertura de algumas árvores próximas, vá para **275**.

Se decidir soltar um dos cavalos principais de carruagem, você pode montá-lo e tentar atravessar pelos lobos letais até a estrada livre. Vá para **20**.

269

Você força os olhos e examina as árvores ao redor para ver onde o arqueiro está escondido. Mas sua decisão de ficar parado prova ser um erro fatal. De repente, você sente uma dor aguda no seu peito e é derrubado pela força da flecha que agora perfura seu pulmão esquerdo. Mais duas flechas vêm zunindo das árvores e ambas atingem seus alvos. Uma acerta no pescoço e a outra na coxa direita.

Você tenta sentar, mas é impossível. Sua força está desaparecendo rápido. A última coisa que vê são os galhos acima e uma grande libélula verde enquanto ela pousa, curiosa, na fivela ensanguentada do seu cinto.

Infelizmente, você foi abatido por três flechas giak e sua vida e sua missão de chegar a Holmgard terminam aqui.

270

Você recua alguns passos dos corpos dos giaks e examina a batalha desesperada que agora se alastra por todo o mosteiro. No parque de treinamento e em todos os pátios e terraços, pequenos grupos isolados de Mestres Kai e Iniciados, Acólitos, Doanes, Veteranos e todos os outros níveis da Ordem estão lutando lado a lado, costas com costas, com coragem inigualável e habilidadE sensacional contra chances aparentemente impossíveis. Os corpos dos inimigos estão amontoados em círculos altos ao redor deles.

Centenas e centenas de giaks já pousaram, mas ainda assim, o céu está escuro, cheio de feras zlan circulando alto, esperando impacientemente sua chance de descer e soltar suas cargas pesadas. Eles são acompanhados por nuvens de kraan carregando cavaleiros sinistros em mantos vermelhos. Estas bestas aladas menores e mais rápidas dão rasantes sobre os muros em uma velocidade apavorante, seus cavaleiros gritantes atirando projéteis que explodem no impacto, com uma onda de fogo brilhante escarlate. Muitas partes dos muros e passarelas das ameias foram destruídas por esses atacantes aéreos e os escombros e detritos que deixam após sua passagem queimam com uma chama infernal, sobrenatural. Nuvens de fumaça ácida surgem desses incêndios. Elas atravessam o campo de batalha, aumentando o caos e a confusão.

O inimigo está tentando desesperadamente entrar nas salas interiores do mosteiro. Você passa os olhos pela carnificina fumegante do parque de treinamento e segue a subida da rampa que leva à barricada na entrada das Câmaras dos Mestres Kai. É aqui que a batalha está chegando ao seu auge. Incontáveis ataques inimigos que fracassaram deixaram toda esta área coberta por um tapete horrível de giaks mortos e agonizantes. Em alguns locais, a pilha de corpos chega a mais de 5 metros. Mas, apesar destas perdas terríveis, o inimigo continua se jogando sobre a barreira numa tentativa maníaca de invadir o salão.

Você foca seus olhos de águia na barricada e percebe porque os ataques dos giak estão falhando. Em cima do seu centro está o Grão-mestre Kai Lâmina Audaz. Orgulhosamente desafiador e firme, ele inspira lealdade e coragem em cada Lorde Kai que luta ao seu lado. Ele parece ser invulnerável à chuva de projéteis lançados pelo inimigo raivoso cada vez que eles são forçados a recuar e reagrupar. E sempre que uma cada nova onda de giaks escala sobre os mortos e entra no alcance do braço de Lâmina Audaz, ele os combate com velocidade e precisão tão letais que é impossível ver as espadas gêmeas que ele utiliza. Mais de duzentos giaks morreram por suas lâminas de batalha nesta fatídica manhã de Fehmarn.

De repente, um urro sai da fumaça da batalha e seus sentidos Kai alertam-no para um perigo novo e iminente. Um esquadrão de assalto giak acaba de ver a porta aberta atrás de você e o sargento de olhos selvagens deseja avidamente explorar esta oportunidade para sua glória pessoal.

— Gazad tok! — ele exclama em seu idioma nativo bruto.
— Darg Arok!

Temendo que o inimigo possa entrar no mosteiro pela porta que deixou aberta, você se vira e volta até ela. Você está ansioso para entrar e trancar este portal antes que seja tarde demais.

Se tiver a *Disciplina Kai* Sexto Sentido, vá para **525**.

Se não tiver esta habilidade, vá para **327**.

271

O médico trêmulo beija o disco de prata e profere uma oração silenciosa para a Deusa Ishir. Então, um olhar de consternação transforma seu rosto pesaroso. Ele sentiu que algo muito perigoso entrou na sua câmara, algo que ameaça suas vidas. Ele pede que você retire a sua mochila e esvazie o conteúdo no chão. Você fica confuso com o pedido, mas faz o que ele solicita.

Ao ver a Gema Vordak, ele suspira de horror. — Ahhhh! — ele exclama. — Você não sabe o que é isso? — Sem esperar sua resposta, ele puxa uma toalha de sua bancada e a usa para proteger a mão dele enquanto pega a pedra preciosa do chão. Então, ele solta a gema na chaleira fumegante e o líquido borbulha e espuma violentamente.

— Esta é uma pedra de grande maldade, jovem Kai. Foi uma sorte eu ter detectado antes de pedirmos uma audiência com o Rei. Tenho calafrios de pensar o que poderia ter acontecido se você a levasse até os aposentos reais.

Após cerca de um minuto, a reação química violenta começa a diminuir até que a Gema Vordak e o líquido onde ela foi lançada evaporam completamente. O médico limpa o rosto suado com a toalha e solta um suspiro de alívio.

— Reúna seus pertences, Lobo Solitário. É hora de se encontrar com o Rei Ulnar.

Apague a Gema Vordak da sua *ficha de ação* e continue, indo para **200**.

272

Os kakarmi desaparecem rapidamente na mata densa e logo você se perde em um emaranhado de árvores e folhagem. Você é obrigado a abandonar a perseguição e continuar com sua própria fuga. Depois de quase duas horas caminhando pela floresta densa, você ouve o som de água corrente. O som acolhedor o lembra do quanto está com sede. Então, você abre caminho pelas árvores na esperança de encontrar um córrego de água doce.

Vá para **148**.

273

Após alguns momentos, dois rostos pequenos e peludos aparecem sobre o topo do tronco caído. Seus rostos expressivos estão cheios de curiosidade nervosa. Você imediatamente reconhece que essas criaturas são kakarmi machos. Com educação, eles o cumprimentam e dizem que os kraan estão em todo lugar. Sua aldeia florestal fica a oeste, mas pouco resta dela agora. Os kraan a destruíram e os seus habitantes fugiram para a floresta. Estes dois estão tentando encontrar o resto de sua tribo espalhada. Eles apontam para trás, para leste ao longo do caminho, e dizem que esta trilha termina em um beco sem saída. Mas, se continuar através da mata por mais alguns metros, você encontrará uma torre de vigia onde um novo caminho começa e então se divide em três direções. Eles lhe dizem para seguir o caminho do leste. Esta rota leva à Estrada do Rei, a estrada principal que conecta a capital de Holmgard ao porto norte de Toran.

Você agradece aos kakarmi por sua ajuda valiosa, deseja boa sorte e se despede.

Para continuar, vá para **341**.

274

Você passa sobre o corpo sem vida do giak e se aproxima do seu amigo ferido, temendo que ele esteja ferido gravemente. Felizmente, a ferida parece pior do que realmente é, e Falcão de Neve logo consegue conter a hemorragia através do uso da sua própria habilidade Kai de Curar.

— Você sempre foi o melhor guerreiro da turma, — ele fala com um sorriso, enquanto você limpa o sangue dos olhos dele com a ponta da sua capa Kai.

— Que bom para você que eu vim praticar esta manhã, — você responde.

— Sim, é mesmo, — ele responde. — Obrigado, meu amigo... salvou minha vida. Espero um dia ser capaz de retribuir o favor. Mas agora tenho de me juntar à luta. Os giaks estão em todos os lugares. Temo que o monastério será tomado. Venha, junte-se a mim. Lutaremos lado a lado, como verdadeiros irmãos Kai!

Você diz ao Falcão da Neve que tem uma ordem importante para executar para o Mestre Fogo Estelar, mas vai procurá-lo assim que terminar a tarefa.

— Kai esteja com você, Lobo Silencioso, — ele grita enquanto corre para longe, para se juntar à batalha.

— Que o Kai esteja com todos nós hoje! — você responde. Então, você faz uma saudação e observa seu amigo corajoso até ele desaparecer da vista, num canto distante.

Com uma sensação cada vez maior de pavor, você volta para a porta do arsenal, empurra-a para abrir e entra.

Vá para **447**.

275

À medida que corre pelas árvores, você pode ver a sombra do kraan crescendo ao seu redor. De repente ele ataca, te jogando para frente com o impacto da sua investida aérea.

Escolha um número da *tabela de números aleatórios*.

Se o número escolhido for 0 – 6, as garras do kraan levaram sua mochila. Você a perdeu, além de todos os Equipamentos dentro dela. Até que você possa substituí-la, você não pode carregar mais Itens da mochila.

Se o número escolhido for 7–9, sua mochila está intacta, mas você foi ferido nos ombros. Perca 3 pontos de RESISTÊNCIA e conclua sua corrida até a cobertura das árvores.

Vá para 463.

276

Impulsionado pelo medo, você tropeça pelas poças do fluido verde grudento e força suas pernas rígidas a levá-lo para uma passagem escura na parede desta câmara ancestral. Felizmente, as vespas antar não perseguem sua fuga. Já cumpriram o seu objetivo de expulsá-lo da câmara.

Por alguns minutos, você vacila ao longo da passagem escura. Só quando tem certeza de que os insetos não estão mais seguindo-o é que você faz uma pausa para descansar e recuperar sua força. À medida que os efeitos do veneno se dissipam, sua visão volta e seus membros ficam flexíveis novamente. Então, você descobre que, no seu desespero para escapar, perdeu a arma que usava para combater as vespas antar (apague esta Arma da sua ficha de ação). Receoso do que acontecerá se voltar na câmara para procurá-la, você decide que é melhor abandonar a arma e prosseguir nesta passagem na direção oposta.

Vá para 526.

277

Você agradece silenciosamente seu treinamento Kai e seu raciocínio, pois aquele pântano é mortal e poderia muito facilmente ter sido tão perigoso quanto qualquer giak, drakkar ou kraan.

Ciente do atraso, você se esforça para seguir mais pelas árvores que estão no sul. Em breve, você chega a uma trilha larga na floresta. Você entra nela e parte em direção ao sul.

Vá para **165**.

278

Você está andando pela margem d'água até se deparar com uma balsa destruída. Parece que, em algum momento, ela serviu como abrigo para alguém, pois é possível ver uma cama improvisada e alguns utensílios culinários através de um buraco no convés.

Se quiser procurar nesta balsa abandonada, vá para **26**.

Se decidir passar por ela, você pode continuar a caminho de Holmgard, indo para **415**.

279

Fogo Estelar sente que você está em perigo. Enquanto luta, ele momentaneamente vira a cabeça em direção ao seu adversário e abre bem os olhos, usando sua Disciplina Magnakai telecinética de Nexo para projetar seu poder mental.

De repente, uma onda de força atinge o giak como uma martelada. A criatura cambaleia, atordoada pela sua força concussiva. Rapidamente, você aproveita essa chance para se levantar e atacar o giak antes que ele recupere completamente seus sentidos.

SOLDADO DE ASSALTO GIAK   10   8

Se vencer este combate em 1 rodada, vá para **430**.

Se vencer em 2 rodadas ou mais, vá para **35**.

280

Você se abaixa da primeira estocada do guarda-costas e rapidamente saca sua arma para aparar seu segundo golpe.

GUARDA-COSTAS DO MERCADOR

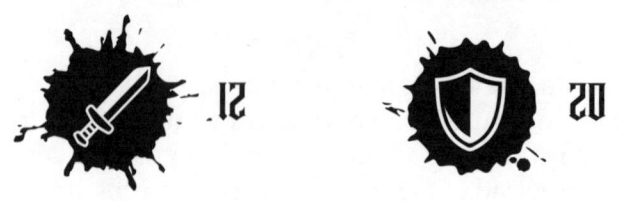

12   20

Se vencer este combate, vá para 33.

Se quiser, você pode fugir do combate a qualquer momento durante a luta saltando de trás da caravana em alta velocidade. Vá para 350.

281

Você vê o branco das presas de um lobo letal e ouve os gritos odiosos dos giaks ficando cada vez mais altos a cada segundo. Dois inimigos vêm em sua direção, ansiosos para perfurá-lo com suas lanças. Você é salvo de morte certa quando seu cavalo salta para cima nas feras que se aproximam, golpeando-as com os cascos dianteiros e derrubando-as para os lados. Você golpeia de passagem um dos cavaleiros giak. Sua arma abre uma grande ferida na lateral da cabeça e você o ouve gritar de dor enquanto ele cai da sela. Então, como se por milagre, você atravessa a linha deles e corre pela estrada aberta.

Sua ação ousada o levou através dos inimigos atacantes sem ferimentos, mas, à medida que prossegue em sua fuga, uma sombra ameaçadora se vira e o segue. É um kraan, que está mergulhando rápido sobre suas costas.

Se quiser sair da estrada e ir para a cobertura das árvores, vá para 247.

Se decidir seguir em frente independentemente do kraan, você pode continuar sua fuga pela estrada indo para **168**.

282

Você coloca as mãos sob o braço direito do Príncipe e segura a haste da flecha que penetrou no tórax. Depois, você transfere o poder da sua habilidade Kai de Curar através das suas mãos para o corpo trêmulo. Por alguns instantes, face torturada dele é amenizada por uma expressão de serenidade pacífica enquanto seus poderes de cura dissipam a agonia da lesão. Infelizmente, porém, seu esforço valoroso concede apenas um alívio curto antes que ele feche os olhos pela última vez e entre na escuridão eterna.

Lentamente, você se dá conta de uma mão forte em seu ombro. — Ele se foi, — diz o Capitão da Guarda da Corte de Pelethar. — Venha, deixe-o ai, você precisa partir agora. Meus homens vão cuidar do Príncipe agora.

O capitão o pega pelo braço e o leva a uma arcada onde o cavalo do Príncipe está amarrado. Ao montar neste belo garanhão branco, você vê que a Guarda da Corte de Pelethar envolveu o corpo dele em um manto de seda e agora está levando-o para longe do campo de batalha com grande respeito.

— Boa sorte, jovem Kai! — grita o Capitão, batendo na anca do cavalo com a parte chata da sua espada. Atingido pela batida, o cavalo salta para a frente e você é forçado a segurar as rédeas firmemente enquanto ele galopa pela estrada da ponte. Você passa pelos dois vãos e através do último arco antes de ver o antemuro do sul da ponte à sua frente. Enquanto desce pela rampa larga, você passa por uma carroça puxada por cavalos cheia de barris de explosivos que está indo para a Pedra de Durn.

Além do portão do sul da ponte, a estrada larga continua em linha reta dentro da floresta por um quilômetro e meio antes de virar levemente para o leste.

Para continuar, vá para **351**.

283

Com os insultos dos batedores giaks zangados nos seus ouvidos, você espalha o inimigo e galopa pela trilha da floresta. Mas você mal cobriu um quilômetro e pouco quando encontra outro grupo muito maior de batedores inimigos bloqueando o caminho. Rapidamente, você puxa os arreios do seu cavalo para parar e concentra seu olhar aguçado nesse inimigo distante. Você conta mais de trinta deles e vários estão armados com arcos e lanças. O sol acabou de se esconder abaixo do horizonte e a luz do dia está se tornando o anoitecer. Ciente de que os giaks tem uma boa visão noturna, você decide deixar a trilha da floresta e entrar pelas árvores na esperança de que encontrar uma maneira de contornar esta patrulha inimiga antes do anoitecer.

Para continuar, vá para **176**.

284

Você examina as grades que bloqueiam a saída deste salão. A parte inferior está seriamente corroída, onde séculos de umidade degradaram a junção das barras de ferro. Pegando as barras enfraquecidas e as puxando, o metal antigo cede em um rangido tortuoso, enquanto lascas de ferrugem caem. Isto dá esperança de que, com algum esforço, você consiga abrir uma parte do portão e fugir desta câmara empoeirada.

GRADE ENFERRUJADA

⚔ 10   🛡 15

Você deve se esforçar para abrir este portal de ferro como se fosse um combate regular. Qualquer perda de pontos de RESISTÊNCIA incorrida é devido à fadiga que você sofre na sua "batalha" para quebrar as barras.

Se ganhar esse "combate" e seus pontos de Resistência perdidos forem 4 ou menos, vá para 532.

Se ganhar, mas seus pontos de Resistência perdidos forem 5 ou mais, vá para 235.

285

Você corre em direção à carroça. As pessoas estão correndo para todos os lugares em pânico enquanto os kraan começam seu ataque. Eles dão rasantes e carregam suas pobres vítimas para o céu. Um kraan enorme vem pairar sobre a carroça e três giaks raivosos caem de suas costas sobre os cavalos assustados. As crianças gritam de terror. Você precisa lutar contra esses inimigos rapidamente ou abandonar seu resgate e se proteger dos ataques em uma casa de fazenda próxima.

Se quiser lutar contra os giaks, vá para 308.

Em vez disso, se quiser abandonar as crianças e correr para a fazenda, vá então para 208.

286

Enquanto limpa o sangue do urso negro da sua arma, você percebe a entrada de uma caverna que está escondida atrás da rocha de onde o urso atacou.

Se quiser investigar mais a caverna, vá para 83.

Se decidir deixar este lugar e seguir em frente, vá para 148.

287

Alertados pelo barulho do combate e pelo grito de morte do seu companheiro, mais três dos emboscadores giak vêm correndo na sua direção.

— Darg ash taag! — brada o soldado líder inimigo, enquanto se joga contra você em um ataque violento. Os outros dois giaks, ambos armados de lanças, se espalharam para

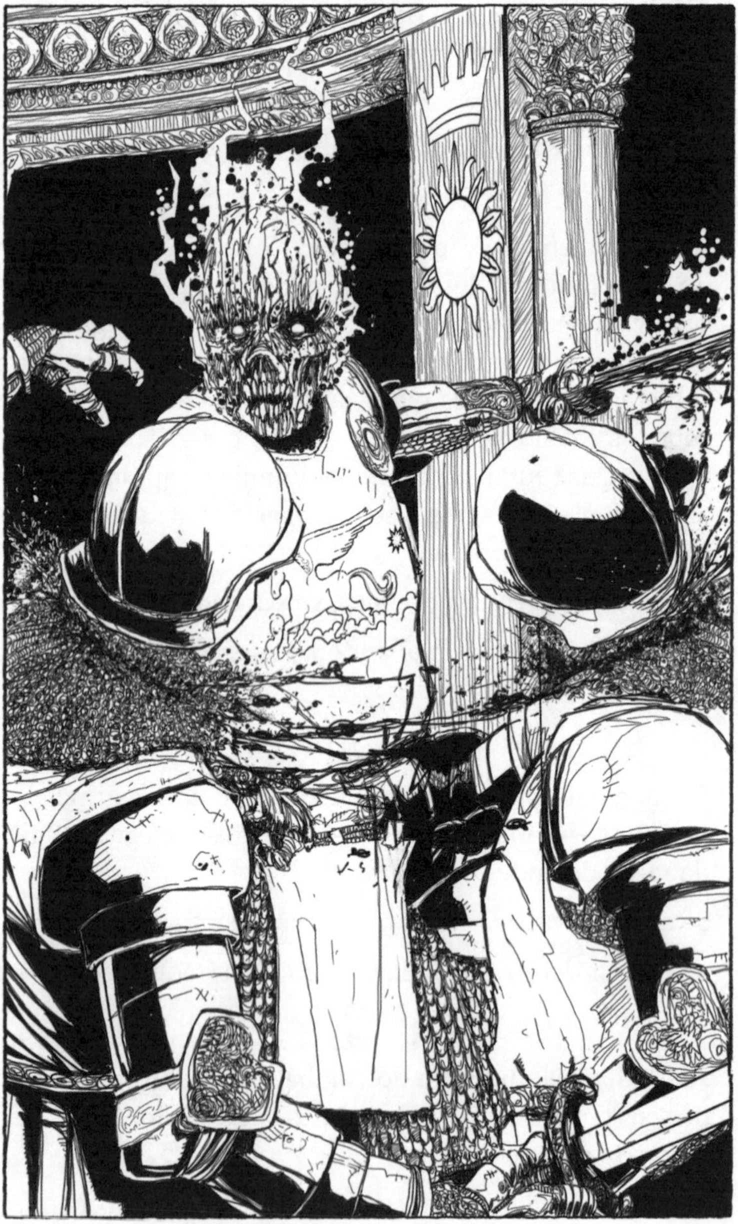

a esquerda e para a direita, tentando perfurá-lo de ambos os lados. Você precisa lutar contra todos esses três inimigos ao mesmo tempo.

3 EMBOSCADORES GIAK

16   18

Você pode tentar fugir deste combate a qualquer momento após o final da segunda rodada, indo para 304.

Se vencer este combate, vá para 509.

288

O Príncipe berra de raiva e uma transformação terrível acontece diante dos olhos incrédulos de todos. A pele em seu rosto começa a escurecer e murchar, como se fosse queimada por uma chama invisível. Então, seus olhos se dissolvem em suas cavidades e são substituídos por duas brasas brilhantes de fogo escarlate, e seus dentes ficam cada vez maiores e mais afiados até parecerem com as presas de um lobo.

— Um helghast! — grita a Princesa Madelon. — Ishir nos preserve!

Os Guardas Reais te soltam. Eles sacam suas espadas e correm corajosamente pela câmara para atacar a criatura horrível. O helghast não tenta se defender dos golpes e, quando eles enfiam as pontas das suas lâminas afiadas no rosto, elas não perfuram a carne, nem tiram sangue.

Com uma risada de desdém arrepiante, a criatura desembainha sua espada. Mas esta não é a espada do Príncipe Pelethar. Uma vez fora da sua bainha, esta lâmina emite um brilho azul vívido e irradia uma friagem intensa que o faz tremer de frio e medo. O helghast brande esta espada amaldiçoada em arco rápido e cortante. Sua lâmina azul atravessa o pescoço dos guardas em uma rápida sucessão, decapitando-os .

Se tiver a *Disciplina Kai* Escudo Mental, vá para **429**.

Se não tiver esta habilidade, vá para **52**.

289

Você abre caminho através da aglomeração de pessoas confusas e assustadas que enchem esta via ladeada por árvores. Você passa por uma série de lojas elegantes, com estruturas em madeira, e percebe que suas portas foram todas cobertas com tábuas e pregadas. Seus donos estão vigiando a partir das janelas do andar superior, temendo que a multidão possa invadir e saquear seus empórios. Então, você chega a um estabelecimento onde a porta não está bloqueada. Uma placa pendurada em cima diz: Taverna do Príncipe Fedor. Dois homens corpulentos, vestidos com túnicas de couro marrom e armados com bastões com pregos, estão parados ao lado da porta.

Se quiser tentar entrar nesta taverna, vá para **501**.

Se decidir continuar pelo Beco de Fars, vá para **77**.

290

O drakkar está morto no fundo do barco. Você vira o corpo com a ponta da sua bota e procura na mochila e capa. Você descobre uma Espada Curta (Arma) e 6 Coroas de Ouro que pode guardar se quiser. Então, você joga o cadáver do barco e observa enquanto ele flutua por alguns segundos antes de desaparecer nas profundezas escuras e gélidas.

Pegando os remos, você se senta na parte traseira do barco e segue para o outro lado do lago. Aqui, você abandona a embarcação e continua seu caminho.

Vá para **248**.

291

Você conduz seu cavalo em direção à porta da capela Kai, até onde uma dúzia ou mais de giaks estão tentando forçar sua entrada através da sua porta parcialmente destruída. Um par de Iniciados Kai jovens defende a entrada, golpeando e cortando os atacantes com as suas espadas quando estes tentam atravessar o furo irregular em V da porta. Seu cavalo corajoso o leva diretamente a esse grupo de atacantes, espalhando suas fileiras traseiras e esmagando-os no centro com seus cascos de aço. Ele empina e usa suas patas dianteiras como martelos gêmeos, soltando uma rápida série de golpes em suas cabeças que os deixam desacordados. Você desembainha sua arma e desce das suas costas. Quando seus pés tocam o chão ensopado pelo sangue escuro, você é atacado por alguns giaks raivosos e vingativos. Você mata dois deles e quebra a mandíbula de um terceiro com um golpe rápido de mão invertida.

— Entre, Lobo Silencioso, — um grito vem da capela. É a voz de Columba Chuvosa, uma amiga e colega Iniciada. Ao escutar o seu grito, você salta de ponta através da fenda estreita na porta da capela, parando no chão da pedra. Columba Chuvosa e o seu corajoso companheiro, Céu Metálico, bloqueiam a fenda assim que você passa em segurança, utilizando um dos bancos pesados de madeira da capela. Os giaks batem na porta barricada, mas o portal permanece seguro. Pelo menos, por enquanto.

Dentro da capela, há menos de uma dúzia de Kai que procuraram refúgio da batalha aqui. Todos estão ensanguentados e machucados por causa da luta. Dois jovens Acólitos Kai, ambos feridos gravemente, estão tentando confortar um Veterano Kai cuja mão esquerda foi cortada na altura do punho. Estão usando suas habilidades de cura em uníssono para tentar parar o sangramento. É profundamente emocionante ver que estes jovens Kai ignorarem suas próprias necessidades com abnegação para ajudarem os mais velhos feridos.

— Você lutou bem, Lobo Silencioso, — fala Céu Metálico. — Vimos você cavalgar para fora dos estábulos. Pensei que não conseguiria atravessar o parque de treinamento vivo.

— Nunca tive dúvida, — responde Columba Chuvosa. — Eu sabia que você sobreviveria.

Rapidamente, você diz aos seus amigos a tarefa urgente que precisa cumprir para o Mestre Kai Fogo Estelar. Eles também sabem sobre o portal que leva da sacristia desta capela até o salão inferior da Torre do Sol. Columba Chuvosa o encoraja a investigar imediatamente.

Vocês dois correm em direção ao altar posicionado no extremo norte deste salão de orações. A superfície dourada do altar está enfeitada com os símbolos do sol do Deus Kai, e os símbolos da lua da Deusa Ishir. Você oferece uma oração silenciosa, para que preservem você e seus companheiros Kai este dia, enquanto passa pelo altar e entra na pequena sacristia. Aqui é onde são guardados os mantos sagrados e os artefatos abençoados da Ordem Kai.

Ao lado da parede oeste da sacristia, está um grande túmulo de pedra, o local de descanso final de Pérola de Ferro, um antigo Grão-mestre Kai. Preso por suportes no topo do seu túmulo, há uma réplica da famosa Espada Larga do Grão-mestre Pérola de Ferro. (Você pode tirar esta Arma do suporte e usá-la, se quiser. A tradição Kai afirma expressamente que ela só poderá ser utilizada se o próprio mosteiro for atacado. Se já tiver duas Armas, você precisa descartar uma para pegá-la.)

Columba Chuvosa puxa uma grande cortina dourada de veludo pendurada em um trilho robusto de madeira na parede ao lado do túmulo. Atrás desta cortina está uma porta de pedra que leva ao salão inferior da Torre do Sol. Não há maçaneta nesta porta pesada, apenas três tambores cilíndricos inscritos com algarismos.

Para abrir o portal, você deve alinhar os três tambores para que o código correto de 3 dígitos apareça em sequência em suas faces.

O primeiro é igual ao número de giaks que você encontrou mutilando os cadáveres dos guardas Kai mortos na segunda torre de vigia.

O segundo é igual ao número de cavalos que encontrou presos nos estábulos em chamas.

O terceiro é igual ao número de giaks que ofereceu sua rendição a você durante a batalha no parque de treinamento.

Se puder responder a estas três perguntas, anote as suas respostas na ordem correta e, em seguida, vá para a seção numerada que elas indicam.

Se não puder responder às perguntas ou se sua resposta for incorreta, vá então para 361.

292

Seu sentido Kai te alerta para a presença de outra pessoa espreitando atrás da tela. Há uma aura persistente de perversidade no ar, como se as coisas não fossem exatamente o que parecem. Alertado pelo Sexto Sentido, você coloca sua mão levemente no punho da sua arma... Só por precaução.

Se quiser pedir desculpas ao homem, dizendo que veio ao lugar errado por acidente, você pode deixar esta loja e voltar para a avenida principal. Com sorte, você conseguirá avançar melhor através das multidões que se formam na sua segunda tentativa. Vá para **9**.

Se decidir aceitar o convite e examinar os itens no seu balcão de vidro, vá então para **213**.

293

Quando a última das vespas cruéis é morta, as poças de fluido verde grudento param de agitar e revirar e um silêncio estranho mais uma vez toma conta desta câmara. Limpando o suor frio da sua testa com a parte de trás da mão trêmula, você atravessa a câmara e sai rapidamente através de uma passagem escura na sua parede ancestral esculpida.

Para continuar, vá para **526**.

294

Espiando sobre o tronco, você enxerga os cavaleiros que se aproximam. Estes homens estão vestidos em uniformes verdes e estão correndo pela trilha estreita que segue paralela ao rio. Você os reconhece como os Patrulheiros da Divisa, membros de um regimento do exército do Rei Ulnar que policia as florestas e as fronteiras do reino. Um nesse grupo pequeno está ferido e caído para a frente sobre o pescoço do seu cavalo. Logo atrás deles está um grupo de lobos letais, perseguindo-os. Os cavaleiros giaks vestidos de laranja disparam flechas nos patrulheiros fugitivos e os projéteis passam zunindo enquanto os patrulheiros lutam desesperadamente para fugir dos seus perseguidores. Um patrulheiro cai do seu cavalo e rola de cabeça pela margem do rio. Uma flecha de haste escura está afundada na parte de trás da sua coxa direita.

Se quiser ajudar este patrulheiro ferido, vá para **395**.

Se decidir ficar escondido atrás do tronco enquanto ele se desloca seguindo a correnteza, vá então para **233**.

295

A noite está começando a cair. As sombras da floresta ficam cada vez maiores e mais escuras. Você está prestes a parar para descansar quando as árvores à frente começam a ficar mais esparsas e, além delas, é possível ver uma grande procissão de pessoas se movendo para o sul ao longo de uma estrada larga. Você se aproxima da beira do limite das árvores e as observa um pouco mais perto. Esta estrada é a via principal que liga Holmgard à cidade portuária de Toran, ao norte. A julgar pelo tipo das roupas e pelas marcas em algumas das suas carroças, que estão lotadas com objetos pessoais, você determina que essas pessoas ansiosas devem ser refugiados de Toran.

A passagem da caravana dura vários minutos. Depois, você uma grande caravana de mercador entrando na vista. Está ocupando o centro da estrada empoeirada. Esta carruagem trabalhada está sendo puxada por seis cavalos negros enormes e está se movendo muito mais rápido que qualquer outro tráfego nesta estrada lotada. Consciente da sua necessidade premente de chegar à Holmgard o mais rapidamente possível, você decide tentar saltar a bordo deste veículo quando ele passa em frente ao seu local.

Se tiver a *Disciplina Ka*i Camuflar e quiser usá-la para se esconder entre as bagagens no teto da caravana, vá para **243**.

Se não tiver esta habilidade Kai, você pode tentar pular a bordo do veículo enquanto ele passa, indo para **110**.

296

Você segue esta trilha difícil de pedras por quase uma hora antes de chegar a um ponto onde outro caminho mais largo se ramifica em direção ao sul.

Se quiser virar para o sul e seguir este caminho mais largo, vá para **357**.

Se decidir partir para o leste, vá para **19**.

Ou, se quiser ir para o oeste, vá para **181**.

297

Escondido no armário, você descobre um garoto assustado. Ele é apenas alguns anos mais novo que você. Ele fica muito aliviado ao ver sua capa e fecho Kai e, entusiasmado, pergunta quando os Kai atacarão. Ele está esperando a Ordem chegar e libertar sua vila dos giaks mais tarde, nesta manhã. Com o coração aflito, você dá a terrível notícia, que o mosteiro está em ruínas e que você é o único sobrevivente. O jovem fica triste com suas palavras. E ele também tem notícias terríveis para compartilhar.

Ele diz que seu nome é Treylar e que Floresta da Bruma foi atacada pelo ar logo após o amanhecer. Invasores giaks capturaram a vila enquanto a maioria dos seus habitantes ainda estava dormindo. Mais de metade deles já foi levada pelos kraan para um destino desconhecido e os poucos que ainda restam estão sendo mantidos sob vigilância na prefeitura.

— Eles estão nos sequestrando, — diz o garoto, — e também pretendem destruir nossa vila.

Ele pega uma Chave de Ferro no bolso e a entrega a você. (Marque isso na sua ficha de ação como um Item Especial guardado no bolso. Você não precisa usar um dos espaços de Item da mochila neste caso.) Ele lhe diz que é filho de Uldor, o ferreiro, e a chave destrancará a porta da loja do seu pai. Em algum lugar dentro da loja você encontrará uma engrenagem de ferro. Ele diz que é quase do tamanho de um prato de comida. Treylar pede que você encontre a engrenagem e a leve para o moinho no lado oeste da vila. Os giaks sabotaram a roda de pás do moinho d'água. Eles também bloquearam o canal estreito através do qual o Córrego da Floresta da Bruma, a única fonte de água doce da aldeia, flui através do moinho. Devido a estas ações, a água forte do degelo da primavera no córrego não tem para onde ir e agora está subindo rapidamente. Se o moinho não for consertado e a barragem giak não for destruída, toda a Floresta da Bruma ficará submersa sob a inundação dentro de poucas horas.

Você promete a Treylar fazer seu melhor para evitar que sua vila seja inundada e destruída. O jovem fica muito animado com sua promessa e o encara com muito respeito. Ele se oferece para ajudá-lo, mas você insiste que fique escondido aqui no armário enquanto você vai sozinho até a loja do seu pai.

Vá para 50.

298
Incitando seu cavalo a avançar, você desce o trecho longo da estrada em direção a um monte suave. Mas, depois de apenas alguns minutos, o seu cavalo começa a reduzir o passo e finalmente para. Você desmonta e examina o sua perna dianteira direita. Praguejando pela má sorte, você vê que ele perdeu uma ferradura e seu casco está muito aberto. Você precisará deixar o seu cavalo manco aqui e avançar a pé o mais depressa possível.

Vá para 82.

299
O sábio joga alguma coisa e, de repente, você sente uma dor lancinante no seu peito enquanto uma chuva de faíscas vermelhas explode em você. Perca 10 pontos de RESISTÊNCIA.

Se sobreviveu a este ataque de mísseis mágicos, vá para 538.

300
— Não me faz perder tempo, seu idiota, — diz o taverneiro sucintamente. Ele levanta a mão e chama um dos guardas de porta para vir ao bar.

— Joga ele lá fora, — ele diz ao guarda. O brutamontes dá um sorriso malvado e tenta agarrá-lo pelo seu pescoço. Você facilmente se esquiva e então desfere um chute forte contra o joelho esquerdo. Ele cai no chão como um saco de chumbo.

— Não precisa me mostrar a saída, — você diz ao taverneiro surpreso. — Eu conheço o caminho

Você caminha até a porta e, com cautela, o outro guarda abre caminho para deixá-lo passar. Uma vez lá fora, você força o caminho pela multidão e continua ao longo do Beco de Fars.

Vá para 77.

301

Depois de uma hora caminhando ao longo desse caminho no bosque, você chega a uma junção. O caminho continua em direção ao sul e outro se junta a ele a partir do oeste. Suas habilidades básicas de rastrear e seus instintos dizem que o caminho oeste o levará de volta ao pântano, então você evita esse caminho e continua indo para o sul.

Vá para 155.

302

No centro da câmara, existe um globo imenso representando os continentes e mares de Magnamund. Há um botão no topo deste globo e, agindo puramente no instinto, você estende sua mão e o aperta. O soar suave do sopro de ar que escapa chama sua atenção para a parede ao leste. Aqui, um grande painel de um mapa está subindo de uma fenda estreita no chão da pedra ladrilhada.

Imediatamente, você percebe que o painel ascendente oferece uma forma de alcançar a galeria acima. Atravessando a câmara, você salta para cima para segurar a borda superior do painel à medida que ele sobe. Sua esperança é ser erguido alto o suficiente para alcançar as laterais do corrimão, para que consiga então subir por ele e alcançar a escada até o telhado.

Seu plano é bom, exceto por um detalhe pequeno e infeliz. O topo do painel é tão afiado quanto uma espada e, ao segurá-lo, a aresta afiada corta profundamente as palmas das mãos (perca 3 pontos de RESISTÊNCIA). Apesar da dor, você se segura tempo suficiente para chegar ao piso da galeria. Então, com dificuldade, você passa suas mãos do topo para os corrimãos. Suas mãos estão cortadas e sangrando, o que dificulta manter a firmeza. Engolindo a dor, você se ergue sobre o corrimão e cai de joelhos no chão da galeria. Amaldiçoando seu infortúnio, você envolve as mãos feridas firmemente com tiras de pano rasgadas da borda da sua capa. Quando a dor finalmente cede e é possível flexionar todos os seus dedos, você se levanta e se aproxima da escada do telhado.

Vá para **186**.

303

O líder do grupo pega as armas e equipamentos descartados e indica para que você volte pela trilha estreita. (Você deve apagar todas as Armas e Itens da mochila da sua *ficha de ação*.)

Enquanto obedece ao comando, você nota que um sorriso maligno se espalhou pela face de um dos outros soldados e, de repente, percebe que esses não são soldados de forma alguma, mas ladrões disfarçados.

Motivado a agir ao perceber que foi enganado por um pequeno bando de ladrões, você joga de lado o soldado falso que sorri e corre para a passarela estreita. Você está perto do meio dessa ponte frágil quando você ouve o clique sombrio da corda de aço de uma besta sendo puxada para a posição de disparo.

Escolha um número da *tabela de números aleatórios*.

Se o número escolhido for 0 – 4, vá para **264**.

Se o número for 5 – 9, vá para **204**.

304

Os membros restantes do esquadrão de emboscada giak se reúnem em uma formação em forma de cunha e agora estão marchando em sua direção com suas lanças levantadas. Ciente da sua missão, você se vira e corre para a segurança das árvores próximas.

Os giak veem sua fuga e tentam persegui-lo, mas você está em seu ambiente natural e logo eles perdem seu rastro nesta densa área de madeiral. Quando tem certeza de que eles não estão mais perseguindo-o, você reduz seu ritmo e então descansa por alguns minutos ao lado de uma árvore caída. Enquanto recupera suas forças, você descobre alguns fungos comestíveis crescendo no tronco oco. Há fungos suficientes para 2 refeições.

Para continuar sua jornada pela floresta, vá para **183**.

305

Você se aproxima do moinho do modo mais furtivo possível, correndo de cobertura em cobertura, caso o inimigo tenha colocado vigias na torre alta do moinho. Você chega à base do moinho sem ser visto apenas para descobrir que sua porta está trancada firmemente. Após explorar a base do moinho, é possível entrar por meio de uma escada até um portal de carga aberto na parte superior traseira da construção.

Sacando sua arma por precaução, você entra pelo portal e se encontra no meio de um lance de escadas de madeira. Ao fim delas, na sala de moagem do moinho, estão quatro giaks. São cobertos da cabeça aos pés com farinha branca que caiu de sacos de lona que estão abrindo com suas próprias garras.

Atrás de onde estes inimigos estão, você pode ver o mecanismo que controla a roda do remo do moinho. Tal como Uldor disse, a localização adequada para a Engrenagem de Ferro é bem óbvia. Será preciso colocá-la em um eixo posicionado no centro das outras engrenagens maiores.

Você está escondido nas sombras da escada para não ser visto pelos giaks cobertos de farinha quando, de repente, é tomado por uma necessidade desesperada de espirrar. Você luta para suprimir essa necessidade, mas em vão. Alertados à sua presença pelo som, os giaks pegam suas armas descartadas e começam a subir as escadas.

GIAKS (VÂNDALOS DO MOINHO)

14   18

Você não pode fugir deste combate e precisa lutar contra estes inimigos até à morte.

Se vencer esta luta, vá para 254.

306

O caminho logo se junta a uma estrada principal, onde uma placa branqueada pelo sol indica duas direções: Toran ao norte e Holmgard ao sul. Você se vira para o sul e parte para a capital.

Vá para 335.

307

A via se junta a uma estrada principal que atravessa o córrego através de uma ponte de pedra antiga. Uma placa ao lado da ponte aponta ao norte para Toran e ao sul para Holmgard. A estrada está abarrotada de pessoas que se deslocam para o sul, uma coluna longa de refugiados. Há muitas carroças e algumas dessas pessoas desesperadas estão empurrando carrinhos de mão com seus pertences empilhados. Você se junta a esta coluna de refugiados e segue para o sul, em direção a Holmgard.

Vá para 42.

308

As criaturas repugnantes voltam suas lanças em sua direção e atacam. Você deve lutar contra essas criaturas como um único inimigo.

GIAKS ORGADAK-TAAGIM

15   13

Se vencer, você pode correr até a segurança na fazenda, indo para **208**.

Ou pode voltar para a floresta, indo para **494**.

309

Uma busca rápida do corpo do capitão giak morto revela os seguintes itens:

Espada (Arma)

Adaga (Arma)

Comida suficiente para 1 *refeição*

Laumspur (Ela restaura 4 pontos de RESISTÊNCIA quando ingerida após o combate. Há o suficiente para uma dose.)

Ciente dos kraan se reunindo acima, você não tem mais tempo para uma busca completa. Assim, enquanto o primeiro dos kraan começa seu rasante, você deixa o cadáver fétido do giak e corre em direção ao alçapão aberto.

Vá para **503**.

310

O corredor estreito à frente sobe gradualmente. Quando você chega ao topo desta inclinação, um portal de pedra desliza de lado para revelar outra passagem diretamente à frente. Você passa pela abertura e o portal se fecha atrás das suas costas com uma batida de parar o coração.

Vá para 31.

311

Você está pulando da caixa quando o sargento drakkar dispara sua besta. O virote arranha sua panturrilha direita enquanto você está no meio do ar e então ricocheteia para fora do parapeito da ponte com um clangor ressonante. Sacudido pelo impacto do projétil, você perde seu equilíbrio no pouso e bate com força na passarela: perca 2 pontos de RESISTÊNCIA.

Se sobreviveu ao ferimento e à queda forte, vá agora para 352.

312

Você tira o Cristal do Sono Kai da sua mochila. Foi treinado no uso deste dispositivo e pode dizer, pelo tom cinzento e leitoso do líquido contido no projétil do tamanho de maçã, que ele foi preenchido e está pronto para ser usado. Faz seis rotações completas da metade superior do dispositivo. Cada giro adiará sua detonação em um segundo. Então, você levanta a alavanca do alçapão, bate o cristal com força na parede para ativá-lo e o joga através da abertura enquanto o alçapão se abre sobre sua cabeça. Rapidamente, puxa a alavanca para baixo de novo, fechando o alçapão para evitar que o cristal caia sobre você. Momentos depois, ouve um estalo agudo do telhado acima, logo seguido pelo som de giaks sufocando. Quando não consegue mais ouvi-los tossindo e balbuciando, você saca sua arma e empurra a alavanca para cima mais uma vez. Então, lentamente, sobe a escada, esperando que o gás do sono liberado do cristal já tenha feito seu trabalho.

Você respira fundo antes de sair pelo alçapão aberto e subir no telhado. Sua precaução não é necessária. O gás do sono já foi dissipado pelo vento gelado que sopra através das crenulações da torre mais alta do mosteiro. Dois soldados de assalto giaks estão no chão, roncando alto. Um terceiro inimigo, um drakkar em uma armadura de batalha escura, está debruçado sobre o parapeito. Seu capacete é inclinado para a frente, com o protetor facial esquelético repousando da couraça peitoral do guerreiro adormecido.

Você passa sobre os giaks que roncam e se aproxima da base do pináculo de cristal. Seu tronco esculpido, forjado de aço endurecido, tem muitas marcas e entalhes novos. Felizmente, são apenas danos superficiais causados pelas muitas tentativas infrutíferas do inimigo de inutilizar o farol. Sem que eles saibam, um pequeno painel perto da base pode ser deslizado para o lado, revelando um interruptor metálico que acenderá o farol. Você se inclina para alcançar o painel quando, de repente, uma forma escura surge acima. Um capitão giak, mais alto e feroz do que qualquer giak que você viu até agora, salta da sela do seu kraan, pousando com força no telhado da torre. Ele tropeça em sua armadura de batalha, mas logo recupera o equilíbrio. Proferindo um grito de batalha, ele corre em sua direção, com sua cimitarra erguida. Seu objetivo é partir a sua cabeça em duas.

CAPITÃO GIAK (COM PROTEÇÃO PSÍQUICA)

16   15

O capitão giak tem a proteção de um feitiço de batalha nadzinarimo e está imune ao ataque psíquico. Se você tiver a *Disciplina Kai* Rajada Mental, não poderá usá-la contra este inimigo.

Se vencer este combate, vá para **132**.

313

Você não está familiarizado com esta arma e seu tiro apressado dá errado. O virote voa por trás da cabeça do helghast e fica preso na porta. A criatura solta uma risada arrepiante enquanto segura o virote e o retira da porta de carvalho. Então, ela gira em seus calcanhares e joga o virote de volta em você com uma força tremenda.

Escolha um número da *tabela de números aleatórios*. Se você tiver a *Disciplina Kai* Caçar, adicione 2 ao número que escolheu.

Se seu total agora for 3 ou menos, vá para **336**.

Se for 4 ou mais, vá para **515**.

314

Você desembainha sua arma enquanto corre até o drakkar, movendo-a em um arco cortante voltado para a base do seu elmo de aço escuro. Mas o guerreiro reage rápido e consegue apara seu primeiro ataque com a parte chata da sua lâmina.

SARGENTO DO ESQUADRÃO DE ASSALTO DRAKKARIM

17   **18**

Você pode ignorar os pontos de RESISTÊNCIA perdidos na primeira rodada deste combate, enquanto o drakkar está de joelhos. No início da segunda rodada, ele conseguirá se levantar e lutar contra você sem desvantagem.

Se vencer este combate em 3 rodadas ou menos, vá para **22**.

Se vencer em 4 rodadas ou mais, vá para **128**.

315

Você segue o túnel escuro até chegar a uma grande câmara. As paredes pingam com umidade e o ar velho tem um cheiro estranhamente doce. Há uma porta de carvalho na parede do outro lado, sua superfície há muito devorada pela podridão

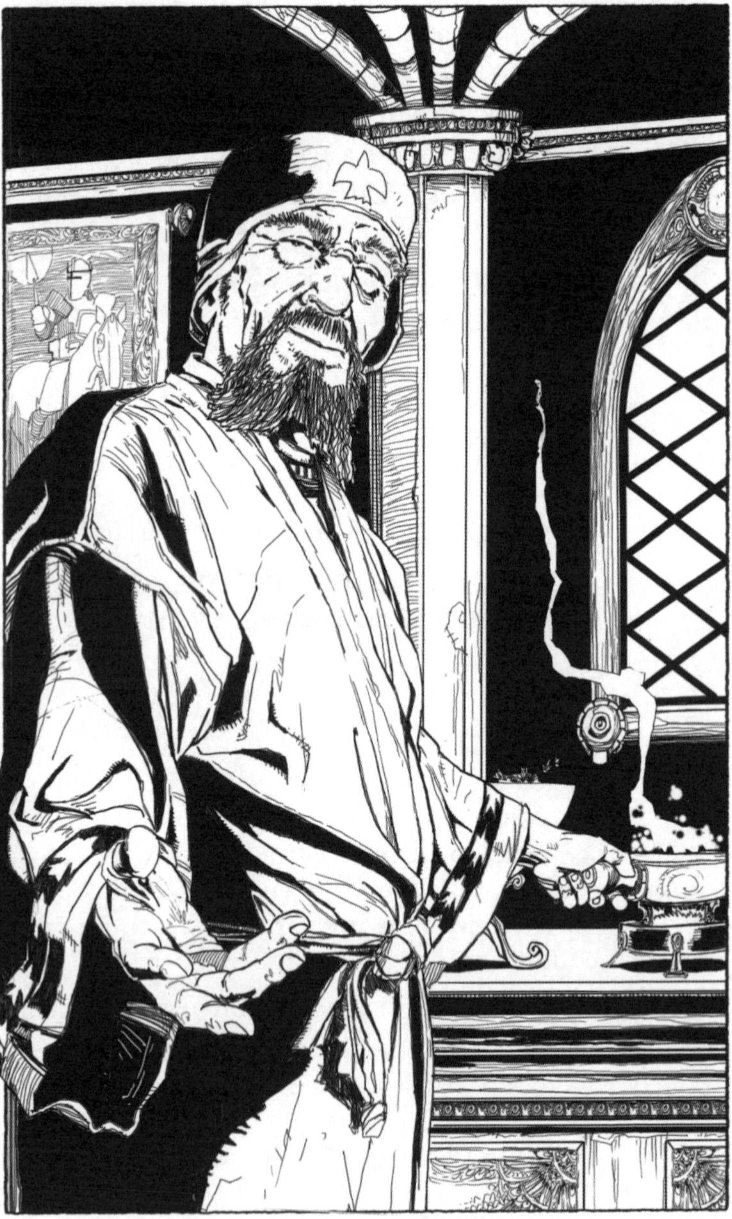

e vermes. Ao girar sua maçaneta enferrujada, ela sai na sua mão. Você percebe que há algo além dessa porta podre, algo malévolo por natureza. Ao escutar por ela, pode ouvir um som mecânico muito fraco ao longe. É como o mecanismo de um relógio imenso e enferrujado rangendo.

A porta está muito decomposta e enferrujada para abrir e a câmara deixa você muito inquieto. Confiando em seus instintos, você sai rápido e sobe os degraus para a floresta acima.

Vá para **148**.

316

A porta se abre e você é levado a uma sala ricamente mobiliada, com um alto teto arqueado e janelas com treliças. Um homem alto vestido túnica branca o cumprimenta. Ele está ao lado de uma chaleira de água fervente na qual mexe um punhado de folhas esmagadas e medicamentos em pó. Ele agradece ao sargento e você ouve o clique da porta se fechando.

— Bem-vindo, jovem Kai. Vejo que sofreu um ferimento. Venha, deixe-me dar algo para suavizar seus infortúnios.

Você reconhece este homem como um médico sênior na moradia do Rei. Ele usa o emblema dourado de uma pomba sobre seu chapéu e mangas, os sinais de sua vocação respeitada. Ele despeja um pouco do líquido fervente da chaleira em uma taça de prata e a oferece a você.

— Minha própria fórmula, — ele fala com orgulho.

Você toma o líquido quente e sente um calor se espalhando pelo seu corpo ao ingerir esta mistura fragrante e agradável. (Você pode recuperar até 8 pontos de RESISTÊNCIA do seu total atual; não é possível exceder o total de pontos com o qual você começou.)

— Presumo que você foi enviado aqui pelo seu Grão-mestre, — ele diz, recolocando a chaleira com cuidado sobre o queimador. — Graças ao aviso do farol ontem de manhã, o Rei reuniu a defesa da muralha de perímetro da cidade a tempo de enfrentar o ataque aéreo do Lorde Sombrio. A luta continua, mas vamos prevalecer. O Príncipe Pelethar foi enviado para Alema para destruir um trecho da grande ponte. Isto certamente impedirá que o exército terrestre de Zagarna marche rapidamente até a capital para reforçar os seus atacantes aéreos. O inimigo é forte, mas, com essas precauções já tomadas e os Kai para liderar nossos exércitos, vamos derrotar essa horda maligna e enviá-la rastejando de volta para as Terras Sombrias para lamber suas feridas.

É com pesar que você diz ao médico do Rei o que aconteceu com os Kai e o que você passou durante sua fuga angustiante do mosteiro arruinado até a capital. A notícia atinge o homem como uma martelada. Ele sacode a cabeça e tenta dizer algo. No entanto, à medida que as consequências terríveis daquilo que disse começam a ficar claras, ele fica sem palavras. Tremendo de choque, ele enfia a mão no bolso de seu manto e tira um disco de prata. Gravada sobre sua superfície, está uma imagem da Deusa Ishir.

Se possuir uma Gema Vordak, vá para **271**.

Se não tiver este item, vá para **200**.

317

Você caminhou pela floresta por quase duas horas. O que começou como uma dúvida irritante de que você está perdido agora se tornou uma certeza. Além do grito ocasional de um kraan ao longe, você não viu nem sentiu que o inimigo ocupa esses bosques circundantes. À medida que desce lentamente um outeiro rochoso, você percebe algo incomum no emaranhado à frente.

Vá para **513**.

318

O giak abre os lábios cinzas e coriáceos revelando presas afiadas e amareladas. Ele rosna ameaçadoramente enquanto empurra a ponta de lança letal contra seu peito desprotegido.

SOLDADO DE ASSALTO GIAK

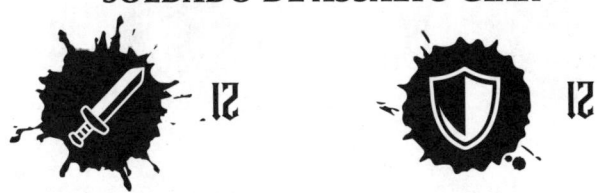

12   12

Se vencer este combate, vá para **511**.

319

Gradualmente, o caminho se estreita até desaparecer completamente em um emaranhado denso de troncos e vegetação. Descobrindo que não consegue ir mais longe, você é forçado a virar e refazer seus passos de volta até clareira, de onde segue a trilha para o sul. Vá para **37**.

320

Apesar da velocidade de sua travessia, você é visto por um giak enquanto mergulha de cabeça na mata espessa. "Dez ar ok!" a criatura resmunga para dois dos seus camaradas distraídos que o seguem obedientes, enquanto o primeiro corre em direção aos arbustos, perto do lugar onde você atravessou a estrada. Ouvindo-os se aproximando, você imediatamente sabe que estão no seu encalço. Correndo meio agachado pelas árvores e a folhagem densa, você tenta se afastar, mas os três giaks encontraram seus rastros e continuam a perseguição.

Sua fuga é interrompida ao chegar à borda das árvores, a mata dando lugar aos juncos e mato altos que cercam as margens lamacentas do Unoram. Você saca a arma e se vira para enfrentar seus perseguidores. Ao vê-los, recua lentamente rumo ao rio para atraí-los até o mato alto. Se conseguir atraí-los para lutar aqui, onde não pode ser visto da estrada ou da ponte, você terá mais chance de sobreviver a esta situação mortal.

3 SOLDADOS DE ASSALTO GIAK

15

19

Você precisa lutar contra estes inimigos até à morte, não pode permitir que nenhum deles escape, temendo de que eles alertem as tropas que se reunindo ao longo da estrada.

Se vencer este combate, vá para 379.

321

Você emerge em uma pequena clareira. No centro deste espaço aberto é possível ver os restos de esqueleto do que era antes um animal grande. Ao sul, além do esqueleto, outra trilha natural estreita leva a um bosque denso.

Se quiser parar e examinar o esqueleto, vá para 541.

Se decidir ignorar o esqueleto e continuar, vá para 17.

322

Você está a cerca de três metros do sargento giak que subitamente percebe sua presença. Com um grito de choque, ele tira a espada da bainha e tenta aparar seus dois primeiros golpes.

SARGENTO GIAK

14

16

Você pode ignorar qualquer perda de pontos de RESISTÊNCIA nas 2 primeiras rodadas deste combate. A velocidade e a surpresa do seu ataque colocam o sargento giak inicialmente na defensiva, concentrado apenas em bloquear seus golpes iniciais sem fazer nenhuma retaliação durante esse período.

Se vencer este combate, vá para 154.

323

Colocando uma mão na testa e a outra no braço ferido, você sente o calor dos seus poderes de cura deixando seu corpo e dando força ao homem ferido. Ele se recupera o suficiente para dizer que o seu nome é Trimis e que é um soldado na Guarda da Corte do Príncipe Pelethar. Seu comandante, o Príncipe, e seus irmãos de armas estão engajados em uma batalha desesperada ao sul. Uma grande força do exército invasor do Lorde Sombrio Zagarna desembarcou ali e está atacando a Ponte de Alema. O seu objetivo é capturar a ponte e assegurar esta travessia vital sobre o rio Unoram, para que os seus exércitos possam usá-la e acelerar a sua marcha sobre Holmgard. Durante a batalha, Trimis foi levado pelo ar por um kraan. Ele foi derrubado aqui na floresta de uma grande altura. A cobertura de galhos retardou sua queda e é um mistério que ele não tenha morrido quando bateu no chão.

O soldado corajoso agradece a sua ajuda e pede que continue seu caminho sem mais demoras. Você o deixa o mais confortável possível antes de dar-lhe boa sorte e seguir sua jornada.

Vá para 400.

324

Você corre para fora da loja e segue a avenida até o caminho ficar tão congestionado que não é possível avançar mais. Sendo forçado a recuar vários metros, você vira em um beco estreito, na esperança de que isso leve a uma rua mais livre. As casas que se estendem por esta passagem sombria são pequenas e mal mantidas. As projeções dos telhados mantêm suas portas sempre nas sombras.

No final do beco há uma porta verde. Ao contrário das outras, esta foi pintada recentemente. Uma placa acima diz:

KOLANIS
SÁBIO & HERBORISTA

Se quiser entrar neste lugar, vá para **129**.

Se quiser voltar para a avenida principal e tentar mais uma vez abrir caminho através da multidão, vá para **9**.

325
O virote ricocheteia na sua arma com uma batida abafada. Suas reações rápidas o salvaram de uma lesão fatal, mas você continua em uma situação desesperadora e perigosa.

Vá para **250**.

326
O seu sentido Kai revela que há mais do que apenas cavalos vindo nesta direção. Além do som ritmado dos cascos galopantes, você pode perceber o clamor barulhento dos gritos de guerra dos giaks e os rosnados baixos dos lobos letais. A julgar pelos tipos diferentes de gritos, você estima que deve haver mais de uma dúzia de giaks e lobos letais vindo em sua direção. Consciente do que acabou de sentir, você decide se agachar no fundo da canoa e tentar se manter fora de vista.

Vá para **107**.

327
Um golpe repentino nas suas costas o faz cambalear e cair de joelhos. Você foi atingido pela lança arremessada por um giak sentado nas costas de um kraan pairando diretamente acima. Felizmente, a ponta da lança só perfurou a sua mochila, o que evitou uma lesão mortal.

Com dificuldade, você puxa a haste de lança da sua mochila. Enquanto a puxa, você fica chocado ao ver que a ponta desta arma das Terras Sombrias está coberta por um círculo crepitante de fogo mágico. O sargento giak raivoso e o seu esquadrão de assalto estão se aproximando em um ritmo assustador. Instintivamente, você mira e joga a lança amaldiçoada contra o líder giak. A ponta flamejante o atinge no peito e, em um instante, ele é consumido num casulo vibrante de chamas escarlates. Seus gritos de morte desestabilizam seu esquadrão. Eles param seu avanço e então se viram e fogem de seu comandante moribundo. Aproveitando a chance, você cambaleia através da porta do mosteiro e tranca rapidamente a porta atrás de si.

Ao inspecionar o dano em sua mochila, você descobre que os itens contidos foram destruídos pela ponta de lança flamejante (você deve agora apagar os itens listados na seção mochila da sua ficha de ação). Felizmente, a mochila em si está rasgada, mas ainda é utilizável, mas não pode carregar o máximo que podia antes. (O número máximo de Itens de mochila que você pode carregar agora é reduzido para seis. Se encontrar uma mochila melhor depois, poderá voltar ao máximo de oito Itens da mochila habituais.) Você a coloca novamente enquanto corre ao longo do corredor que conduz ao Arsenal Kai.

Vá para 27.

328

O pouco que resta de você é esmagado nas escadas de pedra sob um bloco imenso de granito antigo que acabou de cair do teto.

Tragicamente, sua vida e sua missão de chegar a Holmgard terminam aqui no Cemitério dos Ancestrais.

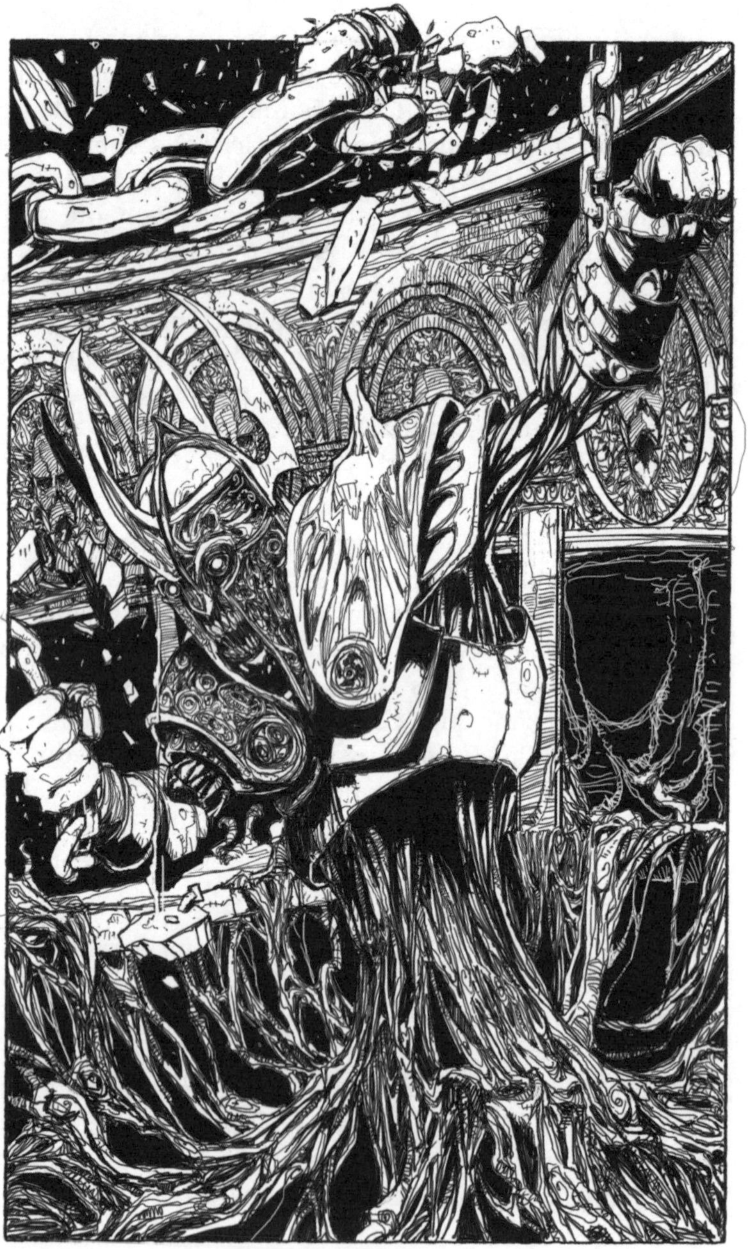

329

O guarda-costas musculoso o vê pegando sua arma e xinga-o em voz alta. Em um instante, ele saca sua cimitarra vassagoniana e faz uma investida contra sua cabeça.

GUARDA-COSTAS DO MERCADOR

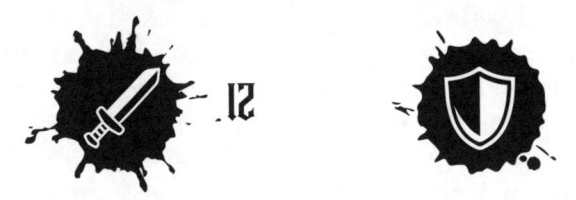

⚔ 12   🛡 20

Se vencer este combate, vá para 33.

Se decidir fugir do combate a qualquer momento durante a luta, você pode saltar de trás da caravana em alta velocidade, indo para 350.

330

Você segue um corredor estreito que leva a uma câmara de ladrilhos negros. Desde a sua construção, há muitos séculos, uma boa parte do teto e da parede do outro lado deste salão pequeno desabaram . Os detritos de rocha e terra são úmidos e cobertos por líquen que emite uma luz estranha fosforescente. Através de um buraco irregular no teto, você pode ver uma pequena caverna a vários metros acima. Usando o monte de detritos, você consegue subir pelo buraco no teto e entrar nesta caverna. Suas paredes úmidas têm uma cor vermelho enferrujada, manchada e com veios do solo rico em cobre da encosta. Raios de luz azul-esverdeada estão saindo de uma fissura na parede da caverna. Cautelosamente, você explora essa fenda na parede de rocha. Há espaço suficiente para você se espremer através da fenda e ter acesso ao corredor que está além. Esta câmara cavernosa é tão grande quanto o salão no estilo de catedral que passou quando entrou neste mundo subterrâneo e sombrio. Mas não é a escala e a grandeza do salão que o faz suspirar de choque e descrença. É a entidade que descobre presa dentro dela.

Você está numa galeria estreita, uma das três que circunda esta câmara vasta. No centro do salão, há um enorme poço circular. Está rodeado por lajes de obsidiana que estão gravadas com selos de magia sombria, os símbolos da morte e da decadência. Preso no meio do poço, está uma entidade gigante e guerreira. Apenas a metade superior da sua grande forma esquelética está visível. A metade inferior se perde nos meandros escuros e insondáveis do poço. Centenas de tentáculos similares a raízes cresceram do seu tronco ósseo. Como as trepadeiras da selva, eles se agarram às paredes internas e ao chão do salão vasto, como se procurassem comida e estabilidade entre as lajes rachadas. Os dois grandes braços ósseos do ser aprisionado estão presos pelos pulsos e separados por correntes titânicas que pendem do teto cupulado acima. Placas de armadura cobrem seus ombros e seu crânio está envolto em um grande elmo de bronze, revestido com quatro lâminas longas de aço maculado.

Seu choque ao ver esse ser monstruoso está cedendo lentamente quando algo acontece que faz seu coração disparar de novo. Lentamente, os olhos da criatura começam a abrir. Sua mente se contorce enquanto uma onda maligna invisível se choca com seu corpo tremendo. Esse efeito insidioso dá um nó no estômago e arrepios na sua espinha. Depois, uma luz vermelha sinistra se acende no grande elmo da criatura. Ela cresce em intensidade, brilhando e pulsando de dentro das órbitas ósseas dos olhos. Você está imobilizado por esta luz maligna, como se seus pés estivessem pregados no chão. Há um som de rachadura à medida que sua mandíbula inferior se abre e distante e, a partir da bocarra cinzenta, aparece uma voz profunda e sinistra:

— Sei o que você é. Uma cria inexperiente dos Kai. Veio aqui se vangloriar da prisão de Vurnos. Sua insolência não ficará impune. Este Portão das Sombras prende meu corpo, mas nenhuma corrente feita por mãos mortais poderia conter minha ira. Fracote dos Kai, rasteje diante do seu Deus... E então, prepare-se para morrer!

Com um rugido de raiva, esta entidade assustadora se puxa com força para baixo nas correntes pesadas que restringem seus braços. Por alguns momentos, elas se mantêm firmes. Mas então acontece uma fissura tremenda na pedra do topo da cúpula. Enfraquecido pela idade e pela entrada de água da encosta acima, o pitão enorme que segura a corrente da direita é arrancado do teto. À medida que cai, a entidade gira rapidamente seu braço livre acima da cabeça e bate a corrente como um chicote em direção à galeria onde você está. Instintivamente você mergulha e rola em busca da proteção de um pilar de pedra enquanto a corrente, com seu enorme pitão em forma de lança, voa ao redor da sala.

Com uma explosão ensurdecedora de metal torturado e pedra estilhaçada, o pitão e a corrente colidem no topo do pilar, perto da região em que ele suporta o piso da galeria acima. Você é tomado por um dilúvio súbito de poeira e fragmentos de rocha enquanto o pilar é partido em dois pelo impacto extraordinário. Milagrosamente, você não sofre lesões graves (perca 1 ponto de Resistência). A criatura grita de frustração e puxa a corrente grande para longe. Agora, ela está levantando o braço ósseo de novo, pronto para atacar mais uma vez. Se quiser ter alguma esperança de sobreviver a este segundo ataque, precisa procurar rapidamente a cobertura por trás de um pilar intacto.

Escolha um número da *tabela de números aleatórios*. Se você tiver a *Disciplina Ka*i Camuflar, adicione 2 ao número que escolheu. Se você tiver a *Disciplina Kai* Caçar, adicione 1.

Se seu total agora for 2 ou menos, vá para **462**.

Se for 3 – 5, vá para **548**.

Se for 6 ou mais, vá para **240**.

331

Enquanto você está se aproximando das barricadas flutuantes, um vigia atento na muralha de troncos o percebe e informa seu sargento. Um trio de soldados de rostos sombrios é enviado para interceptá-lo, temendo que você possa ser um batedor inimigo tentando sabotar as balsas. Os soldados estão armados com bestas carregadas e miradas enquanto você se aproxima. Ao invés de correr o risco de ser atingido pelo seu próprio lado por engano, você levanta as mãos em um gesto de rendição.

Apesar de não tentarem desarmá-lo ou confiscar seus equipamentos, estes soldados sommlendeses desconfiados nunca abaixam as suas bestas ou tiram os olhos de você por um segundo enquanto o escoltam de volta à muralha do perímetro. Apenas quando você está dentro do perímetro, entregue nas mãos do sargento, é que sua identidade verdadeira é reconhecida. O sargento veterano ordena imediatamente que seus homens abaixem suas armas.

— Meu Lorde, — ele diz com respeito, — onde estão os Kai? Precisamos desesperadamente das suas habilidades de batalha e liderança. O inimigo nos pressiona de forma mais cruel na muralha externa do norte e nossas baixas estão aumentando.

Com tristeza, você informa o bravo soldado do destino que aconteceu aos seus companheiros e do seu desejo urgente de ver o Rei e reportar a calamidade. Ele ficou visivelmente abalado com suas novidades. Abismado pelo choque, ele sinaliza aos seus homens que voltem aos seus postos de batalha na muralha externa e então pede que você o siga enquanto tenta localizar seu comandante.

Por fim ele encontra o oficial, um tenente jovem, supervisionando o reforço das barcaças dos rios. Quando você conta o que aconteceu e como chegou aqui sozinho, ele fica também visivelmente chocado com as notícias terríveis. Com uma mão trêmula, ele sinaliza para seu sargento buscar dois cavalos. Enquanto você espera que a ordem dele seja executada, o tenente oferece um pouco de comida e vinho da sua mochila (recupere 3 pontos de Resistência).

Você está terminando sua refeição quando o sargento retorna com dois cavalos selados. O tenente jovem de cabelo claro faz um sinal para você se aproximar e, juntos, vocês montam e cavalgam pelo acampamento em direção ao portão principal de Holmgard.

Vá para **179**.

332

Você continua pela floresta até chegar a um ponto onde o caminho se divide em dois.

Se tiver a *Disciplina Ka*i Rastrear, vá para **96**.

Se não tiver essa habilidade Kai, você pode virar para o sul e seguir o caminho, indo para **197**.

Ou pode seguir ao leste. Vá para **380**.

333

Você abre a porta e entra no corredor arqueado. Cinco de seus colegas cadetes vêm correndo em sua direção, com suas armas em prontidão para se juntar à defesa das Câmaras dos Mestres Kai. Você se afasta para permitir que eles passem e, à medida que passam, você os alerta sobre o ataque que está acontecendo acima das Cozinhas dos Mestres Kai. Eles agradecem o aviso e levantam os capuzes das suas capas enquanto se aproximam do caminho de onde veio.

O corredor arqueado leva a uma junção onde outra passagem segue em direção ao Arsenal Kai. Diretamente à sua frente, está a porta aberta para o dormitório.

Se quiser entrar no dormitório, vá para **192**.

Se quiser virar à esquerda e seguir a passagem em direção ao Arsenal Kai, vá para **15**.

334

Depois de muito esforço, você consegue soltar o tronco pesado da margem do rio. Amarrando seus equipamentos em uma trouxa, você a coloca em cima do tronco e lentamente entra no rio. A correnteza te leva e você se move lentamente rio abaixo.

Depois de vinte minutos, você ouve o som de cavalos ao longo da margem esquerda.

Se quiser se esconder atrás do tronco, vá para **294**.

Se quiser subir no tronco e se preparar para chamar a atenção dos cavaleiros, vá então para **253**.

335

Você cavalgou vários quilômetros e não viu sinais de refugiados nem de soldados inimigos. Você continua a andar tão rápido quanto o cavalo permite, até se aproximar de uma colina alta. Certamente você conseguirá ver a capital a partir deste ponto de vista.

À medida que sobe o pico da colina, a visão que encontra no outro lado é aquela que o enche de esperança. Mas, rapidamente, você descobre que há, também, um novo desafio a ser vencido.

Vá para **215**.

336

O virote o atinge no meio da testa e a sua ponta de aço endurecida penetra profundamente no seu cérebro. A morte é instantânea.

Tragicamente, sua vida e sua missão terminam aqui, na Câmara de Governo Real em Holmgard.

337

Você reconhece que esses sons, que seriam estranhos e primitivos para o ouvido não treinado, são na verdade o idioma dos kakarmi, uma espécie tímida e consciente de primatas florestais que vivem nas florestas de Sommerlund, cuidando delas. Você não tem nada a temer dessas criaturas, pois elas são muito gentis e amáveis por natureza. Usando sua habilidade de Afinidade com Animais, você os chama em seu idioma nativo curioso.

Se escolher dizer — Não tenha medo, sou seu amigo, — vá para **54**.

Se quiser dizer — Eu sou um Kai. Não te quero fazer mal. Preciso falar com vocês, — vá para **273**.

338

No início, a descida é bastante fácil, mas logo fica cada vez mais difícil para ver claramente e suas pernas parecem estar muito fracas. A toxina do Dente do Sono está te afetando agora.

De repente, você se sente enjoado e não consegue mais manter seus olhos abertos. Você tomba para frente e se esvai na escuridão total.

Escolha um número da *tabela de números aleatórios*.

Se o número escolhido for 0 – 4, vá para **423**.

Se o número for 5 – 9, vá para **527**.

339

Você determina o fato de que a única maneira de pegar este giak de surpresa é lançando um ataque rápido e ousado. Você saca a sua arma e se prepara para a tarefa arriscada que está prestes a realizar. Depois de entoar as palavras de uma pequena oração de batalha Kai, invocando a proteção e a benção do seu criador durante a próxima ação, você sai da cobertura e salta o mais rápido possível em direção ao giak.

Vá para 386.

340

Você continua com uma determinação implacável, mas logo se encontra até a cintura em água enlameada e escura. O ar aqui é grosso com pequenos insetos que picam seu rosto e entopem seu nariz. Então, você sente algo se enrolando em volta da sua perna. O terror o atinge no peito quando, de repente, você sente que é uma víbora do brejo mortal. Você saca sua arma e golpeia repetidamente a superfície deste pântano, desesperado para eliminar esta cobra venenosa antes que ela o mate.

VÍBORA DO BREJO

16   6

Se tiver a *Disciplina Ka*i Afinidade com Animais, você pode adicionar 2 pontos à sua HABILIDADE pela duração desta luta.

Se perder algum ponto de RESISTÊNCIA durante o combate, vá imediatamente para 411.

Se matar a víbora do brejo sem perder um único ponto de RESISTÊNCIA, vá para 545.

341

O caminho da floresta segue para o leste por várias centenas de metros, mas então se estreita e termina diante de uma parede de mata espessa.

Se quiser continuar indo ao leste, terá que usar sua arma para abrir caminho através dessa vegetação. Para isso, vá para **197**.

Em vez disso, se decidir seguir para o sul, para onde os arbustos são mais finos, você pode continuar sua fuga pela floresta dessa forma, indo para **321**.

342

Você empurra a borda da laje de pedra pesada com toda sua força. Lentamente, ela cede para revelar algo que faz você pular para trás em horror. Este caixão de granito está cheio de larvas cinzentas se contorcendo, cada uma tão grande quanto seu polegar. O estalo que ouviu foi o som das suas pequenas mandíbulas afiadas batendo. Mas seu choque e repulsa logo somem quando você reconhece que esses artrópodes horríveis são nada mais do que larvas de pedra inofensivas. Estas criaturas se alimentam apenas de rocha ou solo pedregoso, nunca de carne.

Você está prestes a colocar a tampa pesada de volta no lugar quando, de repente, entre a massa de larvas, percebe um brilho de ouro. Rangendo os dentes, você afunda sua mão nas larvas e retira uma Chave Dourada. (Registre isso na sua *ficha de ação* como um Item Especial.

Se quiser examinar os outros túmulos mais detalhadamente, vá para **371**.

Se quer tentar abrir a grade, vá para **284**.

343

O kraan mergulha sobre você, levantando poeira da trilha com o bater das suas asas pretas de couro. A nuvem de poeira enche seus olhos e nariz e, à medida que começa a tossir, a fera aproveita sua vantagem e inicia seu ataque.

O kraan está determinado a matá-lo e você deve combatê-lo até a morte. Por causa da poeira asfixiante, você deve reduzir sua HABILIDADE em 1 ponto durante toda esta luta.

KRAAN 16 25

Se vencer o combate, você terá uma escolha de ações:

Você pode procurar no cadáver dele, indo para 404.

Ou você pode se correr para longe desta área, indo para 174.

344

Seus sentidos psíquicos foram aumentados e aguçados pelos vários perigos mortais que o cercam. Instintivamente, seus olhos são atraídos para o drakkar distante que está prestes a disparar com sua besta e você sente que ele é a maior ameaça entre eles neste momento. Com rapidez, você se concentra na arma dele e envia uma onda de energia psíquica. A onda lançada é fraca e preparada muito rapidamente, mas basta fazer com que a besta se mova um pouco nas suas mãos com manoplas. Ele atira e o virote de aço vem zunindo através do campo de batalha em sua direção... Para à distância de um palmo da sua cabeça.

Vá para 291.

345

A distância média, você pode ver as silhuetas de soldados parados em uma fila de barcaças que estão acorrentadas para formar uma barreira através do rio. Atrás de você, os uivos e gritos ameaçadores dos lobos letais e seus cavaleiros giaks estão cada vez mais altos. Estão voltando ao longo da trilha da margem.

Dessa vez, você dispensa a cautela e corre ao longo da trilha em direção às barcaças distantes.

Vá para **261**.

346

O homem repete exatamente o que já disse. Ao perguntar o preço das poções, ele fica agitado. — O que isso importa? — ele fala, sua voz ficando estranhamente fria e distante. Então, de repente, a tela cai e um jovem pula nas suas costas. Ele tem uma adaga longa e curvada na mão. Em um instante, ele está em cima de você, que agora deve lutar pela sua vida para sobreviver ao ataque maníaco.

VORT, O PSICOPATA

⚔ 13   🛡 17

Se vencer este combate em 3 rodadas ou menos, vá para **133**.

Se o combate chegar à 4ª rodada, não continue. Em vez disso, vá para **299**.

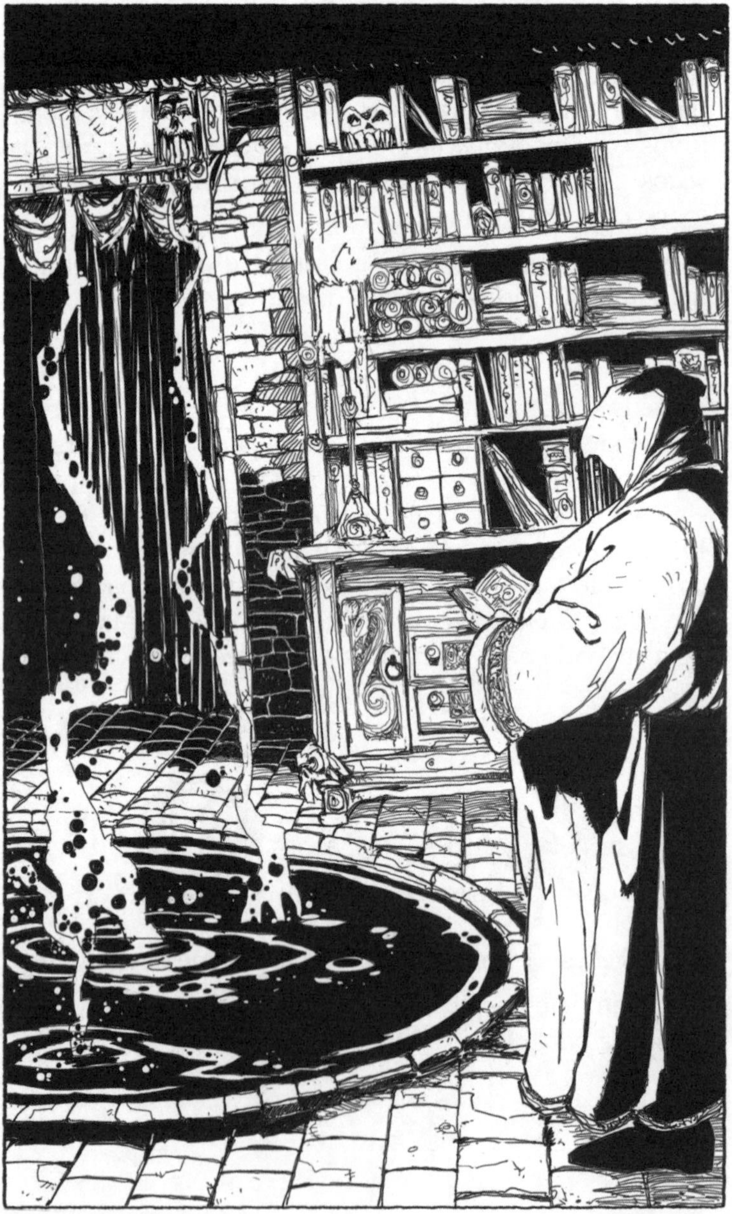

347

Você segue um corredor bem iluminado até o topo de um lance de degraus de pedra que desce para uma câmara grande e circular. As paredes desta sala redonda estão revestidas com estantes de livros contendo centenas de livros e pergaminhos enrolados. No meio da câmara, existe um grande poço cheio de um líquido de cor esfumaçada. Parado ao lado deste poço estranho, está uma figura desumanamente obesa, vestida com um roupão roxo, seu rosto escondido da vista. Você pode ouvi-lo entoando suavemente enquanto lê de um livro que segura nos dedos grossos.

Se tiver um Manto Roxo, vá para 251.

Se não possuir este Item Especial, vá então para 164.

348

O líder alto e não barbeado se aproxima lentamente e diz, num tom de zombaria:

— Nossas necessidades são simples, meu bom senhor. Seu dinheiro ou sua vida!

De repente, você percebe que esses não são soldados de forma alguma, mas ladrões disfarçados.

Se quiser lutar contra esses ladrões, vá para 25.

Se decidir fugir correndo, vá para 29.

349

Leva mais de uma hora para você alcançar o cavalo e acalmá-lo o suficiente para ganhar sua confiança. Ele é um belo potro, alerta e forte. Com ele, o resto da sua viagem até Holmgard será muito mais gentil para seus pés doloridos do que tem sido até agora.

Vocês estão a mais de um quilômetro e meio da cabana agora, em uma pradaria ao norte do caminho. Você monta seu belo cavalo novo e o leva até a cabana, onde volta ao caminho e segue para o sul novamente.

Vá para 306.

350

Você salta da caravana em alta velocidade, mas cai mal na superfície dura da estrada, quebrando seu tornozelo esquerdo e antebraço e fraturando a base do seu crânio. A dor terrível de seus ferimentos rapidamente sobrepuja seus sentidos e você fica inconsciente. Apesar de poupá-lo misericordiosamente de mais dores, este é tristemente um sono do qual nunca acordará.

Na manhã seguinte, na madrugada antes do amanhecer, seu corpo é visto na estrada por um par de giaks batedores, montados em um kraan. Infelizmente, um dos giaks decide que gostaria muito de pegar sua cabeça como um troféu para enfeitar a sela de sua montaria alada.

Tragicamente, a sua vida e a sua missão terminaram aqui na Estrada Real entre Toran e Holmgard.

351

O cavalo do Príncipe é um animal magnífico: forte, rápido e seguro. Depois de vários quilômetros, a estrada do bosque chega a uma junção onde duas vias menores se afastam em direções opostas. Há um poste de madeira ao lado da estrada. Ele foi recentemente cortado e desfigurado para que os destinos deixassem de ser legíveis.

Se tiver a *Disciplina Kai* Rastrear, vá para **385**.

Se não tiver essa habilidade, você pode deixar esta junção e seguir a estrada para a esquerda, indo para **44**.

Ou você pode continuar pela estrada que parte da sua direita, indo para **206**.

352

Ignorando a dor da sua ferida, você se arrasta até se levantar e cambaleia na direção da torre no final da passarela. A porta da torre está destrancada e você pode entrar sem ser visto. Você passa pela torre e corre o mais rápido que consegue, pela passagem do terceiro vão em direção ao próximo conjunto de torres e arcos que protegem a entrada de Pedra de Durn. Em um túnel estreito sem portões que atravessa a torre mais próxima, você faz uma pausa para enfaixar sua perna ferida.

Além desta torre, a batalha está sendo travada ferozmente na praça pavimentada abaixo. No centro desta praça magnífica, os Guardas da Corte do Príncipe Pelethar estão engajados em combate mortal com as tropas de assalto do Senhor Sombrio Zagarna. O inimigo está em um número maior e tenta abrir caminho através da linha de Pelethar, mas os homens do Príncipe estão lutando como leões e impedindo-os. Através da fumaça e da confusão desta batalha odiosa, você vê o Príncipe engajado em combate com uma criatura reptiliana enorme. É um gourgaz, um nativo feroz do Atoleiro Maaken. Zagarna usou esta fera assassina para liderar seu ataque à Ponte de Alema por dois motivos. Ele não apenas é destemido e formidável em combate corpo a corpo, como também exala uma fragrância que incita um frenesi de batalha nos giaks. Sob a influência desta fragrância inodora, eles lutarão sem fadiga ou consideração pela sua própria segurança.

O gourgaz luta em pé, sobre as suas poderosas pernas traseiras. Ele se avulta acima das outras tropas e brande um enorme machado de batalha preto, com um efeito terrível. O Príncipe Pelethar está envolto em uma armadura prateada que brilha como um espelho ao sol. Seu tabardo branco está adornado com um cavalo alado, o seu emblema pessoal, e a lâmina afiada da sua espada larga está enfeitada com os símbolos orgulhosos de Sommerlund e da Casa de Ulnar. Pelethar parece estar ganhando seu duelo mortal com o monstruoso gourgaz até ele ser repentinamente atingido por uma flecha nefasta. A haste giak penetra na cota de malha sob sua axila direita e seu coração bate mais forte quando você o vê gritar e vacilar. Sentindo que a vitória é iminente, o gourgaz levanta o seu machado grande e desfere um golpe poderoso contra o elmo do Príncipe. Um dos Guardas da Corte de Pelethar empurra-o para o lado enquanto o machado negro passa silvando o ar. Sua ação rápida evita que o senhor ferido seja decapitado, mas ele sacrifica sua mão e antebraço direitos para a lâmina do machado.

Com Pelethar ferido, a maré desta batalha sangrenta vira rapidamente a favor do inimigo. Você precisa se mover rapidamente para se juntar ao comando do Príncipe antes que ele seja obrigado a recuar para Pedra de Durn. Da sua posição no túnel da torre, você pode ver dois caminhos para chegar à praça abaixo. O primeiro é através de uma escada larga de mármore. O segundo é por uma corda de carga que está presa por uma roldana na parede da torre.

Se quiser descer pelas escadas de mármore, vá para 256.

Se, por outro lado, escolher usar a corda de carga, vá para 115.

353

Você sente um movimento na sua mochila, como se alguma coisa estivesse viva e tentando escapar desesperadamente. Então, você sente o cheiro do couro queimado e, de repente, a Gema Vordak explode pela sua bolsa. Ela gira ao redor da câmara antes de parar abruptamente, pairando em pleno ar diretamente acima da mandíbula aberta do esqueleto antigo. Ela brilha intensamente vermelho, liberando pulsos de um calor intenso que ardem seu rosto. De repente, uma lança de chamas azuis se ergue da boca escura e golpeia a joia, destruindo-a completamente com um estalo ensurdecedor. A força da explosão o joga para trás contra a parede extrema, onde você bate a cabeça e cai inconsciente.

Quando finalmente recobra a consciência, você descobre que a câmara está completamente vazia. A Gema Vordak, o esqueleto e o sarcófago cheio de tesouro não estão em lugar algum. É quase como se nunca tivessem existido.

Como resultado da explosão, você perdeu 6 pontos de RESISTÊNCIA e o seu valor inicial de HABILIDADE está permanentemente reduzido em 1 ponto. Se sobreviver a esta perda no valor de RESISTÊNCIA atual, pode continuar, saindo desta câmara o mais depressa possível.

Vá para **146**.

354

Você está procurando outra forma de abrir a fechadura quando, de repente, a porta grande para o salão desaba sob os golpes de martelo repetidos das hordas inimigas. Como um maremoto maligno, os giaks e drakkarim arrebentam as madeiras despedaçadas e invadem o salão santificado dos seus mestres. Você se vira para fugir pela passagem que leva à Capela Kai, esperando encontrar refúgio lá, mas não dá mais que uma dúzia de passos antes de cair de joelhos por causa de uma flecha giak. Ela penetrou profundamente na sua parte inferior das suas costas e ponta de aço escura partiu sua coluna vertebral. Felizmente, você é poupado das agonias da morte enquanto o inimigo se aproxima e o corta em pedaços.

Você lutou com muita habilidade e bravura neste dia, como um verdadeiro Lorde Kai, mas, infelizmente, juntou-se aos caídos nesta fatídica manhã de Fehmarn.

Tragicamente, sua vida e sua tentativa de fuga terminam aqui no Grande Salão dos Kai.

355

Você faz bom uso da sua Disciplina Kai e escava rapidamente a terra solta desta encosta arborizada. Envolvendo-se em sua capa, você puxa um galho solto sobre suas costas enquanto se abaixa no seu esconderijo apressado.

Escolha um número da *tabela de números aleatórios*.

Se o número for 0 – 5, então seus esforços foram bem-sucedidos e você evita a detecção. Vá para **402**.

Se o número for 6 – 9, sua tentativa apressada de se esconder foi percebida e, por isso, você precisa ir para **102**.

356

Você para e observa os Guardiões da Guilda por alguns minutos e nota que eles estão afastando qualquer um que se aproxime do portão. Muitos refugiados de Toran chegaram agora a Holmgard e a maioria está buscando refúgio dentro dos muros da cidade. Com a multidão aumentando a cada hora que passa, usar as ruas da cidade para viajar rapidamente para qualquer lugar se tornou uma impossibilidade. A Cidadela Real está localizada do outro lado do Bairro da Guilda. A rota mais rápida a ser usada é através deste bairro próspero. Com este pensamento acima de tudo na sua mente, você lentamente se move seguindo a Muralha de Guilda e fica de olho aberto, procurando uma oportunidade para a escalar.

Por fim, você vê a chance que espera. Um carvalho sommlendês antigo fica a poucos metros da base da Muralha da Guilda. Um dos seus galhos mais altos ultrapassa os espinhos no topo. Subir árvores era um dos seus passatempos favoritos quando era um garoto e sua habilidade natural melhorou muito com a idade. Não leva muito tempo para subir na árvore e rastejar pelo galho superior até o topo da muralha. Lá, você segura as estacas de ferro, espia e olha para o chão a aproximadamente 8 metros abaixo. A visão o faz engolir o seco. A queda desta altura até as pedras lisas da calçada pode ser fatal.

Se tiver uma Corda, vá para **405**.

Se não tiver este Item de mochila, então vá para **262**.

357

O caminho da floresta serpenteia entre várias colinas pequenas e arborizadas até que finalmente chegar a uma cabana arruinada. Essa moradia parece ter sido queimada muito recentemente, pois as cinzas ainda estão brilhando e quentes e uma névoa de fumaça cinza ainda permanece por perto. Seus sentidos aguçados o alertam sobre um possível perigo e você decide não chegar mais perto.

Você pode deixar a cabana arruinada por meio da trilha ao sul. Vá para **59**.

Ou, você pode pegar o trilho norte, indo para **97**.

358

O chão da galeria treme e gesso quebrado cai do seu teto enquanto você corre por esta passagem surrada e cheia de poeira em direção à segunda torre de vigia. Você rapidamente empurra a porta da torre e testemunha uma cena que o faz gritar de choque e raiva. Um buraco imenso foi feito na parede da torre. O impacto da explosão que fez o buraco também matou os três sentinelas Kai que estavam a postos aqui e permitiram que alguns inimigos entrassem sem oposição.

Dois giaks estão agachados sobre os cadáveres dos seus camaradas mortos, mutilando animadamente seus corpos com facas serrilhadas. Consumido pela raiva e repugnância súbitas, você saca sua arma e ataca essas criaturas mórbidas antes que possam virar suas lâminas cruéis contra você.

SOLDADOS DE ASSALTO GIAK

14   15

Devido a rapidez e ferocidade do seu ataque, você pode aumentar sua HABILIDADE em 2 pontos pela duração desta luta.

Se vencer este combate, vá para 258.

359

Você espera escondido por uma chance de seguir em frente. Uma tropa de giaks passa perto, apressando-se para ajudar na batalha agora sendo travada em Pedra de Durn. Na direção oposta há um fluxo constante de feridos que voltam da luta. Estão sendo carregados e transportados em macas de volta a Mitra de Alema. A atividade inimiga aumenta a cada minuto que passa. É muito arriscado permanecer aqui na estrada da ponte por mais tempo. Apenas os parapeitos que seguem ao lado da estrada então sem tropas inimigas, mas não há escadas de acesso nas proximidades. Para alcançar a passarela superior, você deve escalar a parede alta do parapeito.

Se tiver uma Corda, vá para 377.

Se não tiver este Item de mochila, então vá para 491.

360

Ao seguir mais fundo para dentro da floresta, você ouve as asas do kraan enquanto ele passa acima das árvores e desaparece em direção ao norte. Você cavalga pela floresta por quase uma hora até chegar a uma clareira. Do outro lado desta clareira, encontra uma trilha que sai pelas árvores ao sul.

Se quiser entrar na clareira e seguir esta trilha ao sul, vá para **48**.

Se decidir evitar a clareira, você pode rodeá-la sob a cobertura das árvores e então pegar a trilha mais adiante. Vá para **165**.

361

Apesar de seus esforços para encontrar a combinação correta de números que abrirão esta fechadura, o portal de pedra permanece firmemente trancado. Irritado pelo atraso, você usa a espada larga do túmulo de Pérola de Ferro e tenta forçar a porta pesada. Mas de nada adianta. A porta não pode ser forçada.

Há uma explosão repentina na capela adjacente e você e seu companheiro são jogados ao chão pela onda de choque. O inimigo usou uma carga mágica poderosa para destruir a porta barricada. Você está se levantando quando uma segunda explosão, muito mais alta e mais feroz que a primeira, o joga através da sacristia e o faz bater forte contra a parede. O inimigo disparou uma segunda carga acima da capela e isso fez todo o telhado desabar para dentro, com um efeito devastador.

Antes de recuperar seus sentidos e se levantar, você é esmagado por uma viga de madeira caindo e fica enterrado sob um dilúvio de telhas partidas. A escuridão o envolve e você não sente dor. Você lutou com muita habilidade e bravura neste dia, como um verdadeiro Lorde Kai, mas, infelizmente, juntou-se aos caídos nesta fatídica manhã de Fehmarn.

Tragicamente, sua vida e sua missão nobre terminam aqui, na sacristia da Capela Kai.

362

O caminho segue ao longo de uma colina e passa entre uma série de encostas arborizadas antes de mudar de direção e ir para o leste.

Vá para **111**.

363

O mago escuta o seu grito e gira a tempo de lançar um raio de energia contra o giak. A cabeça da criatura se desintegra em chamas e o seu corpo em convulsão cai num monte no pé do pilar. O oficial giak o vê e grita: — Taag dok!

Imediatamente, dois giaks de rosto implacável se separam dos outros e vêm correndo em sua direção com suas espadas erguidas. Eles estão ansiosos e determinados a cortá-lo.

GIAKS

14   17

Se vencer este combate, vá para **142**.

364

Você força o caminho através da multidão aglomerada e se aproxima dos Guardiões da Guilda.

— Proibida a entrada! – esbraveja um dos guardas. — Vá embora! — outro ordena.

Você tira o Passe da Guilda do seu bolso e mostra a esses sentinelas cautelosos. Instantemente, sua atitude e comportamento mudam para melhor.

— Me desculpe, senhor, — diz o guarda que, há poucos instantes, te disse para ir embora.

Os Guardiões da Guilda sinalizam para que a porta seja aberta. Há um rangido de dobradiças e uma lacuna aparece entre os portões de carvalho pesados. Com rapidez, os Guardiões o saúdam enquanto você passa pelos portões e entra em uma praça coberta de árvores.

Para continuar, vá para **533**.

365

Você empurra a tampa do sarcófago e ela se move com uma facilidade surpreendente, escorregando e inclinando para o chão com uma batida seca. Dentro deste caixão empoeirado de pedra, você descobre os restos de um antigo governante, de um tempo muito antes dos sommlendeses ocuparem esta terra. Seus ossos estão cercados por tesouros, brilhando com a luz cinzenta tímida, intocados pelos milênios. Uma coroa ornada ainda se encontra em posição no crânio do antigo regente, incrustada com pedras escarlates brilhantes. O osso da mandíbula se mantém aberto, como se ele estivesse dando um grito silencioso, e a escuridão interior parece estranhamente sem fundo. Você sente um tremor subir do chão e um som distante pode ser ouvido, vindo de algum lugar profundo sob seus pés.

Se tiver a *Disciplina Ka*i Escudo Mental, vá para **239**.

Se não tiver esta *Disciplina Kai*, vá para **11**.

366

Você olha para as árvores nos arredores da colina e foca nos pássaros fazendo ninhos entre os galhos folhados. Usando sua habilidade Kai, você os ordena que levantem voo para longe. Há uma confusão repentina de folhas mexidas e pássaros piando quando, como um só, eles obedecem sua sugestão mental. O sargento giak se assusta com esta atividade súbita. Ele vasculha o céu, temeroso que alguma ameaça inesperada possa estar se aproximando pelo ar. Aproveitando a chance e saindo da cobertura, você saca sua arma enquanto corre pelo terreno aberto em direção ao giak distraído.

Vá para 322.

367
Você está correndo pela floresta quando, de repente, tropeça e cai em um declive íngreme. Você desaba em uma nuvem de poeira e vegetação solta e cai em uma trilha oculta da floresta. Sem ar, mas sem ferimentos, você se limpa e então continua nesta trilha isolada. Logo, você chega a um cadáver que está deitado na trilha. É um giak. Ele foi morto por um golpe de espada ao lado da cabeça. Em sua mão cinzenta coriácea, há uma Maça. Você pode pegar esta Arma, se quiser.

Para continuar nesta trilha oculta, vá para **183**.

368
Você segue esta trilha antiga enquanto ela sobe através do madeiral das colinas. Depois de um quilômetro e meio, você se aproxima de uma clareira. Você para na borda da trilha onde ela sai da linha de árvores, e vasculha a paisagem além. Do outro lado da clareira você pode ver a boca de um túnel que desaparece na lateral da encosta íngreme e arborizada. Ao redor da entrada do túnel, estão colocados blocos enormes de granito, gravados com entalhes e símbolos antigos. Você tenta entender o significado deles, mas sem sucesso. "Se tivesse pelo menos prestado mais atenção às aulas de história do Mestre Fogo Estelar", você murmura para si mesmo.

Um movimento na escuridão do túnel o faz se agachar e se esconder no mato. Momentos depois, dois giaks emergem do túnel. Eles param de fora e olham para o céu, como se estivessem à espera impacientemente de alguém ou algo que chega pelo ar. Eles deixam a entrada e vêm marchando em direção à trilha. Segurando o fôlego, você espera até que eles passem e desapareçam. Agora, é muito arriscado voltar pela trilha e a única forma de avançar é entrando no túnel, pois a encosta circundante é muito íngreme para escalar. Se este túnel atravessar as colinas, isso pode reduzir o tempo de viagem até à capital. Com esta esperança em mente, você deixa o seu esconderijo e se aproxima cautelosamente da entrada não convidativa do túnel.

Vá para 112.

369

As flechas perfuram a superfície do rio acima, mas a água as desacelera demais e elas afundam inofensivamente enquanto você nada submerso em direção à margem oposta. Quando sente o fundo do rio arranhando seus joelhos, você se levanta rapidamente e atravessa os poucos metros restantes até a margem. Os giaks continuam atirando contra você por um minuto ou mais, mas quando percebem que você está fora do alcance de seus arcos e só estão desperdiçando flechas, eles param de disparar e montam novamente em seus lobos letais. Da cobertura das árvores que margeiam esta parte do rio, você observa enquanto eles correm para se juntar aos seus companheiros malignos e continuam sua perseguição impiedosa dos Patrulheiros da Divisa.

Para continuar, vá para 278.

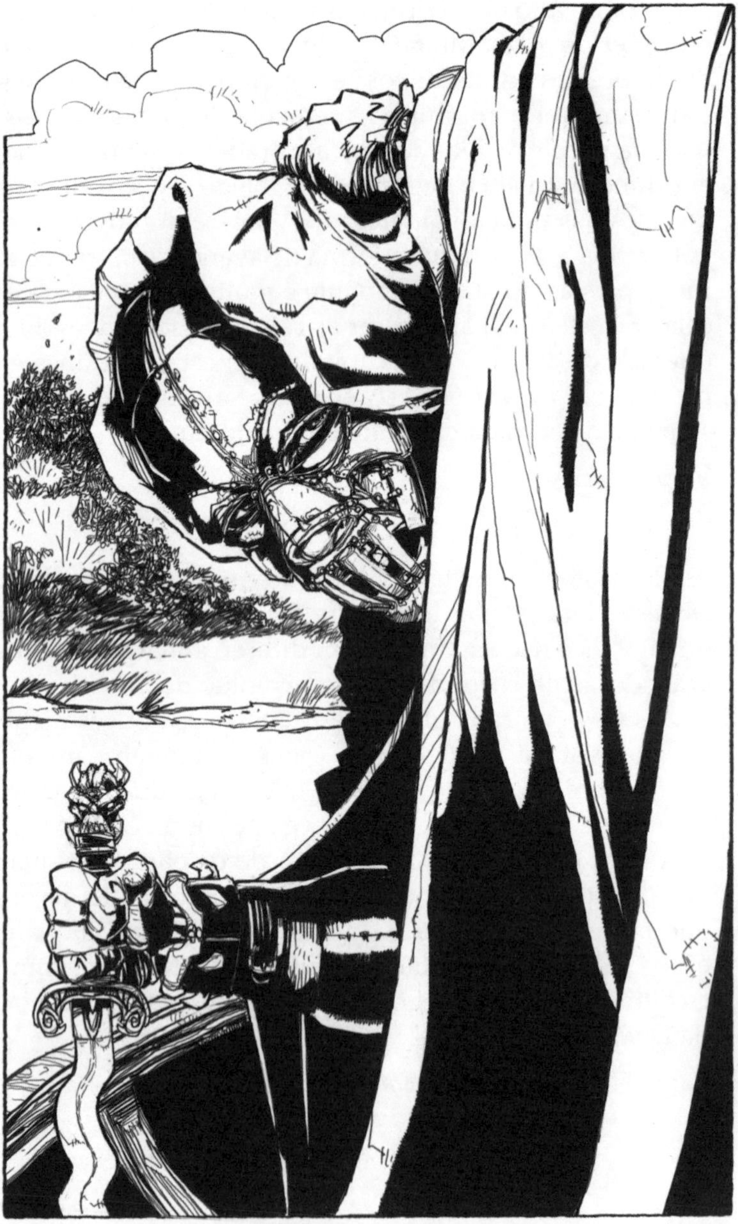

370

O homem camuflado o faz subir a bordo de uma balsa larga e plana e depois, depois empurra-a para longe da margem. Quando a balsa atinge um ponto próximo ao meio do lago, o homem para de remar e se levanta. Ele ri de forma ameaçadora e então puxa o capuz de sua capa para revelar sua face verdadeira. É um drakkar, que pretende matá-lo aqui no meio do lago. Ele saca uma espada escondida em sua capa e aponta a lâmina escura afiada em direção à sua garganta. Você precisa lutar contra este inimigo até à morte.

DRAKKAR

⚔ 15　　🛡 23

Se vencer este combate, vá para **290**.

371

Um túmulo posicionado mais próximo à saída com grades desta câmara fúnebre chama a sua atenção. Representações de batalhas de uma guerra antiga estão entalhadas em suas laterais. Alguns dos combatentes mostrados aqui vestem armaduras e mantos que ostentam o símbolo do sol de Sommerlund, embora o estilo arcano do seu equipamento seja muito diferente do armamento atual do exército do Rei Ulnar. Em contraste, seus adversários são representados usando pouca ou nenhuma armadura. Suas armas tem formas estranhas e estão envolvidas por chamas e, embora inicialmente pareçam ser humanas, uma inspeção mais atenta indica que muitas delas têm rostos e corpos esqueléticos que parecem ter sido devastados por doenças. Em uma lateral da tumba, você encontra uma data inscrita. Ela diz: PL 3551. Esta tumba tem quase mil e quinhentos anos.

Você está passando pelos números incrustados com seu dedo indicador quando ouve um clique seco e uma poeira surge da tampa de pedra pesada. Um painel na superfície desta tumba foi destravado e se abriu. Com cuidado, você espia neste buraco quadrado e vê uma couraça peitoral prateada de um antigo Cavaleiro Sommlendês do Reino, escurecida com a idade. Também vê o punho de uma espada que foi colocada sobre seu corpo quando ele foi enterrado aqui há muitos séculos. O buraco é grande o suficiente para você alcançar e retirar esta espada. Se quiser ficar com esta Arma, anote na sua *ficha de ação* como Espada (–1 HC)'. Devido à má condição de sua lâmina, você deve reduzir sua HABILIDADE em 1 ponto sempre que usá-la em combate.

Para continuar, vá para **284**.

372

O mercador fica irritado com a sua recusa de pagar o preço. Ele sacode a cabeça e chama seu guarda-costas para se livrar de você.

Se decidir oferecer ao mercador algo de maior valor que você tenha na sua mochila, vá para **225**.

Se decidir se defender do guarda-costas, vá então para **329**.

373

Além da base da colina, a floresta fica cada vez mais espessa à medida que você se move através dela. Ela está quase impenetrável quando, felizmente, você chega em uma trilha antiga.

Se quiser seguir esta trilha antiga em direção ao norte, vá para **61**.

Se quiser seguir esta trilha para o leste, vá para **459**.

374

À medida que se aproxima da porta, os sons assustadores da batalha ficam cada vez mais altos. Com apreensão, você retira os três pinos de ferro que a mantém fechada. Então, desembainha sua arma e se prepara para abrir a porta pesada e sair.

Você abre e sai para o pátio ladrilhado adiante, mas é imediatamente atacado por dois giaks ferozes. Eles correm em uníssono, determinados a cortá-lo e a entrar no mosteiro através da porta que você destrancou.

SOLDADOS DE ASSALTO GIAK

⚔ 14   🛡 16

Você precisa lutar contra os dois inimigos ao mesmo tempo.

Se vencer este combate, vá para 270.

375

Você se move com dificuldade pela passagem incrustada por fungos até chegar a um lance de degraus de pedra que desce até uma câmara grande. Uma visão macabra o aguarda no final dessa escada. Do outro lado desta sala grande, você pode ver uma arcada decorada com um corredor que segue até a escuridão profunda além. A luz verde estranha que ilumina esta câmara está saindo das órbitas de duas fileiras de crânios, cada uma descansando sobre uma base de pedra. Os crânios e seus pedestais foram colocados uns de frente para os outros. Eles formam um caminho sinistro que atravessa o centro da sala.

Se quiser atravessar esta câmara até a arcada, vá para 244.

Se decidir sacar sua arma e usá-la para esmagar os crânios de aparência sinistra, vá para 149.

376

Com sua arma em prontidão para atacar, você salta sobre o tronco caído e aterrissa na frente duas criaturas pequenas e peludas. Você reconhece imediatamente que são kakarmi, uma espécie tímida e senciente de primatas que habita muitas das florestas de Sommerlund. Antes que possa se desculpar pela sua entrada dramática, as criaturas pequenas se assustam e correm para dentro floresta.

Se quiser segui-los, vá para 272.

Se decidir deixá-los ir embora, você pode continuar, indo para 341.

377

Você tira a corda da sua mochila e amarra um pedaço de alvenaria quebrada em uma ponta. Então, você joga a pedra amarrada em direção a um dos vãos do parapeito e puxa com força. Ele pega no canto da fresta e se mantém firme. Assim que a atividade inimiga se acalma, você sobe a linha e se arrasta até a passarela. Rapidamente, você puxa sua corda e depois a enfia de volta na mochila enquanto corre em direção à torre no início do terceiro vão da ponte.

Para continuar, vá para 214.

378

Você tem muita sorte. O inimigo não conseguiu percebê-lo. Após alguns minutos, eles se afastam lentamente e desaparecem de vista no outro lado do monte. Assim que tem certeza de que eles deixaram a área, você volta para a trilha continua seguindo pelo caminho.

Vá para 12.

379

À medida que o último dos três giaks cai sem vida ao chão lamacento, você embainha a sua arma e rapidamente vasculha seus corpos. Você descobre que duas das Espadas são de fabricação sommlendesa. Uma das lâminas está marcada com a Águia Negra de Anskaven, a outra tem um Molhe de Trigo, a marca dos fabricantes de armas das Fronteiras de Southlund. Elas foram tomadas como troféus de guerra dos soldados sommlendeses mortos. Também descobre uma Maça (Arma) e uma mochila contendo um Cobertor e 5 Coroas de Ouro.

Você deixa os corpos onde caíram, bem escondidos pela grama alta. Ao longo do rio, você caminha lentamente seguindo a correnteza até um lugar onde um carvalho folhoso cresce na margem da água. Aqui, você para e descansa um pouco, maravilhando-se com a magnificência da Ponte de Alema.

Este antigo viaduto do rio tem pouco mais de um quilômetro e meio de comprimento. É composto por uma série de arcos elegantes de pedra por compressão, interrompidos em intervalos regulares por torres grandes e píeres de granito imensos. No seu centro, está a Pedra de Durn. Por muitos séculos, este píer central amplo da Ponte de Alema foi usado como uma área de mercado. Os mercadores de Holmgard e Toran vêm para cá para comprar peixe, madeira e minério dos fryelundeses, os robustos sommlendeses do oeste que ganham a vida nas florestas e contrapés das Montanhas do Penhasco de Durn.

Uma batalha feroz está sendo travada na Pedra de Durn. Em meio à fumaça e às chamas, você pode ver os estandartes dos cavalos alados do Príncipe Pelethar e os estandartes de batalha de crânio quebrado da vanguarda do Lorde Sombrio Zagarna. Alertado pelo sinal do farol de cristal, o Príncipe reuniu rapidamente suas tropas de elite e cavalgou até aqui vindo da Cidadela Real, em Holmgard. Alema tem grande importância estratégia pois, se o Príncipe Pelethar conseguir evitar que a vanguarda das forças de Zagarna capture esta ponte, o Lorde Sombrio perderá uma das rotas terrestres mais curtas entre os Penhascos de Durn e Holmgard. Isto dará ao Rei Ulnar mais um dia, talvez dois, para reunir o exército sommlendês em defesa do reino.

Você determina que sua melhor chance de sobrevivência está agora com o Príncipe e a Guarda da Corte, seus guarda-costas de elite. Se você ao menos pudesse chegar até a linha de batalha, tem certeza de que ele o ajudará a completar sua missão. Ele e suas tropas corajosas estão a menos de oitocentos metros de distância, mas, se quiser alcançá-los você precisa primeiro encontrar o caminho ou lutar através do inimigo que ocupa esta metade da grande ponte. Não há barcos ancorados ao longo da margem do rio e a água está muito fria para nadar o quilômetro e meio até à margem oposta. Você deve encontrar uma maneira de atravessar a ponte o mais rápido possível.

Sob a cobertura da grama alta, você segue rio acima até as proximidades das duas torres de vigia da ponte. Na base de cada torre há uma escada de metal que sobe até uma escotilha de carga localizada logo abaixo do amplo vão central da estrada da ponte. Se conseguir subir uma dessas escadas e obter acesso à sua torre por meio da escotilha, você evitará a rampa movimentada de aproximação onde a concentração de tropas inimigas é maior.

Se quiser subir pela escada mais próxima em uma tentativa de entrar na torre do seu lado da ponte através da escotilha de carga, vá para **62**.

Se decidir abrir caminho sob a ponte e, depois, escalar a escada presa na base da torre do outro lado da ponte, então vá para **119**.

380

Você chega a uma clareira pequena onde um grupo de humanos está conversando com entusiasmo e gesticulando com as mãos. Há duas crianças, três homens e uma mulher. Seus pertences estão embrulhados em fardos que carregam sobre os ombros. Suas roupas parecem bem feitas e caras, mas estão sujas e rasgadas.

Se quiser abordá-los e perguntar quem são, vá para **218**.

Se quiser evitá-los, você pode dar a volta nessa clareira e continuar em frente, indo para **99**.

381

À medida que seus olhos se acostumam à escuridão, você pode ver uma luz dourada fraca a partir de uma arcada na base desta escadaria íngreme. Ela o orienta de forma segura até os degraus inferiores. Daqui, é possível ver a fonte da luz, brilhando no final de um corredor de pedra fria. Trata-se de um pequeno globo brilhante que está preso na parede de pedra vazia, iluminando uma porta pesada com chapas de ouro puro. Você se aproxima e, com os dedos trêmulos, abre este portal enorme.

Sem esforço, a porta se abre em suas dobradiças bem engraxadas. O que se revela é uma câmara que, até agora, só o próprio Grão-mestre fora autorizado a entrar. Esta é a Alcova do Sol, a câmara mais profunda do mosteiro, o santuário pessoal do Grão-mestre Lâmina Audaz.

As paredes cinzentas de granito da Alcova do Sol são ricamente decoradas com pedras preciosas, runas douradas, insígnias Kai e entalhes trabalhados. Em uma das suas paredes, está pendurada uma coleção das melhores artes que já viu, um conjunto de pinturas representando momentos de glória na história orgulhosa da Ordem. Você olha para estas imagens com assombro e admiração. Cenas de vitórias dos Kai em batalhas estão penduradas lado a lado, com representações de eventos que têm um grande significado religioso: as ocasiões raras e lendárias em que o nobre Deus Kai se manifestou à Ordem e compartilhou de sua sapiência divina. Sua pele se arrepia ao ver essas pinturas sagradas e você sente sua força e energia renovadas. (Você pode recuperar até 5 pontos de Resistência devido ao poder curativo que essas obras de arte transmitem quando examinadas por um membro da Ordem.) Repousando sobre uma mesa grandiosa diante da parede das pinturas, estão outros itens que chamam sua atenção.

Laumspur (Restaura 4 pontos de Resistência quando ingerida após o combate. Há o suficiente para uma dose.)

Aléter (Poção de Força. Aumenta sua Habilidade em 2 pela duração de apenas um combate se for ingerida antes de tal luta. Há o suficiente para uma dose.)

Adaga

Machado de Lâmina Dupla

Espada Larga

Martelo de Guerra

Espada Curta

Lança

Essas armas são belíssimas e perfeitamente balanceadas. Você pode pegar e usar um máximo de duas. Cada arma adicionará +1 à sua HABILIDADE quando utilizada em combate. Anote este bônus especial na sua *ficha de ação* e lembre-se de apagar as Armas que já esteja carregando se decidir trocá-las agora.

Na parede leste da alcova há uma porta de granito cinza, com veios de ouro. O puro instinto o faz esticar a mão e puxar uma alavanca que sai da parede próxima. Imediatamente, a porta se abre e revela um túnel. É longo e reto, iluminado por uma coluna de lanternas de óleo penduradas em suportes nas paredes cinzentas de pedra. A julgar pelo comprimento, profundidade e direção, você acredita que esta passagem passa por baixo da muralha do mosteiro e emerge em algum lugar na floresta.

Com pesar, você se vira e dá uma última olhada na alcova sagrada do seu líder caído. Com lágrimas caindo dos olhos, você olha para a face maravilhosa do Deus Kai, representada na maior das pinturas. A visão do seu Deus nobre o enche de uma determinação renovada e da vontade de sobreviver. Diante da sua representação, você promete vingar a morte de seus companheiros e mestres que caíram hoje. E, de repente, você sabe que, a partir desse dia, as coisas nunca serão as mesmas. Você não é mais o Iniciado Kai calmo que eles chamavam de Lobo Silencioso. Você é o único sobrevivente desta Ordem orgulhosa e nobre. Você é o último dos Kai. Agora, você é o Lobo Solitário.

Limpando as lágrimas, você se vira e deixa a alcova. Sua avaliação do corredor se mostra correta. Depois de várias centenas de metros, o piso de granito sobe gradualmente até você chegar a outra porta de pedra, mas rugosa, como a superfície de um pedregulho.

Você pressiona uma alavanca e a porta-pedregulho desliza para o lado, revelando um emaranhado de pinheiros e arbustos. A alvorada surgiu completamente e a luz do sol fraca está passando pela cobertura dos galhos. Você deixa o túnel e a porta desliza de volta para a posição. Também olha em volta e presta bastante atenção neste local, pois a entrada secreta está camuflada perfeitamente e é muito difícil de detectar.

Você sabe que você deve se apressar, pois não é seguro ficar tão perto do mosteiro em chamas. Kraan e feras zlan estão sobrevoando e você pode sentir patrulhas giak procurando por perto. Você decide partir para Holmgard. Alertado pelo farol, o Rei Ulnar reunirá o exército em prontidão para impedir a invasão do inimigo. Mas ele não sabe que toda a elite dos guerreiros Kai, exceto você, foi abatida. Sem os Kai para liderar os regimentos do exército sommlendês, o seu país está agora à mercê dos seus inimigos ancestrais, os Lordes Sombrios de Helgedad.

Silenciosamente, você se despede dos seus companheiros caídos e renova seu voto de que suas mortes serão vingadas. Então, deixa a entrada do túnel e segue uma trilha estreita para a floresta. Após algumas centenas de metros, esta trilha se divide em duas.

Se tiver a *Disciplina Kai* Sexto Sentido e quiser usá-la, vá para **198**.

Se não tiver esta *Disciplina Kai* ou se não quiser usá-la, você poderá seguir a bifurcação para a esquerda da trilha da floresta, indo para **121**.

Ou, você pode pegar a bifurcação para a direita, indo para **419**.

382

A Princesa Madelon corre até seu pai, que agora se afastou do helghast e está se protegendo atrás do seu trono. O Chanceler Galden tenta desesperadamente chegar à porta principal, na esperança de pedir ajuda dos guardas da cidadela. Ele está a menos de dez passos da porta fechada quando o helghast saca uma adaga de dentro do manto do Príncipe Pelethar. Sua lâmina afiada reluz ferozmente em escarlate. O helghast não mira no Chanceler em fuga. Em vez disso, ele joga a sua adaga amaldiçoada casualmente no ar.

No momento em que chega ao topo do seu arco, ela muda repentinamente de direção e zune como uma flecha em direção às costas do Chanceler. A lâmina o atinge no pescoço, partindo sua coluna entre a segunda e a terceira vértebras. O Chanceler Galden morre antes que seu corpo atinja o chão mármore da câmara.

Vá para **13**.

383

Você é atingido simultaneamente por três flechas giak. Uma corta seu ombro direito, outra passa de raspão na sua perna esquerda logo acima do tornozelo e a terceira traça uma linha escarlate nas costas da sua mão direita. Perca 3 pontos de Resistência.

Se sobreviver a essas feridas menores, você pode tentar escapar desse acampamento inimigo secreto indo para **176**.

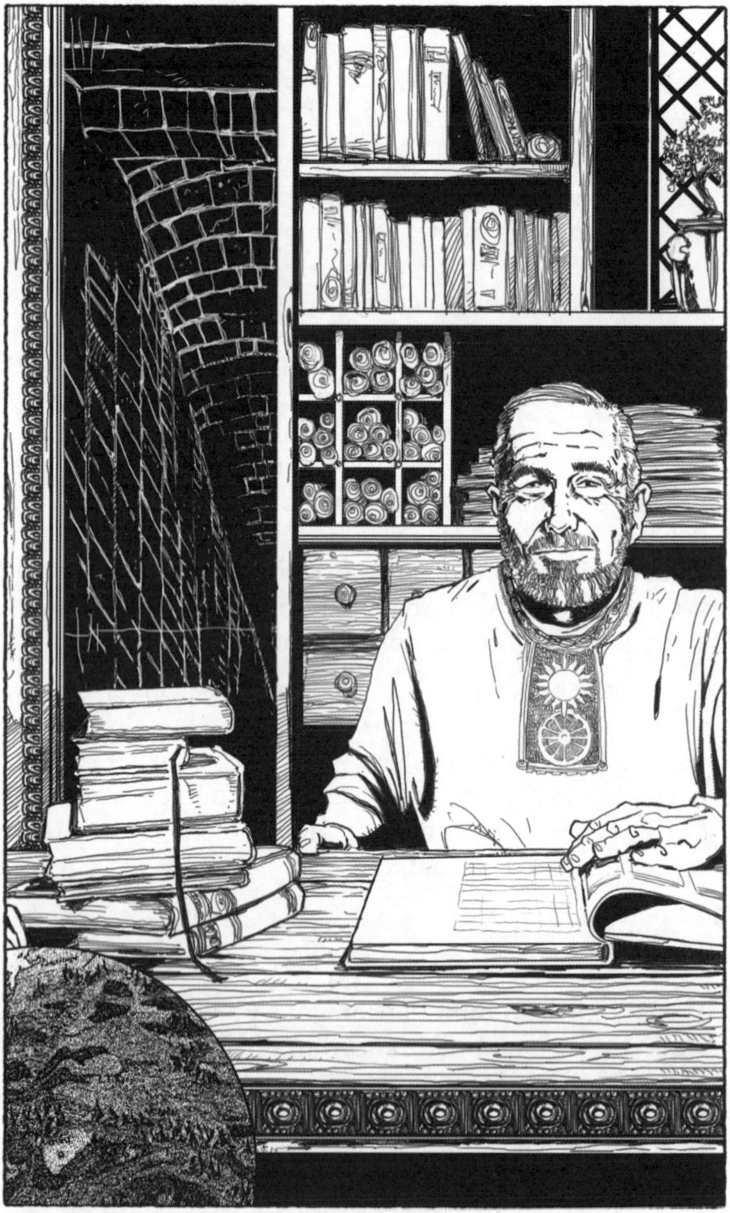

384

Você atravessa a Ponte da Guilda e se aproxima da entrada principal do Velho Salão da Guilda. Um soldado Guardião da Guilda na porta pede para ver o seu passe e, ao se certificar de que é válido, ele o saúda e se afasta para permitir sua entrada.

As magníficas câmaras do Velho Salão da Guilda atestam o grande papel que as pessoas da guilda tiveram ao longo da história de Sommerlund. Representam os artesãos talentosos e as classes profissionais do bravo e engenhoso reino, sintetizando os ideais do trabalho árduo, do comércio honesto e da boa governança. Em particular, os membros da guilda de Holmgard têm muita importância em todas as Terras Derradeiras pelo seu comércio justo e sua prudência financeira.

Seguindo as direções fixadas nos cantos dos salões inferiores, você logo atravessa o labirinto de salas e corredores até às Câmaras do Mestre da Guilda. Para sua surpresa, você descobre que elas estão localizadas abaixo do nível do solo. Você desce uma escada larga que leva a uma antecâmara. Aqui estão vários escribas da guilda, trabalhando intensamente em mesas com pilhas altas de papéis e pergaminhos. Um deles olha-o de cima a baixo e pergunta educadamente como pode ajudá-lo. Após dizer que você é um Kai e que precisa da assistência do Mestre das Guildas em uma questão de extrema urgência, o jovem de óculos se levanta da sua cadeira e pede que o siga.

— Normalmente seria preciso agendar com semanas de antecedência para ver o Mestre da Guilda... É um homem muito ocupado, sabe, — ele diz, — mas, no seu caso a regra não se aplica. O Mestre da Guilda sempre tem tempo para os Kai.

O escriba o guia por um corredor até uma grande porta vermelha de madeira, na qual bate duas vezes. — Entre! — diz uma voz lá dentro. O escriba abre a porta para que você entre.

A Câmara do Mestre da Guilda lembra a alcova do falecido Grão-mestre Lâmina Audaz. Tem uma galeria biblioteca e pilhas de livros e pergaminhos forram as paredes do teto ao chão. Também há um globo enorme de Magnamund que domina o centro da sala. O Mestre das Guildas está em sua mesa no lado oposto, escrevendo em um enorme livro de capa de couro com uma grande pena. Reconhecendo sua capa e seu fecho Kai, ele sorri e se levanta da para dar-lhe as boas-vindas.

— Prazer, jovem Kai. Que mensagem traz do meu querido amigo, Lâmina Audaz?

Com dificuldade, você conta ao Mestre da Guilda sobre o ocorrido no mosteiro e que seu Grão-mestre não está mais vivo. O velho Mestre da Guilda fica bastante abalado ao ouvir a notícia e pede que o perdoe enquanto enxuga as lágrimas dos olhos gentis. Recomposto, ele limpa a garganta e pergunta como pode ajudar o último membro dos Kai. Você diz que precisa ver o Rei e informá-lo do ocorrido. — Claro, — ele diz, sua voz tomada de emoção. — Vamos para a cidadela agora. — Você se vira para a porta, mas o Mestre da Guilda o chama: — não... não por aí, Lobo Solitário.

Ele pressiona um botão na perna de sua escrivaninha e um painel secreto de estantes se abre, revelando uma escada. Pede que você o siga enquanto desce os degraus até um corredor estreito, iluminado por tochas. O som de água fluindo ecoa através da passagem e fica cada vez mais alto à medida que avançam. Logo vocês chegam a uma câmara subterrânea de tijolos por onde uma parte do rio Eledil foi desviada. É uma das várias câmaras construídas sob as ruas da cidade, cada uma delas ligada a outra por meio de um canal escavado.

Uma balsa tripulada por dois Guardiões da Guilda o aguarda nesta câmara. Você vai a bordo com o Mestre da Guilda e a balsa parte por um túnel de tijolos que leva a outra câmara abaixo da Cidadela Real. Durante a curta viagem, o Mestre da Guilda diz que o sistema de canais foi construído há 500 anos, durante o reinado do Rei Ulnar III. O objetivo inicial era fornecer um meio de transporte para todos os cidadãos da capital, mas a população superou sua capacidade e assim o uso dos canais foi restrito ao uso da Casa Real e dos homens da guilda de Holmgard.

Chegando à câmara do canal, a balsa é recebida por um sargento da Guarda Real. O Mestre da Guilda o instrui a escoltar você imediatamente até o Médico Real. — Me perdoe, jovem Kai, — ele diz, — mas percebi que sofreu várias lesões graves em sua jornada até Holmgard. Por favor, siga o sargento. Ele o levará ao meu bom amigo Phamistar para tratar suas feridas e garantir uma audiência rápida com o Rei. Preciso voltar ao Salão da Guilda. À luz do que me disse, tenho muito a fazer. Adeus, Lobo Solitário. Espero que nos vejamos novamente em circunstâncias melhores.

Você agradece ao gentil Mestre da Guilda pela grande ajuda e lhe deseja sorte. Depois o sargento o escolta pela câmara do canal até os corredores inferiores e câmaras luxuosas da Cidadela Real. Enfim chegam a uma porta robusta de carvalho cravejada de grandes pregos de latão. O sargento bate na porta com os nós dos dedos e uma voz de dentro diz: — Entre!

Vá para 316.

385

A habilidade Kai Rastrear diz que o caminho da esquerda vai para Holmgard e o da direita para as Montanhas do Penhasco de Durn. Se quiser pegar o caminho da esquerda, vá para 44. Se quiser seguir o caminho da direita, vá para 206.

386

Você está a menos de seis metros do sargento giak quando ele percebe sua presença. Com um xingamento vil, a criatura feia saca a espada e avança para enfrentar seu ataque audacioso.

SARGENTO GIAK 14 16

Se vencer este combate, vá para 154.

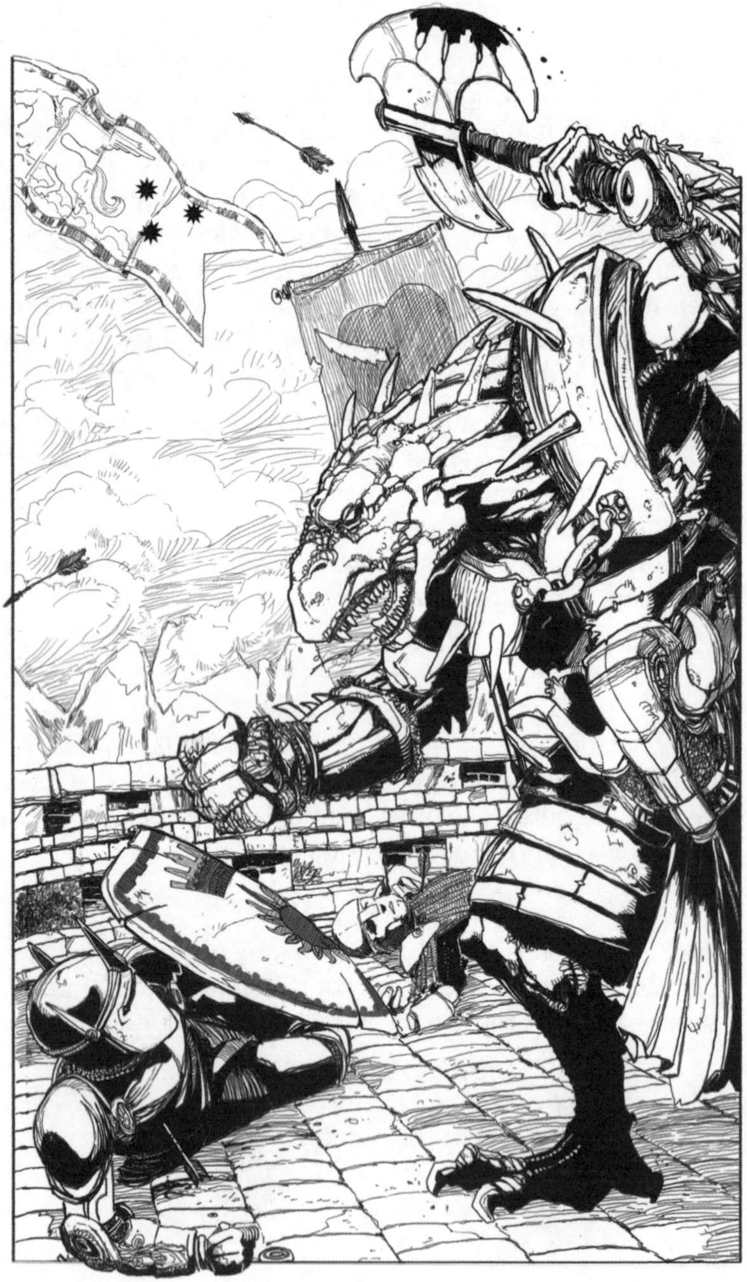

387

Você corre em direção à muralha do parapeito no final da linha de batalha de Pelethar, onde o inimigo está apenas com três fileiras. Os giaks que lutam aqui ignoram a sua abordagem mortal e você consegue atravessar a fileira posterior antes que possam reagir à sua presença. Você profere seu grito de batalha: — Por Sommerlund e pelo Kai! — e usa um giak caído como um trampolim para se jogar pelo ar. A linha ensanguentada dos Guardas da Corte de Pelethar ouve o seu grito de batalha acima do estrondo da luta e uma animação surge quando o veem saltar sobre as cabeças dos inimigos. Você pousa nas pedras além da linha dos Guardas da Corte e rola para diminuir o impacto de sua aterrissagem. Momentos depois, você é levantado por um sargento corpulento da Guarda da Corte. Ele abaixa o capuz da sua capa e um sorriso aparece em seu rosto enfurecido de batalha ao ver seus traços sommlendeses.

— Lutou bem, jovem, — ele diz, — mas onde estão os outros Kai? Eles recapturaram a Mitra de Alema? Estão atacando as reservas do inimigo?

— Não, sargento, — você responde, balançando a cabeça, — Eu... sou o único Kai.

O sargento durão fica visivelmente abalado com sua resposta.

— Voltem pela arcada! — ele grita, ordenando que os homens recuem. — Vamos nos reagrupar e fazer uma nova linha lá.

Através da fumaça da batalha, você vê dois soldados carregando o príncipe ferido para longe da luta. Estão protegidos por um semicírculo de Guardas da Corte, juntos ombro a ombro, formando uma parede contra o inimigo perseguidor. De repente, o gourgaz surge da fumaça da batalha, se aproximando deles, o machado erguido, pronto para atacar. Com um grito hediondo, dá um golpe de varredura na parede de Guardas da Corte e os espalha como folhas em uma tempestade. Os soldados que carregam Pelethar são derrubados e o Príncipe cai ao chão. O gourgaz avança e levanta seu machado novamente. Enfraquecido pela ferida de flecha e impotente para revidar, Pelethar pega um escudo descartado e o ergue para se proteger. O gourgaz solta uma risada desdenhosa ao ver Pelethar se encolher atrás do escudo. Ele sabe que isso não salvará o Príncipe do impacto esmagador do seu machado afiado.

Com seus guarda-costas caídos e espalhados pelo chão, só você pode salvar o Príncipe Pelethar. Sem hesitação, você saca sua arma e ataca o poderoso gourgaz.

GOURGAZ

⚔ 20   🛡 30

Esta criatura é imune à *Rajada Mental*.

Se vencer este combate, vá para **540**.

388

Você mobiliza seus poderes de cura para combater os efeitos insidiosos do veneno de antar. À medida que sua *Disciplina Kai* neutraliza a toxina, sua visão melhora e a força volta aos seus membros tensos. Agora, você pode continuar o combate, fortificado pelo efeito imunizante dos seus poderes de cura.

FILHOTES DE VESPA ANTAR

⚔ 12   🛡 8

Você pode reduzir pela metade o efeito qualquer perda de pontos de RESISTÊNCIA (arredondado para cima) que sofrer durante o resto desta luta.

Se vencer este combate, vá para **293**.

389
Você é acordado pelos gritos repugnantes dos kraan circulando bem alto, no céu limpo da madrugada. Esfregando os olhos, você olha para cima pela cobertura de galhos para ver três das criaturas repugnantes. Eles guincham repetidamente, depois se afastam e voam em direção ao norte.

Você tem certeza de que não poderia ter sido visto do ar, mas está ciente que possam tê-lo detectado usando um dos outros sentidos. Por questão de segurança, você decide que seria prudente levantar acampamento e partir de imediato.

Sem demora, você prepara e monta seu cavalo e então continua sua viagem ao sul, ao longo da estrada principal até Holmgard.

Vá para **335**.

390
Depois de muitos minutos examinando as paredes desta câmara, você descobre um portal de pedra inserido na parede leste. Ele foi cuidadosamente criado para ser quase invisível a um olhar superficial, mas suas habilidades Kai e persistência detectaram-no. No entanto, não parece haver uma forma óbvia de abri-lo.

Se decidir examinar a estátua agora, vá para **187**.

Se optar por descansar um pouco, você pode se sentar no trono enquanto pensa em sua próxima ação. Vá para **229**.

391
Usando sua *Disciplina Kai*, você solta as cordas que estão prendendo suas mãos. Você espera até que os drakkarim parem brevemente para descansar e, quando não estão olhando, você desamarra seus pés e corre até a floresta nos arredores. Os soldados inimigos gritam em alarme e um deles pega sua besta e a dispara precipitadamente em

sua direção. Mas seu virote está mal apontado e ele passa inofensivamente perto das suas costas enquanto você se mescla na cobertura acolhedora dos pinheiros.

Você perdeu sua mochila e Armas e sofreu algumas lesões menores por ter sido arrastado pelos pés pela trilha de pedras (deduza 1 ponto de Resistência). No entanto, tem a sorte de estar vivo depois de ter sido capturado pelos drakkarim. Eles são guerreiros durões e implacáveis que nunca mostram piedade pelos seus inimigos.

Para continuar sua fuga para o bosque, vá para 71.

392

Fogo Estelar saca sua espada enquanto corre. Ele olha sobre seu ombro e joga a lâmina em sua direção, com o punho para frente. Você a pega facilmente pelo cabo sem diminuir o ritmo. O peso da lâmina é bom na sua mão (não se esqueça de anotar esta Espada na sua *ficha de ação*). Seus sentidos estão atentos e formigando com a expectativa da batalha verdadeira prestes a começar.

Fogo Estelar tira um machado de lâmina dupla do seu cinto e se lança contra os giaks enquanto passam correndo pela brecha nas portas de entrada. Em um borrão de movimentos letais, ele atinge o inimigo líder com seu machado como um gancho, dividindo sua face feia do queixo até o topo da cabeça. O corpo do giak tomba para trás, lançando um arco de sangue escuro vil. Fogo Estelar realiza seu ataque com uma rajada de golpes de machado que decapitam três giaks que vieram no seu rastro. Mais uma dúzia avança, ansiosos por subjugar seu Mestre Kai com seus números superiores.

— Deixe esse lixo comigo, — ordena Fogo Estelar. — Vá e feche os portões.

Com machado ensanguentado, ele aponta em direção a uma alavanca localizada na torre sul do antemuro da portaria. Imediatamente, você se vira e corre até ela, determinado a executar o comando o mais rápido possível. Você está a menos de seis metros de distância quando um Giak se afasta da luta e vem correndo para interceptá-lo. Ele corre diretamente rumo à alavanca e, em seguida, vira para bloquear seu caminho. Com um rosnado arrepiante, ele levanta sua lança e se prepara para ataca-lo em sua ponta de ferro escura.

Se tiver a *Disciplina Ka*i Telecinese e quiser usá-la, vá para 217.

Se não tiver esta habilidade ou não quiser usá-la, vá para 318.

393

A passagem termina em outra câmara. Esta é longa e em formato retangular. O ar aqui tem um odor ácido forte. Várias aberturas circulares, cada uma com dimensões semelhantes à escotilha de um navio, estão alinhadas nas paredes e se estendem até uma porta de ferro aberta na extremidade oposta. As escotilhas são seladas por chapas de ferro que parecem ter sido pintadas ou manchadas com verniz vermelho escuro.

Se tiver a *Disciplina Ka*i Sexto Sentido, vá para 223.

Se não tiver esta habilidade, vá para 412.

394

Há mais duas explosões em rápida sucessão à medida que as chamas do primeiro barril se espalham pelos outros e os tocam. Instintivamente, você cobre sua cabeça com seu braço enquanto pedaços de pedra destruída e madeira queimada caem ao seu redor. As explosões abrem um buraco enorme na estrada e no seu parapeito adjacente, deixando o inimigo nesta parte da ponte em um estado de pânico.

Você se levanta dolorosamente e corre tão rápido quanto pode em direção à arcada. Você espera fugir sob a cobertura do caos causado pela explosão dos barris de pólvora. Mas o ruído ensurdecedor alertou as tropas no terceiro vão da ponte, e várias estão correndo agora para a arcada do outro lado. Outro sargento drakkar, com dois dos seus soldados de assalto, o vê na fumaça cinzenta cáustica. Suspeitando que você é o responsável pelas explosões, ele ordena que seus homens te interceptem. Eles obedecem o comando imediatamente e vêm correndo pela arcada com suas espadas em punho.

Vê-los se aproximando o obriga a se afastar da arcada e procurar outra maneira de entrar no terceiro vão da ponte. Através da fumaça, você consegue ver uma pilha de fardos de algodão e caixas de madeira amontoados na beira da estrada. Usando esta pilha de itens abandonados como uma escada improvisada, você tenta subir na passarela acima. Você está se aproximando do topo dessa pilha instável quando seus sentidos Kai o alertam sobre um perigo iminente. Na sombra da arcada, o segundo sargento drakkar parou para tirar uma besta carregada da sua mochila. Ele mira enquanto você está prestes a saltar da caixa mais alta até a passarela.

Escolha um número da *tabela de números aleatórios*. Se você tiver a *Disciplina Ka*i Caçar, adicione 1 ao número que escolheu. Se você tiver a *Disciplina Ka*i Camuflar, adicione 1.

Se seu total agora for 3 ou menos, vá para **479**.

Se for 4 – 8, vá para **180**.

Se for 9 ou mais, vá para **311**.

395

Você nada em direção à margem, em direção ao lugar onde o patrulheiro ferido se encontra espalhado. Você o alcança, mas só para descobrir que ele está morto. O pescoço dele quebrou quando caiu do cavalo.

De repente, dois cavaleiros giaks aparecem na margem do rio. Eles saltam dos seus lobos letais de montaria e vêm correndo para atacá-lo.

CAVALEIRO GIAK KAGGAZHEG 1

⚔ 11   🛡 16

CAVALEIRO GIAK KAGGAZHEG 2

⚔ 12   🛡 15

Se vencer estes combates, vá para **219**.

396

Suando e sem fôlego com ansiedade, você afasta a cobertura da mata densa com a ponta da sua arma e vê um kraan. Ele está pairando sobre uma carroça. Três giaks mórbidos com uniformes vermelhos opacos descem das suas costas, assustando os cavalos e aterrorizando as crianças amontoadas nas costas. Gargalhando de forma maligna, eles avançam sobre as crianças desamparadas com suas lanças prontas para golpear.

Se quiser voltar para a carroça e defender as crianças desamparadas, vá para 308.

Se decidir deixá-las à própria sorte, você pode se afastar e entrar mais na floresta, indo para 400.

397

Você passa sobre os corpos dos giaks e continua correndo em direção à prefeitura. Os giaks que antes protegiam esta construção correram para ver as chamas consumirem a loja do Ferreiro. Usando sua arma, você destrói o cadeado que tranca a porta principal e liberta vários aldeões que estavam sendo mantidos em cativeiro. Um deles é Uldor, o ferreiro. Ele está consternado e furioso quando vê que a sua loja está em chamas e, nestas circunstâncias, você sente que é melhor não mencionar exatamente como o incêndio começou! No entanto, você decide mostrar a Engrenagem de Ferro na esperança de que ele, sendo o homem que a fez, seja capaz de ensinar como usá-la.

Uldor sente um grande alívio no fato de que a engrenagem foi salva. Ele aponta para o moinho de água da vila e diz que a engrenagem deve ser colocada no centro do mecanismo da roda de pás. Ele diz que se será mais evidente assim que você ver o mecanismo, pois foi a única engrenagem que foi removida. Você agradece pelo conselho e então se despede dele e dos outros aldeões libertados. À medida que se dirige ao moinho de água no lado oeste de Floresta da Bruma, Uldor e os outros vão em busca de algumas armas, que usam para atacar os giaks que estão agora observam alegremente enquanto a loja de Uldor queima até o chão.

Vá para 305.

398

O mercador avarento pega o Ouro, conta-o cuidadosamente, coloca na algibeira e estala os dedos.

— Livre-se dele, — ele fala com desprezo.

Em um instante, o guarda-costas corpulento saca a espada curvada e investe contra seu pescoço com a ponta afiada.

Se quiser lutar contra esse guarda-costas, vá para **280**.

Se quiser fugir do combate saltando de trás da caravana em alta velocidade, vá para **350**.

399
Cuidadosamente, você segue o riacho enquanto ele atravessa a floresta em direção ao leste. Seu progresso é constante, até perceber algo a média distância que o faz parar. Caído na correnteza, como uma barragem grande e escura, está o corpo de um kraan morto. Você se aproxima, usando a cobertura da folhagem que reveste a margem do riacho. Quando está a poucos metros da carcaça, vê três flechas profundamente enfiadas no peito da fera. Preso debaixo do Kraan, está outro corpo, o de seu cavaleiro... Um giak.

Você se lembra do que aprendeu sobre estas criaturas com o Mestre Falcão Tempestuoso, seu antigo Tutor Kai. Há muitos séculos, os seus antepassados foram criados e utilizados pelos Lordes Sombrios para construir a sua cidade infernal de Helgedad, que se encontra nas vastidões vulcânicas para além das Montanhas do Penhasco de Durn. A construção da cidade foi um pesadelo longo e tortuoso e apenas os giaks mais fortes sobreviveram ao calor de fornalha e à atmosfera venenosa de Helgedad.

Este giak se afogou depois de ter ficado preso no riacho sob o corpo da sua montaria kraan. Você pega uma bolsa de sua cinta e vê que ela contém 3 Coroas de Ouro. (Pode adicioná-los à sua Algibeira.)

Você pode continuar sua jornada, indo para **99**.

Ou pode sair do riacho e caminhar a pé através das colinas arborizadas para o sul, indo para **221**.

400

Você cobriu menos de oitocentos metros de floresta quando ouve o som de uma batalha. Os ruídos estão a oeste da sua localização atual.

Se quiser se aproximar desse barulho de batalha, vá para **183**.

Se decidir não seguir os sons, você pode continuar à caminho do sul através das árvores, indo para **8**.

401

Você percebe que há um buraco de fechadura localizado logo abaixo da alça da porta. Você se ajoelha e espia por esta abertura pequena, mas não há nada além da escuridão. Concentrando-se no cadeado, seus sentidos detectam que ela é mais sofisticada do que aparece. Foi aqui instalado um mecanismo complexo de trava de três alavancas, e a placa da fechadura e as dobradiças das portas também são reforçadas com aço para evitar que sejam forçadas com facilidade. Felizmente, você também detecta que a fechadura foi apenas parcialmente presa. Este tipo de trava requer três voltas da chave para ativar e desativar seu mecanismo. O Grão-mestre Lâmina Audaz devia estar com muita pressa na última vez que trancou esta porta, pois apenas um dos seus três fechos foi ativado.

Se tiver a *Disciplina Ka*i Telecinese e quiser usá-la, vá para **489**.

Se tiver uma Adaga e quiser usar sua ponta para abrir a fechadura, vá para **222**.

Se não possuir uma Adaga ou a *Disciplina Ka*i Telecinese ou não quiser usá-los, vá para **354**.

402

Você corre mais para dentro da floresta antes que mais lobos letais ou kraan apareçam. O bosque fica gradualmente mais denso, oferecendo uma cobertura melhor para se esconder dos batedores inimigos. Você caminha pelo madeiral montanhoso por mais de uma hora até chegar à crista de um monte rochoso. A visão que o aguarda do outro lado deste terreno alto reacende suas esperanças de sucesso. Mas também revela um desafio novo e assustador que precisa ser enfrentado.

Para continuar, vá para **199**.

403

À medida que a serpente alada se contorce nas agonias finais da morte no chão de pedra cinza, um portal previamente escondido na parede leste se abre, revelando um corredor estreito. Temendo que a câmara possa conter mais guardiões da tumba como aquele que acabou de derrotar, você se apressa ao passar pela porta secreta. Sua fuga acontece na hora certa. Poucos segundos depois após sua entrada nesta passagem estreita, o portal se fecha rapidamente atrás de você com um baque sinistro na pedra.

Vá para **310**.

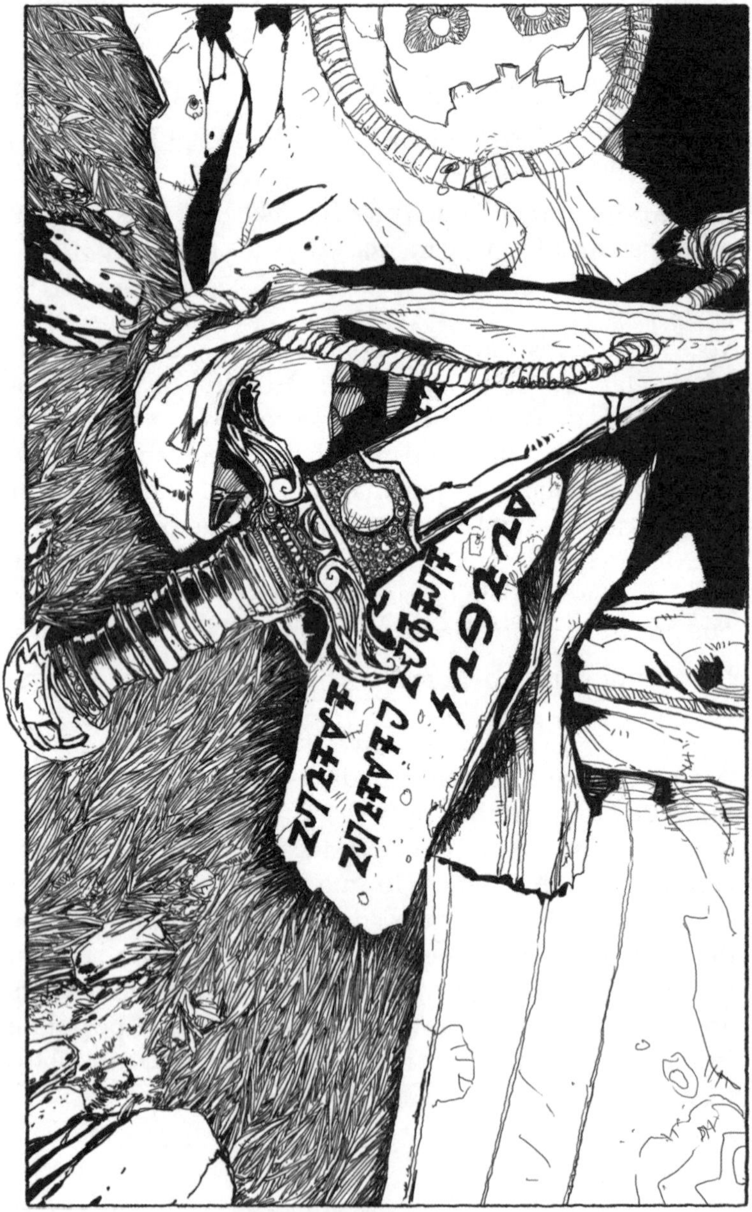

404

Limpando a poeira dos olhos com a borda da sua capa Kai, você cautelosamente se aproxima da fera morta. O cheiro forte de seu sangue escuro e fétido faz seu estômago revirar. Você percebe que um alforje grande de couro está amarrado ao seu peito. Abrindo essa bolsa, você encontra uma mensagem escrita em uma pele de animal. Mais no fundo, há uma Adaga (Arma). Se quiser manter a Mensagem ou a Adaga, lembre-se de fazer o ajuste necessário na sua *ficha de ação*.

Uma vez concluída a busca, você se vira e segue ao longo da trilha da floresta.

Vá para **174**.

405

Você prende uma ponta da corda em um espigão e desce por ela até um beco estreito, espremido entre as partes de trás de duas construções municipais grandes. Esta passagem vazia parece muito estranha, depois de todo o caos e empurra-empurra das ruas principais da cidade. É como se você tivesse entrado em um mundo diferente.

Você puxa a corda e a extremidade amarrada se solta do espigão. Então, você rapidamente a coloca na mochila e segue este beco até uma praça rica, coberta de árvores.

Vá para **533**.

406

Você recupera a consciência e se encontra deitado em um beliche dentro de um posto de sentinela perto do portão do carroças na muralha do perímetro. Um dos soldados que o pegou quando você desmaiou de choque e exaustão está ajoelhado ao seu lado com um frasco de água na mão. Ele segura o frasco perto dos seus lábios ressecados e oferece a bebida. A água limpa e fresca elimina sua sede e alivia sua cabeça dolorida (recupere 1 ponto de Resistência).

Você se senta se e tira as pernas do beliche. Um sargento veterano entra no posto e imediatamente reconhece sua capa e fecho Kai.

— Meu Lorde, — ele diz com respeito, — onde estão os Kai? Precisamos desesperadamente das suas habilidades e liderança. O inimigo nos pressiona de forma mais cruel na muralha externa do norte e nossas baixas estão aumentando.

Com tristeza, você informa o bravo soldado do destino que aconteceu aos seus companheiros e do seu desejo urgente de ver o Rei e reportar a calamidade. Ele ficou visivelmente abalado com suas novidades. Abismado pelo choque, ele sinaliza ao seu homem segurando o frasco de água que volte ao seu posto de batalha na muralha externa e então pede que você o siga enquanto tenta localizar seu comandante.

Por fim, ele encontra o oficial superior, um tenente jovem que está supervisionando o reforço das barcaças dos rios. Quando você conta o que aconteceu e como chegou aqui sozinho, ele fica também visivelmente chocado com as notícias terríveis. Com uma mão trêmula, ele sinaliza para seu sargento buscar dois cavalos. Enquanto você espera que a ordem dele seja executada, o tenente oferece um pouco de comida e vinho da sua mochila (recupere 3 pontos de Resistência).

Você está terminando sua refeição quando o sargento retorna com dois cavalos selados. O tenente jovem de cabelo claro faz um sinal para você se aproximar e, juntos, vocês montam e cavalgam pelo acampamento em direção ao portão principal de Holmgard.

Vá para **179**.

407

O sumo sacerdote cener sussurra e agarra o próprio peito quando você desfere seu golpe letal. Ele cai no chão e seu corpo fino se contorce por alguns momentos antes de finalmente parar. Você embainha sua arma e faz uma busca rápida nesta câmara.

Vá para 38.

408

O louco cai aos seus pés e você sente uma sensação profunda de arrependimento por ser forçado a tirar sua vida. Em tempos normais, ele nunca teria agido dessa forma, mas o terror causado pela invasão inimiga levou essa pobre alma a perder completamente a razão.

Se quiser pegar o corpo e carregá-lo para dentro da loja, vá para 483.

Se decidir deixar o velho na porta onde ele caiu e continuar no seu caminho pela avenida principal em direção à Cidadela Real, vá para 9.

409

Você levanta a perna e mira um chute forte na base da escada com a sola da bota. A madeira cinzenta se parte e a escada vira violentamente para um lado. Acima, os giaks gritam com o susto quando, de repente, perdem o suporte e caem pelo ar esfumaçado, pousando com um baque de quebrar os ossos no chão de pedra dura. Dois morreram instantaneamente pela queda esmagadora e o terceiro fica semiconsciente e sangrando. Antes que ele se recupere, você desfere um golpe rápido e letal na base do seu pescoço coriáceo cinza.

Uma flecha atinge e estilhaça em pedaços a madeira no piso perto dos seus pés. Olhando para cima, através da fumaça, você percebe um arqueiro giak de amarelo enquadrado no alçapão aberto acima. Ele te xinga e tira uma segunda flecha da sua aljava. Mas, antes que consiga mirar novamente, você foge para a galeria do antemuro.

Vá para 358.

410

Você ouve os gritos enfurecidos dos drakkarim atravessando do outro lado do lago. Eles testemunharam a morte do vordak e do kraan e pretendem se vingar. Você precisa sair daqui antes que mais kraan e cavaleiros apareçam.

Rapidamente, você sobe em sua montaria e sai em disparada entrando mais na cobertura acolhedora da floresta.

Vá para 28.

411

De repente, você se sente muito fraco. O veneno da cobra entrou na corrente sanguínea e você pode sentir os músculos do seu corpo tensionando e relaxando involuntariamente. Seus joelhos subitamente desabam e você tomba de cara para frente dentro do pântano lamacento. À medida que as águas escuras desse charco mortal cobrem sua cabeça, você entra em um sono do qual nunca acordará.

Infelizmente, sua vida e suas esperanças de chegar a Holmgard acabam aqui.

412

De repente, a passagem pela qual você entrou nesta câmara é vedada por uma chapa de ferro pesada que cai do teto com uma batida forte. No outro extremo da câmara, a porta escarlate está começando a fechar. Temendo ficar preso nesta sala de cheiro desagradável, você corre impetuosamente para a porta que se fecha, numa tentativa desesperada de fugir desta câmara antes que seja tarde demais. Enquanto corre pelo piso escorregadio, você pode senti-lo começando a vibrar e ondular. Isso dificulta cada vez mais que você mantenha seu equilíbrio.

Escolha um número da *tabela de números aleatórios*. Se você tiver a *Disciplina Kai* Caçar, adicione 2 ao número que escolheu. Se você tiver Telecinese, adicione 1. Se seus pontos de RESISTÊNCIA forem 20 ou mais, adicione mais 1. Se seus pontos de RESISTÊNCIA forem 10 ou menos, subtraia 1.

Se seu total agora for 4 ou menos, vá para **95**.

Se for 5 ou mais, vá para **522**.

413

Vigiando atentamente os céus acima, você se move rapidamente ao longo da trilha. Esta é uma conhecida rota e você já a percorreu muitas vezes. Ela leva a uma aldeia chamada Floresta da Bruma, um pequeno aglomerado de casebres e um moinho de água. Os moradores esforçados ganham a vida com a madeira que extraem das árvores, do minério que exploram em quantidade modesta nos sopés e das ovelhas que pastam em áreas de madeiral derrubado. A aldeia recebeu o seu nome pelos queimadores de carvão que primeiro chegaram e levaram uma vida florestal simples há muitos séculos.

Você está a menos de um quilômetro em meio da vila quando vê dois giaks parados na trilha à frente. Eles estão armados com lanças longas e você rapidamente se disfarça na folhagem antes que o vejam. Escondido no mato alto da floresta, você passa ao redor desses soldados inimigos e se aproxima do lado norte da aldeia.

Na segurança das árvores, você assiste e espera pacientemente por alguns minutos. Está posicionado perto de uma cabana de madeira e de um casa pequena. Sua visão da vila é limitada por essas moradias, mas, mesmo assim, as coisas parecem estranhamente quietas. Você está quase convencido de que Floresta da Bruma foi abandonada quando, de repente, percebe três giaks. Eles vêm marchando pelo centro aberto da vila, indo na direção do moinho d'água.

Se quiser entrar e explorar a casa próxima, vá para **468**.

Se decidir entrar na cabine de madeira, vá para **188**.

414

Este arsenal está fazendo um bom negócio. O proprietário robusto e os seus três filhos vendem armas e armaduras para um balcão cheio de cidadãos ansiosos que procuram formas de se protegerem contra as forças de Zagarna. Normalmente, esta loja é um dos arsenais particulares mais bem equipados de toda Holmgard, mas agora a sua reserva vasta quase se esgotou. Num quadro negro do balcão, encontra-se uma pequena lista dos elementos restantes:

mochila – 2 Coroas de Ouro

Capacete – 6 Coroas de Ouro (+2 pontos de RESISTÊNCIA; Item Especial)

Adaga – 2 Coroas de Ouro

Bastão – 2 Coroas de Ouro

Espada – 4 Coroas de Ouro

Machado – 3 Coroas de Ouro

Colete de Cota de Malha- 12 Coroas de Ouro (+4 pontos de Resistência; Item Especial; se você tiver um Colete de Couro Acolchoado Surrado, poderá usá-lo sob o Colete de Cota de Malha)

Espada Larga – 6 Coroas de Ouro

Se desejar comprar qualquer um dos itens acima, faça os ajustes necessários na sua *ficha de ação*.

Para deixar o arsenal e continuar na Via da Guilda, vá para **145**.

415

É possível ver as fortificações externas da cidade claramente. Ao longo do rio, há uma linha de barcaças acorrentadas formando uma barricada flutuante. Você também pode ver os soldados sommlendeses correndo ao longo das paredes de madeira das fortificações temporárias e ouvir os ruídos fracos da batalha vindos do leste até você.

Se quiser se aproximar da barricada das balsas do rio, vá para 261.

Se decidir ficar aqui na cobertura das árvores próximas, vá para 72.

416

Você tira o Cristal de Batalha Kai da sua mochila. Você foi treinado no uso desta arma Kai e pode dizer, pelo tom escarlate e leitoso da carga líquida contida neste projétil do tamanho de maçã, que este cristal está pronto para ser usado. Você faz seis rotações completas da metade superior do dispositivo. Cada giro adiará sua detonação em um segundo. Então, você levanta a alavanca do alçapão, bate o Cristal de Batalha com força na parede para ativá-lo e joga-o através da abertura enquanto o alçapão se abre sobre sua cabeça. Rapidamente, você puxa a alavanca para baixo de novo, fechando o alçapão para evitar que o cristal caia sobre você. Momentos depois, você ouve uma explosão forte do telhado acima, logo seguida pelos gritos de dor dos giaks. Você saca sua arma e empurra a alavanca para cima mais uma vez. Então, sobe rapidamente a escada na esperança de que agora possa explorar a vantagem da surpresa.

Você emerge pelo alçapão aberto e sobe no telhado. Uma fumaça pegajosa, um resíduo da explosão, está rapidamente sendo dissipada pelo vento gelado que sopra através das crenulações da torre mais alta do mosteiro. Dois soldados de assalto giaks foram feridos mortalmente pelo seu dispositivo. Eles estão destroçados e torcidos no chão ladrilhado, dando seus últimos suspiros. Um terceiro inimigo, um drakkar em uma armadura de batalha escura, está apoiado cambaleante sobre o parapeito. Ele está agarrando o braço esquerdo, que sangra profusamente. Quase foi cortado na altura do cotovelo pela explosão. Ele solta a mão do braço esquerdo destruído e golpeia desesperadamente quando você se aproxima. Está tentando atacá-lo com a manopla de aço com espinhos que envolve a mão vazia da espada. Com facilidade, você evita o soco desesperado. Então, dando um passo ousado para perto desse inimigo atordoado, você levanta sua arma para desferir um golpe esmagador contra sua garganta vulnerável, matando-o instantaneamente.

Enquanto o drakkar cai sem vida até ao chão, você atravessa rapidamente a fumaça fina até a base do pináculo de cristal. Seu tronco esculpido, forjado de aço endurecido, tem muitas marcas e entalhes novos. Felizmente, são apenas danos superficiais causados pelas muitas tentativas infrutíferas do inimigo de inutilizar o farol. Sem que eles saibam, um pequeno painel perto da base pode ser deslizado para o lado, revelando um interruptor metálico que acenderá o farol. Você se inclina para alcançar o painel quando, de repente, uma forma escura surge acima. Um capitão giak, mais alto e feio do que qualquer giak que você viu até agora, salta da sela do seu kraan, pousando com força no telhado da torre. Ele tropeça em sua armadura de batalha, mas logo recupera o equilíbrio. Proferindo um grito de batalha, ele salta em sua direção, com sua cimitarra erguida. Seu objetivo é partir o seu crânio no meio.

CAPITÃO GIAK (COM PROTEÇÃO PSÍQUICA)

16   **15**

O capitão giak tem a proteção de um feitiço de batalha nadzinarimo e está imune ao ataque psíquico. Se você tiver a *Disciplina Ka*i Rajada Mental, não poderá usá-la contra este inimigo.

Se vencer este combate, vá para **132**.

417

Os olhos do Príncipe piscam e então fecham pela última vez. Então, você se dá conta de uma mão forte em seu ombro. — Ele se foi, — diz o Capitão da Guarda da Corte de Pelethar. — Venha, deixe-o ai, você precisa partir agora. Meus homens vão cuidar do Príncipe agora.

O capitão o pega pelo braço e o leva a uma arcada onde o cavalo do Príncipe está amarrado. Ao montar neste belo garanhão branco, você vê que os guarda-costas de Pelethar envolveram o corpo dele em um manto de seda e agora estão levando-o para longe do campo de batalha com grande respeito.

— Boa sorte, jovem Kai! — grita o Capitão, batendo na anca do cavalo com a parte chata da sua espada. Atingido pela batida, o cavalo salta para a frente e você é forçado a segurar as rédeas firmemente enquanto ele galopa pela estrada da ponte. Você passa pelos dois vãos e através do arco final antes de ver o antemuro do sul da ponte à sua frente. Enquanto desce pela rampa larga, você passa por uma carroça puxada por cavalos cheia de barris de explosivos que está indo para a Pedra de Durn.

Além do portão do sul da ponte, a estrada larga continua em linha reta dentro da floresta por um quilômetro e meio antes de virar levemente para o leste.

Para continuar, vá para 351.

418

Na sua pressa de evitar o inimigo, seu pé fica preso em uma raiz de árvore e você cai de costas em um monte de poeira e folhas. Rapidamente, você se levanta e abre caminho através do mato na base da colina, desesperado para escapar para a cobertura da floresta densa.

Você se manteve em um ritmo rápido por mais de dez minutos antes de descobrir que perdeu sua(s) Arma(s). Você amaldiçoa a perda, mas pode se confortar com o fato de que ainda tem sua vida e sua mochila intactas.

Depois de parar para recuperar o fôlego e limpar a sujeira do seu rosto, você continua através das árvores densas à frente.

Vá para 513.

419

Você seguiu esta trilha sinuosa por vinte minutos sem encontrar nenhum inimigo. Depois, ouve o bater de asas vindo de cima das árvores. Olhando, você vê um grande kraan se aproximando do norte, suas asas escuras enormes lançando sombras sinistras nas árvores abaixo. Nas suas costas, estão duas criaturas armadas com lanças longas e vestindo uniformes vermelhos opacos. Giaks! A visão desses inimigos repugnantes reaviva as memórias dolorosas da batalha no mosteiro que ainda estão frescas na sua mente.

Rapidamente, você mergulha na cobertura das samambaias enquanto o kraan passa por cima. Com um coração batendo forte, você reza para que suas reações rápidas tenham evitado que esses batedores inimigos aéreos tenham o encontrado.

Escolha um número da *tabela de números aleatórios*.

Se o número for 0 – 4, vá para **539**.

Se o número for 5 – 9, vá para **105**.

420

Você passa pela arcada, mas só deu alguns passos no túnel mal iluminado abaixo quando ouve vários conjuntos de passos se aproximando. Você se esconde atrás de um dos pilares que sustentam o telhado desta passagem e fica perfeitamente imóvel à medida que os passos se aproximam. Um grupo de seis giaks passa pelo seu esconderijo e entra no salão grande. Eles continuam sem desacelerar e atravessam o túnel de entrada do outro lado. Uma vez que não pode mais ouvir seus passos, você emerge e continue sua exploração.

O túnel o leva a outro salão. É menor do que o primeiro e contém vários bancos e mesas de carvalho, todos amontoados com roupas e objetos pessoais.

Se quiser procurar nessas pilhas de roupas, vá para **131**.

Se decidir não vasculhar as roupas, você pode continuar sua exploração deste templo subterrâneo através da passagem ampla na parede oposta. Vá para **393**.

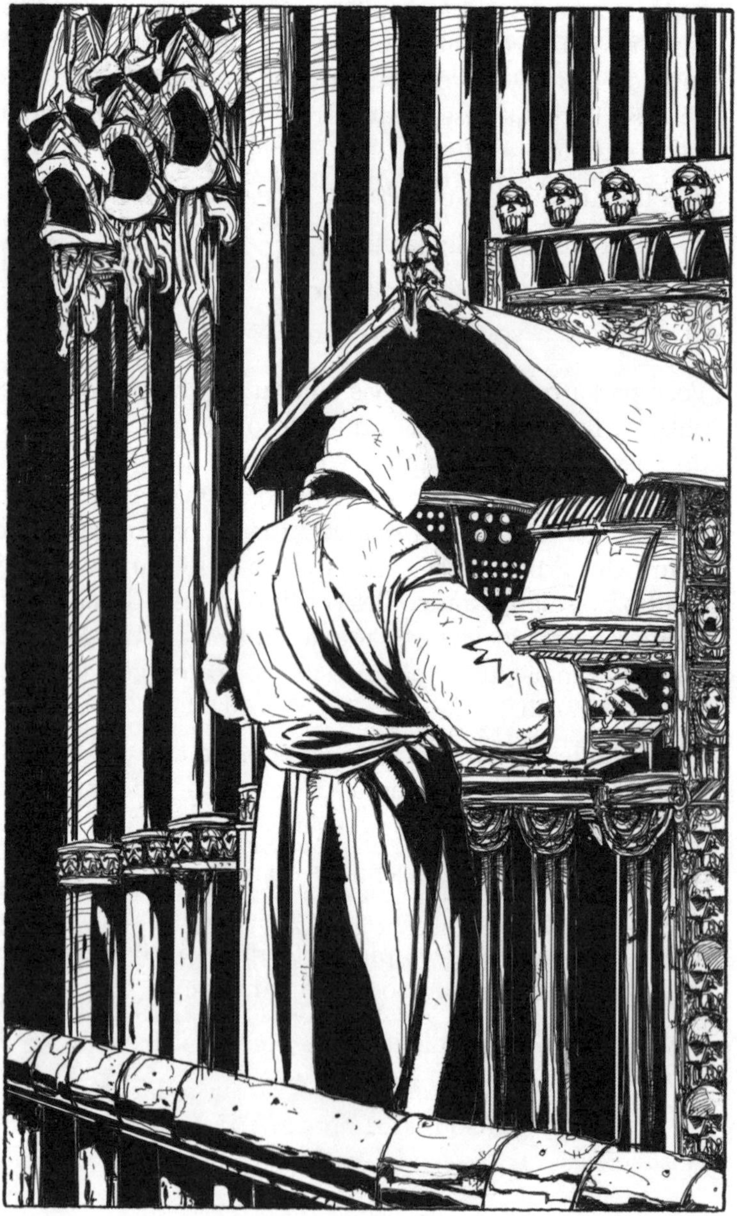

421

Ao passar pelo corredor, você percebe um som dissonante ao longe que fica mais alto à medida em que você se aproxima de uma curva. Lembra um órgão que já ouviu ser tocado na catedral de Toran. Porém, a música está longe do recital melódico e edificante que ouviu na catedral quando era pequeno. É desagradável e sem tom, fazendo seus dentes tremerem.

Ao virar a esquina, vê degraus grandes descendo em uma câmara circular. Em uma arena escalonada no centro da sala, há uma figura vestindo um manto roxo com capuz diante do teclado de um grande órgão de tubos, de costas para a escada e, enquanto toca a sua música fúnebre, não percebe a sua presença se aproximando.

Se tiver um Manto Roxo, vá para **260**.

Se não possuir este Item Especial, vá então para **18**.

422

Uma passagem curta leva a uma câmara bloqueada por uma grade de ferro pesada. Olhando através das aberturas, é possível ver duas caixas grandes de madeira no meio da sala. As frentes dessas grades são cobertas por uma trava de metal fino presas firmemente por enormes cadeados de latão. Ambas as caixas contêm diversos pombos, calipardais, estorninhos e melros. As aves estão vivas, mas em más condições e doentes.

Então, você ouve um som retumbante vindo de algum lugar embaixo do chão. Painéis do piso das caixas se abrem e uma dúzia ou mais de pássaros novos são colocados em cada uma delas, forçados para cima pelas correntes de ar comprimido.

O chiado para abruptamente e os painéis se fecham.

Você observa as aves doentes e conclui que todas estão com a mesma doença. Pelo que se lembra dos seus ensinamentos no Mosteiro Kai sobre os cêneres, suspeita que todas foram infectadas deliberadamente. Os druidas malignos eram senhores de pragas e doenças e cultivavam muitos vírus mortais que costumavam devastar seus inimigos no passado. Então, um pensamento arrepiante passa pela sua mente. Se estas aves foram infectadas com um vírus mortal, poderiam ser utilizadas como um meio muito eficaz de o espalhar rapidamente por uma área muito vasta, talvez até por um país inteiro.

Ciente das terríveis consequências que poderiam ter para Sommerlund se estas aves fossem soltas na natureza, você decide destrui-las. Desesperado, procura alguma forma de abrir a grade de ferro. Mas, apesar dos seus esforços, não consegue encontrar uma maneira de levantar este portão pesado. Sentindo uma confusão de decepção e temor, você é forçado a deixar a câmara dos pássaros presos e voltar de onde veio.

Ao regressar à sala parecida com caverna, você passa pelo piso acidentado em direção à única saída da câmara que ainda pode ser explorada.

Vá para 330.

423

Quando enfim acorda, você se encontra caído no pé de uma inclinação íngreme em meio a um emaranhado de matos altos. Sua mochila e uma Arma sumiram e sua cabeça dói bastante. Não sabe quanto tempo ficou inconsciente, mas percebe que não se pode dar ao luxo de ficar aqui por mais tempo.

Você se levanta de forma instavel apoiado em um tronco de árvore e vê sua mochila a alguns metros. Felizmente está intacta, diferente de sua Arma, que se partiu no meio e se tornou inútil. Risque-a da sua *ficha de ação*. (Se tiver mais de uma Arma, apenas uma delas está quebrada. Você escolhe qual.)

Você pega sua mochila e a coloca enquanto se move para as árvores à frente.

Vá para 158.

424

Você se livrou das caixas e barris, mas não consegue reduzir a velocidade da descida e bate com força na superfície da Pedra de Durn. Instintivamente, você rola para diminuir o impacto e essa ação intuitiva o salva de sofrer lesões sérias nas pernas. Você fica sem ar por causa da queda e sofre arranhões nos joelhos, cotovelos e queixo (perca 1 ponto de Resistência).

Se sobreviver a essa aterrissagem, você pode continuar, indo para 387.

425

Uma flecha giak arranha sua cintura e abre um buraco no fundo da sua Algibeira. Perca 1 ponto de Resistência e metade das suas Coroas de Ouro, antes de conseguir tampar o buraco com a ponta da sua capa.

Reduza o número de Coroas de Ouro que você possui atualmente pela metade, arredondando as frações para cima. Por exemplo, se você tiver 11 Coroas de Ouro, metade dessa soma seria 5½, arredondado para cima = 6.

Para continuar, vá para 176.

426

Você escala as rochas soltas caverna adentro e se vira rapidamente para rolar uma rocha grande para cobrir a entrada. Após alguns minutos, vê os giaks surgindo na borda rochosa do lado de fora, os olhos amarelos malignos vasculhando furtivamente cada canto da encosta. Chegam tão perto que você tem certeza que o encontrarão a qualquer momento.

Escolha um número da *tabela de números aleatórios*.

Se o número escolhido for 0 – 6, vá para 157.

Se o número for 7 – 9, vá para 136.

427

Ao começar sua subida, você ouve o bater das asas se aproximando pelo oeste. Kraan! Pelo barulho que fazem, estima que haja ao menos dez deles, talvez mais. Você amaldiçoa seu azar, pois a encosta está exposta e não oferece nenhuma cobertura. Se você for atacado durante esta difícil escalada, pode ser quase impossível lutar e permanecer de pé por muito tempo.

Se decidir soltar sua arma e ficar completamente parado, na esperança de que os kraan não o vejam, vá para 506.

Se decidir descer rapidamente da encosta e se proteger no túnel, vá para 245.

428

Você corre impetuosamente pelas árvores com a risada horrível dos giaks perto de você. Logo, a floresta começa a rarear e, na frente, você pode ver uma colina rochosa.

Se quiser sair da cobertura das árvores e subir a colina rochosa, vá para 478.

Se decidir mudar de direção para poder continuar sua corrida pela floresta, vá então para 109.

429

O helghast desfere um ataque psíquico poderoso contra você, que tem tempo apenas para proteger sua mente do efeito ardente. À medida que o ataque se dissolve, você sente que o helghast se surpreende com suas defesas psíquicas.

Vá para 382.

430

Você mata o giak, mas sua arma fica presa na cota de malha dele e não é possível soltá-la. Você tenta em desespero tirá-la quando outro esquadrão de giaks ataca a brecha nas portas do mosteiro. Fogo Estelar derruba o par da frente com um golpe de machado, mas outro par consegue passar antes que ele possa derrubá-los. Um deles está armado com um mangual, e corre em sua direção girando arma ao redor da própria cabeça antes de golpear sua cara. Você se esquiva do ataque, mas sua arma não se mexe e você é forçado a abandoná-la. Fogo Estelar sente o perigo que você corre e desembainha sua espada com a mão esquerda, jogando-a para você, que a pega pelo cabo e a segura diante de si, bem a tempo de bloquear o ataque. Os dois giaks berram de raiva e frustração e então se jogam sobre você em um ataque frenético.

SOLDADOS DE ASSALTO GIAK

⚔️ 14   🛡️ 14

Você precisa lutar contra esses dois inimigos ao mesmo tempo. Lembre-se de substituir sua Arma original com a Espada de Fogo Estelar na sua *ficha de ação*.

Se vencer este combate, vá para **535**.

431

Você está a cerca de três metros das costas do estranho de manto quando o corvo pia um aviso ao seu mestre. Ele então se vira. O medo faz seu sangue gelar quando você se encontra olhando para o rosto horrível que espreita na sombra do manto escarlate. Isto não é um humano. É um vordak, um tenente do Lorde Sombrio, um dos mortos-vivos que andam.

Devido à velocidade do seu ataque surpresa, adicione 2 pontos à sua Habilidade apenas na primeira rodada desta luta.

VORDAK

⚔️ 17   🛡️ 25

Se não tiver a *Disciplina Kai* Escudo Mental, reduza 2 de sua Habilidade a partir da segunda rodada, pois a criatura está atacando com o poder da sua Força Mental além de maça escura pesada. Esta criatura é imune à Rajada Mental.

Se vencer este combate, vá para **171**.

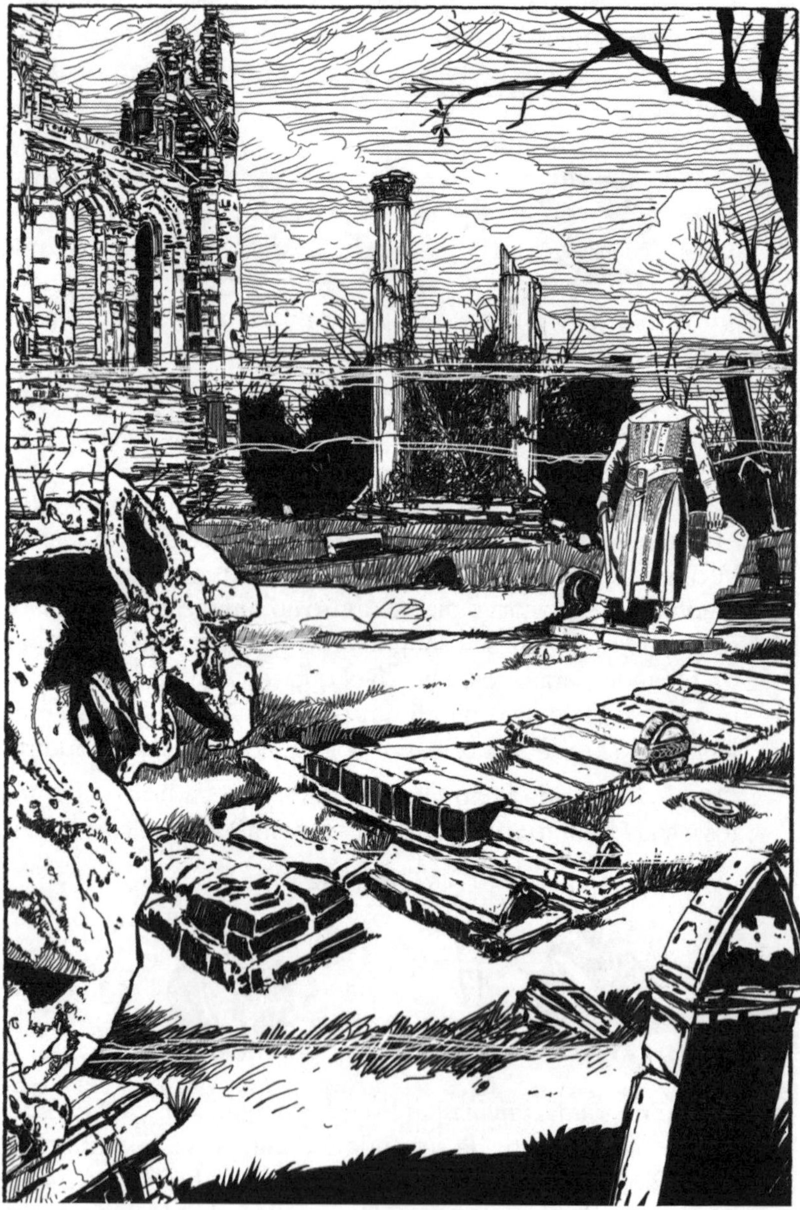

432

Você passa por baixo do arco quebrado do portão principal e percebe imediatamente que sua passagem por este cemitério não será fácil. O chão está quebrado e coberto com ervas-de-túmulo espinhosas. Este arbusto incômodo prende sua capa e agarra nas suas pernas enquanto você caminha lentamente entre as criptas ancestrais. O ar úmido é difícil de respirar. Os gases doces e nojentos que permeiam as criptas abertas parecem carregar com eles o murmúrio assombroso de sussurros distantes. Os sons são muito fracos, mas atormentam seus ouvidos e enchem sua mente com imagens sinistras e sombrias.

Cuidadosamente, você se move entre dois pilares antigos, cortando as ervas-de-túmulo emaranhadas com sua mão envolta na capa. Então, de repente, há um som retumbante e o chão desmorona sob seus pés. Com um grito de medo e surpresa, você cai em um vazio escuro em meio a um deslizamento de terra e pedras cinzentas soltas.

Vá para 101.

433

Com uma batida seca, o pedaço de mármore arrebenta a parte de trás da cabeça do giak. A criatura balança e tomba lentamente para a frente, caindo nas ruínas abaixo. Animado pela eficácia da sua habilidade, você dá um soco no ar de alegria. Mas seu gesto é visto pelo comandante giak e ele grita, irritado: — Haag Orgadak! Taag dok!

Imediatamente, dois giaks de rosto implacável se separam dos outros e vêm correndo em sua direção com suas espadas erguidas. Estão ansiosos para cumprir a ordem do seu mestre de batalha e vingar a morte do seu camarada caído.

GIAKS

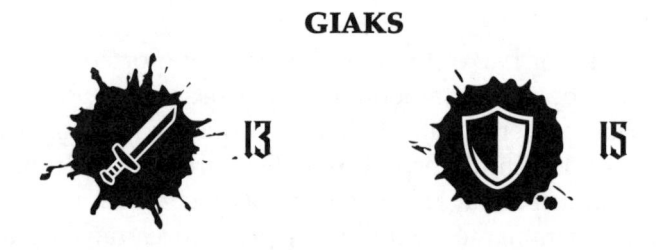

⚔️ 13   🛡️ 15

Se vencer este combate, vá para 55.

434

Você se aproxima dos escribas e pede desculpa por interromper a conversa. Primeiro, eles veem sua aparência desgrenhada com desdém. Então, um dos jovens eruditos percebe subitamente que você está usando o uniforme de um Iniciado Kai e indica isso para seus colegas.

— Senhor, perdoe nossa grosseria, — ele diz. — Estamos honrados em conhecê-lo. Como podemos ajudar os Kai?

Você diz que tem uma mensagem urgente para o Rei e precisa conseguir uma audiência com ele o mais rapidamente possível. Você pergunta se podem ajudá-lo.

— A cidadela está isolada, — diz um dos escribas, — você não conseguirá entrar sem uma permissão real.

— É melhor você ir até o Salão da Guilda, — fala o outro. Ele coloca a mão dentro de suas vestes e tira um pergaminho pequeno amarrado com uma fita escarlate.

— Leve isso, Mestre Kai. É um Passe da Guilda. Ele permitirá que você entre no Bairro da Guilda. Vá até lá e procure a ajuda do nosso Mestre da Guilda. Tenho a certeza de que ele o ajudará com prazer. Afinal, seu Grão-mestre salvou a vida dele uma vez.

Você pega o Passe da Guilda (registre isso como um Item Especial na sua *ficha de ação*) e agradece o escriba pela ajuda gentil.

— Sabe onde eu encontro o Salão da Guilda? — você pergunta.

— Fica ao lado da Ponte da Guilda. Uma vez dentro do Bairro, siga as placas. Você o encontrará, com certeza.

Você agradece mais uma vez aos escribas pela sua ajuda e eles lhe desejam boa sorte. Então, você deixa a Taverna do Príncipe Fedor e continua ao longo do Beco de Fars, em busca do Bairro da Guilda de Holmgard.

Vá para 77.

435

Você consegue deixar a loja do ferreiro sem ser visto, mas, assim que avança pelos arredores de Floresta da Bruma até a prefeitura, você dá de cara com dois giaks correndo na direção oposta. Eles reagem rapidamente, acreditando que você é um aldeão fugitivo. Você consegue apenas sacar sua arma a tempo de desviar o primeiro ataque quando eles investem com suas lanças de ferro.

GUARDAS GIAKS

⚔ 14   🛡 16

Ignore as perdas de pontos de RESISTÊNCIA que você causar ao seu inimigo apenas na primeira rodada de combate.

Se vencer este combate, vá para 397.

436

Como mensageiros da morte muito ansiosos para entregar suas notícias sombrias, os lobos letais se aproximam e depois lançam seu ataque mortal. Você os combate com valentia, eliminando três deles antes de ser mordido no pescoço e arrastado para o chão.

À medida que o sangue da sua vida escorre para o rico solo sommlendês e uma escuridão eterna se aproxima, a última visão que você tem é o brilho do sol nos pináculos gloriosos da Holmgard distante.

Tragicamente, sua vida e sua missão terminam aqui, na Planície de Holmgard.

437

Assim que a atividade inimiga se acalma, você deixa seu esconderijo e começa esta escalada difícil. Há vários lugares na parede onde você pode se segurar com os dedos, mas nenhum é grande o suficiente para encontrar lugar para as pontas das suas botas e então você é forçado a suportar todo o seu peso apenas na ponta dos dedos. Você está a pouco mais da metade do caminho parede acima quando seus dedos começam a se enrijecer com cãimbras. Você se força a continuar, mas seus dedos não respondem mais. Em um momento assustador, você perde o apoio e cai para trás, batendo com força entre detritos na base da parede.

Sua aterrissagem ruidosa alerta um sargento drakkar sobre sua presença. Ele está parado na sombra do arco até o terceiro vão da ponte e, imediatamente, berra uma ordem para dois do seu esquadrão capturarem-no. Eles vêm correndo da arcada com suas espadas nas mãos. Desesperadamente, você procura outra forma de alcançar a passarela. Do outro lado da estrada, você consegue ver uma pilha de fardos de algodão e caixas de madeira amontoados contra a parede do parapeito. Se usasse isso como uma escada improvisada, você poderia alcançar a passarela acima. Sem mais nada a perder, você corre pela estrada e sobe pela pilha instável. Você está perto do topo quando, de repente, você sente um perigo novo e iminente. O sargento drakkar tirou uma besta carregada das costas e agora está mirando enquanto você se prepara saltar da caixa mais alta até a passarela.

Escolha um número da *tabela de números aleatórios*. Se você tiver a *Disciplina Ka*i Caçar, adicione 1 ao número que escolheu. Se você tiver a *Disciplina Ka*i Camuflar, adicione 1.

Se seu total agora for 3 ou menos, vá para **479**.

Se for 4 – 8, vá para **180**.

Se for 9 ou mais, vá para **311**.

438

A trilha logo desaparece completamente em um emaranhado de arbustos espinhosos e galhos baixos. Continuar por este caminho será difícil.

Se escolher voltar para a junção seguir para o leste, vá para **16**.

Se decidir abrir caminho através do mato e permanecer no seu rumo atual, vá então para **512**.

439

Na parte de trás do moinho, você descobre um alçapão. Você rapidamente o abre e desce uns poucos degraus de pedra empoeirados, parando por instantes para puxar o alçapão sobre sua cabeça. Quando ele se fecha, você ouve a porta principal ser derrubada e vários giaks zangados correm para dentro.

Você desce os degraus até o fundo e então se apressa pelo túnel longo e escuro. As paredes logo estão vazando com umidade e o chão está até o tornozelo com água gelada. Felizmente, esta água não fica mais funda e, depois de algumas centenas de metros, você chega a outro lance de escadas de pedra que conduzem a um segundo alçapão. Este portal é diferente daquele que você fechou quando fugiu do moinho. É feito inteiramente de bronze e tem muitos séculos de idade.

Você precisa colocar seu ombro contra este portal pesado e empurrá-lo com toda sua força para levantá-lo. Mas, assim que a vedação da terra úmida, que o mantém fechado, é partida, você consegue abrir esse alçapão antigo com facilidade. Ela se mexe para trás, revelando o céu do início da manhã. Você escala pela abertura e sai no meio de um campo cheio de água, perto das margens do Córrego da Floresta da Bruma. Há menos de quinze minutos, este terreno estava submerso debaixo de trinta centímetros de água, mas agora que a pá do moinho está girando novamente, a inundação está regredindo rapidamente. À sua direita, você pode ver que o monte desajeitado de pedras que os giaks colocaram na cabeceira do canal do córrego desabou para dentro. Agora que as águas recuaram, não restou nada para apoiá-lo. Na sua frente, do outro lado do riacho, é possível ver que os aldeões restantes que você libertou da prefeitura se armaram com forcados e outros instrumentos agrícolas e agora estão lutando contra os giaks. Liderados por Uldor, o ferreiro, eles estão expulsando-os das suas cabanas e lutando para recuperar o moinho de água com sucesso. Ver estes simples fazendeiros sommlendeses lutarem tão corajosamente para proteger seus lares das forças invasoras do Lorde Sombrio Zagarna levanta o seu ânimo. Confiante de que eles prevalecerão, você saúda sua coragem e então atravessa os pedregulhos da represa derrubada até a trilha da floresta que está além.

Para continuar, vá para 528.

440

Você atravessa vários acres de terras cultiváveis abertas e gradualmente sobe até o cume de uma colina suave que está semeada com cevada de primavera. A partir do topo desta colina, você tem sua primeira visão clara das fortificações externas de Holmgard. Bem ao sul, é possível ver um afluente do Eledil que passa pela muralha externa do perímetro. Neste ponto ao longo do rio, há uma linha de barcaças que estão acorrentadas, formando uma barricada flutuante. Você também pode ver os soldados sommlendeses correndo ao longo das paredes de madeira das fortificações temporárias e ouvir os ruídos fracos da batalha vindos do leste até você.

Se quiser se aproximar da barricada das balsas do rio, vá para 261.

Se decidir ficar aqui um pouco e observar a partir da cobertura das árvores próximas, vá para 72.

441

O Rei Ulnar concorda plenamente com o sentimento expresso por sua jovem filha corajosa.

Ele grita para o helghast desdenhoso. — Você deve pensar que somos tolos covardes para achar que nós acreditaríamos na palavra de um dos lacaios nefastos de Zagarna.

Então, o Rei toca no braço esquerdo do seu trono e abre um painel escondido. Isso revela uma alavanca pequena, que ele puxa rapidamente. Fora, na antecâmara, um sino de alarme começa a tocar, chamando mais da sua guarda pessoal para a Câmara de Governo. O helghast reage andando em direção à porta fechada e fechando com a trava pesada.

Agora, a criatura está de costas e, instintivamente, você aproveita esta oportunidade para atacá-la. Presos em uma parede próxima da câmara estão duas bestas de caça e um estojo cheio de virotes. Você pega uma das bestas do seu suporte e puxa seu cordão de aço. Então você carrega o virote e faz a mira com pressa.

Escolha um número da *tabela de números aleatórios*. Se você tiver a *Disciplina Ka*i habilidade em arma (com qualquer arma), adicione 1 ao número que escolheu.

Se seu total agora for 2 ou menos, vá para 313.

Se for 3 – 5, vá para 549.

Se for 6 ou mais, vá para 106.

442

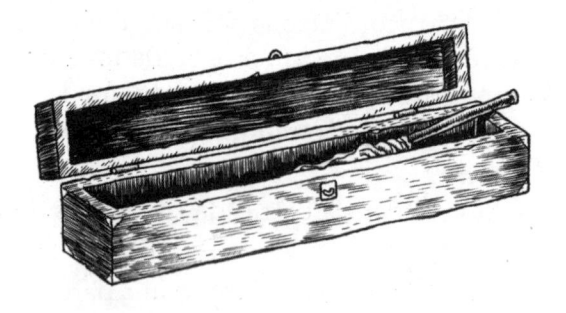

Dentro da caixa longa, há um Bastão embrulhado em couro. Você pode pegar esta Arma, se quiser. Fechando a caixa, você desce a escada para a clareira abaixo, tomando cuidado para usar apenas os degraus sólidos.

Vá para **197**.

443

Você paga aos guardas da porta 5 Coroas de Ouro (deduza isso da sua Algibeira) e eles permitem que você entre nessa taverna enorme. A Príncipe Fedor é um dos melhores estabelecimentos de consumo e hospedagem de Holmgard, com uma reputação longa e orgulhosa por causa da qualidade da sua cerveja e do conforto dos seus aposentos. Sua sala com painéis de carvalho está repleta de clientes muito abastados que vieram aqui em busca de refúgio das multidões fervilhantes lá fora. Uma grande lareira de pedra está situada na parede em frente à porta principal e um grupo de anciões guildeiros da cidade está se aquecendo ao lado do seu fogo crepitante. Sentados em uma mesa próxima estão um punhado de escribas da guilda da lei, facilmente identificáveis por seus tricornes e vestidos de togas pretas. Estes jovens acadêmicos trabalham para o Tribunal de Comércio, que se situa no interior do edifício do Supremo Tribunal e fica na frente da Cidadela Real. Você pensa que eles podem ajudá-lo a chegar à cidadela e conseguir uma audiência com o Rei.

Para se aproximar dos escribas e pedir sua ajuda, vá para **434**.

Se escolher não se aproximar deles, você pode ir para a taverna e pedir conselhos ao taverneiro, indo para **159**.

Ou pode sair da taverna e continuar ao longo do Beco de Fars, indo para **77**.

444

Os dois giaks estão mortos aos seus pés, os corpos contorcidos e sem vida. Uma busca rápida em suas mochilas e cadáveres rende o seguinte: 6 Coroas de Ouro, 2 Lanças e uma Adaga.

Você pode ficar com o Ouro e pegar a Adaga e uma Lança (Armas). Lembre-se de fazer os ajustes na sua *ficha de ação*.

O kraan se assustou e fugiu quando viu que os giaks estavam perdendo a luta. O caminho à frente e o céu acima estão desertos. Você embainha sua arma e faz uma pausa para arrumar sua mochila antes de continuar através da floresta.

Vá para **413**.

445

Apressadamente, você puxa a corda de metal e pega outro virote no estojo. A porta da Câmara de Governo está tremendo agora os que Guardas da Cidadela Real, convocados pelo sino de alarme, estão tentando entrar.

Você mira no rosto horrível do helghast e realiza o segundo disparo. Infelizmente, seu tiro apressado dá errado desta vez. O virote voa por trás do crânio sorridente do helghast e fica preso na porta. Os olhos da criatura brilham com um ódio maligno enquanto ele segura o virote e o retira da porta de carvalho. Então, ela levanta seu punho fechado e joga o virote de volta com uma força tremenda.

Escolha um número da *tabela de números aleatórios*. Se você tiver a *Disciplina Ka*i Caçar, adicione 2 ao número que escolheu.

Se seu total agora for 3 ou menos, vá para **336**.

Se for 4 ou mais, vá para **515**.

446

O som aterrorizante aumenta até que, finalmente, supera seus sentidos. À medida que você mergulha na inconsciência, a última coisa que experimenta dessa vida é a sensação de ser sugado para o vazio escuro da boca do esqueleto.

Em poucos segundos, seu corpo físico é totalmente consumido. Não sobra nenhum vestígio seu neste mundo, pois você agora passou para o Plano das Trevas, um lugar maligno e infinito de existência atemporal. Tragicamente, sua alma agora foi escravizada para Naar, o Rei das Trevas, a suprema força do mal no universo de Aon.

Infelizmente, sua vida mortal e sua missão de chegar à Holmgard acabam aqui.

447

A maioria das armas normalmente armazenadas nos suportes do arsenal de Kai já foi tirada pelos seus irmãos. Agora, restam apenas algumas:

Adaga

Martelo de Guerra

Lança

Espada

Cajado

Escudo Kai (+2 na HABILIDADE quando usado em combate, com qualquer Arma. Item Especial, decorado com a Face do Sol Kai vermelha e dourada)

Se quiser utilizar uma ou mais das Armas mencionadas acima, faça os ajustes necessários na sua *ficha de ação*. Você só pode carregar duas Armas de cada vez.

Para continuar, vá para **93**.

448

Com um aceno de mão, Banedon te dá adeus e parte para as árvores na borda nordeste das ruínas. Você retribui o aceno e então continua sua missão, seguindo pelo bosque denso que cerca a parte sul de Raumas, avançando na direção recomendada por Banedon.

O caminho aqui é difícil, mas você se reconforta com o fato de que a cobertura espessa dos galhos lá em cima o mantém escondido dos inimigos alados. Você frequentemente vislumbra kraan e feras zlan nos céus acima. Você cobriu quase cinco quilômetros nesse bosque denso quando vê uma revoada de seis feras zlan passarem sobrevoando. Eles transportam redes de carga cheias de giaks, semelhantes aos que atacaram o Mosteiro Kai ao amanhecer.

As árvores começam a ficar espaçadas e existe uma trilha florestal não muito longe. Ao chegar na borda desta trilha, você vê dois giaks de guarda no caminho. Estão a menos de cinquenta metros de distância. Você espera até que ambos estejam olhando na direção oposta, depois corre em direção à trilha e desaparece para dentro do madeiral. Pouco tempo depois, você se depara com uma cabana de madeira abrigada entre as árvores.

Se quiser investigar esta cabana, vá para **237**.

Se escolher ignorar a cabana e continuar sua jornada pela floresta, vá então para **495**.

449

Você mergulha sob da superfície e fica debaixo d'água o tempo que puder. Quando finalmente a necessidade de oxigênio te faz subir de volta, você vê que os arqueiros giak ficaram para trás. Na sua fuga apressada, você perdeu a(s) Arma(s) e a sua mochila, mas, pelo menos, conseguiu manter a sua vida. (Lembre-se de apagar todas as Armas e Itens da mochila da sua *ficha de ação*. Você não poderá carregar Itens de mochila ou *refeições* até obter outra mochila.)

Ao julgar seguro fazê-lo, você nada até a margem e sai da água lamacenta. Daqui, você continua sua jornada em direção a Holmgard, usando a cobertura de algumas árvores para mantê-lo escondido dos grupos de batedores giaks.

Escolha um número da *tabela de números aleatórios*.

Se o número escolhido for 0 – 2, vá para **345**.

Se o número for 3 – 6, vá para **278**.

Se o número for 7 – 9, vá para **496**.

450

Você continuou sua jornada através da floresta sem incidentes por quinze minutos, quando as coisas mudam subitamente. Uma flecha escura passa sibilando por sua cabeça e afunda no tronco de um pinheiro próximo. Instintivamente, você se abaixa e saca sua arma em prontidão.

Se quiser ficar onde está e tentar localizar o arqueiro oculto, vá para **269**.

Se decidir correr até a proteção do mato mais denso, vá então para **130**.

451

Você atravessa a Ponte da Guilda e segue as placas até uma praça aberta, cercada em três lados por empórios de belas artes. No lado norte desta praça de mármore há uma portaria decorada, parte da Muralha da Guilda, e um prédio de três andares que serve como sede e quartel dos Guardiões da Guilda. Os guardas do portão estão afastando qualquer um que tente entrar sem um passe, mas aqueles que saem do Bairro da Guilda podem fazê-lo livremente. Você atravessa a praça e se aproxima dos portões altos. Respeitosamente, os guardas o saúdam e abrem um dos portões para permitir que saia.

Além do portão nordeste da Muralha da Guilda, encontra-se uma grande área chamada Praça Rainha Imelda, assim nomeada em homenagem à primeira rainha de Sommerlund. Tal como o resto de Holmgard, com a notável exceção do Bairro da Guilda, está abarrotada com refugiados e cidadãos ansiosos. Do outro lado da praça, você pode ver as grandes portas blindadas da Cidadela Real. Com determinação, você força o caminho através da multidão até chegar à portaria. Os guardas aqui estacionados se recusam a permitir a entrada de qualquer pessoa, a menos que tenham um passe militar ou uma autorização por escrito assinada pelo Chanceler Galden ou pelo próprio Rei Ulnar. Você está pensando em como entrar nesta fortaleza quando vê as portas se abrindo para permitir que uma carroça coberta do exército deixe a cidadela. Está sendo puxada por um grupo de seis cavalos grandes. Os cavalos se assustam com a multidão e o par da frente recua, fazendo com que a carroça esmague uma de suas rodas contra a porta de ferro. Na confusão resultante, você vê uma oportunidade de entrar. Você corre para frente com coragem, atravessa a multidão barulhenta e passa pela carroça enquanto os guardas do portão estão distraídos.

Para continuar, vá para 195.

452

Você sente que algo está muito errado aqui. Com lutas acontecendo em todas essas partes e as forças dos Lordes Sombrios se aproximando cada vez mais, por que esse balseiro decidiu ficar e continuar trabalhando no lago? Você foca em seu rosto, mas os detalhes de suas feições estão escondidos pela sombra de seu capuz. Sentindo uma aura estranha e maligna sobre ele, você rapidamente recusa a oferta.

Você então empurra seu cavalo para longe da balsa e seu operador misterioso. Você segue a margem por mais de uma hora até chegar ao outro lado e, depois, continua a caminho de lá. A luz está sumindo à medida que a noite se aproxima.

Vá para 127.

453

Tremendo de choque, você desce impetuosamente as escadas e volta para o Grande Salão do Kai no térreo. Sua porta descomunal está sendo atacada pelo inimigo tentando entrar na torre. As madeiras grandes estão tremendo e quebrando sob os golpes determinados. Ciente da mensagem psíquica que o Grão-mestre Lâmina Audaz lhe transmitiu pouco antes da sua morte, você se aproxima da pequena porta localizada abaixo da escadaria de pedra larga. Você tem certeza de que este deve ser o caminho até a alcova. Mais uma vez, você gira a maçaneta de ouro polida da porta e a empurra, mas em vão. A porta ainda está firmemente trancada.

Se possuir uma Chave de Ouro Kai, vá para 104.

Se não tiver este item, vá para 401.

454

Usando as habilidades ensinadas por seus mestres na arte de Caçar, você entra pela folhagem sem ser detectado. Em poucos segundos, você consegue se posicionar diretamente atrás e a poucos metros da estaca à qual o patrulheiro está amarrado. A madeira está acesa e grandes nuvens de fumaça estão envolvendo a vítima indefesa. Você segura sua arma com firmeza e corre para frente, escondido dos giaks pela fumaça. Um golpe rápido é tudo o que é preciso para cortar suas amarras e, rapidamente, você o agarra e o arrasta para trás do fogo e para a segurança da floresta.

Você coloca o patrulheiro sobre seu ombro e corre para a mata. Depois de alguns minutos, você ouve os gritos assustados dos giaks quando descobrem que o seu prisioneiro literalmente desapareceu em uma nuvem de fumaça!

Vá para 163.

455

À medida que rodeia o círculo de túmulos poeirentos, você percebe que todos têm idades e estilos diferentes. Alguns foram colocados aqui há milhares de anos, enquanto outros são relativamente novos, estando aqui por apenas alguns séculos. Você está passando por um desses túmulos mais novos quando ouve um clique estranho. Vem de dentro desse sarcófago de granito.

Se quiser abrir a tampa deste túmulo, vá para 342.

Se decidir não perturbá-lo, vá para 371.

456

Você se move ao redor das moradias no perímetro norte de Floresta da Bruma até chegar a uma cabana de dois andares que fica em frente ao salão de reuniões da vila. A porta traseira desta casa está aberta. Ela balança suavemente para trás e para frente com a brisa matinal. Você entra e descobre que esta moradia tem duas salas no térreo. Uma é uma cozinha e a outra uma área de estar maior. Aqui há uma lareira de pedra acesa e um armário alto que fica no canto. Vários outros móveis estão derrubados e espalhados pelo chão.

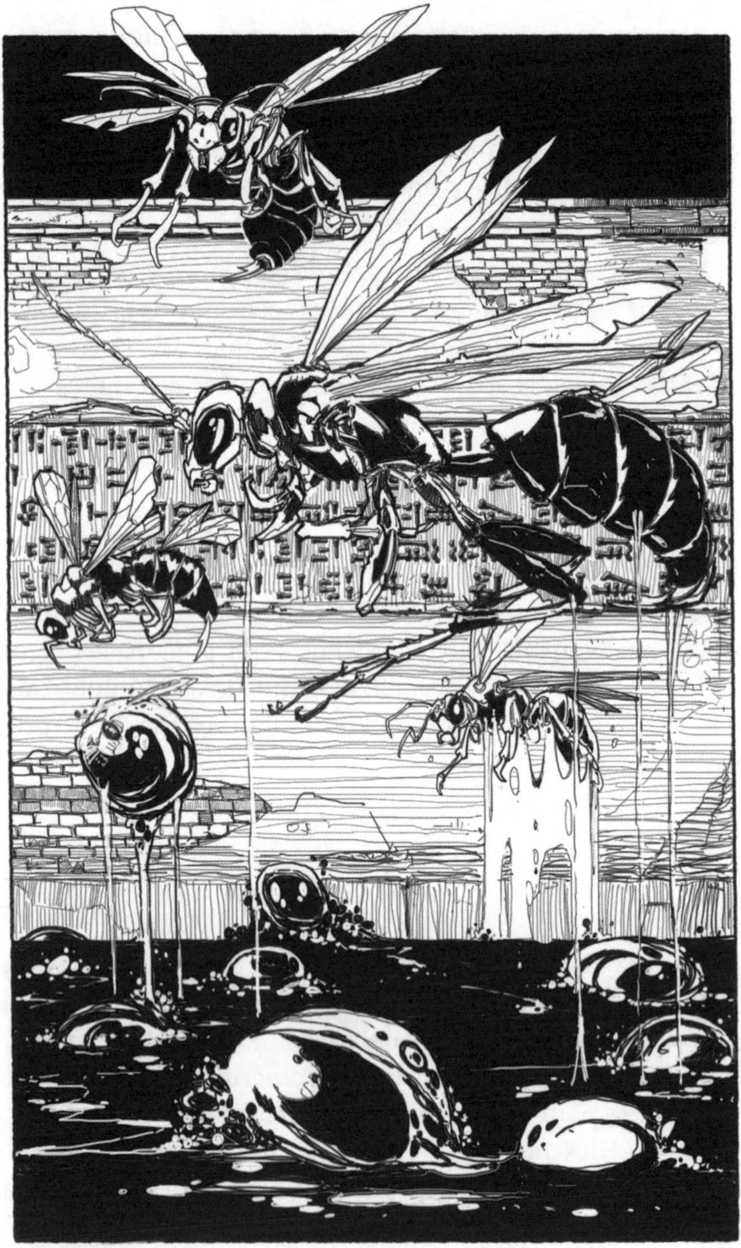

Se quiser procurar mais detalhadamente nesta sala, vá para 297.

Se decidir deixar a cabana e investigar a prefeitura, vá então para 230.

457
Você logo percebe que está entrando cada vez mais em um pântano arborizado. Continuar neste caminho assim será lento e perigoso.

Se quiser continuar nesta direção, vá para 340.

Se decidir que seria mais inteligente mudar de direção, você pode seguir para um terreno mais firme indo para 134.

458
O brilho fraco de uma luz esverdeada pode ser visto no túnel à frente. Esta luz fica cada vez mais forte enquanto você se aproxima da entrada arqueada para uma câmara estranha e assustadora. Sete poças circulares, cada uma brilhante com um líquido viscoso e verde luminoso, estão dispostas no piso de granito cinzento desse salão subterrâneo. Eles irradiam uma luz espectral sobre suas paredes e teto entalhados.

Com cuidado, você entra no salão e examina esses entalhes curiosos. Você os reconhece como hieróglifos shianti, o idioma pictográfico de uma espécie de seres sobrenaturais que surgiu no seu mundo, Magnamund, há mais de seis mil anos. As gravuras parecem contar uma história, mas você não consegue entender o significado delas. Bem que gostaria de ter prestado mais atenção durante os tutoriais do Mestre Coruja Âmbar sobre a história antiga de Magnamund. Se seu estimado Mestre estivesse aqui para ver isso, ele saberia seu significado e ficaria encantado com essa descoberta. Sua única lembrança dos ensinamentos sobre os shianti é que eles já foram um grupo de seres poderosos e bondosos, alguns dos quais foram tragicamente corrompidos pelos agentes de Naar, o Rei das Trevas. Então, a Deusa Ishir, que os shianti adoravam, os enviou para uma ilha remota, onde foram proibidos de ter contato com a humanidade novamente.

De repente, você percebe um som estranho e súbito, como um melado fervendo. Bolhas de gás branco parecem estar se formando em algum lugar nas profundezas das poças brilhantes e você observa imobilizado quando elas lentamente começam a subir. Mas estas bolhas não são o que parecem. Quando quebram a superfície, não se dissipam como gás; elas flutuam como ovos perolados. As cascas se dissolvem rapidamente, revelando um grupo de insetos grandes, semelhantes a vespas, cada um com três conjuntos de asas. Eles se libertam do líquido grudento nas poças e sobem ao ar, zunindo ferozmente. Primeiro, eles se aglomeram perto do teto no centro da câmara; depois, o enxame se move lentamente através da sala em sua direção. Na base dos seus abdomens existem ferrões serrilhados. À medida que se aproximam, eles expelem esses pequenos dardos venenosos contra você com uma precisão intimidante. Um dardo atinge o seu pescoço e o faz gritar com dor, sentindo como se tivesse sido perfurado por um prego quente (perca 1 ponto de Resistência). Se quiser sobreviver a estes insetos mortais, precisará atacar o enxame e matá-lo o mais rapidamente possível.

FILHOTES DE VESPA ANTAR

⚔ 16   🛡 16

Antes do combate, anote seus pontos de RESISTÊNCIA atuais. Se, em qualquer momento dessa luta, seu total de pontos de RESISTÊNCIA cair para menos de metade do total inicial, vá imediatamente para **184**.

Se o valor de pontos de RESISTÊNCIA permanecer até a metade do seu total inicial ou acima dela e você ganhar esse combate, vá para **293**.

459

Você caminha por mais de uma hora, durante a qual mantém uma vigília constante para qualquer sinal de kraan nos céus acima. Duas vezes, é possível ver suas silhuetas reveladoras no céu e, em ambas as ocasiões, seu raciocínio rápido evita que você seja visto. Agora, você está com muita fome e deve comer uma *refeição* ou perder 3 pontos de RESISTÊNCIA.

Você pode continuar sua jornada indo para **16**.

460

Sua *Disciplina Kai* revela que o caminho oeste leva a um beco sem saída. Consciente de que precisa colocar a maior distância possível entre si mesmo e o mosteiro, você parte mais uma vez para o caminho ao sul.

Vá para **37**.

461

Você levanta o pedaço de mármore com sua mão e mira cuidadosamente na cabeça do giak antes de jogá-lo com toda sua força.

Escolha um número da *tabela de números aleatórios*. Se você tiver a *Disciplina Ka*i Caçar, adicione 1 ao número que escolheu.

Se seu valor total agora for 2 ou menos, vá para **153**.

Se for 3 – 7, vá para **433**.

Se for 8 ou mais, vá para **224**.

462

Você se levanta e cambaleia em direção a um pilar adjacente enquanto a entidade puxa a grande corrente para trás e chicoteia uma segunda vez. Esta criatura malévola antecipou que você tentaria procurar uma nova cobertura e mira seu ataque no pilar à sua esquerda. Infelizmente, este é precisamente o mesmo pilar atrás do qual você escolheu se esconder.

A corrente pesada oscila em torno da câmara tomada pelo pó e o pitão bate com efeito devastador, esmagando o suporte de pedra bem na metade. De repente, você é envolvido por uma dor cegante enquanto centenas de fragmentos afiados, explodindo do pilar destruído, perfuram seu corpo de cabeça aos pés. A força do impacto te faz bater no chão da galeria com muita força, onde luta desesperadamente para manter a consciência à medida que o sangue da sua vida se esvai. Infelizmente, esta é uma batalha que você não pode vencer. À medida que a escuridão eterna engolfa seus sentidos, o último som que ouve é o riso cruel e triunfante do seu nêmesis: Vurnos, o Portador da Praga.

Tragicamente, sua vida e sua missão terminam aqui, no templo secreto dos druidas cêneres.

463

O bosque aqui é espalhado e montanhoso. As árvores não dão muita cobertura contra um ataque aéreo. Você se move o mais rápido possível de uma árvore para a próxima, abraçando cada tronco para que o kraan circundante não tenha uma visão clara. Mas o seu avanço é dolorosamente lento e, embora isso o mantenha a salvo contra um ataque de cima, o deixa vulnerável aos lobos letais que estão se aproximando para matar.

Se tiver a *Disciplina Kai* Camuflar, vá para **355**.

Se não tiver esta habilidade Kai, vá para **102**.

464

O guerreiro drakkar dispara sua besta e o virote de aço vem zunindo através do campo de batalha em sua direção, com uma precisão temível e letal.

Escolha um número da *tabela de números aleatórios*. Se possuir um Escudo Kai, adicione 3.

Se o número for 0 – 3, vá para **84**.

Se for 4 – 9, vá para **205**.

465

A joia escarlate está incrivelmente quente e ela queima seus dedos no momento em que você a agarra: perca 2 pontos de Resistência. Apressadamente, você envolve sua mão ferida com parte do manto da criatura e retira essa pedra brilhante dos restos decadentes do seu corpo. (Registre-a como uma Gema Vordak guardada em sua mochila.)

Você imagina que uma joia deste peso e tamanho deve valer centenas de Coroas de Ouro, mas seus pensamentos logo voltam à realidade perigosa da sua situação atual. Os giaks vingativos estão se aproximando mais a cada segundo. Temendo ser sobrepujado por seus números superiores se ficar aqui por mais um momento, você se vira e corre até a cobertura e segurança da floresta nos arredores.

Vá para 3.

466

Meio cego e parcialmente paralisado pelo veneno de antar, você é tomado por um ataque súbito de terror. O desejo de escapar desses insetos mortais se torna tão devastador que você abandona a luta e foge o mais rápido possível para um arco sombrio na parede da câmara.

Se o valor atual de RESISTÊNCIA for 4 ou menos, vá para 139.

Se for 5 ou mais, vá para 276.

467

Depois de vários minutos escondido nas sombras do pilar, você decide que é arriscado demais tentar atravessar a câmara sob o olhar atento dos vigias giaks. A forma mais segura de escapar é por meio das saídas que estão mais próximas do túnel através do qual você entrou pela primeira vez neste salão.

Se quiser passar pela saída à esquerda do túnel de entrada, vá para 421.

Se decidir passar pela saída à direita do túnel de entrada, vá para 347.

468

Silenciosamente, você abre a porta lateral para esta cabana de palha. O térreo contém uma sala grande. Aqui, em frente a uma lareira acesa, dois giaks estão discutindo em voz alta sobre uma perna de cordeiro assada. Eles estão tão preocupados com seu desacordo que nenhum deles percebe a sua presença.

Se quiser lançar um ataque surpresa a esses inimigos incautos, vá para 147.

Se decidir deixar a cabana antes que os giaks percebam que você está lá, vá para **456**.

469

Você passa pelo madeiral denso e logo chega a uma estrada paralela ao grande rio. Durante alguns minutos, você fica escondido no mato na beira da estrada enquanto observa os movimentos das tropas inimigas. Os topos das torres gêmeas da grande portaria da ponte continuam visíveis a média distância. Seu desvio através da floresta o trouxe a um lugar a trezentos metros da ponte, rio abaixo.

Há cada vez mais atividade nesta estrada da floresta enquanto tropas inimigas, que pousaram recentemente na Mitra de Alema utilizam-na para formar colunas de ataque em preparação para uma investida contra a ponte. É preciso atravessar a estrada sem ser visto e depois descer até à beira da água. Sua única esperança é que, ao chegar à margem do rio, consiga encontrar uma forma de atravessar para o outro lado.

Pacientemente, você aguarda sua chance de correr através da estrada da floresta até o mato do outro lado. Uma coluna de drakkarim trajando armaduras vem marchando a caminho da ponte. Você espera alguns momentos depois do último deles passar, então respira fundo, fixa seus olhos nas árvores do outro lado e se joga em uma corrida sobre a estrada.

Escolha um número da *tabela de números aleatórios*. Se você tiver a *Disciplina Ka*i Caçar, adicione 1 ao número que escolheu. Se você tiver a *Disciplina Ka*i Camuflar, adicione 2.

Se seu total agora for 4 ou menos, vá para **320**.

Se for 5 ou mais, vá para **125**.

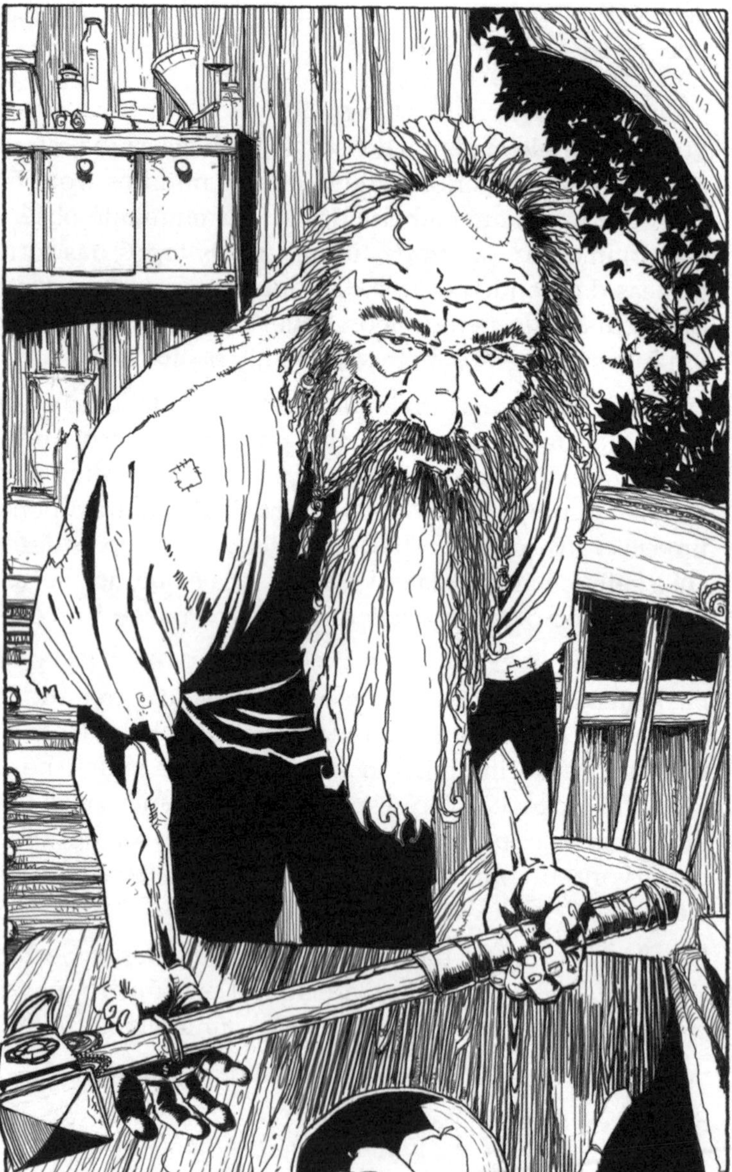

470

Sua subida é rápida e fácil. Você se lembra de quando era uma criança pequena e das muitas árvores que subiu e dos campos que explorou à volta da sua aldeia de Dage sempre que queria colher as frutas abundantes ou simplesmente olhar para o belo interior de Sommerlund. Ao abrir a porta da casa da árvore, você vê um velho eremita encolhido no canto da pequena moradia. Um olhar de grande alívio se espalha pelo rosto dele no instante que reconhece sua capa verde Kai. Ele diz que esta área está cheia de giaks e que contou mais de quarenta kraan sobrevoando sua casa da árvore casa nas últimas três horas. Todos estavam indo para o leste.

Ele avança até um armário e retorna com um prato de frutas frescas. Você agradece e coloca as frutas na sua mochila. Há o suficiente para uma *refeição*. O eremita também mostra um belo Martelo de Guerra e o coloca cuidadosamente sobre uma mesa perto da porta.

— Sua necessidade é maior do que a minha, Lorde Kai, — ele fala. — Este foi deixado para mim por meu pai. Ele o adquiriu em uma de suas muitas viagens a Bor, a terra dos drodarin. Por favor, fique com esse Martelo de Guerra, se quiser.

Você só pode pegar esta Arma se trocá-la por outra que já estiver em sua posse, pois é a única defesa que o eremita tem contra os inimigos invasores.

Agradecendo ao velho, você desce cuidadosamente da árvore e continua na sua missão.

Vá para 317.

471

Preparando-se para o que o espera no telhado da torre, você saca sua arma e a usa para empurrar a alavanca para baixo. Então, sobe rapidamente a escada na esperança de que agora possa pegar o inimigo na surpresa. Mas, no momento que emerge pelo alçapão aberto e sobe no telhado, você é atacado simultaneamente por dois soldados de assalto giaks e um guerreiro drakkar em uma armadura de batalha escura. Você precisa lutar contra esses três inimigos determinados ao mesmo tempo.

DRAKKAR E GIAKS

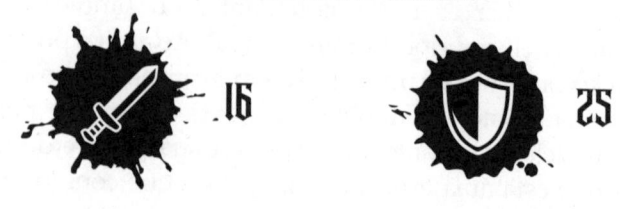

16   25

Se sobreviver a este combate feroz, vá para 227.

472

A porta do estábulo está entreaberta e, dentro dela, é possível ouvir a respiração inquieta de um cavalo. De repente, o cavalo sente sua presença e fica assustado. Ele corre até a porta e a abre com força na pressa de fugir. Você é atingido pela porta pesada e derrubado ao chão. Perca 1 ponto de Resistência.

Se possuir a *Disciplina Kai* Afinidade com Animais, vá para 170.

Se não tiver essa habilidade Kai, você pode tentar pegar o cavalo fugitivo, indo para 349.

473

O pingente de cristal começa a vibrar e raios de luz amarela irradiam através do pano da sua túnica. Você coloca a mão no pescoço e puxa o pingente de dentro da sua túnica Kai. Olhando para baixo, você vê que a luz amarela está pulsando em ondas do coração desta joia.

— Veja, pai! — exclama a Princesa Madelon. — Ele está usando um pingente da Irmandade... e está ativado!

— Isso só pode significar uma coisa, — o Rei Ulnar arfa, colocando a mão na espada. — Um agente dos Lordes Sombrios está entre nós!

Os olhos se voltam para o Príncipe Pelethar. Todos sabem que o seu pingente permaneceu adormecido até o momento em que ele entrou na Câmara de Governo.

Vá para 288.

474

O helghast emite uma energia psíquica poderosa em sua direção enquanto lança seu ataque. Ele espera enfraquecê-lo momentos antes de desferir seu primeiro golpe. Com determinação, você range os dentes contra a dor que atravessa sua cabeça (perca 2 pontos de Resistência) e se prepara para revidar o ataque terrível da criatura.

Vá para 94.

475

À medida que sua voz inquieta ecoa pelas árvores, o estranho se vira lentamente para encará-lo. Seu coração bate forte e seu sangue gela em suas veias quando, de repente, você percebe que esse estranho não é humano. É um vordak, um tenente hediondo dos Lordes Sombrios, um dos mortos-vivos que andam. A criatura no manto profere um grito penetrante que faz seu estômago revirar de medo. Invocados pelo grito penetrante do vordak, uma dúzia de giaks surge das árvores circundantes e o atacam. Você luta corajosamente, mas há muitos deles e logo você é subjugado e preso ao chão.

A última coisa que sente é o toque gélido dos dedos esqueléticos do vordak enquanto eles se fecham como um torno ao redor da sua garganta.

Tragicamente, sua vida e sua missão de chegar a Holmgard terminam aqui nesta trilha solitária da floresta.

476

O virote é desviado pela sua arma, mas a força do impacto a quebrou em pedaços. (Apague esta Arma da sua *ficha de ação*.)

Para continuar, vá para 250.

477

Você desembainha sua arma e investe impetuosamente na passagem, gritando o mais alto que consegue. A confusão súbita faz o giak girar. Esta criatura pode ver claramente no escuro e, quando ela o vê correndo em sua direção, gritando como um louco, ela saca sua espada e se prepara para bloquear seu primeiro golpe.

SOLDADO DE ASSALTO GIAK

13   12

Se vencer este combate, vá para 274.

478

A encosta é íngreme e a terra é solta e escorregadia. Você lança um olhar rápido sobre o ombro e vê os dois giaks emergindo da linha das árvores. Eles começam a subir atrás de você. Na metade do caminho até o pico desta colina, você encontra uma caverna à sua direita. Sua entrada foi quase totalmente escondida por um deslizamento recente.

Se tiver a *Disciplina Ka*i Camuflar, vá para 502.

Se quiser tentar se esconder na caverna, vá para 426.

Se decidir ignorar a caverna continuar sua escalada em direção ao pico desta colina, vá então para 67.

479

Você está no meio do ar quando o virote do sargento drakkar penetra na parte de trás do seu crânio. Você não sente dor. As únicas sensações que tem antes de ser consumido pela escuridão eterna são um sentimento momentâneo de leveza e a imagem fugaz do sorriso beatificante da Deusa Ishir.

Tragicamente, sua vida e sua missão terminam aqui, na Ponte de Alema.

480

Você amaldiçoa sua má sorte. Parece que a natureza está conspirando com os Lordes Sombrios para atrapalhar seu progresso. O revés é lamentável, mas não diminui a sua determinação em chegar a Holmgard o mais rapidamente possível.

Depois de limpar a lama preta e grudenta das botas e roupas, você verifica seu equipamento e então continua pela floresta.

Vá para 457.

481

Limpando o sangue giak imundo da sua arma, você desce rapidamente da encosta antes que o kraan perceba que seus cavaleiros foram mortos. Durante sua descida apressada, você perde o equilíbrio várias vezes nas rochas soltas e cai com força. Deduza 1 ponto de RESISTÊNCIA por todos os cortes e arranhões que sofreu nas pernas e cotovelos.

Para continuar, vá para 373.

482

Você puxa o capuz do manto roxo e respira fundo. Com um frio de medo no seu estômago, você sai das sombras e caminha com confiança através da câmara em direção à saída do outro lado. Os giaks observam sua passagem, mas não suspeitam que você seja outra coisa além do que parece ser: um sumo sacerdote cener .

Você chega ao lado mais distante da câmara sem ser desafiado pelos vigias atentos e entra no túnel arqueado na parede.

Vá para 150.

483

Você coloca o corpo do velho sobre uma mesa de trabalho e o cobre com um avental que encontra pendurado atrás da porta da frente. O açougue está sem carnes, seu estoque tendo sido vendido ou roubado durante as últimas vinte e quatro horas desde o início da invasão.

Enfiada atrás do balcão, você descobre uma bolsa de couro contendo 65 Coroas de Ouro. Trata-se de uma grande quantia de dinheiro, mas você não toca em nenhuma moeda. Em vez disso, esconde a bolsa debaixo de um piso solto, na esperança de que a família do velho a encontre lá um dia.

Você faz uma pequena oração à Deusa Ishir para cuidar dessa alma perturbada, depois deixa a loja e segue o seu caminho rumo à Cidadela Real.

Vá para 324.

484

A enorme onda de choque da explosão do barril o derruba e faz voar pelos ares. Você atinge a parede do parapeito no outro lado da ponte com uma força espantosa, antes de cair rapidamente na calçada ao lado da estrada.

Os ferimentos que sofreu com a explosão reduzem seus pontos de Resistência atuais pela metade. As frações devem ser arredondadas para baixo (por exemplo, se o seu total de pontos de Resistência atual for 13, a metade será 6½. Arredondado para baixo, a perda resultante é 6).

Para continuar, vá para 394.

485

Enrolado neste pacote de roupas femininas, há uma bolsa de veludo pequena contendo 6 Coroas de Ouro e uma Barra de Sabão Perfumada. Se decidir manter esses itens, lembre-se de fazer o ajuste necessário na sua *ficha de ação*.

Para continuar, vá para 317.

486

Na sua pressa de evitar o inimigo, seu pé fica preso em uma raiz de árvore e você cai de costas em um monte de poeira e folhas. Caindo no mato na base da colina, você pega sua arma rapidamente enquanto corre para a cobertura da floresta densa. O kraan não está mais circulando acima, mas é possível perceber a silhueta de dois giaks que estão no pico da colina.

Limpando o suor dos olhos, sua expressão fecha de dor ao descobrir que você está com um grande machucado na testa (perca 1 ponto de Resistência). Sem demoras, você acelera seu ritmo enquanto abre caminho mais para dentro da floresta.

Vá para 513.

487

— Pelethar! — exclama o Rei Ulnar. — Eu... eu não esperava que voltasse tão cedo. Então, você concluiu sua missão na Ponte de Alema?

O príncipe levanta o visor do seu elmo e faz uma saudação militar ao seu pai. Então, ele bate seus calcanhares blindados e abaixa a cabeça em deferência e lealdade. O Rei se vira e olha para você. Dúvidas e suspeitas brilham em seus olhos.

— Parece que suas notícias não eram tão ruins assim, Lorde Kai. Será que devemos acreditar em tudo o que nos disse?

O Príncipe Pelethar ergue a cabeça e o encara. Lentamente, ele levanta o braço direito e aponta para você de forma acusatória. Sua voz forte ressoa ao redor da câmara.

— Impostor!

O Rei fica chocado com a acusação do seu filho. Ele se volta para seus guardas e grita: — Prendam-no! Prendam o Kai!

Se tiver um Pingente de Estrela de Cristal, vá para 473.

Se não possuir este Item Especial, vá para 113.

488

Instintivamente, você mergulha do topo das escadas e pousa com força no chão de pedra da câmara abaixo, arranhando os joelhos e cotovelos enquanto rola até parar (perca 1 ponto de Resistência). Sua aterrissagem pode ter sido desajeitada, mas suas reações rápidas salvaram sua vida. Um bloco imenso granito se desalojou do teto e esmagou os degraus sobre os quais você estava há momentos atrás.

Abalado por escapar desta por pouco, você se esforça pra se levantar e avança para inspecionar o dano. Agora, um feixe de luz cinzenta e fosca entra na câmara a partir de cima, através do espaço onde o bloco caído de pedra estava posicionado. No topo desta abertura semelhante a um poço, você pode ver um emaranhado de ervas-de-túmulo e o céu nublado cinza acima. A luz fosca renova suas esperanças de escapar deste submundo dos pesadelos.

Você consegue subir o poço sem muitos problemas, mas, à medida que se aproxima da superfície, você é forçado a usar sua arma para cortar uma saída através do emaranhado de uma folhagem brutal. Ao fazê-lo, você sofre vários cortes pequenos no rosto e nas costas da sua mão (perca mais 1 ponto de RESISTÊNCIA).

Por fim, você emerge novamente na necrópole, num lugar próximo de um caminho estreito espremido entre dois mausoléus de pedra preta. Olhando para baixo, pelo buraco do qual acabou de escapar, você vê uma luz verde pulsante cuja intensidade aumenta continuamente. Então, uma risada cruel e inumana parece sair do próprio chão em que você está. Ela reverbera pelo cemitério nebuloso, fazendo uma onda de pânico correr pelas suas veias. Tremendo de um medo repentino, você se afasta do buraco e corre o mais rápido que pode em direção ao portão sul desta necrópole maligna.

Vá para **87**.

489

Você foca sua habilidade de Kai no buraco de fechadura e a utiliza para fazer o pino de travamento recuar. Filetes de suor aparecem na sua testa enquanto você injeta sua concentração para completar esta tarefa difícil. Seus esforços não são facilitados pelo inimigo. O barulho da batida incansável na porta principal dificulta a sua concentração. Depois de alguns minutos difíceis, você finalmente consegue fazer o pino girar. (Você deve deduzir 1 ponto de Resistência devido à energia mental gasta nesta tarefa.)

A porta grande para o salão está começando a desabar sob os golpes de martelo repetidos das hordas inimigas. Você gira a maçaneta e passa pela porta para um pequeno patamar de granito. Uma escadaria pequena de pedra à sua esquerda desce para a escuridão. Parando por um instante para fechar a porta e trancá-la com a trava, você respira fundo e então começa a descer em direção à câmara abaixo.

Vá para 381.

490

Você tira a Tocha e o Isqueiro da sua mochila. Dentro do Isqueiro, há um pedaço pequeno de pederneira. Ao bater esta pedra afiada na base áspera da caixa, você consegue criar faíscas que acendem sua lanterna. Cuidadosamente, você explora as profundezas deste túnel sinuoso até que ser obrigado a parar por um cheiro forte e asqueroso. É o fedor inconfundível de carne podre. De repente, algo escuro e pesado cai do teto do túnel e bate nas suas costas. O golpe o deixa de joelhos e sua tocha escapa da sua mão e rola pelo chão do túnel. Você se levanta, mas, antes de conseguir recuperar sua tocha, você sente os tentáculos sujos de um cavarrastejante batendo com fome no seu torso. Esta criatura está tentando enrolá-los ao redor do seu corpo para que possa esmagá-lo até a morte.

CAVARRASTEJANTE

17   7

A chama oscilante da sua lanterna caída o ajudará durante este combate, pois os olhos do cavarrastejante são bastante sensíveis à luz. Você adicionará 2 pontos à sua HABILIDADE durante toda esta luta. O cavarrastejante é imune à Rajada Mental e Afinidade com Animais.

Se vencer este combate subterrâneo mortal, vá para **493**.

491

Você olha para a parede do parapeito e observa sua construção. A argamassa antiga está espremida entre blocos de granito esculpidos, desgastada pelos séculos passados. Há lacunas na argamassa que oferecerão um apoio para os dedos, mas não será uma subida fácil.

Se seus pontos de RESISTÊNCIA atuais forem 10 ou menos, vá para **437**.

Se for 11 ou mais, vá para **516**.

492

Você é acordado do seu descanso pelos guinchados horríveis de um kraan circulando acima da caravana. O comerciante e seu guarda-costas estão dormindo, roncando em uníssono com garrafas de vinho vazias e amontoadas nas mãos enquanto a carruagem lentamente para. Com cuidado, você destrava as metades da porta traseira e as empurra para abrir. O condutor da carruagem e seu vigia aparecem de repente, tendo acabado de sair correndo de seus lugares na frente do veículo. — Inimigo na estrada à frente, — diz o condutor. Ele e seu ajudante o empurram para procurar abrigo dentro da carroça.

Você sobe pela escada traseira até o telhado para ter uma visão melhor da paisagem ao redor. Está de manhã cedo e o céu está claro e brilhante. Reunidos na estrada à frente, é possível ver uma alcateia de lobos letais. Eles estão a menos de quatrocentos metros de distância de onde a caravana está. Lentamente, os lobos letais avançam em linha fechando a estrada. Estão avançando e prontos para atacar.

Se quiser deixar o teto do vagão e correr para a cobertura nas árvores próximas, vá para 275.

Se decidir soltar um dos cavalos principais de carruagem, você pode montá-lo e tentar atravessar a linha de avanço dos lobos letais para alcançar a estrada livre. Vá para 20.

493

A criatura carnívora solta um grito de morte assustador e cai. Em pânico, você se levanta e pega o que acredita ser seu cinto das mandíbulas pegajosas da fera morta. Há uma luz fraca à distância e você corre em direção a ela tão rápido quanto possível. Quando finalmente chega à luz do dia, você cai no chão coberto de folhas e luta para respirar em arfadas dolorosas.

Sentando-se lentamente, você percebe que ainda está usando seu cinto. No fim das contas, ele não foi perdido durante o combate. O que você pegou da mandíbula do cavarrastejante foi uma tira de couro com uma pequena bolsa e uma Adaga com bainha (Arma) presa no meio dela. Dentro dela, há 20 Coroas de Ouro. Você pode pegar a Adaga e as Coroas, se quiser.

Sentindo-se um pouco mais calmo agora, você junta seu equipamento e continua para o leste, para dentro da floresta.

Vá para 221.

494

Enquanto corre pelo campo aberto em direção à cobertura da floresta mais próxima, um kraan mergulha e tenta pegá-lo com suas garras. Você se esquiva do ataque, mas as garras rasgam seus ombros enquanto passam. Antes que possa sacar sua arma e se preparar para combatê-la, a criatura abandona seu ataque e voa para longe, guinchando com malícia fria.

Você chega ao bosque, mas perde 2 pontos de Resistência ao fazê-lo.

Vá para 400.

495

Você segue pelas árvores e começa uma descida gradual. Através das árvores à frente, você tem vislumbres tentadores do rio Unoram. Neste ponto, o rio tem quase um quilômetro e meio de largura. Esse grande curso d'água é um dos três grandes rios de Sommerlund, sendo os outros dois o Tor e o Eledil. O Unoram desce das Montanhas do Penhasco de Durn centrais e se junta ao Eledil antes de fluir para os mares do Holmgulf. Há muitos séculos, foi construída uma grande ponte para atravessar o rio e, à medida que você segue através das árvores, vislumbra as torres gêmeas de pedra que guardam a rampa de aproximação e a porta de entrada para a extensão monumental desta ponte. Na sombra das torres, há uma área de terra nivelada, pavimentada com placas de granito antigas, alisadas pelos anos que passaram. Esta área pavimentada é conhecida como a Mitra de Alema. Ela era frequentemente usada como um ponto de encontro e de negócios para mercadores, mas agora está sendo usada para um propósito bem mais sinistro.

A Mitra de Alema está tomada por soldados de assalto giaks e drakkarim. Desembarcadas pelo ar em redes de carga presas sob as barrigas da feras zlan, essas tropas estão se reunindo em prontidão para dar suporte à batalha feroz que está sendo travada no centro da ponte. Você julga que seria suicídio tentar atravessar a Mitra de Alema, pois ela está tomada por tropas inimigas. Mas também está consciente de que qualquer tentativa de atravessar o rio neste momento também falharia. A água está gelada e você ficaria vulnerável a um ataque de kraan durante a maior parte da travessia.

Tendo decidido que é impossível continuar nesta direção, você volta na floresta e faz um grande desvio ao redor da Mitra de Alema. A não ser que tenha a *Disciplina Ka*i Caçar, você deve comer agora uma *refeição* ou perder 3 pontos de RESISTÊNCIA.

Para continuar, vá para 469.

496

Você andou quase uma hora ao longo da margem do rio quando chega a uma grande curva. Uma copa de carvalhos está sobre uma colina neste ponto. De algum lugar além da colina você pode ou vir o barulho inconfundível de uma batalha acontecendo. Com cautela, você se aproxima das árvores para ter uma visão elevada do que está além.

Vá para 278.

497

Você dá uma olhada pela fileira de armas reais que estão empilhadas nos suportes. São as seguintes: Adaga (0), Maça (1), Espada Curta (2), Martelo de Guerra (3), Espada Curta (4), Espada (5), Machado (6), Espada (7), Espada Larga (8), Machado (9).

Você está tentando se decidir qual arma é melhor quando, de repente, a voz profunda do Mestre Kai Fogo Estelar grita com raiva:

— Lobo Silencioso... venha comigo, AGORA.

Escolha um número da *tabela de números aleatórios*. O resultado indica a Arma que você retira do suporte (use o número que aparece entre parênteses ao lado de cada uma das armas listadas acima) enquanto se vira apressadamente e corre atrás do seu Mestre Kai em reação ao seu comando conciso.

Para continuar, vá para 58.

498

Depressa, você desce do topo do pedregulho e corre através do piso cheio de detritos em direção a uma fenda em forma de V na parede desta câmara inferior. Esta abertura acabou de aparecer. É o resultado do dano do impacto e do afundamento do chão no salão principal, diretamente acima. Os veios de luz do dia estão entrando por essa brecha, vindos de uma fissura recém-formada na encosta acima. Você sobe firmemente em direção à fonte desta luz e logo emerge do chão entre as árvores do lado mais distante das colinas.

Durante vários minutos, você não consegue sair do local de onde escapou do templo subterrâneo e se arrastou de volta à superfície. Seus dedos incrustados de sujeira tremem e sua garganta está dolorosamente seca enquanto você se senta e olha inexpressivamente para o madeiral ao redor. É difícil lidar com a maldade nociva que acabou de encontrar, um mal que deve ter apodrecido durante incontáveis meses abaixo destas colinas aparentemente pacíficas e arborizadas. Você fica profundamente chocado que os cenereses poderiam restabeler seu templo secreto aqui em sua terra natal, em um local tão perto do Mosteiro Kai. Seu estômago revira ao pensar sobre o que encontrou lá e sua mente treme de horror ao considerar as consequências para Sommerlund se os cenereses puderem realizar seus planos maléficos.

Lentamente, suas sensações de choque dão lugar a uma determinação renovada. Você promete que chegará a Holmgard o mais rapidamente possível e avisará o Rei Ulnar sobre esta ameaça nova e letal à segurança de Sommerlund. Você espera que suas ações pelo menos adiem o plano cenerês de espalhar uma praga mortífera pela sua terra natal em várias semanas. Assim que o Rei for alertado, ele certamente enviará um exército para destruir este templo maligno e tudo o que ele abriga.

A não ser que tenha a *Disciplina Kai* Caçar, você deve comer agora uma *refeição* ou perder 3 pontos de Resistência. Se tiver um Manto Roxo, você deve descartar este Item Especial antes de continuar.

Para deixar a encosta arborizada e continuar em sua jornada pela floresta, vá para **148**.

499

Depois do que parece ser uma eternidade lutando para chegar ao pico dessa colina íngreme, você finalmente consegue subir em sua crista e analisar a floresta ao seu redor. Atrás, acima da cobertura das árvores, é possível ver os restos fumegantes do Mosteiro Kai.

Ao norte, uma coluna de fumaça escura está subindo alto no céu. Pequenas labaredas laranjas tremulam em sua base e você fica de coração apertado ao perceber que o porto distante de Toran está em chamas.

De repente, um grito penetrante avisa que há um kraan voando acima, pronto para atacar. Ele está a apenas trinta metros de distância e mergulha rapidamente para sua presa.

Se escolher ficar e lutar contra esta criatura, vá para **21**.

Se decidir fugir do seu ataque ao deslizar para baixo pelo outro lado da colina, longe da aproximação do kraan, vá para **126**.

500

Do topo da torre, é possível ver acima das árvores em todas as direções. Longe, ao norte, uma coluna de fumaça escura sobe alto no céu. Pequenas labaredas laranjas tremulam em sua base. Você fica de coração apertado ao perceber que o porto distante de Toran está em chamas. Do sudoeste, o vento carrega o barulho da batalha. Está perto, não mais de oito quilômetros no máximo.

No piso da torre de vigia, há uma caixa grande e retangular.

Se quiser abrir esta caixa, vá para **442**.

Se preferir descer a escada e deixar a torre, tomando cuidando para usar apenas os degraus bons, vá para **197**.

501

Os guardas durões atravessam seus bastões para evitar que você passe pela porta desta taverna suntuosa.

— Cinco Coroas de Ouro, — resmunga o homem parado à esquerda da porta. — Preço da entrada, — diz aquele parado à direita.

Se quiser pagar esta taxa de entrada exorbitante, vá para 443.

Se escolher não pagar, você pode continuar pelo Beco de Fars, indo para 77.

502

Você puxa o capuz da sua capa para frente e desce atrás das rochas e pedregulhos espalhados pela boca da caverna. Segurando o fôlego, você se enrola como um tatu e se cobre completamente com sua capa verde quente. Menos de um minuto depois, os giaks sobem o morro rochoso com tropeços, seus olhos amarelos malignos procurando furtivamente em cada buraco e fenda que encontram.

Frustrados, eles logo abandonam sua busca e o xingam por ter escapado. Seu idioma bruto ecoa pela floresta ao redor: — Ezog ek dok... Ash jatnek gaj!

Eles se afastam e continuam subindo em direção ao pico da colina. Silenciosamente, você agradece aos seus Mestres por lhe ensinarem a *Disciplina Ka*i Camuflar... ela provavelmente salvou sua vida nesta ocasião.

Se quiser explorar a caverna do morro, vá para 46.

Se quiser deixar seu esconderijo e descer a colina caso os giaks decidam voltar, vá para 373.

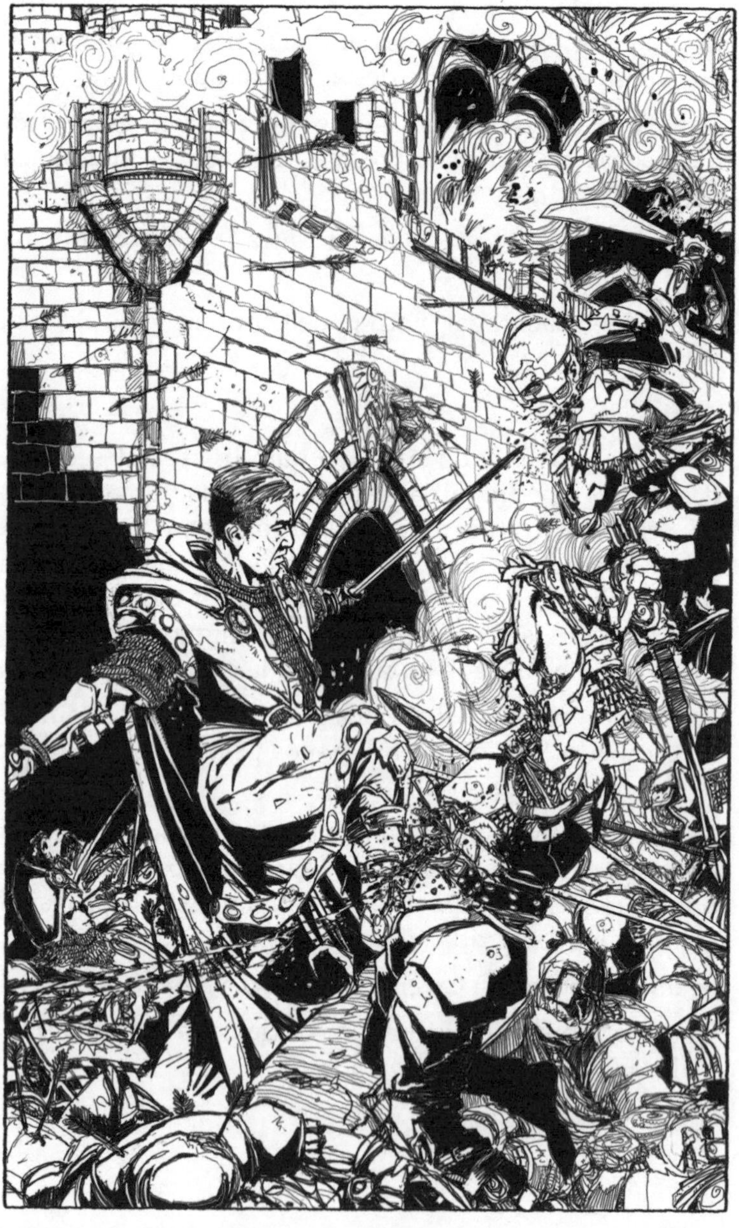

503

Apressadamente, você desce a escada até a galeria localizada abaixo do telhado da torre e levanta a alavanca para trancar o alçapão acima. Você dá um suspiro de alívio por ainda estar vivo e tem uma sensação radiante de orgulho e satisfação por ter cumprido sua missão, mesmo contra todas as chances. Você se prepara para subir sobre o corrimão da galeria e saltar para o piso da câmara abaixo, quando, subitamente, percebe que algo mudou desde a última vez que esteve na câmara do Grão-mestre. Há uma corrente de ar frio vinda da parede sul e é possível detectar o odor fraco da fumaça de batalha nesta brisa gelada.

Você segue a galeria e olha para baixo para ver que uma das janelas voltadas para o sul está aberta. Um falcão preto está pousado no peitoril. Seu olhar é atraído para o olho do falcão, que está reluzindo como uma poça de água escura e insondável. O olho pisca e uma espiral de imagens começa a invadir sua mente. Você tem vislumbres da batalha mortal sendo travada no parque de treinamento abaixo. A devastação é chocante e apenas alguns de seus Mestres e companheiros Kai continuam vivos. As imagens giram uma vez mais, deixando-o zonzo, e você é forçado a segurar firmemente no corrimão para não cair no chão da galeria. Mais uma vez, as formas giratórias voltam ao foco e agora sua mente está cheia das visões e dos sons da batalha no solo. Seu coração dispara e você respira fundo quando, de repente, percebe o que são essas imagens; são uma visão da batalha vista pelos olhos do seu Grão-mestre. Lâmina Audaz está cercado por um círculo de drakkarim e giaks que se aproximam, com várias fileiras. Você vê suas espadas cintilando em movimentos lentos, atacando o inimigo que avança com efeito devastador, matando vários com cada golpe que desfere através da multidão implacável de corpos. Mas você também sente que ele está em grande desvantagem e sua força está finalmente cedendo diante dessa situação impossível.

"Vá para a alcova, Lobo Silencioso."

As palavras de Lâmina Audaz são como um sussurro suave no seu ouvido.

"Fuja daqui. Tudo está perdido... Salve-se ... Vá até Holmgard e avise o Rei Ulnar. Que Kai e Ishir o preservem".

As imagens desaparecem e sua cabeça começa a desanuviar, como se estivesse despertando de um pesadelo. O falcão preto pia alto. Ele deixa o peitoril estreito da janela e voa para o sudeste, em um trajeto paralelo ao feixe de luz laranja do farol de cristal. Então, você ouve o som de uma comemoração inimiga triunfante vindo do parque de treinamento abaixo e seu coração dói com a percepção arrepiante de que, finalmente, eles derrotaram Lâmina Audaz e os poucos corajosos que lutaram ao seu lado até o fim.

Uma sensação de indignação surge do seu interior. Com uma agilidade felina, você salta pelo corrimão da galeria e aterrissa facilmente no chão ladrilhado. Então, corre até a janela aberta e olha para baixo. A batalha finalmente acabou. O terreno do mosteiro está repleto de corpos mortos e moribundos e cheios de fileiras animadas do inimigo agora vitorioso. De repente, a animação deles some e um grito raivoso ecoa pelas paredes destruídas e queimadas do mosteiro. Do centro do campo de batalha no parque de treinamento, uma figura encapuzada lança da sua palma esticada uma bola de fogo escarlate que faz um arco ascendente em direção à sua janela. Há um clarão súbito e uma onda de ar queimado te joga para trás até o chão.

Escolha um número da *tabela de números aleatórios*.

Se o número for 0 – 4, vá para **234**.

Se o número for 5 – 9, vá para **64**.

504

Ao ver que você venceu a luta, o oficial giak grita — Ogot! Ogot! — para seus soldados restantes. Eles fogem imediatamente das ruínas e correm para a segurança da floresta nos arredores.

O líder giak vestido de preto os segue e para quando ele chega à linha das árvores. Virando para encará-lo, ele balança o punho de armadura e grita: — Raneg rogag ok! Orgadaka okak rogag gaj! — Então, ele guarda seu mangual farpado e some entre as árvores.

Avaliando a cena da batalha recente, você conta quinze giaks mortos entre os pilares ancestrais e ruínas despedaçadas de Raumas. O jovem mago surge do santuário. Ele limpa as sobrancelhas e caminha em sua direção com um sorriso no rosto, sua mão estendida de forma amistosa.

Vá para 547.

505

Com cuidado, você insere a Chave Dourada e gira-a em sentido horário. Por alguns instantes, você prende o fôlego, então ouve um estalo e exala um suspiro de alívio... a chave funcionou. Depois de destravar a porta com êxito, você segura a parte superior do pino e o retira dos suportes. Por alguns instantes, ouve o som baixo de engrenagens pequenas de pedra girando e então a grande porta de granito se move lentamente em suas dobradiças ocultas. (Remova a Chave Dourada dos seus Itens Especiais.)

A meia-luz cinza do cemitério inunda a tumba. Fora da porta, um pequeno lance de escadas de pedra sobe para a superfície. Os degraus estão cobertos de grama e ervas-de-túmulo. Você saca sua arma e a utiliza para cortar o caminho através da folhagem terrível, sofrendo muitos pequenos cortes nas pernas e na parte de trás da mão enquanto golpeia para abrir uma saída (perca 1 ponto de Resistência).

Por fim, você emerge novamente na necrópole, num lugar próximo de um caminho estreito espremido entre dois mausoléus de pedra preta. Olhando para baixo, pelo buraco do qual acabou de escapar, você vê que a porta da tumba está fechando lentamente. Uma risada cruel e inumana parece sair do próprio chão em que você está. Ela reverbera pelo cemitério nebuloso, fazendo uma onda de pânico correr pelas suas veias. Tremendo de um medo repentino, você se afasta do buraco e corre o mais rápido que pode em direção ao portão sul desta necrópole maligna.

Vá para 87.

506

Em poucos minutos, você vê que os kraan deram a volta e agora estão pairando sobre uma colina atrás de você. Numa contagem rápida, percebe pelo menos vinte dessas criaturas horríveis, cada uma delas com pelo menos dois giaks cavalgando em suas costas. Eles estão armados com lanças longas e vestem uniformes vermelhos opacos, com capacetes altos e pontiagudos, feitos de bronze fosco. Depois, você ouve os gritos animados dos cavaleiros giak e seu coração dispara. Eles o encontraram.

Você salta para a entrada do túnel a sete metros e meio metros abaixo, mas sua bota fica presa em um arbusto espinhoso e você fica pendurado e impotente de cabeça para baixo, sem armas e vulnerável. Felizmente, seu fim é rápido e indolor. A ponta da primeira lança giak perfura seu coração e sua morte é instantânea

Tragicamente, sua vida e sua missão terminam aqui.

507

Depois de vários e longos minutos escondido nas sombras do pilar, você decide que é arriscado demais tentar atravessar a câmara sob o olhar atento dos vigias giaks. A forma mais segura de escapar é por meio das saídas que estão mais próximas do túnel através do qual você entrou pela primeira vez neste salão.

Se quiser passar pela saída à esquerda do túnel de entrada, vá para **421**.

Se decidir passar pela saída à direita do túnel de entrada, vá para **347**.

508

À medida que a criatura cai aos seus pés, seu corpo se dissolve lentamente em um líquido verde e vil que borbulha e espuma enquanto é absorvido pelo solo. Você nota que a grama e as plantas ao redor do poço de fluido fétido estão definhando e liberando filetes de fumaça enquanto morrem. No meio da poça borbulhante, há uma Gema grande e valiosa.

Se quiser tirar esta Gema do líquido borbulhante, vá para **108**.

Se decidir deixar a Gema onde está, você pode deixar este lugar, indo para **165**.

509

O resto dos emboscadores giaks foi alertado pelo som do seu combate breve. Um deles grita: — Koga! — e imediatamente o resto deixa o que estava fazendo e vem correndo pela trilha até o seu local. Sem hesitação, você se vira e corre para a segurança das árvores próximas.

Os emboscadores giaks tentam persegui-lo, mas você está em seu ambiente natural e logo eles perdem seu rastro na densa área de madeiral. Quando tem certeza de que eles não estão mais te perseguindo, você reduz seu ritmo e então descansa por alguns minutos ao lado de uma árvore caída. Enquanto recupera suas forças, você descobre alguns fungos comestíveis crescendo no tronco oco. Há o suficiente para 2 refeições.

Para continuar sua jornada pela floresta, vá para **183**.

510

À medida que desce a colina em direção ao Cemitério dos Ancestrais, você percebe uma neblina estranha que se movimenta por todo esse lugar cinza e ameaçador. Ela sai das fissuras no chão e das tumbas rachadas e decadentes dessa necrópole maldita. Este ar denso é úmido, imundo e carregado de decadência. Ele alimenta uma camada de nuvem baixa que mantém o cemitério tomado por uma penumbra perpétua.

Com uma apreensão crescente, você se aproxima do seu portão quebrado. À medida que se aproxima, um arrepio assustador parece penetrar em seus ossos. Você está a menos de cem metros da entrada destruída quando seu cavalo fica assustado e, não importa o quanto você o instigue, ele se recusa a dar mais um passo para perto desse lugar terrível. Relutante, você é forçado a abandonar o seu cavalo e a continuar sua abordagem final a pé.

Vá para **432**.

511

Você se afasta do cadáver do giak com seu coração batendo forte no peito. Esta é a primeira vez que mata um giak e, embora tenha cumprido seu dever com habilidade admirável, você agora se sente agitado e enjoado. Seu corpo está tomado por duas emoções conflitantes: euforia e repugnância.

— Lutou bem, Lobo Silencioso, — grita Fogo Estelar. Enquanto você estava em combate, ele eliminou a primeira onda de giaks que tentava entrar. Agora, ele está correndo em direção à parede do antemuro da portaria para ativar a alavanca que controla as portas. Ele ergue essa alavanca de ferro e as grandes portas começam a fechar com um rangido. Vários cadáveres giaks são esmagados e os seus membros são cortados quando as duas portas se encontram e se trancam com uma batida retumbante.

O choque do seu primeiro combate desaparece assim que o portão principal é trancado. O Mestre Kai Fogo Estelar o elogiou pela segunda vez este dia e agora ele direciona seu olhar para o topo da torre mais alta do mosteiro. Este edifício magnífico se chama Torre do Sol e é onde os Mestres Kai têm seus salões de aprendizagem. O nível mais alto pertence ao líder dos Kai, o Grão-mestre Lâmina Audaz.

— Lobo Silencioso... Tenho uma tarefa importante para você. Olhe lá em cima, bem no topo da torre, e me diga o que vê.

Você atende à solicitação de Fogo Estelar. Apesar da escuridão sobrenatural e dos incontáveis kraan rodeando no céu acima, você consegue perceber um cristal parecido com uma joia situado na ponta de um pináculo elaborado, feito de aço entalhado com runas.

— Vejo o farol de cristal, meu Lorde, — você responde.

— Exato. Quero que você vá até lá agora e acenda o farol. Isso avisará o Rei em Holmgard que os Lordes Sombrios estão atacando. Você entendeu?

— Sim, meu Lorde.

Fogo Estelar olha em direção ao pináculo e sua expressão fecha. — Algo está errado. Os sentinelas da torre já deveriam ter acendido o farol. Temo que eles tenham caído.

Os pensamentos sombrios do Fogo Estelar são interrompidos quando, de repente, uma segunda onda de criaturas voadoras desce em direção ao mosteiro. Estas são muito maiores que os kraan da primeira onda. Penduradas abaixo de suas barrigas escuras, há redes cheias de giaks em armadura de batalha e equipados com espadas e escudos.

— Fera zlan! — exclama Fogo Estelar. — Maldito Zagarna. Então, é assim que ele planeja nos derrotar!

Uma dessas grandes feras zlan escuras vem descendo para sobrevoar o parque de treinamento. Um cavaleiro encapuzado solta sua rede e uma quantidade de giaks de armadura desaba no chão. Muitos são esmagados até a morte com o impacto, mas a maioria sobrevive e rapidamente se livra da rede. Assim que são liberados, eles se espalham e atacam qualquer Kai que esteja à vista.

— Vá, Lobo Silencioso! — Fogo Estelar insiste, enquanto se prepara para reagir ao ataque aéreo do inimigo. — Vá agora e acenda aquele farol!

Enquanto Fogo Estelar corre de volta para o parque de treinamento para enfrentar o inimigo em combate, você observa pela penumbra misteriosa, seus olhos procurando a rota mais curta que o levará até o farol. O Grande Portal da Torre do Sol foi lacrado por dentro para evitar que o inimigo tivesse acesso, por isso, você precisa encontrar uma alternativa para entrar. Há várias portas que levam aos muitos salões do mosteiro no térreo. Contudo, apenas uma delas continua aberta. Está localizada abaixo de uma grande sacada no topo de uma rampa larga de granito e permite a entrada nas Câmaras dos Mestres Kai.

Você decide entrar no mosteiro por este caminho e corre em direção à rampa. Agora, as redes giak estão caindo com maior frequência e, por duas vezes, você é quase esmagado enquanto corre pelo parque de treinamento em direção à rampa distante. Uma rede, lançada cedo demais, acerta o meio da rampa de granito logo quando você chega. Todos, exceto um dos giaks azarados, morrem com o impacto tremendo, mas o único sobrevivente consegue recuperar os sentidos e cortar seu caminho até o topo. Enquanto você corre pela rampa em direção ao portal aberto, este giak salta do monte de redes e corpos quebrados e o ataca com sua espada escura curvada.

SOLDADO GIAK DA REDE

13   13

Este giak está em choque e frenesi de batalha. Ele não sente dor. Todas as lesões sofridas por este inimigo nas duas primeiras rodadas de combate são reduzidas para metade, com frações arredondadas para baixo (por exemplo, se o giak perder 5 pontos de RESISTÊNCIA na primeira rodada de combate, metade desse valor é 2½. Portanto, a fração deve ser ignorada e a perda arredondada para baixo, 2 pontos).

Se vencer este combate, vá para 246.

512

Fatigado pelas muitas atividades, você faz uma pausa para descansar por alguns minutos ao lado de uma árvore caída. Enquanto recupera sua força, você percebe um pacote grande escondido sob uma fenda no tronco.

Se quiser examinar o conteúdo deste pacote, vá para 485.

Se decidir deixá-lo onde está, você pode continuar sua missão de chegar a Holmgard indo para 317.

513

Cercada por arbustos espinhosos e raízes bem juntas, você pode ver a entrada de um túnel desaparecendo na encosta além. Você julga que ele tem cerca de dois metros de altura e pouco mais de três de largura. À medida que se aproxima, é possível sentir uma brisa suave saindo da escuridão. Se a outra extremidade deste túnel sair do lado mais distante da colina, pode poupar muitas horas de uma escalada difícil. Mas você também teme que possa ele possa abrigar perigos desconhecidos.

Se quiser entrar neste túnel, vá para **245**.

Se decidir escalar a encosta, vá para **427**.

514

Você reúne suas defesas mentais e ergue um muro ao redor da sua psique para interromper este ataque violento. Rapidamente, a dor na sua cabeça diminui e, à medida que a sua visão se recupera, você corre para golpear a cabeça velha e enrugada do homem. Você está convencido de que ele é um druida cener de alto escalão, um praticante maligno das artes sombrias, e está determinado a matá-lo antes que ele possa soar o alarme.

SUMO SACERDOTE CENER

15 **13**

Seu oponente é imune à Rajada Mental.

Se vencer este combate, vá para 407.

515

Instintivamente, você se esquiva para evitar o projétil veloz e sua ponta de aço endurecida abre um sulco na pele do lado do seu pescoço; perca 2 pontos de Resistência.

Para continuar, vá para 250.

516

Você se lembra de uma expedição de escalada nas Montanhas do Penhasco de Durn que participou no final do verão passado, sob a supervisão de Mestre Kai Falcão Tempestuoso. Ele o ensinou a importância do equilíbrio, do posicionamento e da dinâmica ao subir em superfícies verticais. Agora, chegou a hora de colocar à prova o que você aprendeu nos Penhascos de Durn. Assim que a atividade inimiga se acalma, você deixa seu esconderijo e começa esta subida difícil. Há vários lugares na argamassa desgastada onde você pode se segurar com os dedos, mas nenhum é grande o suficiente para encontrar um lugar bom para seus pés e então você é forçado a suportar todo o seu peso apenas na ponta dos dedos. Mas é neste momento que o seu treinamento e aptidão surtem efeito. Ao escalar agressivamente a parede, você consegue tirar o melhor de sua superfície ruim e alcançar a passarela em menos de vinte segundos. Motivado pela situação perigosa, você acabou de completar sua melhor escalada. O Mestre Kai

Falcão Tempestuoso, seu antigo tutor que infelizmente foi morto durante outra missão nos Penhascos de Durn, teria ficado muito orgulhoso.

Você corre pela passarela em direção à torre no início do terceiro vão. A porta desta torre está destrancada e você pode entrar sem ser visto. Você passa pela torre e corre pela passagem do terceiro vão em direção ao próximo conjunto de torres e arcos que protegem a entrada de Pedra de Durn. Em um túnel estreito sem portões que atravessa a torre mais próxima, você faz uma pausa para observar a batalha sendo travada na praça pavimentada abaixo. No centro desta praça magnífica, os Guardas da Corte do Príncipe Pelethar estão engajados em combate mortal com as tropas de assalto do Senhor Sombrio Zagarna. O inimigo está em número maior e tenta abrir caminho através da linha de Pelethar, mas os homens do Príncipe estão lutando como leões e impedindo-o. Através da fumaça e da confusão desta batalha odiosa, você vê o Príncipe engajado em combate com uma criatura reptiliana enorme. É um gourgaz, um nativo feroz do Atoleiro Maaken. Zagarna usou esta fera assassina para liderar seu ataque à Ponte de Alema por dois motivos. Ele não apenas é destemido e formidável em combate corpo a corpo, como também exala uma fragrância que incita um frenesi de batalha nos giaks. Sob a influência desta fragrância inodora, eles lutarão sem fadiga ou consideração pela sua própria segurança.

O gourgaz luta em pé, sobre as suas poderosas pernas traseiras. Ele se avulta acima das outras tropas e brande seu enorme machado de batalha preto com um efeito terrível. O Príncipe Pelethar está envolto em uma armadura prateada que brilha como um espelho ao sol. Seu tabardo branco está adornado com um cavalo alado, o seu emblema pessoal, e a lâmina afiada da sua espada larga está enfeitada com os símbolos orgulhosos de Sommerlund e da Casa de Ulnar. Pelethar parece estar ganhando seu duelo mortal com o monstruoso gourgaz até ele ser repentinamente atingido por uma flecha nefasta. A haste giak penetra na cota de malha sob sua axila direita e seu coração bate mais forte quando você o vê gritar e vacilar. Sentindo que a vitória é iminente, o gourgaz levanta o seu machado grande e desfere um golpe poderoso contra o elmo do Príncipe. Um dos Guardas da Corte de Pelethar o empurra para o lado enquanto o machado negro passa silvando o ar. Sua ação rápida evita que o senhor ferido seja decapitado, mas, ao fazê-lo, ele sacrifica sua mão e antebraço direitos para a lâmina do machado.

Com Pelethar ferido, a maré desta batalha sangrenta vira rapidamente a favor do inimigo. Você precisa se mover rapidamente para se juntar ao comando do Príncipe antes que ele seja obrigado a recuar para Pedra de Durn. Da sua posição no túnel inferior, você pode ver dois caminhos para chegar à praça abaixo. O primeiro é através de uma escada larga de mármore. O segundo é por uma linha de carga que está presa por uma roldana na parede da torre.

Se quiser descer pelas escadas de mármore, vá para **256**.

Se, por outro lado, escolher usar a linha de carga, vá para **115**.

517

Você se vira e corre para a segurança das árvores. O giak grita: — Koga! — e arremessa sua lança contra você. Instintivamente, você abaixa sua cabeça e se esquiva para a esquerda para evitar o ataque. A haste mortal faz um arco sobre seu ombro direito e fica enfiada no tronco de uma árvore apenas alguns metros à frente. (Você pode tirar esta Lança do tronco da árvore ao passar por ela. Lembre-se de que só pode transportar um máximo de 2 Armas de cada vez.)

Os emboscadores giaks tentam persegui-lo, mas você está em seu ambiente natural e logo eles perdem seu rastro na densa área de madeiral. Quando tem certeza de que eles não estão mais perseguindo, você reduz seu ritmo e então descansa por alguns minutos ao lado de uma árvore caída. Enquanto recupera suas forças, você descobre alguns fungos comestíveis crescendo no tronco oco. Há o suficiente para 2 *refeições*.

Para continuar sua jornada pela floresta, vá para **183**.

518

Você sobe até o primeiro andar da Torre do Sol. Esse nível é dividido em quatro salas menores, conhecidas como Salões do Conhecimento. São usados pelos seus Mestres para o estudo e o ensino dos Círculos de Conhecimento dos Magnakai, as *Disciplinas Kai* avançadas, e combinações de disciplinas avançadas, que empregam para criar efeitos poderosos. Esta é a primeira vez que você coloca os pés nestes salões sagrados e é impossível não se maravilhar com os milhares de tomos e manuscritos raros empilhados em filas organizadas sobre as prateleiras que cobrem as paredes do chão ao teto.

No canto noroeste do Salão do Conhecimento de Solaris, você encontra outra escada de pedra que leva ao andar acima. Apressadamente, você sobe seus degraus de granito e emerge no Salão dos Mestres Kai. Esta câmara grande tem vários grandes pilares de granito estriado que suportam o piso da câmara acima e há um grande trono de pedra colocado sobre uma plataforma elevada ao lado da parede leste. Este é o lugar onde os Mestres realizam suas reuniões e onde o Grão-mestre Lâmina Audaz os consulta. O trono é onde o Grão-mestre se senta durante esses discursos. As paredes do Salão dos Mestre Kai são decoradas com pinturas douradas que retratam momentos orgulhosos da história de Sommerlund e da Ordem dos Kai.

Atrás de uma cortina recolhida no canto nordeste, você descobre outra escada de pedra que sobe para a torre superior do piso acima. Poucos das fileiras mais baixas já pisaram nesses degraus antes, pois eles conduzem aos aposentos pessoais do próprio Grão-mestre. Ciente da sua missão, você sobe os degraus e emerge em um quarto de madeira decorada revestido com estantes de livros. Acima destas prateleiras, há uma galeria que rodeia a câmara. Lá em cima, no nível de galeria, estão algumas das obras acadêmicas mais raras e preciosas da Ordem. A escada, que normalmente permite o acesso à galeria, está quebrada em pedaços no chão.

Espaçadas nas paredes em intervalos regulares, há várias janelas estreitas cobertas com vidros de cristal carônico puro. Você se aproxima de uma dessas na parede sul e olha, mas a visão que esperava ter do parque de treinamento abaixo é obscurecida por uma neblina de fumaça espessa vinda dos muros em chamas e não é possível ver o progresso da batalha desesperada abaixo. Você se afasta da janela e olha para a galeria mais uma vez. Um corrimão se estende ao redor dela e, à medida que segue sua extensão, você percebe que existe uma plataforma no canto nordeste. Aqui, outra escada sobe para uma abertura de alçapão no teto. Seu coração acelera quando percebe que este é o caminho para o topo da torre, onde o farol de cristal está localizado.

Para que possa chegar a esta escada, deve primeiro encontrar uma maneira de subir até à galeria.

Se tiver uma Corda, vá para **5**.

Se não tiver uma Corda, vá então para **302**.

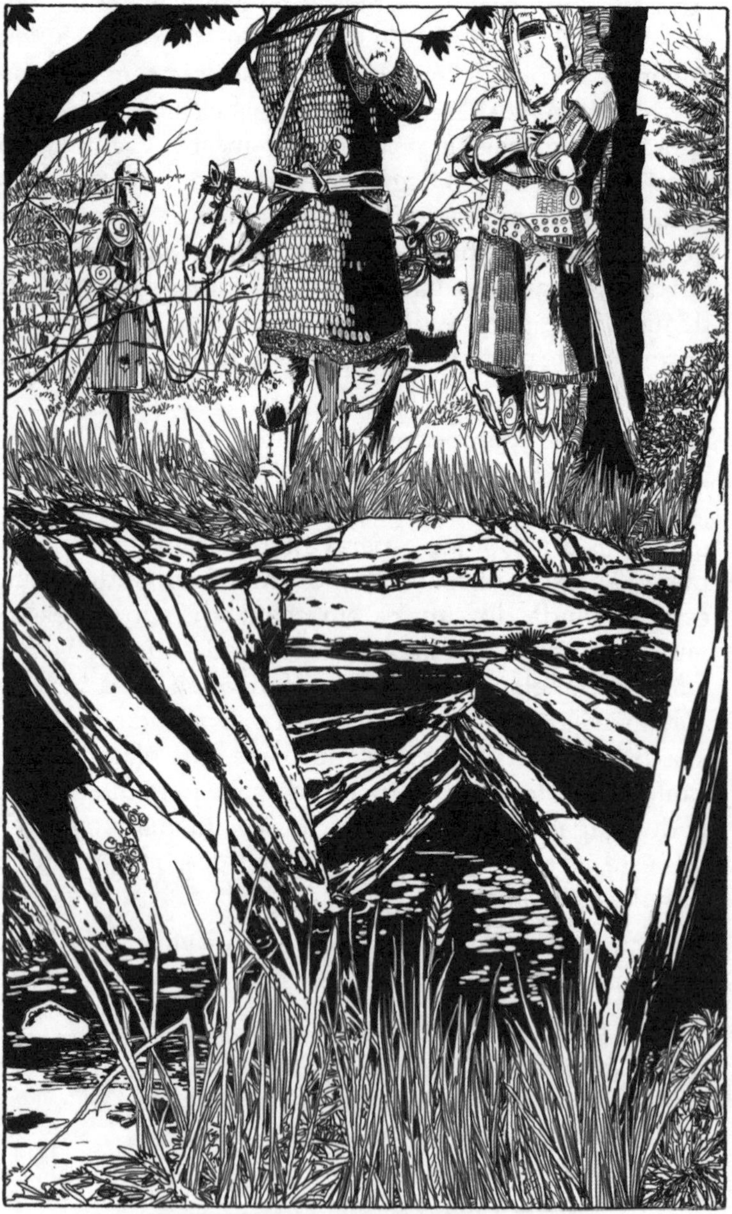

519

Você segue o riacho até ele desaparecer em uma pequena fissura na encosta rochosa. Em uma trilha, parados alguns metros acima da nascente subterrânea do riacho florestal, você vê quatro soldados e um oficial. Estão vestidos nos uniformes brancos da primeira infantaria Cassel do Exército do Norte do Rei Ulnar: "Os Calipardais".

Se tiver e quiser utilizar a *Disciplina Ka*i Sexto Sentido, vá para **68**.

Se tiver e quiser utilizar a *Disciplina Ka*i Camuflar, você pode se esconder e esperar que eles passem, indo para **103**.

Se decidir se aproximar e falar com eles, vá para **231**.

520

Uma busca rápida do corpo do giak e no térreo desta cabana revela os seguintes itens:

    2 Coroas de Ouro

    Adaga (Arma)

    Espada (Arma)

    Comida (Perna de Cordeiro – suficiente para 2 *refeições*)

    Escova de Cabelo de Prata

    Vaso de Tinta Preta

Se desejar ficar com qualquer um dos itens acima, faça os ajustes necessários na sua *ficha de ação*.

Para deixar a cabana e continuar, vá para **456**.

521

Você desembainha sua arma e corre para a clareira, pegando os giaks completamente de surpresa. Sem um instante de hesitação, você ataca aquele mais próximo. Ele morre antes que seu corpo atinja o chão. Os outros giaks sacam suas espadas curvas e retaliam. Você deve lutar com eles um de cada vez.

GIAK LAJAKAAN 1

⚔ 14   🛡 11

GIAK LAJAKAAN 2

⚔ 13   🛡 11

Se vencer, você poderá libertar o patrulheiro, indo para **163**.

522

Você chega à porta se fechando e mergulha de cabeça através da fenda poucos segundos antes que o portal pesado se feche completamente. Com uma finalidade terrível, as travas escondidas deslizam até sua posição, trancando e selando a porta com uma série de batidas metálicas ocas. Por alguns minutos, você fica deitado no chão frio de pedra, arfando, sua mente cheia dos pensamentos do que poderia ter acontecido se não tivesse escapado daquela câmara sinistra a tempo. Então, gradualmente, as batidas aceleradas do seu coração voltam ao normal e você se senta para avaliar o seu novo ambiente.

Você está num corredor de pedra rugosa iluminado por uma fileira de tochas fixadas em suportes de ferro nas paredes. Ao longe, é possível ver outro corredor. Ele tem forma oval e seu piso desce por uma série de plataformas escalonadas até um poço afundado em seu centro. Acima deste poço, há vários postes de madeira e pilares que pendem como estalactites do teto. Você se aproxima do salão com cautela, parando nas sombras entre as tochas que tremeluzem enquanto você passa. Perto do arco de entrada do salão, é possível ver que uma galeria com um parapeito de pedra se estende ao redor da sua seção superior. Os postes e pilares de madeira são amarrados com correntes pesadas e grilhões de ferro. A julgar pelo número de manchas de sangue, tanto nos postes quanto no chão do poço, você suspeita que este salão foi utilizado recentemente como uma câmara de tortura.

Há três saídas deste salão oval. Duas delas estão perto da entrada, levando para sua esquerda e direita. A terceira saída fica diretamente em frente, do outro lado do salão, além do poço e dos postes de madeira.

Se quiser explorar a saída à sua esquerda, vá para **421**.

Se escolher explorar a saída à sua direita, vá para **347**.

Se decidir atravessar a câmara e explorar a saída localizada na parede oposta, vire para **32**.

523

A Princesa Madelon se opõe à sua oferta e elogia sua coragem e cavalheirismo, mas o adverte de que é bastante equivocada.

— Esta criatura é incapaz de mostrar misericórdia, — ela diz, sua voz tremendo de raiva. — Ela só consegue realizar atos malignos, perpetrados pela vontade do seu mestre... o Lorde Sombrio Zagarna.

Vá para **441**.

524

Assim que o pino ornado se ergue da fechadura, ocorre um som surpreendentemente alto de pedras rachando.

Escolha um número da *tabela de números aleatórios*. Se tiver a *Disciplina Ka*i Caçar, adicione 1 a este número. Se tiver a *Disciplina Ka*i Sexto Sentido, adicione 2.

Se seu total agora for 4 ou menos, vá para **328**.

Se seu total agora for 5 – 8, vá para **488**.

Se o total agora for 9 ou mais, vá para **30**.

525

Seu Sexto Sentido avisa sobre um perigo diretamente acima, o que o faz olhar. Diretamente acima de você, há um kraan pairando no meio do ar. Um giak armado com uma lança está em seus ombros e está com a arma pronta para arremessar. A ponta da haste escura está envolta por um círculo sibilante de fogo mágico escarlate. Ele arremessa a lança e você salta de lado a tempo de não ser empalado.

A lança bate na calçada perto de seus pés. Com dificuldade, você tira a haste de uma pedra rachada e, à medida que a solta, vê que o sargento giak raivoso e o seu esquadrão de assalto estão se aproximando em um ritmo assustador. Instintivamente, você mira e joga a lança amaldiçoada contra o líder giak. A ponta flamejante o atinge no peito e, em um instante, ele é consumido por um casulo vibrante de chamas escarlates. Seus gritos assustadores de morte assustam o seu esquadrão e, um a um, eles se viram e fogem do seu comandante abatido. Aproveitando a chance, você cambaleia através da porta do mosteiro e tranca-a rapidamente atrás de si.

Limpando o suor e a sujeira da batalha do seu rosto com a parte de trás da sua mão trêmula, você corre para longe da porta e segue o corredor que leva ao Arsenal Kai.

Vá para 27.

526

Você segue a passagem escura até uma câmara funerária, iluminada suavemente por vários cristais cinzentos brilhantes, inseridos aparentemente de forma aleatória no teto embolorado. Dez túmulos grandes de granito estão dispostos em um círculo aproximado ao redor de uma antiga lança retorcida de bronze localizada no centro do piso empoeirado. Momentos depois de entrar nesta sala, um painel escondido de pedra pesada se fecha atrás de você e bloqueia a passagem. Temendo que agora esteja preso nesta cripta, você tenta abrir o painel a força. Quando os seus esforços falham, não resta outra opção senão procurar outro meio de fugir desta câmara sombria.

Em frente ao painel de pedra, no lado mais distante da cripta, você descobre uma segunda passagem. Está bloqueada por uma grade de ferro preto. Perto dela, você encontra restos de um esqueleto humano parcialmente envolto em uma armadura enferrujada. São os ossos de um ladrão de tumbas azarado. Ele se atreveu a entrar nesta câmara há mais de um século e ficou encarcerado aqui ao ativar uma armadilha que fez a grade cair. Entre os ossos, você descobre uma bolsa de couro, rachada e quebradiça pelo tempo. Dentro dela, há um pequeno frasco selado com cera. Com cuidado, você abre o selo e cheira o conteúdo. Para seu alívio, o cheiro agradável é conhecido... É Laumspur. Apesar da idade, esta poção não perdeu sua potência e pode restaurar até 4 pontos de Resistência quando ingerida após o combate. No frasco, há o suficiente para duas doses.) Entre os ossos, você também descobre uma Espada (Arma). O punho e lâmina estão em más condições, mas ela ainda é utilizável. (Se quiser ficar com esta Espada, anote na sua *ficha de ação* como Espada (–1 HC)'. Devido à sua má condição, você deve reduzir sua Habilidade em 1 ponto sempre que usá-la em combate.)

Se quiser procurar no resto da câmara funerária, vá para **455**.

Se decidir levantar a grade, vá para **284**.

527

Quando acorda, você se encontra deitado no pé de uma inclinação íngreme em meio a um emaranhado de grama alta. Sua mochila e Armas sumiram e sua cabeça dói violentamente. Você não pode dizer há quanto tempo está inconsciente, mas percebe que o tempo está passando e você precisa continuar em frente. Ao se levantar, é possível ver sua mochila e Arma na ladeira acima. Devem ter soltado quando você caiu. Você os recupera rapidamente e segue para as árvores à frente.

Vá para **158**.

528

Você segue a trilha da floresta saindo de Floresta da Bruma por quase uma hora até chegar a uma pequena clareira, rodeada por arbustos espinhosos. No tronco de uma árvore caída, um corvo negro está empoleirado. O pássaro o encara com um olhar frio, escuro, sem piscar. Você o chama, mas, imediatamente, ele levanta voo e vai embora.

Depois da batalha difícil que acabou de travar na aldeia de Floresta da Bruma, você está faminto e precisa comer uma *refeição* agora (ou perder 3 pontos de Resistência).

Para continuar, vá para **169**.

529

Você rola rapidamente para o lado a tempo para evitar a lâmina afiada de uma adaga cujo alvo era sua garganta. A ponta faz um risco comprido no topo de vidro do balcão enquanto você saca a arma e se prepara para desferir um contra-ataque no seu suposto assassino.

Parado diante de você está um jovem com olhos estranhamente negros, parecidos com de tubarão. Ele profere uma palavrão e investe com sua lâmina perversa, tentando desesperadamente afundá-la em seu peito.

VORT, O PSICOPATA

⚔ 13   🛡 17

Se você matar esse jovem maligno em 3 rodadas de combate ou menos, vá para **133**.

Se seu combate entrar na quarta ronda, não continue. Em vez disso, vá para **299**.

530

Você força seu cavalo a galopar ao longo da trilha em direção aos giaks incautos. Quando está a menos de trinta metros do grupo, eles ouvem sua aproximação e se viram lentamente para encará-lo. Com os olhos esbugalhados de choque e surpresa, metade deles entra em pânico e mergulha na mata. A meia dúzia restante tenta sacar as armas enquanto o seu cavalo se aproxima deles em uma velocidade assustadora.

Escolha um número da *tabela de números aleatórios*. Se você tiver a *Disciplina Kai habilidade em arma* e estiver empunhando a Arma relacionada a essa habilidade, adicione 2 ao número que escolheu.

Se seu total for 4 ou menos, você sofre uma ferida superficial na sua perna esquerda enquanto seu cavalo atropela o grupo de batedores giaks: perca 2 pontos de RESISTÊNCIA.

Se seu total for 5 ou mais, você decapita o líder giak com um único golpe da sua arma e passa pelo grupo incólume.

Faça os ajustes necessários na sua *ficha de ação* e continue, indo para **283**.

531

Você se coloca entre um pilar e a parede da câmara, usando as sombras para ficar escondido. Você aguarda pacientemente a oportunidade de se aproximar da saída no fim da câmara, mas logo percebe de que os giaks se colocaram como vigias na galeria acima. Passar por eles sem ser detectado não será uma tarefa muito fácil.

Se tiver um Manto Roxo, vá para **482**.

Se não possuir este Item Especial, vá para **507**.

532

Você conseguiu forçar com sucesso uma abertura nas barras, grande o suficiente para poder escapar.

Para rastejar através do vão do portão e seguir pelo corredor que está à frente, vá para **31**.

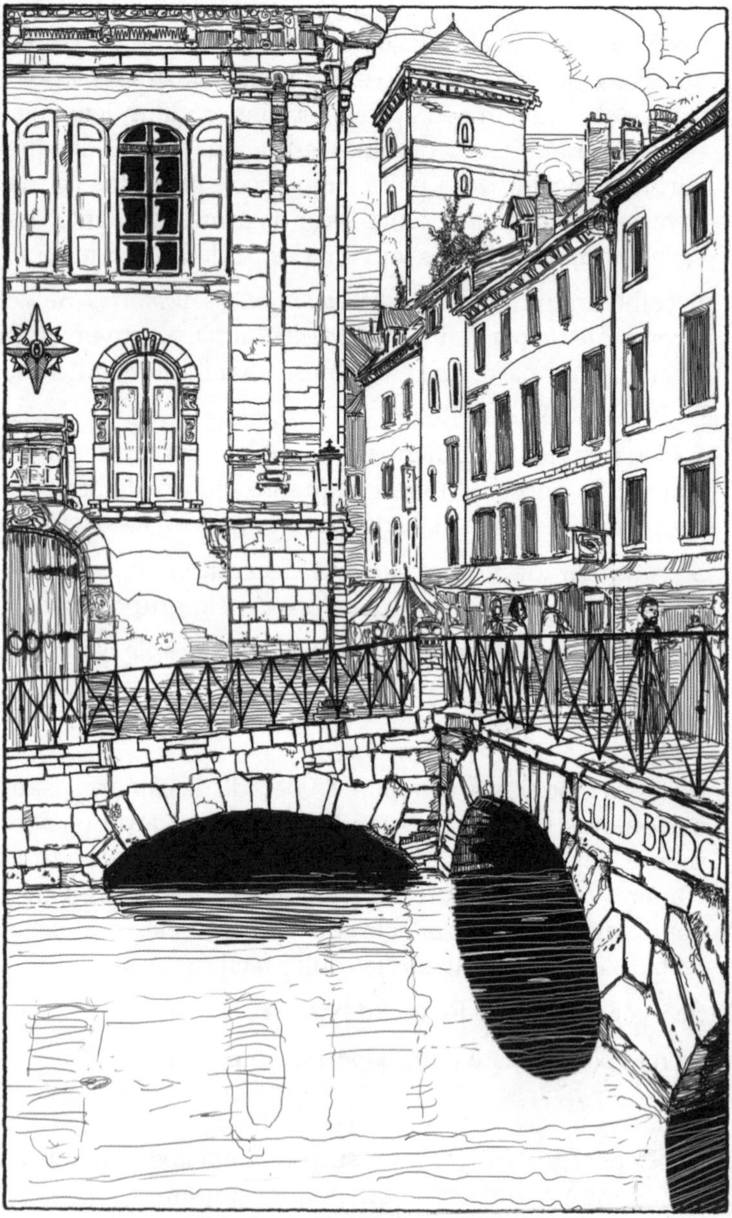
GUILD BRIDGE

533

Muitos cidadãos prósperos podem ser vistos na elegância folhosa desta praça, seja conversando em grupos pequenos ou continuando com suas vidas como se fosse apenas outro dia. A opulência grandiosa do Bairro da Guilda faz com que o resto de Holmgard pareça desesperado e dilapidado. Contidos aqui, dentro dos limites seguros da Muralha da Guilda, estão os salões e as casas de alguns dos cidadãos mais ricos de Sommerlund. Trata-se de um ambiente culto e refinado, propositalmente isolado pela riqueza do alvoroço e da agitação da vida além dos portões da Muralha da Guilda.

Finalmente livre da pressão da cidade superlotada, você atravessa rapidamente a praça e segue uma placa de rua ornada indicando o caminho para a Cidadela Real. Ao final de uma avenida cheirosa conhecida como Rua Duana, onde os empórios exóticos dos mercadores de especiarias ficam lado a lado com lojas de floristas e perfumistas, você chega a um canal. Este é um afluente do rio Eledil. Perto, é possível ver uma ponte de pedra larga com corrimãos de ferro escuro Sua pedra-angular gravada identifica essa travessia como a Ponte da Guilda. Do outro lado da água, está um prédio magnífico de telhado verde, feito de pedra antiga. Ele tem persianas da altura de portas em todas as suas janelas altas e arqueadas e torres circulares fortificadas no alto em cada canto. Uma data é gravada acima da sua porta principal: PL 3453. Este é o Velho Salão da Guilda, o segundo edifício mais antigo de toda a Holmgard. O mais antigo é a Cidadela Real, que foi finalizado apenas três anos antes do início dos trabalhos no Velho Salão da Guilda.

Se tiver um Passe da Guilda, vá para **384**.

Se não possuir este Item Especial, vá para **451**.

534

Você deu menos de dez passos para frente quando o corvo guincha um aviso para o estranho. Virando para encará-lo, a criatura no manto profere um grito penetrante que gela o seu sangue e faz seu estômago revirar de medo. Isto não é humano. É um vordak, um tenente do Lorde Sombrio Zagarna, um dos mortos-vivos que andam.

Seu grito penetrante preenche as suas orelhas à medida que esta criatura profana retira uma maça escura da sua túnica e a levanta acima da cabeça. Congelado de horror, você pode sentir que o vordak também está te atacando com suas energias psíquicas poderosas.

VORDAK

18   26

A menos que você tenha a *Disciplina Kai* Escudo Mental, reduza 2 pontos da sua HABILIDADE pela duração desta luta. Esta criatura é imune à Rajada Mental.

Se vencer este combate, vá para **171**.

Você coloca a lâmina da espada no cinto (anote esta Arma na sua *ficha de ação*) e continua para alcançar a alavanca na parede que controla as portas. Seus pés parecem instáveis e sua pulsação está batendo forte nos seus ouvidos. Esta é a primeira vez que mata em combate e, embora tenha cumprido seu dever com habilidade admirável, você agora se sente agitado e enjoado. O choque da batalha o deixou tomado por duas emoções conflitantes: euforia e repugnância.

Você cambaleia até o antemuro e levanta a alavanca de ferro. Imediatamente, as grandes portas começam a fechar com um rangido. Vários cadáveres giaks são esmagados e os seus membros são cortados quando as duas portas se encontram e se trancam com uma batida retumbante.

— Lutou bem, Lobo Silencioso, — diz Fogo Estelar, andando em sua direção, mas você mal pode escutar suas palavras com toda a pulsação vindo à sua cabeça. À medida que o choque de seu primeiro combate começa a desaparecer, o Mestre Kai direciona seu olhar para o topo da torre mais alta do mosteiro. Este edifício magnífico se chama Torre do Sol e é onde os Mestres Kai têm seus salões de aprendizagem. O nível mais alto pertence ao líder dos Kai, o Grão-mestre Lâmina Audaz.

— Lobo Silencioso... Tenho uma tarefa importante para você. Olhe lá em cima, bem no topo da torre, e me diga o que vê.

Você atende à solicitação de Fogo Estelar. Apesar da escuridão sobrenatural e dos incontáveis kraan rodeando no céu acima, você consegue perceber um cristal parecido com uma joia situado na ponta de um pináculo elaborado, feito de aço entalhado com runas.

— Vejo o farol de cristal, meu Lorde, — você responde.

— Exato. Quero que você vá até lá agora e acenda o farol. Isso avisará o Rei em Holmgard que os Lordes Sombrios estão atacando. Você entendeu?

— Sim, meu Lorde.

Fogo Estelar olha em direção ao pináculo e sua expressão fecha. — Algo está errado. Os sentinelas da torre já deveriam ter acendido o farol. Temo que eles tenham caído.

Os pensamentos sombrios de Fogo Estelar são interrompidos quando, de repente, uma segunda onda de criaturas voadoras desce em direção ao mosteiro. Estas são muito maiores que os kraan da primeira onda. Penduradas abaixo de suas barrigas escuras, há redes cheias de giaks em armadura de batalha e equipados com espadas e escudos.

— Fera zlan! — exclama Fogo Estelar. — Maldito Zagarna. Então, é assim que ele planeja nos derrotar!

Uma dessas grandes feras zlan escuras vem descendo para sobrevoar o parque de treinamento. Um cavaleiro encapuzado solta sua rede e uma quantidade de giaks de armadura desaba no chão. Muitos são esmagados até a morte com o impacto, mas a maioria sobrevive e rapidamente se livra da rede. Assim que são liberados, eles se espalham e atacam qualquer Kai que esteja à vista.

— Vá, Lobo Silencioso! — Fogo Estelar insiste, enquanto se prepara para reagir ao ataque aéreo do inimigo. — Vá agora e acenda o farol!

Enquanto Fogo Estelar corre de volta para o parque de treinamento para enfrentar o inimigo em combate, você observa pela penumbra misteriosa, seus olhos procurando a rota mais curta que o levará até o farol. O Grande Portal da Torre do Sol foi lacrado por dentro para evitar que o inimigo tivesse acesso. Por isso, você precisa encontrar uma alternativa para entrar. Há várias portas que levam aos muitos salões do mosteiro no térreo. Contudo, apenas uma delas continua aberta. Está localizada abaixo de uma grande sacada no topo de uma rampa larga de granito e permite a entrada nas Câmaras dos Mestres Kai.

Você decide entrar no mosteiro por este caminho e corre em direção à rampa. Agora, as redes giak estão caindo com maior frequência e, por duas vezes, você é quase esmagado enquanto corre pelo parque de treinamento em direção à rampa distante. Uma rede, lançada cedo demais, acerta o meio da rampa de granito logo quando você chega. Todos, exceto um dos giaks azarados, morrem com o impacto tremendo, mas o único sobrevivente consegue recuperar os sentidos e cortar seu caminho até o topo. Enquanto você corre pela rampa em direção ao portal aberto, este giak salta do monte de redes e corpos quebrados e o ataca com sua espada escura curvada.

SOLDADO GIAK DA REDE

13 **13**

Este giak está em choque e frenesi de batalha. Ele não sente dor. Todas as lesões sofridas por este inimigo nas duas primeiras rodadas de combate são reduzidas para metade, com frações arredondadas para baixo (por exemplo, se o giak perder 5 pontos de Resistência na primeira rodada de combate, metade desse valor é 2½. Portanto, a fração deve ser ignorada e a perda arredondada para baixo, 2 pontos).

Se vencer este combate, vá para **246**.

536

O salão é desprovido de móveis e acessórios, mas seu olhar é atraído por um painel em uma das colunas altas de granito. Sua superfície tem vários arranhões horizontais que parecem ter sido feitos recentemente. Um exame mais detalhado revela que o painel está solto e pode ser aberto. Dentro, há uma prateleira contendo uma garrafa pequena de cerâmica. Você gira a rolha de pedra e cheira cuidadosamente o conteúdo. Imediatamente, você recua do cheiro cáustico que assola suas narinas. É um odor pungente e oleoso e, em contato com o ar, seu conteúdo líquido começa a borbulhar e liberar filetes de fumaça verde-cinza. Rapidamente, você recoloca a rolha. Você reconhece o cheiro forte e percebe que esta pequena garrafa é um antigo Frasco de Fogo, um incendiário grosseiro, mas eficaz. Quando o óleo é exposto ao ar, ele reage com o oxigênio e se inflama em poucos segundos.

Registre esta garrafa na sua *ficha de ação* como um Frasco de Fogo. Se já estiver carregando o número máximo permitido de Itens da mochila, será necessário descartar um deles para colocar esta garrafa.

Para sair do grande salão, você deve entrar na arcada na parede. Vá para 420.

537

Além da arcada, você sobe um lance curto de degraus que leva a uma câmara pequena e pouco iluminada. Existem três saídas desta sala parecida com uma caverna. Aquela diretamente à sua frente está bloqueada por uma chapa de ferro preto sólido, mas as saídas para a esquerda e para a direita são abertas e desprotegidas.

Se quiser explorar a saída da esquerda da câmara, vá para 422.

Se decidir explorar a saída da direita, vá para 330.

538

O jovem gargalha com alegria e avança para acabar com você. Mas a sua confiança está bastante equivocada, pois, embora você esteja ferido gravemente, ainda está disposto a desistir da luta. Quando ele levanta a adaga para dar o golpe final e fatal, você se vira e enfia sua arma com força entre os olhos negros malignos. A morte é instantânea.

Ao ver que você matou seu filho, o herborista grita de horror e então desaparece da loja por uma porta dos fundos. Você tenta perseguir, mas rapidamente descobre que a porta foi travada pelo outro lado. Amaldiçoando o cúmplice covarde, você volta ao corpo do seu pretenso assassino e procura em suas roupas. Escondido em seu colete, você encontra um cartaz de procurado. Os dois mostrados no cartaz se parecem com o jovem morto e o homem mais velho que acabou de escapar. O texto impresso os identifica como Mordral, o Matador, e Vort: seu filho psicopata. Agora, era a vez de Vort cometer um assassinato. À pedido do seu pai, ele concordou com felicidade em cortar a garganta do próximo visitante incauto desta loja.

Ao procurar pela loja, você descobre uma Adaga (Arma), 12 Coroas de Ouro em uma bolsa que Mordral derrubou em sua fuga apressada e 4 Coroas de Ouro em uma caixa de madeira atrás da tela. Você também faz outra descoberta, muito mais sombria, ao procurar no porão úmido. O verdadeiro dono desta loja está lá caído, morto. Ele foi assassinado por Mordral quando ele e o seu filho perverso chegaram há dois dias, à procura de um lugar para se esconderem dos Sentinelas de Holmgard, a força armada que policia as ruas da capital. Eles pretendiam deixar Holmgard ontem à noite e fugir de navio para o porto de Ragadorn, nas Terras Selvagens, mas a invasão frustrou seus planos.

Ao examinar as poções e a varinha, você logo percebe que são todas falsificações baratas. De fato, toda esta loja está cheia de artefatos falsos e remédios de charlatão. Triste e irritado com sua experiência aqui, você deixa a loja e bate à porta atrás de si com um chiado. Você volta à avenida principal e, enquanto espera pela sua oportunidade de abrir caminho pela multidão, você percebe uma placa de rua desbotada na parede acima da sua cabeça. Ela diz: Beco das Sombras. Você acabou de fazer a primeira, e provavelmente a última, visita ao local mais notório de Holmgard.

Vá para 9.

539

Você puxa o capuz da sua capa Kai verde e fica perfeitamente parado enquanto os kraan circulam acima. Depois de alguns minutos, você ouve os xingamentos frustrados dos giaks. Eles não conseguem localizá-lo. Enquanto os kraan e seus cavaleiros Giaks voam para o oeste, você tira o capuz e solta um suspiro de alívio. Suas reações rápidas evitaram sua captura... e provavelmente sua morte.

Agora, você pode voltar para a trilha, indo para 413.

Ou pode continuar sob a cobertura das árvores ao redor, indo para 24.

540

O gourgaz gigante cai morto aos seus pés, derramando um sangue verde da lesão mortal aberta em seu peito. Seus seguidores malignos sibilam com raiva e despeito, mas sua bravata logo desaparece e eles fogem da Pedra de Durn, virando e correndo em uma massa caótica em direção à segurança da Mitra de Alema.

Rapidamente, os guarda-costas do Príncipe se reagrupam para formar uma parede protetora com os seus escudos à volta do lider ferido. As flechas negras assobiam sobre a sua cabeça, os disparos de despedida do inimigo odioso. O Príncipe moribundo olha nos seus olhos e diz: — Jovem e valente Kai... viemos em resposta ao chamado do farol. O inimigo fugiu... mas eles voltarão, mais fortes do que antes. Apesar de termos negado a travessia aqui, eles marcharão até Holmgard... Pela estrada mais longa. Você precisa levar uma mensagem ao meu pai. O Rei deve procurar o que está em Durenor ou tudo estará perdido. Leve o meu cavalo e cavalgue até cidadela do meu pai. Vá rápido, valoroso Kai... Cavalgue como o vento. Que a sorte dos deuses vá com você.

Se tiver a *Disciplina Kai* Curar, vá para **282**.

Se não tiver esta habilidade, vá para **417**.

541

Uma Lança está alojada nas costelas do esqueleto. Apesar da idade, esta arma ainda está em condições de uso. Você pode pegá-la, se quiser. Se já tiver duas Armas, você precisa descartar uma delas.

Para deixar a clareira, vá para **17**.

542

As árvores começam a ficar esparsas e, logo à frente, é possível perceber a silhueta de uma velha cabana de madeira embaixo de um carvalho. Esta choça parece ter sido abandonada e sobrou pouca coisa valor aparente. Abrindo um baú pequeno perto da porta principal, você descobre vários galhos que foram amarrados com corda forte. Uma das extremidades do feixe foi revestida com piche. São tochas. Ao lado do baú, há uma Espada Curta (Arma) e um Isqueiro (Item da mochila). Você pode pegá-los além da Tocha (Item da mochila) se desejar, mas lembre-se de marcá-los na sua *ficha de ação*.

Fechando a porta da cabana, você parte ao longo de um caminho coberto de grama em direção ao nordeste.

Vá para **144**.

543

Você concentra a sua capacidade mental na fivela em forma de cobra do cinto do sargento giak. Usando seu Domínio Kai, você o faz vibrar. Após alguns instantes, o fecho se destrava e o cinto cai ao chão. Enquanto o giak horrendo se abaixa para pegá-lo, você aproveita a chance e avança, sacando sua arma enquanto corre.

Vá para **322**.

544

Você pega o estopim e o coloca contra a estrada de pedra. Então, você passa sua pederneira na extremidade desgastada e uma fagulha acende, sibilando como uma cobra zangada. Na velocidade em que está queimando, você calcula que você tem um minuto para se afastar antes que ele queime até o barril e incendeie o pó explosivo. Se conseguir atravessar a arcada e alcançar o terceiro vão da ponte, você estará protegido da explosão.

Rapidamente, você se sai da cobertura do carrinho derrubado e corre em direção à arcada. Mas você deu menos de uma dúzia de passos quando foi visto por um sargento drakkar na passarela acima. Dizendo um palavrão, ele saca sua espada preta curvada e salta correndo para a estrada. Pesado pela armadura, ele pousa com força no chão e cai de joelhos.

Se quiser atacar esse líder do esquadrão inimigo antes que ele possa se levantar, vá para 314.

Se decidir fugir enquanto ele está de joelhos, vá para 173.

545

Você levanta a bota da lama e chuta a cobra morta para longe. Para o seu horror, você vê que era uma víbora do brejo vermelha. Não há cura conhecida para a sua mordida venenosa! Temendo o seu destino, você sabe que entrar mais no pântano seria suicídio. Com o coração batendo forte, você se vira e refaz seus passos cuidadosamente de volta para o chão firme.

Para continuar daqui, vá para 134.

546

Quando o segundo giak grita e cai, segurando a ferida mortal causada, você sente um golpe súbito no seu ombro esquerdo que o faz girar e cambalear para trás (perca 2 pontos de Resistência).

Escondido na porta da torre está o soldado de assalto giak que você viu antes, aquele que estava descendo a escada do telhado da torre de vigia do sul. Ele levanta sua maça com espinhos e salta sobre você, ansioso para matá-lo rapidamente com um golpe esmagador na sua cabeça desprotegida.

SARGENTO DO ESQUADRÃO DE ASSALTO GIAK

13   14

Devido à velocidade e à surpresa do ataque da criatura, você precisa ignorar as perdas de pontos de Resistência que você causar nele na primeira rodada deste combate.

Se vencer este combate, vá para 258.

547

Este mago aprendiz é um jovem de cabelos curtos com olhos fundos e taciturnos. Seu rosto está cheio de exaustão e sujeira da batalha e sua túnica azul-celeste longa apresenta evidências de que ele dormiu mal na mata na noite anterior. Ele aperta sua mão e se curva com uma cortesia formal.

— Minha gratidão eterna, Lorde Kai. Os meus poderes modestos estão quase esgotados. Se você não tivesse vindo ao meu resgate, temo que teria terminado meus dias na ponta de uma lança giak.

Ele está fraco e mal para em pé. Você o pega pelo braço e o senta sobre um pilar caído, onde escuta com atenção a história que ele tem para contar.

— Meu nome é Banedon. Sou um Veterano da Irmandade da Estrela Cristal, a Guilda de Magos de Toran. Meu Mestre da Guilda me enviou aos Kai com esta mensagem urgente. — Ele retira um envelope de velino da sua túnica e entrega a você.

— Como pode ver, eu abri a carta e li seu conteúdo. Quando a invasão começou, eu estava na Estrada do Rei com dois companheiros de viagem. Os kraan nos atacaram e nos perdemos na floresta durante nossa fuga.

A carta é um aviso para o Grão-mestre Kai Lorde Sombrio que o Lorde Sombrio Zagarna reuniu um grande exército além da Cadeia do Penhasco de Durn. Seus movimentos e números reais foram mantidos escondidos por feitiços poderosos de proteção e ilusão. O Mestre da Guilda apela para que o Grão-mestre cancele as celebrações de Fehmarn e a se prepare imediatamente para a guerra.

— Temo que fomos traídos, — diz Banedon, sua cabeça abaixada de aflição. — Foi descoberto que um membro da minha ordem, um irmão veterano chamado Vonotar, estava fazendo experimentos com os mistérios proibidos da magia nadziranim... as Artes Macabras dos Lordes Sombrios. Há dez dias, ele denunciou a Irmandade e matou um dos nossos Anciões. Ele desapareceu desde então. Acreditamos que agora ele esteja em conluio com o Lorde Sombrio Zagarna.

Você conta a Banedon sobre o que aconteceu no mosteiro e sobre sua missão de chegar a Holmgard e avisar o Rei Ulnar. Silenciosamente, ele retira uma corrente de ouro do pescoço e a entrega a você. A corrente contém um pequeno Pingente de Estrela de Cristal.

— É o símbolo da minha Irmandade e ambos somos irmãos de verdade neste momento de trevas. É um talismã de boa sorte e uma proteção contra o mal. Que ele o proteja na estrada a frente.

Você agradece, coloca a corrente em volta do pescoço e passa o pingente para dentro da sua túnica. (Lembre-se de marcar este Pingente de Estrela de Cristal como um Item Especial na sua *ficha de ação*. Ele permite que você escolha novamente um número na *tabela de números aleatórios* por aventura.)

Assim que sua força retorna, Banedon se despede de forma relutante.

— Temos que sair deste lugar antes que os giaks voltem com mais dos seus tipos odiosos para acabar com a gente. Da minha parte, suponho que a minha missão esteja concluída. Entreguei a mensagem e agora tenho de voltar imediatamente à minha Guilda. Já você, Lobo Solitário, ainda tem muitos quilômetros para percorrer antes de chegar a Holmgard.

Banedon se levanta e aponta para as árvores ao sul das ruínas. — A Ponte de Alema fica por este caminho. Sem dúvida, é a rota mais rápida daqui até Holmgard... Mas pode não ser mais a mais segura. Eu me despeço, meu irmão. Que as bênçãos de Kai e Ishir sigam com você.

(Poderá desejar registrar na sua *ficha de ação* que visitou as Ruínas de Raumas para referência futura.)

Vá para 448.

548

Você se levanta e corre até a cobertura de um pilar adjacente enquanto a entidade puxa a grande corrente para trás e chicoteia uma segunda vez. O ser malévolo não antecipou sua tentativa de procurar uma nova cobertura e mira o ataque na base do pilar danificado de onde você saiu. A corrente pesada oscila em torno da câmara tomada por pó e o pitão bate com efeito devastador, esmagando a base da pedra e transformando-a em pedacinhos. Sua ação rápida o salva da morte instantânea, mas infelizmente não foi rápida o suficiente para evitar a chuva de lascas de pedra afiadas quando o pilar explode.

Escolha um número da *tabela de números aleatórios* (neste caso, 0 = 10).

O número escolhido é igual ao número de pontos de RESISTÊNCIA perdidos como resultado das feridas causadas pelos fragmentos voadores.

Se sobreviveu às suas lesões, faça o ajuste necessário nos seus pontos de RESISTÊNCIA totais e vá para 69.

549

O virote atinge o helghast nas costas e a sua ponta de aço endurecida penetra totalmente através da armadura da placas da criatura. O impacto da golpe joga o helghast de cara contra a porta com tanta força que qualquer criatura normal teria morrido na hora. Mas helghasts não são criaturas comuns.

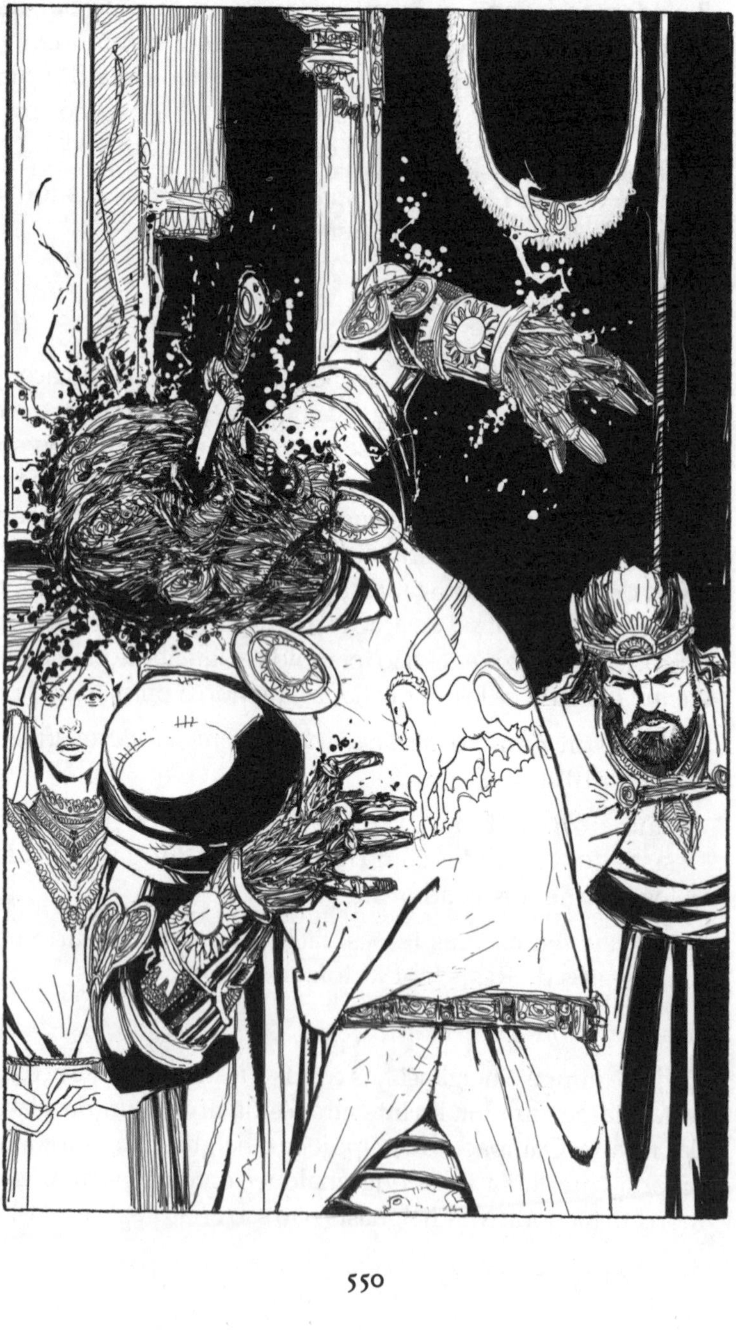

Ele lentamente se vira para encará-lo. A ponta do virote está sobressaindo alguns centímetros do seu peito.

A criatura profana solta uma risada arrepiante enquanto segura a cabeça do virote e o retira do corpo. Então, ela levanta seu braço e joga o virote de volta com uma força tremenda.

Escolha um número da *tabela de números aleatórios*. Se você tiver a *Disciplina Kai* Caçar, adicione 2 ao número escolhido.

Se seu total agora for 2 ou menos, vá para **336**.

Se for 3 ou mais, vá para **515**.

550

Você enfia a adaga escarlate no crânio da criatura com seu golpe final e fatal. Com um grito estridente, a cabeça desse metamorfo pavoroso implode e seu corpo cai ao chão. Rapidamente, a sua forma esquelética se desfaz até que tudo o que resta do helghast, e da adaga escarlate, é um monte de poeira fina envolta na armadura prateada do Príncipe Pelethar. (Agora, você deve remover a Adaga do Helghast da sua *ficha de ação*.)

O Rei Ulnar e a Princesa Madelon correm através da câmara para abraçá-lo e elogiá-lo pela forma magnífica como derrotou este inimigo mortal. Você lutou com coragem e habilidade, como um verdadeiro Kai, e, através de suas ações, salvou o Rei e a Princesa de uma morte horrorosa e certa nas mãos do servo maligno do Lorde Sombrio Zagarna.

— Você não nos disse seu nome, Mestre Kai, — fala a Princesa Madelon, com lágrimas de alívio e alegria em seus olhos azuis cintilantes.

— Lobo Si... — você começa. Após um momento de reflexão, termina a resposta: — Lobo Solitário. Meu nome é Lobo Solitário.

O Rei Ulnar tira o pino que prende a porta da câmara e uma enxurrada de guardas e dignitários da corte ansiosos entram correndo pelo portal batido. Quando ele conta o que aconteceu aqui e como você o salvou e à Princesa Madelon do helghast, eles aplaudem espontaneamente seu heroísmo. Com um sorriso largo no rosto, o Rei Ulnar se aproxima e pega sua mão direita.

— Lobo Solitário, você tem a coragem altruísta, a qualidade de um verdadeiro Lorde Kai. Sua jornada aqui foi muito arriscada e, embora as notícias que trouxe tenham sido um golpe duro, o espírito da sua determinação é como um farol de esperança para todos nós nesta hora sombria. Você trouxe grande honra a si mesmo e à memória de seus mestres, e por isso, nós o agradecemos.

Você recebe os elogios e os agradecimentos sinceros da casa do Rei, uma honra rara que faz seu rosto jovem ficar ruborizado. O Rei levanta a mão e todas as vozes cessam.

— Você fez tudo o que Sommerlund desejaria de um filho leal, mas ela ainda precisa bastante da sua ajuda. O Lorde Sombrio Zagarna nos invadiu com força temível e a sua ambição não conhece limites. Nossa única esperança reside em Durenor, com a arma que outrora derrotou os Lordes Sombrios há tempos. Lobo Solitário, você é o último dos Kai. Só você possui as habilidades que podem nos salvar. Devo pedir a você que viaje até Durenor e volte com a Sommerswerd, a Espada do Sol. Apenas com esse presente dos deuses é que poderemos esmagar a maldade odiosa de Zagarna e salvar nossa terra abençoada.

Se concordar com o pedido do Rei Ulnar e quiser recuperar a lendária Sommerswerd da terra de Durenor, você pode começar sua próxima aventura de *Lobo Solitário*:

MAR EM CHAMAS

RESUMO DAS REGRAS

COMBATE

1. Adicione sua HABILIDADE aos pontos adicionais dados por seus Itens da mochila, Armas, Itens Especiais ou *Disciplinas Kai*.

2. Subtraia a HABILIDADE do seu inimigo deste total. Este número = *índice de combate*.

3. Escolha um número da *tabela de números aleatórios*.

4. Vá para a Tabela de Resultados de Combate.

5. Localize seu *índice de combate* no topo do gráfico e compare com o número aleatório escolhido. (I indica perda de pontos de RESISTÊNCIA do Inimigo. LS indica perda de pontos de RESISTÊNCIA do Lobo Solitário.)

6. Continue o combate do Estágio 3 até que um personagem esteja morto. É quando os pontos de RESISTÊNCIA de qualquer um dos personagens cai para 0.

FUGA DO COMBATE

1. Você só pode fazer isso quando o texto da aventura oferecer a oportunidade.

2. Realize uma rodada de combate da forma comum. Todos os pontos de RESISTÊNCIA perdidos pelo inimigo são ignorados, apenas o Lobo Solitário perde pontos de RESISTÊNCIA.

3. Se o livro oferecer a possibilidade de realizar ações evasivas em vez de combater, isso pode ser feito na primeira rodada de combate ou em outra rodada subsequente (salvo indicação em contrário).

TABELA DE NÚMEROS ALEATÓRIOS

1	5	7	3	6	9	0	1	7	9
3	9	2	8	1	7	4	9	7	8
6	1	0	7	3	0	5	4	6	7
0	2	8	9	2	9	6	0	2	4
5	9	6	4	8	2	8	5	6	3
0	3	1	3	9	7	5	0	1	5
5	8	2	5	1	3	6	4	3	9
7	0	4	8	6	4	5	1	4	2
4	6	8	3	2	0	1	7	2	5
8	3	7	0	9	6	2	4	8	1

TABELAS DE RESULTADO DE COMBATES

ÍNDICE DE COMBATE

NÚMERO ALEATÓRIO	−11 ou menos	−10 / −9	−8 / −7	−6 / −5	−4 / −3	−2 / −1	0
1	0 / M	0 / M	0 / 8	0 / 6	1 / 6	2 / 5	3 / 5
2	0 / M	0 / 8	0 / 7	1 / 6	2 / 5	3 / 5	4 / 4
3	0 / 0	0 / 0	1 / 0	2 / 0	3 / 0	4 / 0	5 / 0
4	0 / 8	1 / 7	2 / 6	3 / 5	4 / 5	5 / 4	6 / 4
5	1 / 8	2 / 7	3 / 6	4 / 5	5 / 4	6 / 4	7 / 3
6	2 / 7	3 / 6	4 / 5	5 / 4	6 / 4	7 / 3	8 / 2
7	3 / 6	4 / 6	5 / 5	6 / 4	7 / 3	8 / 2	9 / 2
8	4 / 5	5 / 5	6 / 4	7 / 3	8 / 2	9 / 1	10 / 0
9	5 / 3	6 / 3	7 / 2	8 / 0	9 / 0	10 / 0	11 / 0
0	6 / 0	7 / 0	8 / 0	8 / 0	10 / 0	11 / 0	12 / 0

PERDA DE ENERGIA

- Diagonal superior: **INIMIGO**
- Diagonal inferior: **LOBO SOLITÁRIO**

NÚMERO ALEATÓRIO ↓ / Diferença de Combate →

Nº Aleatório	0	1–2	3–4	5–6	7–8	9–10	11 ou mais
1	3 / 5	4 / 5	5 / 4	6 / 4	7 / 4	8 / 3	9 / 3
2	4 / 4	5 / 4	6 / 3	7 / 3	8 / 3	9 / 3	10 / 2
3	5 / 4	6 / 3	7 / 3	8 / 3	9 / 2	10 / 2	11 / 2
4	6 / 3	7 / 3	8 / 2	9 / 2	10 / 2	11 / 2	12 / 2
5	7 / 2	8 / 2	9 / 2	10 / 2	11 / 2	12 / 2	14 / 1
6	8 / 2	9 / 2	10 / 1	11 / 1	12 / 1	14 / 1	16 / 1
7	9 / 1	10 / 1	11 / 1	12 / 0	14 / 0	16 / 0	18 / 0
8	10 / 0	11 / 0	12 / 0	14 / 0	16 / 0	18 / 0	M / 0
9	11 / 0	12 / 0	14 / 0	16 / 0	18 / 0	M / 0	M / 0
0	12 / 0	14 / 0	16 / 0	18 / 0	M / 0	M / 0	M / 0

M = MORTE AUTOMÁTICA

AVENTURE-SE COM MAIS LIVROS-JOGOS

SEJA O HERÓI EM DIFERENTES AVENTURAS COM AS LINHAS DE LIVROS-JOGOS *FIGHTING FANTASY* E *TORMENTA*!

Mais de **vinte** títulos para colecionar

JONATHAN GREEN
ALICE
NO PAÍS DOS PESADELOS

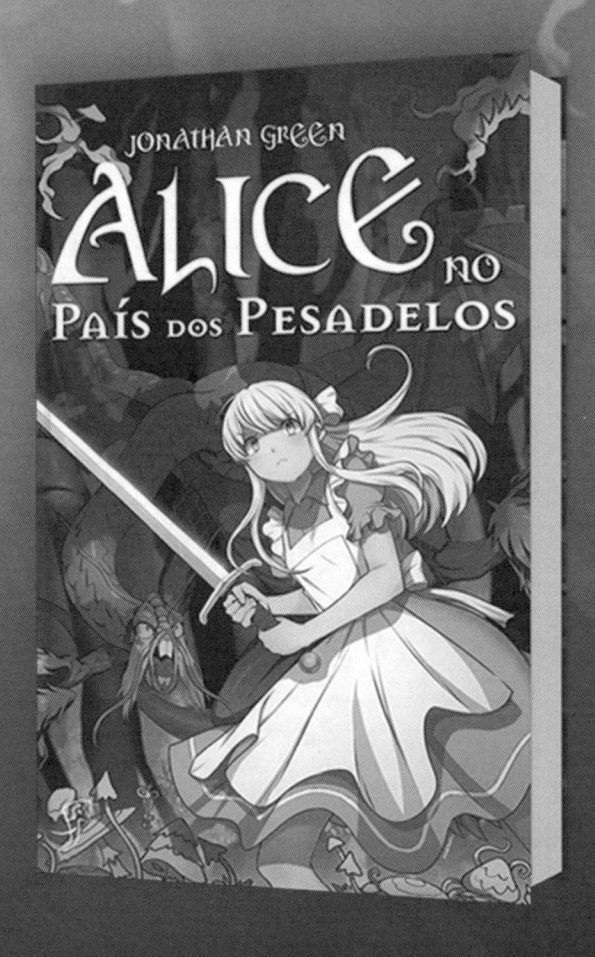

AMBIENTADO NO MUNDO CLÁSSICO DE LEWIS CARROL, EM **ALICE NO PAÍS DOS PESADELOS** VOCÊ É A PROTAGONISTA. SÃO AS SUAS ESCOLHAS QUE DECIDIRÃO SE ALICE SERÁ BEM-SUCEDIDA EM SUA AVENTURA!

Disponível em **jamboeditora.com.br**

Disponível em versões **brochura** e **capa dura**

O ENIGMA DO SOL OCULTO

UM LIVRO-JOGO LEGACY!

NESTA HISTÓRIA, VOCÊ IRÁ INVESTIGAR O OCULTO! DESCUBRA A ORIGEM DE ARTEFATOS MISTERIOSOS, LUTE CONTRA DEUSES ANCESTRAIS E IMPEÇA QUE UM GRANDE MAL SE ABATA SOBRE O MUNDO.

ESCRITO POR KAREN SOARELE, **O ENIGMA DO SOL OCULTO** É UM LIVRO-JOGO LEGACY. OU SEJA, UTILIZANDO MECÂNICAS DE RPG E BOARDGAMES MODERNOS, CADA PARTIDA ALTERA O JOGO DE FORMA DEFINITIVA. ASSIM, É POSSÍVEL JOGAR MUITAS VEZES E SE SURPREENDER EM TODAS!

Saiba mais em **jamboeditora.com.br**

Para acompanhar as novidades da JAMBÔ e acessar conteúdos gratuitos de RPG, quadrinhos e literatura, visite nosso site e siga nossas redes sociais.

www.jamboeditora.com.br

facebook.com/jamboeditora

twitter.com/jamboeditora

instagram.com/jamboeditora

youtube.com/jamboeditora

twitch.com/jamboeditora

Para ainda mais conteúdo, incluindo colunas, resenhas, quadrinhos, contos, podcasts e material de jogo, faça parte da *Dragão Brasil*, a maior revista de cultura nerd do país.

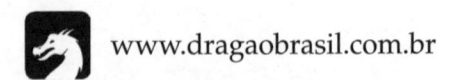

www.dragaobrasil.com.br

Rua Coronel Genuíno, 209 • Centro Histórico
Porto Alegre, RS • 90010-350
(51) 3391-0289 • contato@jamboeditora.com.br